Marcellus Jany
Fluchhafen

AF223009

Dustin ist kein Aussteiger. Er will gar nicht erst einsteigen in die allgemeinen Mühen um Besitz und Wohlstand. Er hinterfragt alle persönliche Habe und setzt ganz auf das Prinzip vom Teilen aller Güter, Beziehungen und Zeit. Dass er damit die drohende Weltkatastrophe durch den Klimawandel nicht aufhalten kann, ist ihm klar. Aber er möchte wenigstens nicht mitschuldig werden, sich die Hände nicht schmutzig machen und ein Zeichen setzen. Ein anderes Leben ist möglich. Sein CO_2-Fussabdruck ist im wahrsten Sinne minimal. Vermutlich ist er sich über die verborgeneren Motive seiner Verzichtsübungen selbst nicht bewusst. Aber das interessiert ihn nicht so sehr. Auch dass er die Lebensvorsorge anderer mit nutzt, macht ihm kein schlechtes Gewissen, denn es gehört zu seinem Konzept. Doch die Sehnsucht des Lebens nach sich selbst entlässt ihn nicht. Es fordert Beteiligung ein und nutzt dafür so subtile Waffen wie Freude, Freundschaft, Lust und Liebe und auch das Leid.

Marcellus Jany, Jahrgang 1963, gebürtig in Leipzig, arbeitete nach seiner Ausbildung zum Klavierbauer als Puppenspieler, als Tischler und ist heute als selbständiger Klavierstimmer tätig. Neben seinem „Brotberuf" ist er leidenschaftlicher Gambenspieler und Hobby-Musikwissenschaftler. Nach seinem Debüt als Autor über den Stadtmusiker Jacob Hintze legt er nun seinen zweiten Roman vor.
Er lebt in Berlin, ist verheiratet und Vater dreier Töchter.

Marcellus Jany

FLUCH
HAFEN

Roman

© 2024 Marcellus Jany
ISBN: 978-3-7597-8476-6
1. Auflage 2024
Cover: Wolf von Waldow
Alle Rechte beim Autor
Verlag: BoD · Books on Demand GmbH,
    In de Tarpen 42,   22848 Norderstedt
Druck: Libri Plureos GmbH, Friedensallee 273,
    22763 Hamburg

Der Mensch sucht Glück und meidet Unglück,
weil ihn das eine freudig,
das andere traurig stimmt.

Nur sind die Menschen unersättlich in ihren Wünschen,
die Dinge jedoch,
die ihre Wünsche erfüllen könnten,
begrenzt.

Tobt nun im Herzen des Menschen der Kampf darum,
was er für schön oder hässlich halten sollte
von den Dingen,
die sich ihm bieten,
so wird er meist wenig finden,
das ihm Freude,
viel aber,
das ihm Kummer bereitet.

Und das könnte man wohl nennen:
Unglück suchen und das Glück meiden.
Entspricht das aber der Natur des Menschen?

Su Dung-Po (1036 - 1101)
Chinesischer Beamter und Dichter

1.0

Nie wieder Fliegen! Vor drei Jahren hatte ich diesen Vorsatz gefasst und bis jetzt war es mir gelungen, ihn durchzuhalten. Nie wieder wollte ich in so eine CO_2-Schleuder steigen. Meine vielen Reisen durch Europa, auf den Balkan, in die Bretagne, nach Schweden und Sizilien, hatte ich mit Bus und Bahn, mit dem Rad oder zu Fuß zurückgelegt. ›Auf Schusters Rappen‹, hätte Großvater gesagt, ›so sind wir in unserer Jugend immer gereist, Junge, is´ nix besonderes‹.

Okay, ich hatte Zeit. Meistens. Ich konnte es mir einrichten. Es drängte nichts. Keine abgezählten Urlaubstage, keine Termine, die andere für mich machten. Diese Unabhängigkeit war einer der großen Pluspunkte, die ich mit den selbst auferlegten Beschränkungen gewonnen hatte. Und nun sitze ich doch in einem Flieger. Langstrecke. Damit es sich lohnt. Aber auch, weil man nach Asien nicht anders kommen würde. Seit der Pandemie. Über Land waren alle Grenzen dicht.

Als die Maschine endlich abhebt, sind gefühlt Jahre vergangen. Sechs Stunden Verspätung! Aber das ist es nicht allein. Seit Wochen, nein Monaten habe ich auf diesen Moment gewartet und musste am Ende Stunden im Sicherheitsbereich zubringen. Die Bahn brauchte ewig bis zum neuen Flughafen, es wurde eng. In Hektik gab ich das Gepäck auf, stürzte zur Sicherheitskontrolle und vergaß, auf die Anzeigetafel zu schauen. Erst am Gate erklärte mir die Dame vom Bodenpersonal mit bekannter Berliner Herzlichkeit: »Ne! Tut mir leid! Der Fliecher ist noch janich jelandet. Die konnten wieder nich starten wejen Smog. Dit kann dauern. Da können se noch'n paar Runden drehn. Und imma mal uf de Tafel kicken, dit bording wird anjezeicht.«

Hätte ich es geblickt, wäre Zeit gewesen, wieder in die

Stadt zu fahren. Aber nun war ich bereits durch den Sicherheitscheck und es gab keinen Weg zurück.

Diese Endgültigkeit erstaunte mich auch diesmal. Erwartetes tritt irgendwann tatsächlich ein, der Abschluss einer Ausbildung, eine lang geplante Reise, der Tod eines sehr alten Menschen oder auch die Eröffnung dieses Flughafens, nach vierzehnjähriger Bauzeit. Die Anspannung löst sich und macht Erleichterung Platz, die sich in Akzeptanz verwandelt. Dann spüre ich den Fluss der Zeit geradezu körperlich.

Ich begann mich umzusehen. Die Empfangshalle hatte mich enttäuscht, sie wirkte eher klein. Vor meinem inneren Auge sah ich das Gedränge, falls die Reiselust wieder wachsen würde wie vor der Krise. Die würfelförmig im Raum thronenden Check-In-Schalter und die Kastendecke erinnerten an einen Werbespot, quadratisch, praktisch, gut. Als hätten die Architekten ihre ersten Entwürfe aus Schokoladentafeln gebaut, die sie danach genüsslich recyceln konnten. Biologisch abbaubare Konzepte. Die Hallen hinter den Sicherheitsschleusen waren dagegen weitläufiger bemessen. Für Tausende täglicher Fluggäste geplant, wandelten jetzt nur einige wenige Reisende an den spärlich besuchten Cafés und Restaurants vorbei oder standen vor den riesigen Glasfronten. Sie schauten auf das weit gedehnte Rollfeld hinaus. Ein einsamer Kofferschlepperzug schnurrte über das Vorfeld, wo ein Verkehr wie auf einer Hauptstraße herrschen sollte. An den Passagierbrücken parkten nur wenige Maschinen. Weit draußen gleißte ein Meer weißer Flügel und hoch aufgerichteter Heckflossen von unzähligen abgestellten Flugzeugen in der Sonne, die seit Monaten am Boden bleiben mussten.

Die Wirte und Baristas harrten trotzig hinter ihren Tresen aus. Auf das Ende der Schockstarre und der verordneten Leere hoffend, lockten sie die wenigen Reisenden, ihre Zeit mit Geld totzuschlagen. Ich ließ mich treiben. Das Design der Shops, Cafés und Lounges, gediegen und sachlich mit Kontrasten zwischen dunklem Nussholz, stählernen Säulen und riesigen Glaswänden spielend, war in den Nullerjahren dem Reißbrett der Architekten erwachsen und wirkte bereits wieder überholt.

Nullerjahre! Wie ein Label klebt das Wort an der Startbahn des neuen Jahrhunderts, des Jahrtausends und scheint Frage und Urteil in sich zu vereinen. Jahre, neugeboren und blitzsauber wie unbeschriebene Blätter, die sich ausbreiten, verteilen und die Illusion nähren, die Alten Gefüllten wären mit dem vergangenen Jahrhundert an ihr wohlverdientes und herbeigesehntes Ende gekommen. Zwischen zwei Aktendeckel gepresst, abgeheftet und ins Regal gestellt, könnten sie auf dem Friedhof der Geschichte ihre letzte Ruhe finden.

Für mich waren es Jahre des Aufwachens. Die Zeit der Träume endete, als ich zum ersten Mal das Schulhaus betrat. Wo denn meine Schulsachen wären, fragte die junge, lebhafte Lehrerin am Tag des Schulanfangs nach einem Blick in meinen Ranzen. Sie hätten auf einer Liste gestanden. Sie sah mich mitleidig an. Ich war den Tränen nahe. Dreißig Augenpaare waren auf mich gerichtet und ich fühlte, dass ein Makel gleich einem hässlichen Tattoo in meine noch verletzliche Seele gestochen wurde.

Wie meine liebenswerte Mutter das Versäumnis erklärte, weiß ich heute nicht mehr. Vermutlich war das Schreiben zur Einschulung unter einem der Papierstapel verschwunden, die an vielen Orten unserer, für ihre Sammelleidenschaft viel zu kleinen Wohnung in Richtung Decke empor wuchsen. Zeitungen, Briefe, behördliche Schreiben, angefangene Manuskripte, Kinderbilder, Werbekataloge und Zeitschriften, alles war in kunterbunter Reihenfolge übereinander getürmt, wo immer sich noch

Platz fand. Zwischen den Wolkenkratzern lagerten Tüten mit unausgepackten Einkäufen und Pappkartons mit Dingen, die nicht mehr in die Schränke passten. Wäscheberge verwandelten Sessel und Sofa in ein Baumwollgebirge, welches das Papiermanhattan umgab. Meist lohnte Sortieren, Zusammenlegen und Einräumen nicht, da mein Bruder und ich uns frische Wäsche gleich aus diesen Haufen zogen oder unseren Hunger aus den Tüten stillten. Alle paar Monate zwang uns Mutter in einem Anfall von Ordnungswut, ihr beim Aufräumen zu helfen, bei dem manches Verlorengeglaubte wieder auftauchte und anderes für immer verschwand.

Der Flieger dreht noch eine elegante Schleife über dem neuen Flughafen, bevor dieser und mit ihm die Stadt unter der Wolkendecke versinkt. Die unendliche Geschichte der Bauverzögerungen, verschobener und abgesagter Eröffnungstermine, der Umplanungen, der Skandale und eines schwindelerregenden Schuldenbergs, über welche das ganze Land am Ende nur noch spotten und lachen konnte, war fast geräuschlos zu Ende gegangen. Mit einem Seufzer der Erleichterung wurde er in Betrieb genommen. Eine rauschende Eröffnung fiel der Pandemie und wohl auch dem Schamgefühl der Politiker zum Opfer. Es gab nichts zu feiern.
Ich dagegen war in einen Tornado alles verändernder Ereignisse gezogen worden. Als sich der Sturm, der Kirche und Haus leer fegte, wieder gelegt hatte, konnte ich endlich die Reise planen. Viele würden es vermutlich völlig absurd finden, mitten in der Pandemie nach China zu gehen. Aber ich flog dorthin ja nicht for fun. Ich wurde gebraucht.
Schon während der Wartezeit und einer verzweifelten Suche nach einer Ladestation fürs Handy - hatten die bei der Planung vor zwanzig Jahren nicht so weit gedacht? -

nun doch in einem der vielen Restaurants bei der vierten oder fünften Tasse Tee, beim Checken der letzten Mails, dem Schreiben einiger Abschiedsbriefe, einem kurzen Call mit Mutter und einem längeren mit Irena, ließ ich die vergangenen Monate an mir vorüberziehen. Mir wurde immer klarer, dass ich die zehn vor mir liegenden Stunden bis zur Landung nicht verschlafen, sondern zum Rekapitulieren und Sortieren verwenden sollte. Ich ahnte, dass die neuen Eindrücke alles bisher Gewesene in einem Meer von knalligen Farben, exotischen Klängen und berauschenden Gerüchen versenken und ohne viel zu fragen davon schwemmen werden.

Als die Anzeige für den Sicherheitsgurt erlischt und wie nebenbei mitteilt, dass wir Reiseflughöhe erreicht haben, hole ich mein Tablet aus der Tasche und öffne die Datei mit den Aufzeichnungen aus der Zeit bei Hanne und Friedrich.

Montag, 15. Juli 2019.

Mein erster freier Tag seit Wochen. Keine Unterrichtsvorbereitungen mehr, keine Arbeiten zu korrigieren wie an all den letzten Wochenenden. Am Freitag hatten wir die Kinder in die großen Ferien entlassen. Gestern packte ich meinen Rucksack, nachdem ich mich, wie schon öfter, von unnötigen Dingen trennt hatte, die ich nicht mitnehmen konnte oder wollte. Was sich in einem halben Jahr alles ansammeln konnte! Mit einem letzten weinseligen Abend verabschiedete ich mich von Wolf, meinem Gastgeber und Counterpart philosophisch-politischer Debatten für die Zeit der Unterrichtsvertretung. Heute Morgen kaufte ich mir ein Ticket für die S-Bahn und fuhr bis zur Endstation vor der Stadt. Es gab kein Ziel. Ich wollte nur raus, endlich wieder Wiesen, Felder und Wälder sehen, Sandwege unter den nackten Füßen spüren, im Gras liegen, wenn mir danach war oder die Beine eine Pause brauchten. In die Wolken schauen, Sonne auf der Haut spüren und Regen im Haar. Und wenn er zu stark würde, könnte ich unter einem Baum, einem Vordach, einer Scheune warten, bis die Wolken weitergezogen wären. Für solche Freiheiten bin ich bereit, auf vieles zu verzichten. Tatsächlich war ich einfach losgelaufen, nach Süden, wo ich glaubte, der Stadt am schnellsten zu entkommen. Dröhnte zu Beginn noch alle drei Minuten ein landender Flieger über mich hinweg, hatte ich die Einflugschneise des Flughafens bald hinter mir gelassen. Die Sonne strahlte, doch die Hitze der letzten Tage war durch frischen Wind und ein paar heftige Regengüsse einem erträglicheren Klima gewichen. Als sich das freie Land vor mir ausbreitete, peilte ich Punkte am Horizont an, auf die ich querfeldein zuhalten konnte, ein Wäldchen, einzelne Bäume, frei stehende Gehöfte, markante Hügel in diesem gar nicht so flachen Landstrich. Immer wieder musste ich über einen der ungezählten

Entwässerungsgräben springen, die sich scheinbar plan- und ziellos durch die Wiesen zogen. Gegen Mittag hatte ich in einem Dorfkonsum, so hätte mein Großvater den kleinen EDEKA genannt, etwas Brot, Obst und Käse gekauft. Es gab sogar einen Kaffeeautomaten. Unter einem Baum am Dorfrand machte ich Rast. Ich war nach Süden gelaufen, mehr wusste ich nicht von der Gegend. Den letzten Blick auf Google Maps hatte ich genommen, als ich eine Brücke über die Autobahn suchte, die wie eine unüberwindliche Mauer die Landschaft zerschnitt. Jetzt war auch sie schon lange außer Hörweite. Eigentlich war es ein nettes Dorf und ich überlegte, ob ich nicht hier schon pennen sollte. Andererseits war ich gerade erst gestartet. Also klopfte ich mir das Gras von den Shorts, schulterte den Rucksack und lief weiter, am Feldrain entlang, schlug mich durch ein Wäldchen, über einen Hügel, auf dem oben ein einsames Windrad surrte, kam an einem kleinen See vorbei, der aber völlig verkrautet und am verlanden war. Zum Baden nicht geeignet. Die Dörfer liegen hier so dicht beieinander, dass man alle halbe Stunde über eines stolpert. Am Nachmittag hatte ich genug, die Füße waren müde, das Laufen mit Rucksack noch nicht wieder gewohnt. In einem Garten hackte eine alte Frau auf das Unkraut in den staubigen Beeten ein. Ob es hier eine Pension oder ein Gasthaus gäbe, wo man übernachten könne? fragte ich sie. Genauso gut hätte ich sie nach einer Mondfähre fragen können. Sie schüttelte nur den Kopf und meinte: »Ne, so wat ham wa hier nich, tut mir leid!« und wandte sich wieder ihrem Unkraut zu. Also biwakieren. Weiter rumsuchen wäre sinnlos gewesen. Leider gab es hier nicht mal den kleinen Dorfkonsum, so dass ich ohne abendliches Bier blieb. War zwar nicht schlimm, aber wäre nett gewesen. Ich suchte mir eine grasbewachsene Stelle unter einem dichten Laubbaum, falls es doch wider Erwarten regnen sollte, und rollte meinen Biwaksack mit dem kleinen Zelt am Kopfteil aus. So viel Luxus gönnte ich mir dann doch, wenn ich sonst schon so gut wie nichts dabei hatte. Nach einem einfachen Abendbrot, ne Schrippe, etwas Salami, Tomate und einem Schluck Wasser, wurde ich schnell müde. Ich war schon am Einschlafen, als ein Traktorengeräusch, das immer lauter wurde, mich wieder weckte. Mit ohrenbetäubendem Gebrüll machte der Trecker neben meinen Lager halt und eine Männerstimme schrie durch den Lärm: »Wat wird dat hier?«

»Ich würde hier übernachten wollen, wenn's erlaubt ist«, schrie ich zurück.

»Das ist aber Privatgrund«, brüllte der Mann im Wettstreit mit seinem Trecker.

»Ja und, meinte ich, ist das ein Problem? Ich würde nur hier schlafen und morgen weiterziehen, will ja keine Hütte bauen.« Der Typ stellte den Motor ab und kletterte von seinem Bock. »Du kannst hier nicht liegen bleiben«, sagte er, nun in Zimmerlautstärke. »Hier fahren auch andere mit ihren Maschinen durch. Im Dunkeln sieht dich keiner und rollt dir vielleicht über die Beine. Ich weiß was besseres. Pack mal zusammen und steig auf.«

Ich schaute mir den Typ nun genauer an, soweit das im Scheinwerferlicht möglich war, er sah nicht wie ein Verbrecher aus.

»Und was wäre die Alternative?«

»Wir haben da eine Kammer neben der Scheune, als wir noch Landarbeiter hatten. Die Pritschen sind noch drin, sogar mit Matratzen, nen Schlafsack hast du ja dabei, Toilette und ein Waschbecken gibts auch.«

Es war wohl besser, mitzufahren, obwohl die Nacht unter dem Baum für mich völlig okay gewesen wäre. Aber wenn das Universum einem schon so ein unerwartetes Angebot vorbeischickt, sollte man jemanden nicht um seine gute Tat bringen.

Die Kammer war okay. Es roch nach Stroh und die paar

Fliegen waren nach kräftigem Durchlüften in den Nacht-
himmel geschwirrt. Es gab sogar eine Steckdose, so dass
ich Tablet und Handy aufladen konnte.

»Alles klar, Dustin?«, meinte Jochen, so hatte er sich mir
vorgestellt.

»Alles bestens«, erwiderte ich.

»Na denn jute Nacht. Zieh morgen einfach die Tür zu. Ich
muss früh raus.«

Auf meine Frage, ob ich was schuldig wäre, winkte er nur
ab.

»Schon jut, ihr habt´s doch nich so dicke.«

Wo sortierte er mich ein? Unter die dauerklammen Studenten und jugendlichen Streuner? Vermutlich. Einen
Obdachlosen hätte er vielleicht nicht mitgenommen. Dafür
war ich wohl auch zu gut ausgestattet mit meinem North-
Face-Rucksack. Seinen Hinweis, hier drin wäre Rauchen
tabu, konterte ich mit: »bin Nichtraucher«.

Dienstag, 16. Juli 2019

Am nächsten Morgen wurde ich unsanft geweckt. Irgendetwas Schweres plumpste neben meinen Kopf. Als ich die
Augen aufmachte, blickte ich in die großen gelben einer
Katze und ihre Schnurrhaare kitzelten mich an der Nase.
MURR hieß wohl »guten Morgen« oder »wer bist du?«,
denn sie strich mir um die Beine, als ich zusammen packte. Oder hieß es Hunger und man war überhaupt ein Kater.
Aber meine Salami wäre zu salzig gewesen. Doch etwas
anderes kätzisches hatte ich nicht und so trennten wir uns
hungrig, denn ich wollte ihr nichts voressen. Gefrühstückt
wurde dann im Nachbarort. Dort gab es einen Minimarkt,
der mit dem handgeschriebenen Spruch warb: "Trinkst du
Kaffee in der Frühe, läuft der Tag dann ohne Mühe". Aber
ich nahm eine Kakaomilch, Brötchen, Käse, Joghurt. Man

kann nicht verhungern in diesem Land, zumindest nicht körperlich, das ist wenigstens tröstlich.

Gestärkt schulterte ich den Rucksack, nachdem ich auch den Proviant etwas aufgefüllt hatte, und ging wieder auf Tour. Die Sonne stand schon hoch. Ich kam durch ein Dorf, in dem sich kleine Häuschen um einen Teich versammelt hatten. Häuslerkaten, hätte meine Großmutter gesagt, für Landarbeiter ohne eigenen Boden. In den Gärten blühten Stockrosen, Tomaten rankten unter Folienzelten, die ersten Sonnenblumen drehten ihre Köpfe ins Licht. Auf einer Koppel standen Pferde, die mich neugierig beäugten. Hinter der Wiese ein Reitplatz und eine Halle, unter Bäumen ein Gehöft, zu dem eine schmale Asphaltstraße führte. Am Ortsrand hatten sich neben einer Betonplattenstraße wie Fremdkörper die Hallen einer ehemaligen LPG breitgemacht. Die Oberlichter waren eingeschlagen, die Wellblechdächer verbeult und rostig, im Hof rotteten ein ausgeschlachtetes Autowrack und ein paar Landmaschinen vor sich hin. An der geschlossenen Einfahrt, mit einer Kette gesichert, ein großes Schild: "Betriebsgelände, betreten verboten". Darunter: "bewacht durch Secutech". Einziger Mitarbeiter dieser Firma schien ein großer schwarzer Hund zu sein, der mich böse bellend am Zaun begrüßte. Wurde hier der Niedergang oder ein Aufbruch beschützt? Ich ließ die ungewisse Zukunft hinter mir und wand mich nach Süden, querfeldein, der Nase nach, auf herausragende Landmarken zuhaltend. In den Feldern lagen kleine Waldstücke, manchmal nur Buschwerk, das sich in die sanften Wellen der Landschaft schmiegte. Und so eben auch dieser Kirchturm, der vom nächsten Dorf kündete und mich wegen seiner grünen Spitze anzog. Das war ungewöhnlich, üblich waren in der Mark rote oder schwarze Ziegel, aber keine grünen. Die Mittagszeit war lange vorüber, als ich vor dem Portal stand. Es war keine große Kirche, auch nichts Besonderes, ein neogotischer Backsteinbau wie viele hier, aber frisch saniert. "Besichtigung ist möglich, Interessenten klingeln bei Heider im Haus nebenan." Eine ältere Frau, kurze weiße Haare, modisch geschnitten, randlose Brille, freundliches Lächeln, sicher über sechzig, schlanke Figur, vermutlich geht sie jeden Morgen joggen, öffnete mir.

»Mein Mann zeigt Ihnen gern die Kirche und die Sammlung, warten Sie einen Moment, ich hol ihn.«

Eine Sammlung? Was erwartete mich da? Ein älterer Herr, geschätzt an die siebzig oder leicht darüber, graue, verwuschelte Locken, rundes Gesicht, offener Blick, kräftige Statur aber nicht dick, maximal ein Wohlstandsbäuchlein, altersgerecht würde ich sagen, helles Hemd, kurzärmlig, Jeanshose, die Lesebrille hing an einem edlen Lederhalsband auf der Brust, begrüßte mich mit überraschend herzlichem Wortschwall.

»Sie interessieren sich für die Kirche und die Sammlung, wie schön. Ach, Sie wissen gar nicht, ...haben nicht im Netz....wie sind Sie dann hierhergekommen? Einfach aufs Geratewohl. Na, ist ja interessant. Dann kommen Sie mal. Ihren Rucksack können Sie da in die Ecke stellen, hier kommt nichts weg. Ist die Welt noch in Ordnung, wie man so sagt.«

Wir betraten das Kirchenschiff durch das Portal unter dem Turm. Eine geräumige Halle öffnete sich, auf halber Höhe an drei Seiten von einer hölzernen Empore gesäumt, über uns die Orgel, gegenüber die Chorapsis ganz in blau. Überraschend war, dass es keine Kirchenbänke gab. Das Schiff war komplett leergeräumt und stattdessen standen Instrumente wie mittelalterliche Altäre vor und zwischen den Säulen, welche die Empore trugen. Klaviere, Flügel, sehr altertümliche, manche fast so zart wie ein Cembalo, auch ein Harmonium und ein Spinett konnte ich ausmachen. Und im Chor stand kein Altar, sondern noch eine Orgel, prächtig in Weiß und Gold vor dem Blau des Chorraums glänzend. Auch an den Seiten waren zwei kleine Orgeln aufgestellt.

Wie ich sehen würde, begann er, wäre das eigentlich keine Kirche mehr. Er hätte hier seine Sammlung untergebracht. Die Kirche wurde nicht mehr gebraucht, die Gemeinde war so geschrumpft, war ihnen nur noch ein Klotz am Bein, da konnte er sie übernehmen. Sie wäre auch nichts Besonderes. Spätes neunzehntes Jahrhundert, wie es viele gibt. Obwohl sich der Architekt große Mühe gegeben hat, es so echt wie möglich nachzuempfinden. Das würde man noch an den Details der Säulen und der Emporenbrüstung sehen. Die Ausmalung der Apsis würde wie ein naturalistisch gemalter Wandbehang, ein mittelalterlicher Teppich wirken. Die feinen Goldfäden darin sieht man nur bei gutem Licht oder wenn man ganz nah heran geht. Alles, was von Wert war, die Altäre, die Bilder hatte die Gemeinde behalten und in ihre Hauptkirche gestellt. Zur Erinnerung. Nur die Orgel auf der Empore ist drin geblieben. Die Bänke wurden nach Polen verkauft, dort wollten sie für eine moderne Kirche alte Kniebänke haben. Ihm blieb die Hülle, aber das war genau das, was er suchte. »Ach, Sie dachten, ich bin der Pfarrer. Ne, ne. So was Ähnliches. War Lehrer, jetzt bin ich Pensionär und eben ein Sammler, ein Freak oder Nerd, wie ihr jungen Leute vielleicht sagen würdet. Interessieren Sie sich überhaupt für Musikinstrumente?«, beendete er seine Kirchenführung.

»Doch, schon«, antwortete ich. »Ich spiele ein wenig Gitarre, aber für mehr als Lieder am Lagerfeuer reicht es nicht.«

»Na immerhin, besser als nichts«, redete er munter weiter. »Dann haben sie zumindest ein Gefühl für klingende Saiten.«

Typisch Lehrer, dachte ich, hat Jahrzehnte vor Klassen gestanden und jetzt ist ihm die ganze Welt ein großes Schulhaus. Ich bekam einen ausgereiften Vortrag über die

Entstehung der Tasteninstrumente vom Monochord, einer schmalen Holzschachtel, auf dem nur eine Saite gespannt war, über das Psaltyrium, einem trapezförmigen Kasten mit vielen Saiten, die sowohl gezupft als auch angeschlagen wurden und welches dann, mit Tasten und einer Zupfeinrichtung versehen, zum Clavichord, Cembalo, Spinett oder Virginal weiterentwickelt wurden.

»Weil diese Tasten wie Schlüssel aussahen, schauen Sie mal, hier, diese Aussparung für die Obertasten, die sehen doch aus wie ein breiter Bart eines Schlüssels, deshalb nannte man sie Claves, Schlüssel....«

Na, mit viel Phantasie, dachte ich.

»...im Englischen übrigens immer noch, nämlich Key. Und das ganze Ding heißt Keyboard. Und von den Claves bekam die Klaviatur und das Klavier ihre Namen.« Er war bestimmt kein schlechter Lehrer gewesen. Alles hatte damit angefangen, dass er Exponate für seinen Unterricht brauchte, aber bald wurden es immer mehr. Kollegen kamen und sagten, ›Friedrich, da will einer seinen alten Flügel loswerden, du sammelst doch so was.‹ Oder ein Klavier, ein Harmonium, da hätte er hunderte haben können. Irgendwann stand in der Schule der halbe Dachboden voll, da musste er mit der Sammelei aufhören. Er hat die Instrumente im Rahmen einer Arbeitsgemeinschaft zusammen mit den Schülern aufgearbeitet. Anfänglich half ihm sein Klavierstimmer. Aber als der alte Herr verstarb, konnte er es auch allein. Neben der Musik war Werkkunde sein zweites Fach an einer Hauptschule. Das wäre heute alles nicht mehr möglich, meinte er, und zeigte mir die Flügel; einen Bechstein, einen Erard, einen frühen Bösendorfer. »Noch mit Wiener Mechanik. Die haben viel rumprobiert am Ende des neunzehnten Jahrhunderts. Nur einen Steinway hab ich nicht bekommen, so viel Geld hatte ich damals noch nicht und heute auch nicht mehr.«

Meine Frage, ob das nicht alles in ein Museum gehörte,

quittierte er mit einem Stirnrunzeln. Ob ich meinte, hier sei es schlecht aufgehoben? So kostbar wäre das alles auch nicht.

»Für's Museum noch zu jung und zum Benutzen zu alt. Ich habs vorm Schrottplatz bewahrt.«

»Und die Orgeln?«

»Die kamen erst, als wir schon hier waren. Die kleine stand bei einem Kollegen zu Hause, der sie aber nicht mehr spielen konnte, war den Nachbarn zu laut. Die Große in der Apsis sieht nur so großartig aus. Das ist ein neobarockes Gehäuse und drin steckt ein pneumatisches Werk von neunzehnhundert. Man kann nur noch die Hälfte der Register spielen, die meisten Ventile sind morsch. Das war vielleicht ein Aufwand, sie hierher umzusetzen. Sieht nur schön aus, ich bin kein Orgelbauer. Die ist hier geparkt. Wenn Sie jemanden kennen, der so was sucht, ich geb' sie gern ab.«

Plötzlich versiegte der Redefluss wie ein abgedrehter Wasserhahn. Doch bevor die sich ausbreitende Stille unangenehm zu werden begann, stellte er fast aus Verlegenheit die Frage, was ich denn so täte.

»Ich bin auch Lehrer, antwortete ich, zumindest hab ich das studiert und zeitweilig arbeite ich auch als solcher.«

»Ach, ein junger Kollege, na dann können wir uns doch duzen.« Erfreutes Aufleuchten der Augen. Ob ich nicht Appetit auf eine Tasse Kaffee und selbstgebackenen Kuchen hätte. So saß ich bald darauf mit Friedrich und Hanne hinter dem Pfarrhaus an einem blauen Gartentisch und genoss neben dem Kaffee auch die Nachmittagssonne, die uns nach dem langen Aufenthalt in der kühlen Kirche angenehm erwärmte.

Welche Fächer ich denn unterrichten würde, ach Ethik und Geschichte. Na, liegt ja nah beieinander. Wohin es denn gehen solle, offensichtlich sei ich ja jetzt in den Ferien und auf Wanderschaft. Dass ich keinen Plan hatte, einfach so drauflos gelaufen sei, weckte ihr Interesse und offenbar auch ihre Sympathie. Nach einer weitschweifenden Beschreibung der Umgebung kam die Frage, ob ich denn schon ein Nachtquartier hätte, es soll heute noch Gewitter geben. Also, wenn ich wollte, das Gästezimmer unterm Dach wäre frei, sie würden sich freuen.

Es sind genau diese Überraschungen, für die ich mich immer wieder auf das Abenteuer eines ungeplanten Tages einlasse. Etwas nicht Vorhersehbares ereignet sich, dass für den Moment weiterhilft oder der Entwicklung eine Richtung gibt, welche ich mir nicht vorstellen konnte. Als wiederkehrende Erfahrung könnte sie mit der Zeit die Gefahr in sich bergen, dass sich das Erstaunen darüber abschwächt. Aber die konkrete Situation, in welcher ich mich wiederfinde, ist oft so einzig, dass der Gedanke, es habe sich doch noch immer etwas ergeben, nicht die Oberhand gewinnt.

Stop

Verzeihen Sie die Störung, meine sehr verehrten Damen und Herren, ich muss hier mal kurz einhaken.

Wie meinen Sie, das dürfe ich nicht? Ich könne jetzt nicht unterbrechen? Warum? Weil der Flieger gerade in der Luft ist? Ah verstehe. Es ist außergewöhnlich liebenswürdig von Ihnen, dass Sie bereits so viel Empathie mit unserem Held empfinden, so kurz nach dem Start. Aber keine Sorge. Es wird nichts passieren. Wir halten einfach mal kurz die Zeit an. Alles steht still, der Flieger hängt in der Luft, aber er bleibt oben.

Sie sind sich nicht sicher, ob das in meiner Macht steht? Macht nichts. Ich will ja nicht unbescheiden erscheinen, aber das ist eigentlich eher eine Kleinigkeit, da gibt es viel anspruchsvollere Aufgaben, vor die wir uns gestellt sehen. Wir? Nun, natürlich gibt es viele von uns. Oder wie stellen Sie sich das vor bei der Bücherflut, die jedes Jahr die Buchhandlungen überschwemmt bzw. bereits gedruckt wurde. Wie hätte das einer allein schaffen sollen.

Wer ich sei, wollen Sie wissen. Nun, sehen Sie, da beginnt das Problem. Man kennt uns, oder sollte ich besser sagen, man kannte uns, aber man bemerkte uns nicht. Weil wir zwar nicht im Verborgenen, aber, wie soll ich sagen, eher anonym agierten. Es war unsere Spezialität und ich halte es immer noch für eine Qualität, ein Privileg geradezu, nicht in Persona aufzutreten. So konnten wir verschiedene Perspektiven auf die Geschehnisse und Protagonisten bieten, alles im Blick behalten und sogar das Innerste der Figuren ausleuchten, ihre Gefühle, ihre Gedanken, etwas, das den handelnden Personen natürlicherweise verborgen bleiben musste. Zugegeben, einige von uns haben es etwas übertrieben, sie haben ihre Eitelkeit nicht im Zaum halten können und beschrieben, was die Protagonisten in Zukunft erleben oder tun würden. Das hat man ihnen übel genommen, empfand man als übergriffig, der Vorwurf der grauen Eminenz, der Gottähnlichkeit wurde erhoben. Und so ist unsere Dienstleistung mehr und mehr in Verruf geraten. Vielleicht liegt es aber auch daran, dass die Lesenden, (ja, Sie haben richtig gelesen, auch wir müssen mit der Zeit gehen) heutzutage mehr und mehr ein Problem mit der Vorstellung eines wirkenden Schöpfergottes haben. Doch das ist nicht mein Fachgebiet.

Jedenfalls wurden wir nicht etwa verdrängt, nein. Hervorgezerrt aus unserem Schutzraum der Anonymität und in die Rolle eines vielgestaltigen Ichs gepresst mussten wir mancherlei Gestalt annehmen. Was haben wir nicht alles schon gegeben: Juristen, Ärztinnen, Politiker, Kriminalkommissare, Schauspieler*innen, Flüchtlinge, pardon Geflüchtete, den Medicus, die Malerin, die Wanderhure, von der Apothekerin bis zur Fusspflegerin. Wobei nichts gegen das dienstleistende Personal gesagt sein soll. Beileibe nicht. Höchste Zeit, dass diese endlich mal gesehen werden. Jegliche Diskriminierung oder Herabsetzung liegt uns fern, ja ist geradezu geschäftsschädigend. Und so sehr ich es begrüße, dass die Perspektive von Frauen zu Wort kommt, so sehr bedaure ich diese Fixierungen auf konkrete Personen. War nicht unsere eigentliche Auszeichnung das geschlechtliche Neutrum? Ermöglicht nicht erst das erzählende Es die Identifikation aller mit der Handlung? In der Vermeidung einer Personalität waren wir die ersten Vertreter der Gendergerechtigkeit, als es diesen Begriff noch gar nicht gab!

Heute haben wir nur noch im Film das Recht, anonym zu bleiben. Oder haben Sie schon mal eine Handlung mit den Augen einer der beteiligten Personen verfolgen dürfen? Spätestens wenn Sie im Kino der Held anspricht oder angreift, ist es so weit. Dann sind Sie drin oder dran, je nach dem. Vielleicht kriegen wir das bald mit der virtuellen Realität. Aber noch sitzt unsereins unsichtbar auf der Kamera, um an die Perspektive des Zuschauers zu erinnern. Doch wir haben dort nicht viel zu sagen, sind zum Schweigen verdammt. Der Erzähler aus dem Off ist verpönt, zu altmodisch.

Sie glauben, ich bin der Autor. Nun, das ist eine Verwechslung, ein verbreiteter Irrtum. So groß sind meine Möglichkeiten doch nicht. Ich hätte keine Macht, wenn sie mir nicht von oben gegeben würde, das gilt auch in diesem Fall. Ich bin eher ein Stellvertreter, ein Vermittler, ein Reiseleiter durch die Geschichte. Aber das Programm habe ich nicht gemacht. Ich bin nicht schuld an all den Romanzen, Dramen und Katastrophen, den gebrochenen Herzen und rosaroten Wolken, den Blutbädern auf verwüsteten Feldern und Sonnenuntergängen an einsamen Stränden, den Roadtrips durch sonnenglühende Wüsten und Showdowns in düsteren Tiefgaragen, den schweißtreibenden Dschungelquerungen auf Elefantenrücken, den Flügen durch sternlose Nächte, dem Aufstieg über Leichen in goldglänzende Paläste und Fluchten durch den Schlamm städtischer Kloaken. Wir haben das nicht zu verantworten, auch wenn wir es aufgebürdet bekommen. Man müsse keinen Mord begehen um einen beschreiben zu können, so heißt es. Indem sie uns dazwischenschalten, können sie ihre Hände in Unschuld waschen. Ihre Person bleibt rein und wir sind nicht greifbar. Saubere Arbeitsteilung. Aber unser Ansehen hat gelitten. Sich damit abfinden aber hieße, liegen zu bleiben, sich nicht wieder aufzurappeln. Deshalb hab ich mich aus der Deckung gewagt, das Inkognito beendet. Meinen Namen wollen Sie wissen? Es gibt keinen, man hat uns eine Bezeichnung verpasst. Den auktorialen Erzähler nennt man uns, die Zunge verknotet sich, wenn ich es aussprechen muss.

Wie? Sie haben davon noch nie gehört? Doch? Na, egal. Muss Sie ja als Lesende auch nicht interessieren, ist ja mehr was für die Literaturwissenschaftler.

Ah, da in der dritten Reihe, die Dame im schwarzen Blazer. Sie haben eine Frage? So wie der Protagonist in diesem Buch würde doch kein Mensch Tagebuch schreiben, meinen Sie? Diese vielen Dialoge und langen Erklärungen. So schreibt man nicht für sich selbst, sondern eher für imaginierte Lesende? Nun, vermutlich haben Sie Recht. Aber stellen wir uns mal kurz vor, unser junger Mann würde hier nur aufschreiben, was ihm selbst zur Erinnerung dient. Da käme für Sie vermutlich nicht so viel rüber und ich müsste spätestens nach jeden zweiten Eintrag um die Ecke gesaust kommen, aus der Seitengasse an die Bühnenrampe sozusagen, um Ihnen mit einem Kommentar die Story zusammen zu binden, um "Butter bei die Fische zu geben", wie man sagt. Das würde Ihnen wahrscheinlich ziemlich schnell auf den Zeiger gehen. Da stellen wir uns doch lieber vor, Dustin will vielleicht irgendwann tatsächlich mal was Literarisches damit machen. Dann können seine Erinnerungen gar nicht genau genug sein.

Wann ich endlich fertig bin, wollen Sie wissen? Ich soll aufhören zu labern und die Bahn freimachen? Ah, da geht's schon los. Sag ich's nicht? Hätte gedacht, Sie könnten zumindest ein wenig Unterstützung in der Geschichte gebrauchen.

Sie kämen gut allein zurecht? Okay, okay, ich geh ja schon, bevor die Eier fliegen. Aber beschweren Sie sich bitte nicht bei mir, falls Sie nicht mehr durchsehen sollten. Ich übernehme keine Verantwortung! Bitteschön. Dann viel Glück.

Mittwoch, 17. Juli 2019

Ich bin immer noch hier. Hätte nicht gedacht, dass ich bereits nach zwei Tagen "auf der Piste" wieder Station mache. Nach dem Frühstück wollte ich mich eigentlich verabschieden und weiterziehen. Aber es kam anders. Gestern hatten wir noch einen herrlichen Abend. Friedrich wollte mir unbedingt die Gegend zeigen und so fuhren wir mit den Rädern zu einem einsamen See, der sich ganz verwunschen in einem Wäldchen versteckte.

»Ein altes Eiszeitloch. Ist richtig tief und immer kühl, sehr angenehm. Kennen nur die Leute von hier, deshalb kommt kaum jemand zum Baden aus der Stadt hierher.«

Ich wäre am liebsten gleich hineingesprungen, hatte aber kein Handtuch dabei und die Aussicht, sich am Abend in nassen Klamotten vom kühlen Fahrtwind trocknen zu lassen, war wenig verlockend gewesen. Das angekündigte Gewitter blieb aus, ich war trotzdem froh über dieses Nachtquartier.

Ob er denn jetzt immer noch alte Instrumente angeboten bekäme, wollte ich bei unserem Plausch heute Morgen am Frühstückstisch wissen. Manchmal schon, antwortete Hanne statt ihres Mannes, aber sie hätte es ihm verboten, noch was anzunehmen.

»Warum denn das?«, wollte ich wissen.

»Sie hat ja recht«, meinte Friedrich seufzend, »die Kirche sei ja schon voll.«

»Und Du hast auch nicht mehr die Kräfte, die alten Kisten aufzuarbeiten«, ergänzte Hanne.

Auf meinen fragenden Blick hin erzählte Friedrich, er habe seit ein paar Jahren Herzprobleme. Man wird halt nicht jünger. Der Arzt hätte nur noch leichte körperliche Betätigung empfohlen. Das Haus würde noch genug Arbeit machen, da hätte er schweren Herzens die Basteleien an den Klavieren lassen müssen. Ein Flügel stünde noch unbearbeitet im Schuppen, ein alter Blüthner von 1873, ganz was feines, ob ich ihn sehen wollte. Mehr aus Höflichkeit denn aus Interesse bejahte ich die Frage.

»Lass uns durch die Werkstatt gehen«, meinte Friedrich und lief mir voraus. »Dann weißt Du, wo man mich am häufigsten findet.«

Der überraschend große Raum sah allerdings sehr unbenutzt aus. Die Hobelbank aufgeräumt, die Werkzeuge stecken fein säuberlich in einer Leiste hinter der Banklade. Die Hobel und Sägen hingen an einem Brett an der Wand. Der Boden war gefegt, auch in den Ecken keine Spur von Spänen.

»Ja, ja,« meinte Friedrich. »Hier ist lange nichts passiert.« Aber der Geruch von Holz, Lack und Spänen steckte noch in den Wänden. Ich sah mich in der Werkstatt meines Großvaters stehen. Vollgestopft mit Möbeln, Türen und Fenstern, die repariert und aufgearbeitet werden mussten. Auf der Werkbank lag immer irgendein Auftrag zwischen den Werkzeugen, die er gerade benutzte. Die Banklade, er nannte sie die Blutrinne, quoll über von Holzresten, Putzlappen und benutztem Schleifpapier, von dem man noch immer ein Eckchen gebrauchen könnte. An der Wand Regale mit Schraubzwingen aller Größen und Gläser, Flaschen und Büchsen mit Lack, Leim und Pinseln. Zwischen all dem scheinbaren Chaos huschte Großvater emsig hin und her, die obligatorische Lederschürze legte er nur zum Essen und zum Feierabend ab. Ich konnte ihm stundenlang zusehen, auf einem Stuhl am Fenster sitzend. Manchmal stieg ich auch drauf, um besser sehen zu können. Er redete dann wie nebenher von den Kunden, denen der Schrank, das Fenster gehörte, erklärte, was er gerade machte oder erzählte von seiner Kindheit in Ostpreußen. All das strahlte Ruhe und Frieden aus, was mir Sicherheit gab wie kaum ein Ort sonst in meiner Welt.

»Der Flügel steht nebenan«, holte mich Friedrich in die

Gegenwart zurück. Und so schoben wir in dem kleinen Anbau ein paar Möbel beiseite, hinter denen ein großer grauer Elefantenrücken zum Vorschein kam. Friedrich wedelte mit einem Handfeger eine dicke Staubschicht weg und nun erkannte ich an dem schwarzen Lack, der darunter auftauchte, dass es der Flügel war, welcher hochkant aufgebockt uns sein gerundetes Hinterteil entgegen streckte.

»Viel sieht man nicht, aber so nimmt er nicht so viel Platz weg«, entschuldigte sich Friedrich. Eigentlich sei das kein schwarzer Flügel, unter dem Lack verberge sich wunderschönes Palisanderfurnier. »Nach neunzehnhundert wollten scheinbar alle Leute schwarze Flügel haben und so wurden viele der schönen Edelhölzer mit schwarzem Schellack zupoliert. Und schau mal, was der für einen besonderen Eisenrahmen hat.«

Friedrich hatte inzwischen einen Gurt, welcher das Instrument wie ein großes Paket verschnürte, gelöst und den Deckel ein wenig geöffnet. Aus dem Inneren funkelten und glänzten uns in verschiedenen Gold- und Silbertönen Blumengirlanden und Ornamente aus bronziertem Eisenguss entgegen. Zwischen den kräftigen Streben war ein majestätisch anmutendes Wappen zu erkennen.

»Man müsste viel dran machen, der schwarze Lack müsste abgeschliffen und alles neu mit farblosem Schellack poliert werden. Auch die Saiten und die Stimmwirbel sollten ausgetauscht werden. Das Material hab ich alles noch da, aber die Arbeit ist inzwischen zu schwer für mich.«

Ob er es denn in Angriff nähme, wenn jemand Jüngeres die Arbeiten unter seiner Anleitung ausführen würde?

»An wen denkst Du?«

»Nun, ich hätte Lust darauf. In meiner Schulzeit hätte ich mir gewünscht, mit solchen Angeboten einen Ausgleich zur ganzen Lernerei zu bekommen. Viele haben sich im Sport ausgetobt. Aber das war nicht mein Ding. Was prak-

tisches, verbunden mit Historie und Kultur, das wäre es gewesen. Wie viel Zeit würde man denn dafür benötigen?«
»Na, ein paar Wochen braucht man dafür schon, je nachdem, wie geschickt du dich anstellst«, meinte Friedrich.

Es war ein spontaner Einfall. Die Vorstellung, hier den Sommer zu verbringen in diesem Dorf zwischen den Hügeln, Wäldchen und Seen erfüllte mich mit einem Gefühl von Heimat, welches ich schon lange nicht mehr empfunden hatte. So sehr erinnerte mich die Situation an die Großeltern und die Werkstatt in dem mecklenburgischen Dorf, in dem sie lebten.

Nach dem Krieg war Großvater als sehr junger Mann mit seinen Eltern aus Ostpreußen umgesiedelt. ›Wir sind nicht vor den Russen geflohen, wie viele andere‹, hatte er mir erzählt. ›Aber es hat uns nichts genützt, im Gegenteil. Als sie auch uns aus unserem Haus rausschmissen, war der Westen schon voll und wir kamen nur noch im Osten unter. Und als endlich klar wurde, dass wir nicht mehr in die Heimat zurückkehren konnten und die Koffer für die Flucht in den Westen schon gepackt waren, stand plötzlich über Nacht in Berlin die Mauer und die Mausefalle war zugeschnappt.‹

War es eine sentimentale Anwandlung, die Erinnerung an meine Trauer nach seinem Tod, welche mich jetzt bewog, meine Hilfe anzubieten? Kein Gedanke, ob ich wirklich viele Wochen mit Menschen, die mir zwar sympathisch waren, aber die ich doch kaum kannte, unter einem Dach leben könnte. Denn in diese Situation war ich schon oft gekommen, wenn ich für eine gewisse Zeit, ein paar Wochen oder Monate in einer neuen Stadt eine WG suchte. Wenn mir die Mitbewohner nicht absolut unsympathisch erscheinen, lasse ich mich gern auf das Abenteuer des Kennenlernens am Küchentisch ein.

Ob ich denn handwerkliche Fähigkeiten besitzen würde, fragte mich Friedrich. Mein Großvater väterlicherseits wäre Tischler gewesen. In den Schulferien waren wir immer für einige Wochen bei ihm zu Besuch gewesen und er hatte mir einiges beigebracht. Aber er sei schon vor einigen Jahren gestorben, antwortete ich. Er könne mir aber nichts zahlen, meinte Friedrich, und es würden sicher mehr als die sechs Wochen Sommerferien benötigt, um die Arbeiten auch abzuschließen. Ich hätte Zeit, hätte keine Verpflichtungen und würde auch keinen Lohn dafür erwarten. Wenn sie mir Kost und Logis geben könnten, wäre ich schon zufrieden. Er müsse darüber mit Hanne reden, ich könnte ja derweil nochmal zum See fahren, es hätte mich doch gestern so gejuckt, hinein zu springen.

Als ich am Nachmittag erfrischt und belebt zurückkehrte, erwarteten mich ein freudestrahlender Friedrich und eine skeptisch dreinblickende Hanne.

»Wir sind einverstanden«, sagte er.

Hanne ergänzte: »Allerdings gibt es zwei Bedingungen. Erstens! Wenn du Fotos machst, keine Bilder von uns und unseren privaten Räumen auf Facebook oder sonst wo hochladen. Und zweitens! Wir leben hier vegetarisch, das musst du akzeptieren, ich werde keine Extrawurst braten.«

Innerlich musste ich ziemlich grinsen. Hatte schon befürchtet, nicht rauchen, kiffen, kein Alkohol, keine Mädchenbesuche et cetera p.p.

Das wäre kein Ding, erwiderte ich. Was Facebook, Instagram und Co angeht, da wäre ich ziemlich faul und vegetarisch zu leben, hätte ich mir zwar schon immer mal vorgenommen, bin dann aber immer wieder schwach geworden. Das wäre jetzt doch eine super Gelegenheit, es auszutesten.

»Dann sind wir uns ja einig«, meinte Friedrich. »Das Zimmer hast du ja schon bezogen. Dann lass uns doch gleich anfangen. Zuerst muss er mal aus dem Schuppen raus und in die Werkstatt gebracht werden. Vielleicht ziehst du dir noch was anderes an. Ist alles ziemlich eingestaubt, wie du gesehen hast.«

»Ach, an meinen Klamotten ist nicht mehr viel zu versau-
en», meinte ich.

Friedrich sah mich an und ich hatte das Gefühl, dass er
mich zum ersten Mal bewusst musterte.

»Na wie du meinst. Dann komm mal.«

Wir brachten ein paar alte Möbel, die aufgearbeitet und
repariert werden sollten, auf den Dachboden. Ein Fahrrad
wurde in den Garten geschoben. Das könnte ich mir in
Ordnung bringen, dann hätte ich für die Zeit ein eigenes
und müsse nicht auf Hannes zurückgreifen, wenn ich zum
See wollte oder ins Nachbardorf, wo der Bus abfährt. Dann
kam der schwerste Akt, den Flügel von seinen Böcken auf
einen kleinen Wagen zu hieven, einen Hund, wie Friedrich
sich ausdrückte, um ihn aus dem Schuppen in die Werkstatt zu befördern. Aber mit einer cleveren Kipptechnik
und einem schnell herbeitelefonierten Nachbarn, erst zu
dritt eine Seite anhebend, während Hanne den Hund un-
terschob, schafften wir es. In der Werkstatt hieß es dann,
das obere und das hintere Bein sowie die Lyra anzu-
schrauben und den Flügel von der langen Seitenwand aus
der Vertikalen vorsichtig über die Lyra in die Horizontale
zu kippen. Als er glücklich stand, musste nur noch das
dritte Bein auf der Bassseite untergeschraubt werden und
nun hatte das schwergewichtige Instrument seine Boden-
haftung zurückgewonnen.

Friedrich löste die Gurte und öffnete den großen Deckel.
Jetzt erst konnten wir den goldglänzenden Eisenrahmen,
in welchen die vielen Saiten eingespannt waren, in seiner
ganzen Pracht bewundern. Florale Girlanden umrankten
ein herrschaftlich anmutendes Wappen, und mir schien,
dass es dem Instrument ein feudales Gepräge verlieh.

Der Klavierbau boomte zum Ende des neunzehnten Jahrhunderts, dozierte Friedrich. Aus den Manufakturen der
Romantik waren Industriehallen des Kapitals geworden.

Die Fabrikanten, die Steinways, Bechsteins und Blüthners hielten sich für den neuen Adel. Geldadel zumindest. Sie residierten in prächtigen Villen, auch wenn man sich vom alten Ludwig Bösendorfer erzählte, dass er vor den Toren Wiens immer aus seiner eigenen Kutsche in eine städtische Droschke umstieg, damit die Leute nicht dachten, er sei jetzt etwas Besseres als ein einfacher Klaviermacher. Sie waren die Entertainmentkönige. Wenn man Musik zu Hause haben wollte, dann war ein Klavier in der guten Stube und die Dame des Hauses, welche ihm Töne zu entlocken wusste, damals der neueste Schrei. Endlich ein Instrument, auf dem man alles spielen konnte, vom Gassenhauer über den Kirchenchoral bis zur Opernarie und das man nicht ständig selber stimmen musste. Zweimal im Jahr den Stimmer kommen lassen reichte aus. Dank seines stabilen Eisenrahmens hielt es die Stimmung besser als alle mit Tasten versehenen Vorläufer. Cembalo, Spinett und Clavichord verstimmen sich ja schon nach wenigen Stunden des Musizierens wieder und selbst die frühen Hammerflügel sind empfindlich wie Mimosen. Ein kalter oder feuchter Luftzug und die harmonischste Stimmung ist dahin. Erst Grammophon, Radio, später dann Fernsehen, CD und Computer entbanden den Menschen von der Notwendigkeit, den Musikgenuss selbst zu produzieren, sondern brachten bequeme Unterhaltung per Knopfdruck. Dies hat das Klavier in vielen Familien wieder verstummen lassen und stürzte die Klavierindustrie in ihre erste tiefe Krise, beendete Friedrich seinen Vortrag.

Er zog sich einen Stuhl heran und schlug ein paar Akkorde an. Von Wohlklang konnte keine Rede sein, das hörte sogar ich.

Er sei natürlich völlig verstimmt, meinte Friedrich. Kein Wunder nach der langen Zeit, in der er nur rumstand, noch dazu hochkant. Er wisse aber, dass dies ein guter Flügel sei. Doch ihn jetzt zu stimmen, würde sich nicht lohnen. Wir würden ihn ja völlig zerlegen. Alle Saiten und Stimmwirbel würden rausfliegen, denn der Resonanzboden muss neu lackiert werden. Erst wenn er wieder zusammengebaut ist, könne er auch gestimmt werden.

Friedrich begann, die Klappe herauszunehmen und die Klaviatur mit der Mechanik aus dem Gehäuse herauszuziehen.

»Ich werde etwas daran arbeiten, während du die Saiten ausbaust und an den Gehäuseteilen den Lack abschleifst«, sagte er. Zusammen trugen wir den Spielapparat in einen Nebenraum. Als wir gerade mit dem Zerlegen beginnen wollten, rief Hanne uns zum Abendessen.

Und dann kam sie, die Frage, vor der ich mich immer noch etwas fürchte. Zwischen Möhreneintopf und Pflaumenkompott bemerkte Hanne, sie frage sich, wie es wohl sein kann, dass ich so viel Zeit hätte. Ob ich denn keine feste Stelle hätte? So viel Urlaub würde doch niemand bekommen.

Früher war ich versucht, mich hinter der Geschichte einer Übergangszeit zwischen einem beendeten Job und einem nächsten zu verstecken. Aber wenn die Wahrheit doch herauskäme, würde das verlorene Vertrauen manche bereichernde Beziehung belasten oder beenden. Auch hatte ich die Erfahrung gemacht, dass mein Lebenskonzept das Interesse des Gegenübers eher verstärkte. Und doch schwang immer noch die Befürchtung mit, ich könnte missverstanden und vorschnell abgelehnt werden.

»Nein, ich habe keine feste Stelle, ich mache die Jobs, welche sich mir gerade anbieten und lebe von dem, was ich dafür bekomme.«

»Und das reicht zum Leben?«, fragte Hanne. »Wie finanzierst du denn deine Wohnung und was man sonst so braucht?«

Ich hätte keine Wohnung und auch so gut wie keinen Besitz, antwortete ich. Bei einem Freund stünden sechs

Kisten auf dem Dachboden, da wären ein paar persönliche Dinge gelagert. Alles, was ich täglich benötige, passt in den Rucksack und die Tasche, mit denen ich unterwegs bin. Große Augen, ungläubige Gesichter, gerunzelte Stirn. Warum ich so leben würde, ich hätte doch eine gute Ausbildung bekommen, würde einen wichtigen Beruf anstreben. Ich muss doch sicher nicht wie ein Ob.... hier stockte Hanne kurz.... Wohnungsloser umherziehen. Es schien mir, als würde Friedrich seiner Frau einen missbilligenden Blick zuwerfen. Dann räusperte er sich und sagte: »Na sicher muss er das nicht. Gerade heute, wo Lehrer händeringend gesucht werden. Vermutlich hat es tieferliegende Gründe, aber das ist doch seine Sache, da steht es uns doch nicht zu, eine Auskunft zu verlangen.«

»Also, ich finde, wir haben schon das Recht, zu wissen, mit wem wir hier ein paar Wochen unter einem Dach leben werden«, erwiderte Hanne. »Vielleicht interessiert mich ja auch, wie man auf so eine Idee kommt und wie es funktioniert. Wie lange lebst Du denn schon so?«

»Schon eine Weile«, antwortete ich, »seit dem Examen, also zirka drei Jahre.« Während des Studiums war ich viel unterwegs gewesen, hatte einige Auslandssemester gemacht, in England, den Staaten, Südafrika. Da musste ich mein Zeug ziemlich minimieren und fand das nicht schlecht. Deshalb hatte ich Lust, so weiter zu leben, konnte mir bald nicht mehr vorstellen, an einem festen Ort zu wohnen mit all den vielen Sachen, die mir wie Ballast erschienen. Ich stellte fest, dass man gar nicht so viele Dinge braucht. Bücher, Musik, sogar Filme gibt es im Internet oder kann man auf dem Laptop speichern, dafür braucht man keine Regale mehr. Kleidung kann man überall und von überall kaufen. Fahrpläne, Tickets, gibt es auch im Netz, selbst Übernachtungsmöglichkeiten in WG´s und die Jobangebote sucht und vereinbart man heute online. Rechner und Handy sind die wichtigsten Tools für so ein

Leben, vermutlich wichtiger als ein eigenes Dach über dem Kopf.

»Was machst du mit der Wäsche?«, fragte Hanne. »Wie viele T-Shirts hast du denn? Ich wasch nicht jeden Tag.«

»Ich habe dreimal Wechselwäsche dabei, einmal trage ich, ein zweites Set ist in der Tasche und das dritte wird abends durchgewaschen und trocknet über Nacht.«

Chapeau, meinte Friedrich. Wenn Du ein Musiker wärst, bräuchtest Du zumindest ein Instrument und hättest ein Gepäckstück mehr, bemerkte er schmunzelnd. »Selbst ein Klavier steht nicht überall zur Verfügung, um darauf zu üben. Und Handwerker brauchen ihr Werkzeug. Ist es nicht vor allem ein Privileg für Kopfarbeiter, so zu leben?«

»Vielleicht. Mit Frau und Kindern geht es auch schlecht. Dann müsste man wenigstens einen großen Wohnwagen oder einen Truck besitzen. In Amerika habe ich solche Leute getroffen«, erwiderte ich. »Aber ich habe nicht nur mit dem Kopf gearbeitet. In Süddeutschland war ich mal bei der Weinlese dabei und in Österreich habe ich ein paar Wochen oben in den Bergen auf einer Alm ausgeholfen, weil sich der Milchbauer ein Bein gebrochen hatte. Das letzte halbe Jahr nun war ich tatsächlich Hilfslehrer an einer Schule in Berlin-Marzahn.«

»Und jetzt versuchst du dich als Klavierbauer. Da kommt vermutlich keine Langeweile auf bei solch einem Leben. Schon irgendwie beneidenswert«, meinte Friedrich.

»Findest Du?«, erwiderte seine Frau. »Denkst Du nicht, dass dir mit der Zeit ein fester Ort, ein Zuhause fehlen würde?«

»Wen fragst du, mich oder ihn?«

»Euch beide?«

»Vermutlich wäre ich dafür jetzt zu alt«, erwiderte Friedrich grinsend.

»Und ich will herausfinden, ob und wann ich das brauche«, antwortete ich.

»Woran wirst du das festmachen? Wenn dich die ständigen neuen Leute nerven oder die vielen Ortswechsel oder die vielen Jobs?«, fragte Hanne.

»Keine Ahnung, ich lass mich überraschen.«

»Na, halt uns auf dem Laufenden.«

Damit schien das Thema vorerst beendet und ich war erleichtert, dass es, wie es schien, wieder positiv aufgenommen wurde. Heiders wollten mich dann noch auf ein Glas Wein einladen, aber ich konnte dankend ablehnen, denn ich zog es vor, etwas die Gegend und das Dorf zu erkunden. Zu engen Kontakt zu den Gastgebern kann das Verhältnis schnell belasten, besonders am Anfang, in der Kennlernphase. Das habe ich inzwischen gelernt. Außerdem wollte ich in Ruhe all die neuen Eindrücke festhalten, bevor sie vom Strom der Zeit davongetragen und in meinem Gedächtnis nur undeutliche Erinnerungen zurücklassen würden. T-Shirt, Hemd und Hose wollten auch noch durchgewaschen sein. Nachdem alles auf der Leine hing, schnappte ich mir meine Tasche mit dem Tablet. Und als ich einen ruhigen, einsamen Platz unter einer alten Eiche am Dorfrand entdeckte, schrieb ich dort, an den mächtigen Stamm gelehnt, bis es so dunkel war, dass ich Mühe hatte, den Heimweg zu finden.

Hätte ich ihnen damals an ihrem Küchentisch noch erzählen sollen, dass mich ein Erlebnis aus meiner frühen Jugend dazu inspiriert hatte? Ich ging regelmäßig in die junge Gemeinde der evangelischen Kirche im Kiez. Der Pfarrer war ein cooler Typ und es war fast mein zweites Zuhause. Wenn es im eigentlichen unerträglich wurde, auch mein Erstes. Einmal probten wir für ein Musical die Story, wie Jesus einen reichen jungen Mann, den Jüngling von Naim, der gestorben war, auferweckt und dann auffordert, ihm nachzufolgen. Wir hatten uns einen lan-

gen Leichenzug ausgedacht, in dem alle Symbole des Luxus unserer Zeit, Haus und Auto, schöne Frauen, gute Position, versinnbildlicht durch Anzug und Aktenkoffer, Geld, Segelyacht und was das Herz begehrt, dem Toten in seine Gruft vorangetragen wurden. Jesus stoppt den Zug und fordert ihn auf, auszusteigen, aus dem Leichenzug der Zeit. Das solle mir nicht passieren, dachte ich damals. Kann man nicht versuchen, gar nicht erst in dieses Spiel einzusteigen, um nicht in ein totsterbenssinnloses Leben zu geraten, aus dem man nur unter Schmerzen wieder aussteigen könnte. Und nun sitze ich in einem Flugzeug und fliege einem Leben mit einer eigenen Wohnung und allem, was man darin so braucht, entgegen. Ich, der ich eigentlich nicht mehr fliegen wollte. Bei Hanne und Friedrich hatte ich das Buch von Tiziano Terzani "Fliegen ohne Flügel" gelesen. Das wäre doch was für mich, hatte Friedrich gemeint und es mir bei einer unserer Nachmittagsrunden auf den Kaffeetisch gelegt. Darin erzählt der italienische Journalist, wie er ein ganzes Jahr versucht hat, ohne zu fliegen, durch Asien zu reisen, von wo er sein halbes Leben lang berichtete. Ein Wahrsager hatte ihm prophezeit, in diesem Jahr würde er bei einem Flugzeugabsturz ums Leben kommen. Er beschreibt darin, wie schwierig es teilweise war, ohne Flüge Ländergrenzen zu überqueren. Manchmal war eine Einreise für Ausländer auf dem Landweg gar nicht mehr vorgesehen. Die Leute um mich herum, fast alle Chinesen, haben angeregte Gespräche begonnen. Manche lesen auch oder sehen sich Filme auf dem Bildschirm auf der Rücklehne vor ihnen an. Das Stimmengewirr in dieser für mich völlig fremden, unverständlichen Sprache hört sich an wie der Singsang meditierender Mönche in einem fernen Kloster auf einem Berg. Manchmal erklingt Lachen. Mein Nachbar schläft. Wir haben noch acht Stunden Flug und vor uns. Ich wecke das Tablet und lese weiter.

Donnerstag, 18. Juli 2019

Fast wäre es am ersten Tag schon wieder vorbei gewesen, weil mir nicht klar war, dass meine Gastgeber von einen Job mit festen Arbeitszeiten ausgegangen waren. Lag es am langen Abend unter der Eiche oder am abgestellten Handywecker oder an meinem Gefühl, eigentlich im Urlaub zu sein, ich weiß es nicht. Jedenfalls wurde ich erst nach zehn wach und als ich gut gelaunt in der Küche erschien, empfing mich eine sehr einsilbige Hanne, die meinte, ich hätte da wohl was falsch verstanden. Das ist hier kein Freizeitjob, den ich erledigen könnte, wie ich lustig bin. Auch wenn ich kein Geld dafür bekäme, müsste sie auf klaren Arbeitszeiten bestehen, sonst würde der Flügel niemals fertig. Friedrich ist nicht mehr der Jüngste und der Gesündeste auch nicht. Unter solchen Umständen hätte sie der Sache nicht zugestimmt und so bräuchten wir gar nicht erst anzufangen.

Ich entschuldigte mich und ging sofort in die Werkstatt hinüber. Auf dem Weg kamen mir ernste Zweifel, ob es eine gute Idee gewesen war, diesem Gefühl nachgegeben zu haben und sich jetzt an solch eine Verpflichtung zu binden, statt wie geplant, unterwegs und frei zu sein. Hätten wir mit der Arbeit begonnen, könnte ich nicht weiterziehen, bevor der Flügel wieder zusammengebaut wäre. In der Werkstatt empfing mich ein feixender Friedrich.

»Na, hat sie dir den Kopf gewaschen?«

»Ziemlich. Tut mir leid.«

»Mach dir nichts draus, sie ist sonst nicht so. Macht sich halt Sorgen um mich. Sei in Zukunft um 8 Uhr unten, dann läuft das schon. Hast du wenigstens gefrühstückt?«

Ich hätte jetzt nicht mehr gewagt, danach zu fragen, erwiderte ich. Aber mit leerem Magen kann man doch keine ordentliche Arbeit machen, meinte er. Ich sollte schon mal mit dem Zerlegen anfangen, er würde mir was besorgen.

Ich griff nach dem Schraubenzieher und nahm mir das erste Teil vor. Nachdem ich die Scharniere von Deckel, Notenpult und Klappe abgeschraubt hatte, kam er mit einem Tablett zurück, auf dem belegte Brötchen dufteten und zwei Pot Kaffee dampften.

»So, nun stärke dich erst mal.«

Ich war ihm sehr dankbar. Nach dem Frühstück zeigte mir Friedrich, wie man die Saiten ausmisst. Er wollte die Mensur nachrechnen und überprüfen. Ich begann, sie unter seiner Anleitung zu entspannen und herauszunehmen. Kaum zu glauben, dass ich damit bis zur Mittagspause zu tun hatte. Danach war das Entfernen der Wirbel an der Reihe. Jeder der ca. 220 Wirbel musste einzeln mit dem Stimmschlüssel in vielen Umdrehungen mühsam herausgedreht werden. Nach zwei Stunden war mein Arm müde und Friedrich holte frischen Kaffee aus der Küche. Als wir uns an die Hobelbank gesetzt hatten, räusperte er sich und fragte:

»Sag mal, deine Erklärung gestern zu deinem, na wie soll ich es nennen, Zigeunerleben oder lieber Minimalismusexperiment, das war doch nicht die ganze Geschichte, oder? Ich meine, das ist doch schon ziemlich extrem, so was hat doch meistens tiefere Gründe?«

Das Z-Wort! Er hatte tatsächlich das Z-Wort benutzt. Sollte ich ihn jetzt gleich darauf hinweisen? Und damit womöglich einen zweiten Graben aufreißen? Ich fühlte unser Verhältnis dafür noch zu jung, zu frisch, fast unberührt, um es jetzt schon mit einer Kritik zu belasten oder gar zu verletzen. Dennoch fragte ich mich, war es nun Gedankenlosigkeit, Gewohnheit, Unwissenheit, Ignoranz oder tatsächlich Rassismus?

»Vielleicht das Zweite«, antwortete ich. »Gefällt mir jedenfalls besser. Aber was meinen..., meinst du mit tieferen Gründen?«

Immer noch kam mir das Du nicht flüssig über die Lippen.

Als Lehrer würde man ja so ein gewisses Gespür entwickeln, antwortete er. Schüler, die später einen eigenwilligen Weg gehen, so man es denn erfährt, seien in der Schule schon irgendwie auffällig gewesen, weil sie einen besonderen Charakter hatten oder aus schwierigen Verhältnissen kamen. Manche würden durch besondere Begabungen auffallen, manche durch spezielles Außenseitertum, andere durch krasse Aggressivität und manche nur dadurch, dass sie eigentlich überhaupt nicht auffielen und man am Ende der Stunde oder der Woche oder des Monats nicht hätte sagen können, ob sie überhaupt da gewesen waren. Wenn man dann die Chance hatte, mit ihnen in ein Gespräch zu kommen, würde man manchmal entdecken, dass gerade sie ganz besondere Menschen sind.

Sollte ich mir jetzt heraussuchen, welche seiner vier Kategorien für mich passte? Oder bekennen, dass es natürlich nur das Chaos meiner Mutter gewesen sein konnte, welches mich allen Besitz vermeiden ließ? Stattdessen antwortete ich, dass wir alle zu viele Dinge anhäufen würden, geradezu süchtig danach seien. Unser Wohlbefinden hinge davon ab, wir zögen Glücksgefühle aus dem Erwerb und Besitz von Sachen, ob sie nun notwendig, besonders wertvoll oder einfach nur schön sind. Andererseits würde uns kaum etwas mehr in Angst versetzen als der Verlust all dieser Schätze.

»Außer der Gesundheit oder dem Leben, dieser Verlust verursacht wohl noch größere Ängste«, erwiderte er.

»Nicht unbedingt«, meinte ich, »es gibt Selbstmörder, die sich wegen eines Konkurs oder Verlust von Haus und Hof umbringen.«

Er darauf: »Möglicherweise, vielleicht ist's aber auch die zerbrochene Lebensperspektive, welche die Leute verzweifeln lässt.«

Ich so: »Was zeigt, dass ihre Perspektiven am Haben hängen. Wie auch immer, ich versuche ein Lebensmodell auszuprobieren, in dem nicht Besitz und Dinge mein Bewusstsein bestimmen, sondern das Sein.«

»Haben oder Sein. Klingt nach Fromm. Erich Fromm wohlgemerkt«, lachte Friedrich. »War der ein Thema in deinem Ethikstudium? Ein bisschen Philosophie solltet ihr ja auch gestreift haben.«

»Nicht nur gestreift, aber Fromm wurde eher am Rande erwähnt, damit wir mal was davon gehört hätten«, bemerkte ich.

In seiner Jugend und Studentenzeit wäre das hochaktuell gewesen. Friedrich geriet ins Schwärmen. Fromm, Horkheimer, Benjamin und vor allem Marcuse hätten damals Kultstatus genossen. Sie hätten ihre Bücher gemeinsam gelesen und hinterher diskutiert. Manche aus diesen Kreisen wären dann bei den Linken gelandet, andere bei den Grünen bzw. der APO, wie es damals hieß und die radikalen Fanatiker bei der RAF. Fromm stünde noch in seinem Bücherregal, wenn ich ihn lesen möchte, solle ich mir keinen Zwang antun.

»Und du, wo hast du dich einsortiert?«, fragte ich.

»SPD, bin kein Revoluzzer.«

»Mich würde es an so eine alte Ostparole erinnern. Das Sein bestimmt das Bewusstsein, nicht das Bewusstsein das Sein.«

Friedrich lachte, die Genossen hätten damit aber was ganz anderes gemeint. Wie ich darauf käme?

»Meine Mutter musste das in der Schule rauf und runter deklinieren«, bemerkte ich.

»Ach, du hast ne Ostsozialisation, darauf wäre ich jetzt nicht gekommen.«

Es schmeichelte und zugleich war es mir unangenehm. Nun wollte Friedrich natürlich wissen, was ich unter Sein verstehe. Ich würde an lebendige Beziehungen zwischen Menschen denken, antwortete ich, wo man den anderen so sein lässt, wie er ist und respektiert und ihn nicht seinen eigenen Interessen unterwirft. Wo man sich im Gespräch wirklich zuhört und nicht nur einen Zuhörer und Bewunderer für die eigene Meinung und seine tollen Erlebnisse braucht. Wo man den anderen liebt um seiner selbst, um gut für ihn oder sie zu sein und sie nicht nur für die Befriedigung der eigenen Bedürfnisse und der eigenen Lust benutzt. Wo man sich Autorität durch echte Kompetenz erwirbt und nicht durch vorgetäuschte, die nur auf Herkunft oder Kontakte zu anderen wichtigen Personen beruht. Oder dass man nur die Dinge besitzt, die man wirklich zum Leben braucht und sie möglichst noch mit anderen teilt und sie nicht anhäuft, um damit sein Ansehen und seine Macht zu steigern. Nicht, das ich all diese hären Ansprüche schon verinnerlicht hätte und leben könnte, aber das wäre das Ziel.

Wie ich denn diese Arbeit, welche der Erhaltung eines alten Schatzes dient, in mein Lebensmodell integrieren könne, fragte er dann.

Neues produzieren, weitere Ressourcen verbrauchen oder bereits Vorhandenes erhalten, um es weiter zu nutzen, wäre für mich ein Unterschied. Dinge nicht vorschnell wegwerfen oder auch teilen ist ähnlich nachhaltig wie weniger Sachen benötigen.

»Vermutlich würde die Wirtschaft zusammenbrechen, wenn alle so denken wie Du«, bemerkte er.

»Das ist ja das Problem«, erwiderte ich, »dass es noch kein Konzept für eine Wirtschaft ohne Wachstum gibt. Oder anderes Wachstum, nicht immer gradlinig nach oben, sondern vielleicht im Kreis. Aber ich glaube, wir dürfen nicht so viel quatschen, sonst werden wir nie fertig.«

»Ach was«, meinte Friedrich, »solche Gespräche machen eintönige Arbeiten wie das Wirbelrausdrehen erst angenehm.«

Mein Arm allerdings fand es alles andere als angenehm, obwohl ich erst die Hälfte geschafft hatte. Friedrich gestand mir, dass die professionellen Werkstätten diese Arbeit mit einer Maschine erledigen. Sein Wirbelausdreher sei aber schon seit einiger Zeit so abgenudelt, das man ihn nicht mehr in die Bohrmaschine einspannen könne. Doch für diese letzte Reparatur hätte es sich nicht gelohnt, noch einen neuen zu kaufen. Deshalb müsse ich das nun leider von Hand bewältigen. Aber wir können für heute Schluss machen und den Arm erholen lassen, wenn's nicht mehr geht. Ich sagte nicht nein und habe den Abend genutzt, alles aufzuschreiben.

Freitag 19. Juli 2019

Heute war ich schon sehr früh wach. So eine Panne wie gestern sollte mir nicht nochmal passieren. Die Sonne lugte gerade erst über die Bäume, die Luft war noch frisch und angenehm, als ich vor das Haus trat. Außer dem lautstarken Gezwitscher der Vögel war kein Geräusch zu hören, kein Auto war unterwegs, kein Rasenmäher wütete, fast Idylle. Das Vögel so laut sein können. Hanne stand in einem lockeren Sportdress hinten im Garten auf der Wiese, tief in Yogaübungen versunken. Für ihr Alter war sie wirklich noch eine gutaussehende Frau, beeindruckend schlank und straff. Schafft man das nur mit Yoga? Sie sollte nicht merken, dass ich sie beobachtete und so ging ich ins Haus zurück und setzte mich in die Küche. Wenn ich mich besser auskennen würde, könnte ich mich hier schon nützlich machen. Sie hatten sich eine dieser amerikanischen Retroküchen eingebaut, ein bisschen Landhaus, ein bisschen modern, mit Kochinsel, rundem Esstisch, edle italienische Terrakottafliesen am Boden, sehr aufgeräumt und sauber. Auf der Küchenzeile thronte einer dieser teuren Schweizer Kaffeeautomaten, mit dem man mega leckeren Crema, Cappuccino und Espresso machen konnte. Der Raum ging in einen Wohnbereich mit Kamin und Sitzgruppe über. An der gegenüberliegenden Wand stand ein großer antiker Schrank. Vielleicht war darin der Fernseher verborgen, denn ich konnte keinen entdecken. Es sah jedenfalls nicht billig aus, alles andere als die Räume mit den üblichen schwedischen Möbeln, in denen ich mich sonst meistens bewegte. Ungewöhnlich war die hölzerne Engelsfigur, die pausbäckig, mit wehendem Gewand und vergoldeten Flügeln an einem Haken über dem Esstisch schwebte. In ihrer Hand hielt sie einen Leuchter, welche den Tisch erhellte. Ich war versucht, ein paar Fotos zu machen, nur zur Erinnerung, aber Bedingung Eins hielt mich sogar davor zurück. Ich checkte ein paar Mails und Whatsapps, aber es war nichts Wichtiges dabei. Ferienzeit, vermutlich erholten sich alle auch von ihren Socialmedia-Kanälen. Ich setzte einen kurzen Eintrag auf Insta und nahm mir vor, Friedrich zu fragen, ob ich zwei Bilder von der Kirche und der Sammlung posten dürfte. Hanne kam mit einem frischen Strauß Kräuter oder Blumen herein, ich konnte es nicht unterscheiden, und suchte dafür eine Vase. Auf meine Frage, ob ich schon etwas tun könnte, zeigte sie mir, wo ich Geschirr, Wasserkocher und Tee finde. Friedrich wäre zum Bäcker ins Nachbardorf geradelt und sie würde jetzt noch einen Dusche nehmen.

Nach dem Frühstück, die Gespräche drehten sich um Alltägliches, den Garten, ein Telefonat, was einzukaufen wäre, ein Termin beim Kardiologen, hing ich mich wieder an die Stimmwirbel. Nach drei Stunden und einer weiteren Kaffeepause hatte ich sie gegen Mittag endlich heraus.

Für den Nachmittag stand das Losschrauben der Gussplatte an, dafür wurde eine Bohrwinde mit einem sehr breiten Schraubenzieher gebraucht, denn diese Schraubenköpfe waren besonders groß. Die Gussplatte müsse schließlich eine Zugkraft von 16-20 Tonnen abfangen, dafür muss sie besonders fest mit dem Holzrahmen, der Rast verschraubt werden, das geht nur mit solch großen Schrauben, erklärte Friedrich. Ich sollte aufpassen, dass ich nicht abrutsche, denn das könnte hässliche Kratzer im Lack hinterlassen oder den Schraubenschlitz verwürgen, wie Friedrich meinte. Ich brauchte alle meine Kräfte, um sie loszubekommen und war danach ziemlich breit.

Gut, dann Schluss für heute, bestimmte mein neuer Chef. Morgen würden wir die schwere Gussplatte rausheben. Als ich ihn entsetzt ansah, lachte er und meinte, keine Angst, er hätte schon drei Freunde organisiert, zusammen wäre das kein Problem. Ich atmete erleichtert auf, stellte mich nach dem Abendbrot unter die Dusche und fiel danach ins Bett wie ein nasser Sack.

Samstag 20. Juli 2019

In der Frühe kamen wie angekündigt die drei Männer aus dem Dorf, welche die Gussplatte herausheben sollten. Friedrich brachte zwei dicke hölzerne Bohlen, welche er unter den Rahmen auf die Seitenwände des Flügels legen wollte, wenn wir die Platte hochgehoben hätten. Darauf könnten wir sie ablegen, dann Stück für Stück über die Klaviaturseite aus dem Instrument heraus buxieren und am Ende hochkant an eine der Werkstattwände stellen. Die Männer, welche aussahen, als würden sie immer gut frühstücken, schienen diesen Job schon ein paar Mal gemacht zu haben, jedenfalls übernahmen sie sogleich das Kommando. Mich stellten sie an das Ende der Platte zusammen mit dem Kleinsten von den dreien, denn dort wäre sie, also die Platte, am leichtesten. Vier Mann, vier Ecken, auf los gings los und wir hoben gleichzeitig den Eisenrahmen an. Obwohl ich wusste, dass er schwer wäre, so musste ich doch kurz tief Luft holen, als das wahre Gewicht an meinen Armen hing. Doch flink hatte Friedrich die Bohlen untergeschoben und behutsam setzen wir die Platte darauf ab. Als sie schlussendlich glücklich an der Wand lehnte, atmeten dennoch alle erleichtert auf. Danach standen wir fröhlich mit einem Pott Kaffee an der Hobelbank. Hanne lachte und strahlte in die Runde.

Man redete über dies und das, wer gerade wo baut, dass Günters Baufirma doch super laufen müsste bei der Nachfrage und sich der Staat dumm und dusselig verdienen würde bei diesen Steuereinnahmen. So doll wäre es nun auch wieder nicht, versuchte der Angesprochene, ein 1,90-Hüne mit Oberarmen wie Baumstämme, abzuwiegeln. Viel schlimmer wären die ständigen neuen Vorschriften, bei der Buchführung gegen Schwarzarbeit, bei den Baumaßnahmen wegen den Klimaauflagen, dem Brandschutz, den Nachweisen über die Sozialversicherung und dem Mindestlohn. Das würde immer mehr Zeit kosten, die einem niemand bezahlt. Wenn es so weiterginge, dass die Politik Verwaltung und Wirtschaft mit ihren Gesetzen immer mehr ausbremst, würden wir bei allem guten Willen in eine latente Unregierbarkeit des Landes geraten.

Genau, stimmte ein anderer zu, und dann würden sie uns auch noch das Autofahren vermiesen wollen. Nicht genug, dass der Benzinpreis steigt und steigt, jetzt solle auch noch die CO_2-Abgabe oben drauf kommen und dann wollten die Grünen am liebsten auch noch Tempo hundertzwanzig auf allen Autobahnen. Das letzte Stück Freiheit würden die uns nehmen, wenn sie an die Macht kämen. Nur noch Gängelei, Verhältnisse wie in China. Aber das lasse er sich nicht verbieten. Es gäbe doch nichts Schöneres, als in einem guten Wagen mit zweihundert Sachen über die Autobahn zu jagen. Freie Fahrt für freie Bürger. So hieß das doch mal, lange her, wie es schien. Dafür müsse man bald wieder kämpfen.

Als sie gegangen waren, fragte Hanne, wieso Friedrich denn so still geblieben wäre bei Walters Tiraden. Früher hätte er so was doch nicht unwidersprochen stehen lassen. Ach, meinte er, das hätte doch keinen Zweck. Im Grunde wüste er es doch besser, er wäre doch intelligent genug. »Aber wenn man nichts sagt«, erwiderte Hanne, »könnte er es als Zustimmung deuten.«

»Das ist doch nur spätpubertäres Räsonieren gegen Vater Staat«, meinte Friedrich. »Das muss man gar nicht ernst nehmen.«

In den nächsten Tagen musste der Resonanzboden getrocknet werden, damit sich die Risse öffnen. Dafür hatten wir einen Ölradiator unter den Boden gestellt. Die warme Luft würde dem Holz die Feuchtigkeit entziehen. So gab es erst mal nichts am Instrument zu tun und ich nahm mir das alte Fahrrad vor. Als ich es wieder flott gemacht hatte, war es bereits Abend. Morgen will ich die nähere Umgebung erkunden, an den kleinen See fahren, lesen oder schreiben.

*Walter. Der war damals schon so negativ drauf. Wenn ich daran denke, was alles noch kam, woran er möglicherweise einen Anteil hatte. Was hätte ich ihm erwidern können? Oder sollen? "OK Boomer?" Diese Generation mit ihrer erdrückenden Mehrheit, welche CDU, FDP und immer mehr die AFD wählen. Nur weil sie ihnen ihre heißgeliebten Autos und die Parkplätze vor dem Zugriff der Grünen zu schützen vorgeben. Und vor dem "Gendergaga". Okay, da bin ich auch nicht so konsequent. Mitglieder*Innenschaft finde ich z.B. auch Quatsch, übertrieben. Ist ja sogar weiblich. Trotzdem. Nicht vorstellbar, dass solche Leute mal Ideale und Träume hatten, in ihrer Jugend wild, fortschrittlich und sogar links waren. Friedrich und Hanne waren vermutlich eine Ausnahme. Zumindest mit ihrer Haltung. Gut situiert waren sie auch. Wird man so, wenn man älter wird? Und warum? Weil* man sich was aufgebaut hat, im schlimmsten Fall zusammengerafft, was man nun verlieren könnte? Weil die Ideale von gestern die Konservate von heute sind, wie in Kunstharz eingegossene Heiligtümer gleich einer im Bernstein eingeschlossenen Blume? Aber natürlich hatte auch ich nichts gesagt. Ich bin ja höflich und war außerdem zu Gast.

Montag, 29. Juli 2019

Lange nichts geschrieben. Heute Morgen hingen tiefe Wolken am Horizont. In der Nacht hatte es kräftig geregnet und alles war nass und grau. Der erste Tag, an dem ich mich ehrlich beglückwünschte, jetzt ein Dach über dem Kopf zu haben und nicht losziehen zu müssen. In den letzten Tagen hatten wir begonnen, die Risse im Resonanzboden zu schließen. Dafür müssten diese keilförmig aufgeschnitten und passend gemachte Späne eingeleimt werden, erklärte Friedrich. Ihm war es wichtig, dass möglichst keine Leimfuge zu sehen ist. Da ich so etwas noch nie gemacht hatte, war es fast zwangsläufig, dass die ersten Späne nicht im Riss, sondern im Mülleimer landeten. Aber nach ein paar Versuchen und geduldiger Anleitung waren sie brauchbar. Das überstehende Holz nach dem Einleimen sauber abzuschneiden war eine weitere Herausforderung. Friedrich zeigte mir, dass ich auf den Faserverlauf des Spanes achten müsse, dieser sollte nach oben, vom Boden weg führen, sonst würde das Stecheisen, so scharf es auch sei, den Span nicht gegen die Faser schneiden, sondern mit der Faser ausreißen. Damit hatte ich einige Tage gut zu tun.
In der Mittagspause, Friedrich hatte sich für seine Siesta zurückgezogen, ich lag im Garten auf der Wiese, kam Hanne und fragte, ob ich ihr etwas helfen könnte. Es gäbe

so viel Unkraut und allein würde sie es kaum schaffen. Sie war mir gegenüber bisher sehr zurückhaltend gewesen. Deshalb irritierte es mich, dass sie nun so unvermittelt mit einem Wunsch um die Ecke kam. Empfand sie meinen Aufenthalt hier als eine kostenlose Beherbergung, für die ich noch zu wenig Gegenleistung erbrachte? Oder war es der Versuch, das Verhältnis über den Umweg der gemeinsamen Tätigkeit auf unverdächtige Art zu entkrampfen? Dass sich mit Friedrich durch die Arbeit ein unkomplizierter Umgang entwickelt hatte, wird ihr nicht verborgen geblieben sein. Aber da auch ich interessiert war, die anfängliche Verstimmung aufzulösen, legte ich mein Buch sofort zur Seite. Ich würde natürlich gern helfen, bin mir aber nicht sicher, ob ich eine große Hilfe sei, denn von Pflanzen hätte ich keine Ahnung und befürchte, ich werde statt des Unkrauts alle Nutzpflanzen rausreißen. Hanne meinte, das viele Gras in den Beeten könne ich gar nicht verfehlen. So kam es, dass wir bald nebeneinander am Boden hockten, jeder mit einer kleinen Hacke bewaffnet und die Erde auflockerten, um dann die Grasbüschel, die sich tatsächlich heftig breit gemacht hatten, auszureißen. Zuvor hatte ich sehr verwundert am Gartentor gestanden, denn den Bereich hatte ich bisher nicht sonderlich beachtet. Das sollte der Gemüsegarten sein? Alle Pflanzen waren nach Farbe und Form so angeordnet, dass es auf den ersten Blick aussah, als hätte der Gärtner oder die Gärtnerin die wunderschönsten Blumenbeete gestaltet.

Das sei den französischen Barockgärten nachempfunden, meinte Hanne, die meine Verwunderung amüsierte. Dort würde nichts einfach in Reih und Glied gepflanzt. Auch der Nutzgarten sollte das Auge erfreuen wie ein schöner Blumenstrauß. Und so findet man blühende Bohnenspaliere umgeben vom herrlichen Grün des Mangold zwischen den wiederum violetter Kohl gesetzt ist, oder Auberginenstauden, wenn der Garten etwas südlicher angesiedelt war.

Ich war beeindruckt.

»Das ist meine Leidenschaft«, meinte sie, »so wie für Friedrich die Instrumente.«

Dann arbeiteten wir still vor uns hin. Als wir das halbe Beet von Unkraut befreit hatten, versuchte sie, das Schweigen mit einer Frage zu brechen.

»Friedrich hat mir erzählt, dass Du im Osten groß geworden bist.«

»Naja, nicht wirklich«, antwortete ich, »bin ein Wiedervereinigungskind, 1990 geboren. Aber meine Mutter ist im Osten aufgewachsen, deshalb bin ich wahrscheinlich auch noch ein Ostkind, auf jeden Fall haben wir fast immer im ehemaligen Osten gewohnt, bis auf eine kurze Zeit in Kreuzberg«

»Und dein Vater?«, fragte Hanne.

»Kommt auch aus dem Osten, aber meine Eltern haben nicht wirklich zusammen gelebt.«

Sie sei auch ein „Ostkind", erzählte Hanne. Ihre Familie würde aus einem Dorf nicht weit von hier kommen, gleich neben dem Flughafen. Ihre Vorfahren waren dort Bauern, hatten Haus und Hof und Felder, auch ein Waldstück war dabei. 1960, als die letzten in die LPG gezwungen wurden, hatten ihre Eltern alles stehn und liegen gelassen und sind mit ihr und ganzen zwei Koffern nach Westberlin rübergemacht. Da war sie sieben Jahre alt. Das wäre für Bauern absolut ungewöhnlich, die wären meist mit ihrer Scholle so verwurzelt, dass sie sich nicht trennen würden. Aber ihrem Vater war die Freiheit wichtiger. Er hat dann erst bei der Stadt und dann bis zu seiner Pensionierung bei der Schlösserstiftung in Charlottenburg als Gärtner gearbeitet.

»Kommt daher deine Liebe zu den Barockgärten.«

»Möglich«, meinte Hanne, »wir haben ihn manchmal in den Park begleitet, da war ich ja schon erwachsen und mit Friedrich zusammen. Er hat mir viel erklärt und auch die Gewächshäuser gezeigt, wo sie die schönen Pflanzen vorgezogen haben und die Besucher nicht hinkamen.«

»Was hast du denn beruflich gemacht«, wollte ich wissen. Jetzt schienen mir persönliche Fragen möglich zu sein.

Nichts Besonderes, sie sei Sekretärin gewesen, habe bei Siemens gelernt und dann in den Schuldienst gewechselt. »Schulsekretariat, das ist alles andere als langweilig. Da läuft so ziemlich alles auf, was in einer Schule los sein kann. Schüler, die plötzlich Bauchschmerzen bekamen oder sich beim Toben den Arm gebrochen haben und dort auf ihre Eltern warten müssen, Eltern, die sich über einen Lehrer oder gleich die ganze Schule beschweren wollen, Handwerker, die was reparieren sollen und an deren Termin niemand mehr gedacht hat bis zum Tratsch unter den Lehrern hast du alles. Die Sekretärin und der Hausmeister sind nach dem Direktor die wichtigsten Personen in einer Schule, das kannst du dir schon mal merken. Im schlechten Fall sogar vor dem Direktor«, ergänzte sie noch.

»Das habe ich schon bemerkt«, erwiderte ich. »Hast du dort auch Friedrich kennengelernt?«

»Klar, wo sonst«, antwortete sie. Wobei im Haus das Gerücht, die junge Sekretärin hätte was mit dem Musiklehrer, schon rumging, als da noch gar nichts war. Friedrich war einfach nett und freundlich wie zu allen und sie hätte es erwidert, sie hätte sich nichts dabei gedacht. »Er war ja auch neun Jahre älter. Auf der Abschiedsfeier der Abgangsklasse hatte er mich dann zum Tanzen aufgefordert und gemeint, man munkelte, sie hätten eine Affäre. Ich weiß noch, dass ich in schallendes Gelächter ausbrach, was ihn nun wieder völlig irritierte.«

Es erheiterte sie heute noch. In der Geste, wie sie ihr Lachen hinter dem Rücken ihrer sandigen Hand verbarg, sah ich die junge Frau von damals vor mir und wusste, dass sich Friedrich in dieses Lachen endgültig verliebt haben musste. Es hätte sie einige Mühe gekostet, Friedrich zu überzeugen, dass nicht die Vorstellung, sie hätten eine Affäre haben können, sondern die Tatsache, allein ein herzlicher Umgang konnte zu solchen Vermutungen führen, sie derart belustigte. So habe es angefangen. Als sie dann wirklich ein Paar waren, »geheiratet haben wir erst viel später, das tat man in unseren Kreisen damals nicht«, wurde bald klar, dass sie nicht an der gleichen Schule arbeiten könnten. Es entstand eine Distanz zu den anderen Kollegen, man vertraute ihr nicht mehr so wie vorher. Auch wollte sie nicht, dass die Gespräche aus dem Sekretariat zu Hause weiter liefen. »Da hab ich schweren Herzens gewechselt, denn es war eine gute Schule.«

»Das war aber nicht abgemacht, dass du mir meinen Mitarbeiter abwirbst.« Friedrich stand grinsend zwischen den Beeten.

»Kleine Abwechslungen zur Hebung des Betriebsklimas schaden nie«, erwiderte Hanne trocken. »Aber geht ruhig wieder zu deinem Königskind. Ich komm schon alleine klar.«

Der Leim war inzwischen gut durchgetrocknet. Mit einem Lackkratzer, der auch gut geschärft sein musste, "Gut Werkzeug ist halbe Arbeit", damit er keine Scharten ins Holz zieht, wurde der alte Lack heruntergeholt und die Reste mit Spiritus abgewaschen. Nun konnte der Boden geschliffen und grundiert werden.

»Wofür genau ist dieser Resonanzboden eigentlich da oder warum ist er so wichtig, dass man da so exakt arbeiten muss«, wollte ich von Friedrich wissen.

Nun, wie der Name schon vermuten lassen würde, erklärte er, sei diese große Holzplatte für den Klang des Flügels verantwortlich. Die Töne werden ja von den Saiten erzeugt, welche von Hämmern, die über eine Mechanik mit den Tasten verbunden sind, angeschlagen werden. Diese Saiten, hochgespannter Stahldraht, geraten dadurch in Schwingungen. Unser Ohr wiederum nimmt Töne wahr, weil die Luft in Schwingung versetzt worden ist. Die schwingenden Saiten wären aber allein nicht in der Lage, die Luft in so starke Schwingungen zu versetzen, dass unser Ohr sie hören könnte. Deshalb sind sie durch diese gebogene Holzleiste, den Steg, mit dem Resonanzboden verbunden. Sie geben ihre Energie an diesen ab und er verstärkt sie. Weil seine Fläche so groß ist und er auch unter Spannung steht, kann er die Luft in so kräftige Schwingungen versetzen, dass wir es hören könnten. »Schau, ich kann es dir sehr einfach verdeutlichen.«

Friedrich griff nach einer Stimmgabel, schlug sie an der Hobelbank an und hielt sie in die Luft.

»Hörst du was?«

Ich bemühte mich, konnte aber nur ein ganz feines Summen mehr erahnen als hören. Jetzt schlug er die Stimmgabel noch einmal an und setzte sie mit ihrem Fuß auf die Hobelbank auf. Nun war ein deutlicher Ton zu hören. Als er beim dritten Mal mit der Stimmgabel den Resonanzboden berührte, erfüllte ein klarer, schöner, warmer, kräftiger Klang die Werkstatt.

»Ist es ein besonderes Holz, oder warum klingt es jetzt noch kräftiger als auf der Hobelbank?«, wollte ich wissen.

Er erklärte mir, dass nur sehr langsam gewachsenes Fichtenholz aus den Nordtälern hoher Gebirge verwendet werden kann. Aus den Stämmen werden in einem speziellen Verfahren 10 mm starke Bretter geschnitten und diese zu den großen Flächen verleimt, die man für Klaviere und Flügel braucht. Auf der Rückseite werden sie mit Rippen aus dem gleichen Holz versteift und unter Spannung in den Flügel eingeleimt. Dadurch können sie so kräftig schwingen und so schöne Töne abstrahlen.

Das Lackieren mit dem neuen Resonanzbodenlack, der herrlich nach Spiritus und Harz duftete, wollte Friedrich allerdings selbst übernehmen. Man muss den Lack in mehreren Schichten sehr gleichmäßig mit einem breiten Pinsel auftragen und dann ausstreichen, damit er gut verläuft und am Ende keine Wischer, Nasen, Wülste oder Löcher zu sehen sind. Das sei nicht ganz einfach, ich sollte einfach mal zuschauen. Es war viel Arbeit und wir brauchten einige Tage, auch weil nicht nur Flügel, Späne und Lack Trocknungspausen brauchten, sondern auch Friedrich. Nach dem Mittagessen hielt er seine Siesta und ich füllte die Zeit mit Schreiben oder Lesen. Sie hatten mir die häusliche Bibliothek angeboten und ich fand eine Menge Bücher, die mich interessieren. Tatsächlich griff ich zuerst nach Erich Fromms "Haben oder Sein" und bemerkte schon nach den ersten Seiten, wie aktuell es eigentlich noch war, wenn auch die Sprache den Geist der sechziger und siebziger Jahre zu atmen schien. Seine spürbare Sympathie für marxistische Gesellschaftsentwürfe bzw. vergemeinschaftlichte Wirtschaftsformen wirkten heute nach dem Zusammenbruch des Kommunismus zwar etwas naiv und überholt und doch verstand ich seine Anliegen und seine Visionen gut und wünschte mir, es gäbe eine Zukunft für solche Ideen, teilweise hielt ich sie für nötiger denn je.

Die Stewardessen schieben die Wagen mit dem Bordcatering durch, vermutlich soll das eine Abendmahlzeit werden. Das Zeitgefühl ist mir schon völlig verrutscht. Wir sind vor knapp zwei Stunden um 18 Uhr in Berlin gestartet und fliegen der Sonne entgegen. Draußen ist schon lange tiefste Dunkelheit. Eigentlich wären wir um 11 Uhr Ortszeit in China gelandet, sechs Stunden später wird es 17 Uhr sein. Um mich herum fröhliches Stimmengewirr. Europäer habe ich nur zwei entdeckt. Die Leute sind aufgekratzt. Sicher nicht nur, weil es jetzt zu essen gibt, was ja in China, wie ich gelernt habe, sehr wichtig ist. Dort begrüßt man sich nicht mit "wie gehts", sondern, "hast du heute schon gegessen". Okay. Pause.

Break

Na, meine Damen und Herren, ist Ihnen schon schwindlig oder kommen Sie noch mit? Sehen Sie noch durch? Vielleicht wollen Sie sich jetzt auch eine kleine Pause gönnen, nach all den vielen Zeitsprüngen, Vor- und Rückblenden, angeschnittenen Themen, Geschichten und der ganzen Klavierbaukunde?
Zugegeben, das Personal ist bis jetzt überschaubar. Da habe ich schon ganz andere Compagnien zu bewältigen gehabt und die Leser suchten verzweifelt nach einem Personenverzeichnis. Aber ich fasse es gern nochmal zusammen.

Wir hätten da einen jungen Mann, Dustin genannt. 1990 geboren, wie wir gehört haben, ist er zum Zeitpunkt der Handlung um die dreißig. Wie er zu diesem Namen gekommen ist, wollen Sie wissen? Gefällt er Ihnen nicht? Es ist die englische Form von Torsten. Er soll aus Thor, dem Chef im germanischen Götterhimmel und Stein gebildet sein, also Thors Stein und bedeutet so viel wie der Tapfere, der Krieger. Also wenn das nichts ist. Sie finden ihn zu gewöhnlich? Er erinnere Sie an einen Schauspieler? Haben Sie vielleicht zu viele amerikanische Serien geguckt? Aber die Richtung stimmt schon, mit der Assoziation liegen Sie gar nicht so falsch.
Dustins Mutter kommt aus dem Osten, aus der ehemaligen DDR und scheint etwas chaotisch zu sein, man könnte sie auch als Messie bezeichnen. Mehr wissen wir über sie noch nicht. Auch über den Bruder wurde, abgesehen von dessen Existenz, noch nichts weiter erzählt. Ein Großvater väterlicherseits war Tischler, sein Haus und die Werkstatt wecken in Dustin Gefühle und Erinnerungen an eine heile Welt und Kinderidylle. Aber was ist mit dem Vater, mit den Eltern der Mutter? Alles noch unbekannt.
Vermutlich haben die Kinder unter den Verhältnissen zu Hause gelitten. Dustins außergewöhnliches Lebenskonzept

könnte aus diesen Erfahrungen erwachsen, auch wenn er sich dessen vielleicht noch nicht bewusst ist oder es nicht damit in Verbindung bringen will.

Sie finden, wenn ich mich hier schon ständig reinhänge, dann könnte ich doch auch mal eine Personenbeschreibung abgeben. Welches Bild hätte denn der werte Herr Autor für seinen Protagonisten vor seinem inneren Auge? Zugegeben, da ist noch nicht viel gekommen, ist ja auch nicht so einfach. Wenn man einen Ich-Erzähler nicht direkt vor einen Spiegel stellen will, (wie simpel ist das denn), vor dem er, also nur beispielsweise, seine langen Haare und den spärlichen Bart einer kritischen Prüfung unterzieht, an seiner hageren Gestalt und dem kugelrunden Kopf lässt sich ja wenig ändern, dann kann man es eigentlich nur indirekt erzählen. Zum Beispiel mit der Episode, wie er als Student im Lehramtspraktikum wegen seiner kastanienbraunen Dreadlocks, den zerrissenen Jeans und den uralten Sneakers von einem Lehrer darauf hingewiesen wurde, dass Schüler im Lehrerzimmer nichts zu suchen hätten.

Oder wenn man ihn, um noch ein anderes Bild zu skizzieren, an sich selbst zweifeln lässt wegen seiner geringen Körpergröße und dem tiefschwarzen Man bun, na Sie wissen schon, diesen Haarknoten, den er schon viel zu lang auf seinen Scheitel windet und der ihm einen femininen Habitus verleiht, den er anfangs cool aber nun eher peinlich findet, auch da braucht man eine kluge Einbindung in die Geschichte. Wäre es glaubhaft gewesen, zu erzählen, dass er sich den Schädel am liebsten kahl rasiert hätte, als er bemerkte, das unter den Schülern blöde Witze die Runde machten, andererseits aber befürchtet, dass er dann eher für einen Nazi als einen Shaolin-Mönch gehalten würde? Immerhin ist er einigermaßen sportlich gebaut, ohne dass er viel dafür tun müsste wie andere, die täglich ins Fitnessstudios rennen und Proteinshakes in sich rein kippen, um den immer viraler gehenden post´s der vermeintlich männlichen Sexy-Selfies zu entsprechen. Letzteres ist ihm auch völlig egal, Ersteres pusht dann doch seine eigentlich ins hinterletzte Stübchen des Selbstwertgebäudes verbannte Männlichkeit.

Oder wie gefällt Ihnen diese Variante? Stellen Sie sich das verschmitzt freundliche Lächeln eines Sam Gamgee vor. Na, Sie wissen schon, den Gefährten von Frodo Beutlin aus dem "Herr der Ringe"- Film. Die lustigen blauen Augen blinzeln durch eine markante Hornbrille, welche dem Gesicht einen intellektuellen Anstrich verleiht und dem Eindruck vorbaut, man habe es mit einem sympathisch netten, aber etwas naiven und mäßig begabten Menschen zu tun. Er ist mittelgroß und neigt zu einer leichten Fülle, die man lieber für den letzten Babyspeck als den ersten Bierbauch halten möchte. Es gibt ihm in jedem Fall etwas Gemütliches und Bodenständiges. Das Ganze wird von einer wallenden rotblonden Lockenpracht marxscher Dimension gekrönt, die ihm auf dem Gymnasium den Spitznamen "Der rote Karl" einbrachte.

Vielleicht haben Sie aber insgeheim bereits ein eigenes Bild gestrichelt und wollen nun wissen, ob Sie mit dem Autor auf einer Linie liegen?

Wie dem auch sei, danke für den Hinweis, ich geb´s nach oben weiter.

Dann haben wir Friedrich, einen pensionierten Lehrer. Wenn er zum Beginn der Geschichte 75 Jahre zählt, dann ist er - na, geht's noch ohne Taschenrechner? - genau 1944 geboren. Wie er zu seiner Instrumentensammlung gekommen ist, haben wir gehört, sie sind ihm mehr oder weniger zugelaufen wie Waisenkinder oder herrenlose Hunde und Friedrich in seiner Gutmütigkeit hat sich ihrer angenommen, sie aufgepäppelt, ins Herz geschlossen und für ein Dach über dem Kopf gesorgt.

Ob er die Kirche auch geschenkt bekommen hat, wollen Sie wissen? Ja, das wird noch interessant. Da wollen wir mal noch nicht zu viel verraten. Jedenfalls empfindet er all diese Dinge, die Instrumente, die Kirche, keineswegs als Ballast sondern als individuellen Ausdruck einer Lebenskultur, welche das Bewahren alter schöner Dinge nicht nur für einen gesunden Konservatismus, sondern auch für den sichtbaren Beweis von Geschichtsbewusstsein, Bildungsbürgertum und ökologischer Intellektualität hält. Ein Leben wie Dustin, aus dem Koffer sozusagen, wäre für ihn vermutlich unvorstellbar und doch ist er ihm vielleicht gerade wegen dieser Gegensätzlichkeit sympathisch.

Und dann ist da noch die skeptische, kritische Hanne, die länger braucht und lieber dreimal hinschaut, bevor sie jemandem ihre Zuneigung schenkt. Neun Jahr jünger als Friedrich ist sie jetzt 66 Jahre und damit 1953 geboren. Ihre Ost-West-Vergangenheit wird der Geschichte noch eine gewisse Dynamik verleihen, so viel darf ich zur Belebung Ihrer Neugier schon mal durchblicken lassen.

Wer diese Irena sei, welche nur ganz kurz und wie nebenbei erwähnt wurde? Wer hat das gefragt? Ach, der Herr in der zweiten Reihe. Das ist Ihnen also hängengeblieben. Warum verwundert mich das jetzt nicht? Nun, bezähmen Sie Ihre Ungeduld, alles zu seiner Zeit.

Aber wieder zurück zu unserem Reisenden auf seinem Flug nach China, die Pause wird bald zu Ende sein. Warum fliegt er dahin, ausgerechnet in dieses Land, wollen Sie wissen? Auch das werden Sie noch zur rechten Zeit erfahren, keine Sorge.
Aber was denken Sie über ihn, wofür halten Sie sein Lebenskonzept? Ist es ein verrücktes Experiment, der Sympathie erweckende radikale Selbstversuch, dem Klimawandel und dem exponentiellen Ressourcenverbrauch für das eigene, gute Gewissen etwas Substanzielles entgegenzusetzen? Eine leise Protestaktion, Everyday for Future sozusagen, die keinem weh tut und doch am Sicherheitszaun der Anderen rüttelt und den inneren Schweinehund aus seiner Hütte scheucht?

Oder doch die euphemistische Bemäntelung der Unfähigkeit, Verantwortung für sein Leben zu übernehmen, mit dem Etikett der guten Tat zu verdecken, dass man sich eigentlich nur die Rosinen aus dem Kuchenberg der Daseinsvorsorge herauspicken und sich einen schlanken Fuß machen will vor der Kärntnerarbeit, im Schweiße seines Angesichts sein Feld bestellen zu müssen? Dustin einen etwas besser organisierten Obdachlosen zu nennen, hieße aber sicher, zu weit gegangen zu sein.

Nun, fühlen Sie sich ganz frei, ihre Meinung zu bilden, lassen Sie alle Political Correctness im Aktenkoffer, in der Handtasche oder im Rucksack stecken und geben sich ihrem Bauchempfinden hin. Zu welcher Möglichkeit neigt sich die Waagschale Ihrer Gefühle?

Doch Gemach, Gemach. Sie müssen noch nichts sagen. Für ein Urteil ist́s noch viel zu früh. Wir haben ja noch einige Stunden Flug vor uns.

Das Essen war okay, für so eine Bordküche, die nur vor-gekochtes aufwärmen kann, sogar recht ordentlich, Reis mit Gemüse, Tofu für die Veggies, Hühnchen für die Meatler, ein Dessert, eine Süßigkeit, alles asiatisch ange-haucht. Ich freue mich schon auf die echte chinesische Küche. Ich hatte von herrlichen, kleinen Garküchen in winzigen, schmalen Läden gelesen, von schmackhaften Teigtaschen, die man auf der Straße von der chinesischen Hausfrau kaufen kann, und tollen Restaurants. Als alles abgeräumt ist, (was machen die eigentlich mit dem gan-zen Plastikgeschirr?) hole ich mein Tablet wieder raus.

Donnerstag 1. August 2019

Nun bin ich schon mehr als zwei Wochen hier. Um mich über die Arbeit am Flügel hinaus nützlich zu machen, habe ich die Vorbereitung des Frühstücks übernommen.
Friedrich radelt jeden Morgen ins Nachbardorf und holt frische Brötchen. Dort gibt es einen kleinen Markt mit ei-nem Backshop. Hanne kann sich für ihre morgendlichen Yogaübungen mehr Zeit lassen und erscheint dann frisch geduscht, duftend und mit glänzenden Wangen, nicht nur von der Tagescreme, am Frühstückstisch.
Die gewachsene Vertrautheit, so dachte ich zumindest, würde es mir nun erlauben, die Frage zu stellen, welche mir schon eine Weile unter den Nägeln brannte, wie sie eigentlich an das Haus und die Kirche gekommen seien. Ob ein Lehrergehalt so viel abwerfen würde? Vermutlich hätten sie es wohl nicht geschenkt bekommen und die Sa-nierung sei doch auch nicht ganz billig gewesen?
Verunsichertes Schweigen zuerst, dann Hanne; sie dächte, mir wäre Geld nicht so wichtig? War ich in jugendlicher Unbedarftheit zu weit gegangen? Friedrich, sich räus-pernd, meinte, darüber reden sie nicht so gerne,

bekanntlich höre beim Geld die Freundschaft auf und schaffe oft Neid und Missgunst.

»Was ja auch passiert ist«, ergänzte Hanne.

»Was meinst Du jetzt«, wollte Friedrich wissen.

»Na das Zerwürfnis mit meiner Familie, hast Du das schon vergessen«, erwiderte Hanne unwillig.

Ich entschuldigte mich, ich hätte nicht gewusst, dass dies so ein heikler Punkt wäre.

»Also das war so«, setzte Friedrich an, um sich gleich darauf mit einem Blick auf Hanne wieder zu unterbrechen.

»Soll ich jetzt noch sagen, sei still?«, Hanne wandte sich ab.

»Willst Du es lieber selbst erzählen?«, fragte Friedrich.

»Nein, nun hast du schon angefangen.« Hanne goss sich noch Kaffee ein.

Wie ich schon gehört hätte, begann Friedrich, stammt Hannes Familie aus dem Osten, hier in der Nähe, aus Selchow. Als man nach der Wende begann, die Eigentumsverhältnisse all der Grundstücke neu aufzurollen, welche durch die Bodenreform nach dem Krieg enteignet, neu verteilt und durch die LPG-Gründungen den Besitzern wieder entzogen worden waren, kam heraus, dass Hanne Anspruch auf das Land ihrer Eltern hatte. Sie stellten einen Antrag auf Rückgabe und bekamen das Haus, die Äcker und das Waldgrundstück zurück. Zuerst wussten sie gar nicht, was sie damit machen sollten. Im Haus wohnten noch immer Verwandte von Hanne, eine Cousine mit ihrer Familie. Ihre Eltern hatten nach dem Krieg dort gemeinsam gelebt. Der Kontakt war über all die Jahre der Teilung gehalten worden. Nun befürchteten diese allerdings, dass Hanne und Friedrich auch Ansprüche auf das Haus erheben würden. Aber sie wollten keinen Streit und schlugen eine günstige Mietzahlung vor. Es sorgte trotzdem für Verstimmung. Und dann kam die Planung für den neuen Hauptstadtflughafen in Gang. Als die

Baupläne veröffentlicht wurden, entdecken sie, dass Hannes Flurgrundstücke nicht nur auf dem Gelände des neuen Flugplatzes liegen würden, sondern sich genau dort befanden, wo das Abfertigungsgebäude gebaut werden sollte. Das bedeutete, dass der Wert der Äcker um ein Vielfaches steigen, andererseits die Bewohner der umliegenden Dörfer massiv von wachsender Lärmbelastung betroffen sein würden. Die schlossen sich zusammen, klagten gegen die Baupläne und versuchten, auf die Grundstücksbesitzer einzuwirken, dass sie nicht an die Flughafengesellschaft verkaufen sollten. »Aber dann wären wir enteignet worden. Also haben wir 2005, als alles klar war, verkauft«, erzählte Friedrich weiter. »Von dem Geld haben wir Kirche, Pfarrhaus und die Sanierung bezahlen können. Ich brauchte einen Platz für die Sammlung und wir wollten auch etwas für die Nachwelt erhalten, sie hat ja einen kulturellen Wert, finde ich. Der Cousine haben wir als Ausgleich angeboten, dass sie das Haus für einen symbolischen Euro kaufen könnte. Nicht einen verfluchten Cent würde sie dafür hinlegen, hat sie uns geantwortet. Ihr Mann hat dann den Vertrag mit uns gemacht, aber seitdem ist Funkstille«, beendet Friedrich seinen Bericht.

»Das behältst du aber bitte für dich«, meinte Hanne abschließend zu mir. »Es hat schon genug böses Blut gegeben.«

Donnerstag 08. August 2019

Der Resonanzboden müsse noch durchtrocknen, aber wir könnten schon mit dem Abschleifen des schwarzen Schellacks von den anderen Teilen des Gehäuses beginnen, meinte Friedrich vor ein paar Tagen. Heute war es dann so weit. Das würde ziemlich staubig werden, aber zum Glück gibt es dafür eine Maschine mit Absaugung. Friedrich erklärte mir alle Arbeitsschritte und zeigte mir, wie ich das Schleifpapier zuschneiden und in die Maschine einspannen sollte, dass ich darauf achten müsse, diese immer in Faserrichtung zu bewegen und gleichmäßig aufsetzen sollte. Besonders an den Kanten müsste ich vorsichtig sein, damit ich das Furnier nicht durchschleifen würde. Palisander sei zwar ein ziemlich hartes Holz und das Furnier wäre früher auch nicht so dünn gewesen wie heute, aber wir wüssten ja nicht, wie oft hier schon geschliffen wurde. Wir begannen zuerst mit der Innenseite des großen Deckels. Der wäre meistens geschlossen, wenn beim Schleifen was schiefgeht, fällt es später nicht so ins Auge. Ich fragte ihn dann, ob es blöd von mir gewesen war, die Sache mit dem Geld für die Kirche anzusprechen.

»Na ja«, meinte er, »ist eben ein schwieriges Thema.«

»Vielleicht bin ich zu naiv«, meinte ich.

Nein, sagte er, er fände das nicht naiv. Er verstehe gut, dass es mich interessieren würde. Gerade weil ich meinen Verbrauch so reduziert habe, wäre es nachvollziehbar, dass ich wissen will, wie andere mit Besitz umgehen. Geld sei ja schließlich auch nur eine Abstraktion materieller Güter. Für ihn sei das Ganze ein einziger Glücksfall gewesen, geradezu ein Geschenk des Himmels, obwohl er gar nicht an überirdische Fügungen glaube. Für Hanne dagegen eher eine Katastrophe, zumindest ein ziemliches Problem. Die ganze schwierige Vergangenheit ihrer Familie kam wieder hoch. Deshalb spricht sie nicht gern darüber. Hanne wäre da sehr empfindlich. Außerdem hätte sie ein Gedächtnis wie ein großer Schiffsbauch. Da geht leider nichts verloren. Und sie würde, wie viele Menschen, zu gern die schönen Erinnerungen und Erfahrungen von den Traurigen und Hässlichen trennen, damit die Guten von den Schlechten nicht beeinträchtigt, beschmutzt würden. Aber die negativen wiegen schwerer als die positiven und dann bekommt ein ungleichmäßig beladenes Lebensschiff Schlagseite, fährt im Kreis oder kann nur mit viel Kraft auf Kurs gehalten werden. Die Kunst bestünde darin, die guten wie die schlechten Erfahrungen in Balance, ins Gleichgewicht zu bringen. »Denn so wie die negativen Gefühle dich nach unten ziehen, so geben dir die positiven Auftrieb. Dann fährt dein Lebensboot geradeaus und kommt voran. Manchmal muss man auch zu schweren Ballast abwerfen, über Bord gehen und im Meer des Vergessens versinken lassen, damit das Boot an Fahrt gewinnt. Inzwischen gelingt Hanne das immer besser, seit sie meditiert und Yoga macht. In den ersten Jahren war es heftig, wir haben schwere Zeiten hinter uns.«

Ich fragte, warum sie nicht nach einer anderen Lösung gesucht oder eben doch nicht verkauft hätten?

»Das würdest Du machen? So viel Geld einfach liegen lassen?« Friedrich sah mich fragend an. Er würde mir jetzt keine Zahl nennen, aber die Flughafengesellschaft hätte am Ende in der Spitze hundertfünfzig Euro für den Quadratmeter hingeblättert. Hanne besaß zehn Hektar Land. Das sind hunderttausend Quadratmeter, das meiste davon ging als Agrafläche für das Rollfeld weg, da gab's nur zehn Euro pro Quadratmeter. Aber einen kleinen Teil hätten sie zu dem hohen Preis verkauft. Jedenfalls wäre da eine stolze Summe zusammengekommen. »Aber nicht das Du denkst, wir sind reiche Leute, das steckt alles hier im Haus und in der Kirche. Immerhin haben wir keine Schulden.«

Es wäre nicht nur für die Sammlung die Rettung gewesen, meinte er dann, er wollte sowieso aus Berlin raus, wollte es ruhiger haben, ein Haus im Umland hätten sie sich aber nicht leisten können. Hanne dagegen ist ein Stadtmensch geworden. Sie hätte sich am Anfang sehr schwer getan mit der Vorstellung, auf dem Dorf zu leben und dann noch in der Nähe ihrer Familie und dem Ort ihrer Kindheit. Als ob sie alte Dämonen wieder erwecken würde. Aber jetzt hätte sie sich durch den Garten mit allem versöhnt.

Manchmal denke ich, der größte Fluch, der je über die Menschheit kam, ist dieser unstillbare Durst nach Eigentum, nach Besitz im Sinne von Land, das man besetzen, besitzen kann. Und ich bin mir nicht sicher, ist es die Glückserwartung oder das Sicherheitsbedürfnis, dessen Erfüllung man sich vom zum Reichtum gesteigerten Besitz verspricht. Oder beides. Wenn die Anthropologen mit ihrer Erkenntnis richtig liegen, dass der wahre Sündenfall in der Evolution des Menschen die Sesshaftwerdung war, weil diese den persönlichen Besitz von Land und die Entstehung von Eigentumsunterschieden, kurz von arm und reich, erst hervorgebracht habe, dann wäre die Menschheit zumindest insoweit entschuldigt, dass sich das Haben wollen, um nicht zu sagen Haben müssen, tief in unserem Bewusstsein, wenn nicht gar in unseren Genen verankert hätte.

Nachdem Friedrich sich überzeugt hatte, dass ich mich auch bei dieser Arbeit als der Enkel eines alten Tischlers erwies, verzog er sich in die Kirche. In ein paar Tagen hätte sich ein Gast angesagt, der wäre Kustos eines kleinen Musikinstrumentenmuseums. Er wolle vorher noch alle Instrumente stimmen und durchsehen, damit sie einen guten Eindruck machen. Ich solle ihn holen, wenn ich nicht weiterkomme.

Respektvoll ließ ich die Maschine über die Fläche gleiten. Nur ja nicht durchschleifen! Immer wieder vergewisserte ich mich, das unter der schwarzen Lackschicht nur das Palisanderfurnier mit seiner typischen, in schwarzen und braun-violetten Farbtönen spielenden, kräftigen Maserung hervor trat und nicht das darunterliegende viel hellere Kiefernholz, aus welchem Korpus, Deckel, Klappe, Notenpult, Beine, Lyra und noch einige andere kleinere Teile, deren Namen ich nicht kenne, eigentlich gebaut sind. Aber bald merkte ich, dass Palisander wirklich ein sehr festes Holz ist, das man nicht so schnell durchschleift, und ich ließ es etwas beherzter angehen. Nach einigen Stunden hatte ich mir eine gewisse Routine erarbeitet und es begann, etwas langweilig zu werden. Musik hören ging nicht wegen der Ohrschützer, man konnte nur seinen Gedanken freien Lauf lassen, wenn man sich nicht zu sehr auf Kanten und Ecken konzentrieren musste. Darüber ging der ganze Tag hin. Zum Feierabend kam Friedrich in die Werkstatt und begutachtete meine Arbeit. Er zeigte mir ein paar Stellen, wo der alte Lack noch nicht völlig weggeschliffen war. Da war ich wohl doch zu vorsichtig gewesen.

Freitag, 09. August 2019

Der Tag würde wohl ebenso mit Schleiferei vorübergehen wie der Gestrige, dachte ich, aber es sollte anders kommen. Nach dem Frühstück stand ich wieder an der Hobelbank. Nach drei Stunden fand ich, dass ich mir eine Pause verdient hatte, zog für mich und Friedrich Kaffee aus dem Automaten und ging in die Kirche rüber.
Ich fand ihn an einem Flügel sitzend, er schlug in schneller Folge einzelne Töne an und drehte dabei mit seinem Stimmhammer an den Wirbeln (so viel hatte ich inzwischen gelernt) bis das Jaulen und Wimmern in einen geraden, klaren Ton überging.
»Was macht man eigentlich genau beim Stimmen?«, fragte ich und stellte den Kaffeebecher vor ihn auf den kleinen Tisch mit der Werkzeugkiste.
»Schon mal was von Schwingungen, Schwebungen und dem Pythagoreischen Komma gehört?« fragte er zurück.
Ich schüttelte grinsend den Kopf. In der nächsten halben Stunde würde ich nicht an der Schleifmaschine hängen.
»Manche glauben, dafür bräuchte man das absolute Gehör«, begann er, »sozusagen eine angeborene Fähigkeit,

aber das ist ein verbreiteter Irrtum. Es hat auch nichts mit irgendeiner Geheimwissenschaft oder Esoterik zu tun. Da ist viel mehr prosaische Physik und Mathematik dahinter. Aber keine Sorge, ich will versuchen, es so einfach wie möglich erklären.«

Dass ich mit meiner Frage nicht nur eine Quelle anbohren, sondern Schleusentore aufstoßen würde, konnte ich nicht ahnen. Ich fand es ziemlich kompliziert, aber auch spannend, deshalb versuche ich mal, Friedrichs Vortrag so gut wie möglich aufzuschreiben.

Dass alle Töne durch Schwingungen entstehen, wisse ich ja schon, begann er. Dabei sei es gleichgültig, ob sie von schwingenden Saiten in Klavieren, Harfen, Gitarren oder schwingenden Luftsäulen im Rohr einer Flöte oder Orgelpfeife erzeugt werden, die Regeln gelten für alle. Wenn eine Saite oder Luftsäule in Schwingung gerät, dann bewegt sie sich sehr schnell hin und her, wie das Pendel einer Uhr um seine Ruheposition, nur sehr viel schneller. Man kann sich diese Schwingung wie eine Welle vorstellen, mit einem Wellenberg und einem Wellental. Je höher ein Ton klingt, desto schneller schwingt er, desto mehr Berge und Täler pro Minute hat die Welle. Umso tiefer der Ton ist, desto langsamer wogt die Welle. Diese Schwingungen werden an die umgebende Luft abgegeben und gelangen so bis zu unserem Ohr. Das Trommelfell wiederum wandelt sie in Impulse um, die unser Gehirn als Töne registriert. Die Anzahl der Schwingungen in der Minute nennt man Frequenz. Unser sogenannter Kammerton, das a1, nach dem alle Musiker ihre Instrumente stimmen, macht zum Beispiel 440 Schwingungen in der Minute. Er schlug eine Taste an und zeigte mir auf einem Stimmgerät, wie sich die Anzeige auf 440 einpegelte.

Wenn man vom Stimmen redet, meint man, dass die Schwingungen passend gemacht werden. Alle Töne stehen in bestimmten Verhältnissen zueinander, die man Intervalle nennt. Bei der Oktave zum Beispiel schwingt der achte Ton auf der Tonleiter doppelt so schnell wie der erste, deshalb hat er auch wieder den gleichen Buchstaben. Wenn nun die Frequenz bei zwei Tönen, die eigentlich absolut gleich sein sollen, geringfügig abweicht, dann verschieben sich ihre Wellenberge und Täler, weil die eine Welle minimal schneller schwingt als die andere. Dadurch entsteht das Phänomen der Auslöschung und Verstärkung der Welle, was man als An- und Abschwellen des Tones wahrnimmt. Das nennt man Schwebung.

Vermutlich muss ich ihn immer verständnisloser angesehen haben, denn er fragte, wie ich meine Gitarre stimmen würde. Mit einem Stimmgerät, gab ich zu.

»Alles klar«, meinte er, »dann kannst Du das nicht wissen. Pass auf, ich zeig's dir.«

Er setzte sich an den Flügel, nahm einen Filzkeil, steckte ihn zwischen zwei Saiten und sagte:

»Im Klavier haben wir ja für jeden Ton drei Saiten. Das macht man, weil eine Saite allein zu schwach und dünn klingt, so wie diese.«

Er schlug die Taste an, zwischen deren Saiten er den Keil gesteckt hatte. Der Ton war schwach, verhalten und wagte sich kaum aus dem Instrument heraus. Er steckte den Keil um und schlug wieder an.

»So klingen zwei Saiten, schon voller, oder? Und so klingen alle drei, rund und kräftig. Das ist ähnlich wie beim Singen. Zwei oder drei Sänger klingen auch voller als einer allein, deshalb nennen die Klavierbauer die drei Saiten tatsächlich Chor, kein Witz. Nun ist ja wohl klar, dass diese drei Saiten mit absolut genau derselben Frequenz schwingen müssen. Tun sie es nicht, gibt es diese Schwebungen und das Klavier klingt nach Kneipe. So wie dieser Ton.«

Er hatte den Stimmhammer auf einen der Wirbel gesetzt und leicht verdreht. Als er die Taste anschlug, ertönte ein schwirrender Klang, wie das scheußliche Vibrato einer schlechten Sängerin. Dann drehte er wieder eine Winzigkeit am Stimmhammer und das Vibrato wurde langsamer und klang schon angenehmer.

»Dieses An- und Abschwellen des Tones ist die Schwebung«, erklärte Friedrich. »Die Saiten sind jetzt schon fast gleich gestimmt, aber noch nicht perfekt. Die Schwebung muss noch weg.«

Er begann, den Stimmhammer mit federnden Bewegungen in verschiedene Richtungen zu drücken, während er die Taste anschlug. Vor meinem inneren Auge schoben sich zwei Sonnen übereinander bis sie deckungsgleich in leuchtendem Orange erstrahlten. Die letzte feine Schwebung hatte sich in einem klaren Ton aufgelöst, der sich schnurgerade und einladenden wie eine Landstraße zwischen blühenden Wiesen vor uns ausbreitete.

»Verstehe«, sagte ich. »Aber wie ist das mit all den Tönen, die keine gleichen Frequenzen haben, den Intervallen, wie stimmt man die zueinander, da kann es doch keine Schwebung geben.«

»Gut mitgedacht«, lobte mich der Herr Lehrer. »Es gibt sie aber doch.« Jeder Ton, der auf einem Instrument gespielt wird, würde nicht nur mit einer Frequenz schwingen. Zu seiner Grundschwingung von zum Beispiel 440 Hertz unseres Kammertons kämen noch Obertöne, die aus den Vielfachen der Grundschwingung entstehen. Eine Saite schwingt nicht nur mit einer großen Welle auf und ab. Die Schwingung teilt sich auf in viele kleine Teilschwingungen. Die erste Teilung ist genau in der Mitte der Saite, daraus entsteht eine doppelt schnelle Schwingung, ein leiser Teilton, der mit 880 Hertz schwingt, also einer Oktave. Die Saite teilt sich weiter bei zwei Drittel, daraus entsteht eine Quinte und es gibt sogar Obertöne im Quart und Terzabstand. Die Stärke dieser feinen Obertöne entscheidet darüber, wie ein Instrument klingt. Wir hören mit jedem Ton eigentlich einen Klang. Wenn man also, sagen wir, die Quinte C und G zusammenstimmen will, dann hört man auf diese feinen Obertöne, denn die Grundtöne treffen sich in ihren Teiltönen. Der zweite Oberton vom tieferen C schwingt als Quinte und hat damit die gleiche Frequenz wie der erste Oberton vom G, der immer im Oktavabstand schwingt.«

»Man hört also auf die Schwebungen, die zwischen den Obertönen entstehen und braucht die nur wegzustimmen und schon passt das Intervall, ist rein gestimmt?« fragte ich nach.

»Im Prinzip ja, wenn man es rein haben will. Aber ganz so einfach ist es nun auch wieder nicht«, antwortete Friedrich.

Ich fand es bis hierher schon ziemlich kompliziert. Friedrich grinste und meinte, ich solle meinen Kaffee austrinken bevor er ganz kalt geworden ist und neuen holen, falls ich den zweiten Teil des Grundkurses, "wie stimmt man ein Klavier", heute auch noch hören möchte. Als ich in die Küche kam, stand Hanne am Herd. Wie weit wir wären, wollte sie wissen, das Essen ist bald fertig.

»Friedrich erklärt mir, wie man stimmt.«

»Oh Gott, das kann dauern. Hat er bei mir auch versucht, aber ich habe es nie kapiert. Wäre jetzt eine Pause nicht genau das Richtige?«

Es ist ja schon eins, stellte Friedrich fest, als ich zurückkam. Er kontrollierte meine Arbeit und dann genossen wir Hannes Nudeln mit Linsen und einen frischen Salat. Kein Fachsimpeln am Mittagstisch, hatte Hanne angeordnet, als Friedrich mir erklären wollte, warum bei einem Klavier zwar alle Intervalle wohlklingend, aber nicht rein gestimmt werden.

Intervention

Entschuldigung wenn ich mich schon wieder einmische, aber finden Sie nicht auch, dass das etwas zu weit geht! Was? Na, diese ganze Klavierbaukunde. Sie wollten doch einen Roman lesen und kein Fachbuch, oder? Also ich wollte Ihnen zumindest mitteilen, dass ich mich als Anwalt der Lesenden mit dem Herrn Autor diesbezüglich gehörig angelegt habe. So genau wolle das doch niemand wissen, viele würden es vielleicht gar nicht verstehen, habe ich zu ihm gesagt.

Eben! Hat er geantwortet. Das ist es ja gerade. Weil sich kaum jemand die Mühe macht, es gut zu erklären. Ein Fachbuch nehmen natürlich die wenigsten zur Hand. Und doch würden viele staunend und ungläubig daneben stehen, wenn der Klavierstimmer bei ihnen zu Hause an den Wirbeln dreht. Dabei verstehen die Meisten immerhin so viel von Musik, dass sie wissen, was eine Oktave oder eine Terz ist. Trotzdem meinen Schriftstellerkolleg*innen, Filmemacher*innen und Journalist*innen, ihnen in Dokus oder Reportagen die märchenhaftesten Geschichten über die Klavierstimmerei weismachen zu können, so dass die Rezipierenden glauben müssen, dass es sich dabei zwar nicht um Zauberei handelt, man aber besondere Talente haben müsste, mindestens das absolute Gehör. Deshalb, dem hohen Gut der Aufklärung und Bildung verbunden, habe er, also der ehrenwerte Herr Autor, den Versuch unternommen, selbiges in der eingängigeren Form einer Geschichte zu vermitteln. Damit es jemand erzählt, der auch vom Fach ist.

Ob er nicht den Vorwurf fürchten würde, dass der Schuster besser bei seinen Leisten geblieben wäre, hielt ich dagegen.

Wenn das richtig wäre, meinte er darauf, würden wir alle immer noch auf Schusters Rappen durch die Weltgeschichte wandern und mit der Steinaxt dem Mammut nachjagen. Auch wenn manche die menschliche Gier für das größte Unglück des Universums halten, welche oft im Windschatten der Neugier segelt, wenn sie nicht gar der Brennstoff für unsere

Antriebe ist, so werden wir wohl unsere Natur nur mühsam bezähmen können.

Nun gut, habe ich ihm geantwortet. Dann werden am Ende die Lesenden entscheiden. Ich hätte jedenfalls meine Pflicht erfüllt, ihn auf mögliche Verständnisprobleme und Ermüdungserscheinungen hinzuweisen. Wenn ihm die Leute von der Fahne gehen, wäre es nicht meine Schuld.

Und deshalb, meine sehr verehrten Damen und Herren, sind Sie nun ganz frei, ob Sie dem Herrn Autor in seiner "kleinen Klavierstimmkunde" weiter folgen möchten oder die Passage stillschweigend überblättern wollen. Für Letzteres empfehle ich Ihnen, kurz vor dem 2. Teil wieder einzusteigen.

Nach dem Dessert, sie ließen es sich wirklich gut gehen, „wann wenn nicht jetzt, wer weiß, wie lange noch, so gut hätten sie früher nicht gehabt, als sie noch beide arbeiten mussten", fragte mich Friedrich, ob ich bereit sei für die hohe Kunst der Wohltemperierung. Ob ich denn nicht besser am Lack weiter machen sollte, fragte ich zurück? Ach, das hätte noch Zeit. Er schien immer noch liebend gern Wissen weiterzugeben.

Wie ich richtig bemerkt hätte, sind zwei Töne dann richtig zueinander gestimmt, wenn sie rein, also schwebungsfrei klingen. Das wäre das Ideal, welches man beim Musizieren immer anstrebt. Aber schon die alten Griechen hatten festgestellt, dass alle Intervalle innerhalb einer Oktave nicht aufgehen, wollte man sie rein stimmen. Zum Beispiel die großen Terzen, drei nebeneinander ergeben eine Oktave. Er zeigt mir am Klavier die Terzen C-E, E-Gis und Gis-c. Wenn diese rein gestimmt würden, ist die Oktave C-c unrein, bleibt zu klein, zu eng, hat eine kräftige Schwebung. Er setzte den Stimmhammer auf das E und stimmte es schwebungsfrei zum tieferen C, dann das Gis schwebungsfrei zum E und zum Schluss das obere c ebenso zum Gis. Dann schlug er die beiden C an und sie klangen scheußlich.

Die Oktave müsse aber rein, also schwebungsfrei sein, weil der eine Ton immer mit der doppelten oder halben Frequenz des anderen schwingt. Deshalb haben sie eine hohe Konsonanz, welche Unreinheit unerträglich macht. Wenn man aber ebenso reine Terzen haben will, müsse man in den sauren Apfel beißen, dass eine von den dreien unrein, stark schwebend bleibt. Ähnlich ist es mit den Quinten und Quarten, wollte man sie alle rein zueinander stimmen, bleibt eine letzte unrein. Das wäre nicht nur ein akustisches Problem, sondern auch ein mathematisches. Addiert man die Frequenzen, bliebe immer eine Differenz. »Die Details erspare ich Dir.«

»Aber braucht man beim Musizieren denn immer alle Töne, alle Intervalle?«, fragte ich.

So hätte man das Problem früher gelöst und die Tonarten mit den unreinen Terzen oder Quinten nicht verwendet, fuhr er fort. Die ganz frühe Musik wurde vermutlich einstimmig gesungen oder gespielt, mit einfachen Instrumenten und nur mit Trommeln oder anderen Schlaginstrumenten begleitet. So wie man es von manchen sogenannten Naturvölkern – das sei übrigens ursprünglich ein positiv gemeinter Begriff der Aufklärung gewesen - heute noch kennt. Da brauchte man noch keine Intervalle. Im frühen Mittelalter verwendete man für die erste mehrstimmige Musik, den gregorianische Choral, nur Quinten und Oktaven und die waren immer rein. Die Terz galt noch als Dissonanz. Aber die Musiker waren kreativ und fanden bald, dass die Terz, wenn sie rein ist, einen schönen Klang abgibt und so wollten sie ihn auch verwenden. Erst die Terz macht aus einer Quinte einen Dreiklang und damit eine Harmonie. Erst die Harmonien wecken beim Hörer Empfindungen, Gefühle wie Traurigkeit und Freude. Das Problem mit den reinen Intervallen, die in der Oktave nicht aufgehen, entstand vor allem bei Instrumenten mit festen Tönen, der Orgel, dem Cembalo, der Harfe, der Laute. Sänger und Bläser konnten die Differenzen immer ausgleichen. Also dachte man sich für das Stimmen der Tasteninstrumente Systeme aus und stimmte nur die Harmonien rein, die man brauchte. Die Differenz packte man in Intervalle, die man nicht benutze und nannte sie Wolfsquinte oder Wolfsterz, weil sie genau so schrecklich heulten wie das verhasste Tier. Aber bald reichten die wenigen reinen Harmonien nicht mehr, die Komponisten wollten immer mehr Tonarten verwenden und so musste man immer mehr Kompromisse machen. Also begann man, die Differenz auf viele Intervalle zu verteilen und alle um ein weniges unrein zu stimmen. Die Terzen werden deshalb heute etwas weiter gestimmt und haben eine deutlich hörbare, aber noch erträgliche Schwebung. Die Quinten und Quarten bekommen auch eine sehr feine Schwebung und nun gehen alle Intervalle in der Oktave auf und alle Harmonien sind benutzbar, beendete er die Unterweisung.

Obwohl mir schon der Kopf schwirrte, wollte ich doch noch wissen, wie man es denn nun praktisch anstellt, diese ganze Theorie in einen schönen Klavierklang zu verwandeln. Nimmt man dafür das Stimmgerät?

Friedrich lachte. »Das würden viele denken«, meinte er. Heute gäbe es tatsächlich Geräte, eigentlich eine Software, die für jedes Klavier die optimale Stimmung errechnet. Denn kein Instrument ist ganz gleich. bei manchen müssen die Terzen etwas größer, beim anderen etwas kleiner gemacht werden, je nachdem, wie lang oder stark die Saiten bemessen sind. Doch früher hätten die Stimmer nur ihre Stimmgabel gehabt. Sie machen das komplett nach Gehör. Man hört auf die Schwebungen und zählt sie. Zum Beispiel bekommt die Terz f-a in der kleinen Oktave ungefähr 7 Schwebungen pro Sekunde. Nach oben werden sie schneller, nach unten langsamer. Die Quinte bekommt ungefähr eine halbe, die Quarte eine Schwebung pro Sekunde. Das könne man zählen, aber es braucht viel Übung.

»Das heißt, eine absolut reine Stimmung gibt es nicht, es ist immer ein Kompromiss«, fasste ich zusammen. »Aber ist man nicht permanent unzufrieden, wenn man niemals eine perfekte Harmonie erreichen kann, in der alle Töne rein aufgehen?«, wollte ich zum Abschluss wissen.

»Tja«, meinte Friedrich darauf, »eigentlich ist es wie im Leben, wie überhaupt in der Welt. So sehr du dich auch bemühst, es wird immer irgendwo diesen Rest, diese letzte Differenz, dieses Kommata an Unvollkommenheit geben, durch Unvermögen oder durch systembedingte Unschärfe.« Seit er sich mit den Stimmungen beschäftigt hätte, würde er verstehen, wie sehr die Unstimmigkeit ein Prinzip des Universums sei. Wir würden daran leiden und könnten uns dagegen stemmen und versuchen, die Schöpfung zu überlisten, aber wir würden die Welt letztlich nicht aus den Angeln heben. Am Ende müssten wir es akzeptieren, so schwer es uns auch fallen würde.

Als ich in die Werkstatt zurückging, fragte ich mich, welche Arbeit mir als Klavierbauer denn lieber gewesen wäre, die eintönige, aber die Ohren und die Nerven weniger belastende Schleiferei oder die Herausforderung, die Feinheiten der Töne, Klänge, Schwingungen und Schwebungen mit dem ganzen Zahlengewirr im Hinterkopf in einen so gut als möglichen harmonischen Wohlklang zu verwandeln. Ich stand schon wieder eine Stunde mit dem Schleifklotz am Flügel, als Hanne den Kopf in die Werkstatt steckte.

»Dustin, kommst du mal, du hast Besuch!«

2.0

Da stand sie! Fröhlich lächelnd, als wären wir Best Friends und hätten uns erst kürzlich zu diesem Date verabredet. Oder war es der Triumph, dass sie mich hier aufgestöbert hatte? Ich war jedenfalls einigermaßen verdattert.

»Überraschung!«, war das Erste, was sie sagte. »Da staunste, was?«, das Zweite.

»Allerdings«, brachte ich heraus. »Wo kommst Du denn her?«

»Von einem Festival in MacPomm, oder wie das da oben heißt. AirBeatOne, war mega. Ein bisschen hatte ich gehofft, dass wir uns da übern Weg laufen.«

»Ich habe die letzten sechs Monate in einer Berliner Schule ausgeholfen, da hatte ich genug Festival. Wie hast du mich denn gefunden?«

»Die Kirche mit dem grünen Dach. Und die Instrumentensammlung. Hast du auf Insta gepostet, schon vergessen? Mit der Bildersuche war es dann ein Kinderspiel, den Ort ausfindig zu machen.«

Sie sah sich um. Hanne und Friedrich standen abwarten an der Werkstatttür.

»Ich glaube, du solltest mich mal vorstellen«, durchbrach Irena die aufkeimende Verlegenheit.

Stop over

Wenn Sie gestatten, meine sehr verehrten Damen und Herren, dann übernehme ich jetzt mal. Also die Vorstellung der jungen Dame. Für diese Aufgabe fühle ich mich geradezu prädestiniert.

Denn mal ehrlich, habe ich zum Herrn Autor gesagt, das kauft Ihnen doch keiner ab, wie soll denn das funktionieren. So eine Rückblende in der Geschichte ist ja ganz schön, aber wie soll man sich das bitte vorstellen, dass unser Protagonist, im Flieger sitzend, um ihn der schnatternde chinesische Singsang, sich in seine Erinnerungen an einen Sommerflirt verliert. Sicher, unmöglich ist es nicht. Aber ist es nicht viel glaubhafter, hier kurz aus der Geschichte auszusteigen und von oben draufzuschauen, mit der gebotenen Distanz der dritten Person? Den Fluss der Zeit zu stoppen, darin haben wir doch inzwischen Übung. Im Übrigen würde ich auch gern mal, wenigstens einmal, meines Amtes walten.

Na gut, hat der Herr Autor gemeint, aber nur dieses eine Mal. Und bitteschön, keine komischen Witze, keine Ironie, keine schrägen Vergleiche! Er wolle nicht mit Sexismusvorwürfen konfrontiert werden. Heutzutage wisse man ja ohnehin kaum noch, wo sich überall Fettnäpfe verbergen würden. Die woke Bewegung würde solchen alten weißen Cis-Männern wie unsereinem ohnehin identitäts-und antirassismuspolitisch eine altersbedingte Kurzsichtigkeit, wenn nicht gar Demenz nachsagen.

Und so bekommen Sie jetzt, ganz oldschool, eine Geschichte in der Geschichte aus der auktorialen Perspektive, um selbst entscheiden zu können, was Ihnen eher zusagt. :-)

Er hatte sie im Sommer zwoachtzehn in Prag kennengelernt. Ihre schwarze Lockenpracht stach aus der Gruppe der flachsblonden, bastbraunen und rotgefärbten Mähnen, Bubi-, Strubel- und Kahlköpfe heraus, die an einem langen Tisch in einem der Altstädter Bierkeller aufgereiht saßen und durch laute Diskussionen auffielen. Ein Freund hatte ihn in die Runde mitgenommen, alles Studierende, Jobber, Freelancer aus Deutschland und anderen europäischen Ecken. Mann und Frau warfen Geschichten, Argumente, Meinungen, und Witze auf Englisch, Deutsch, Spanisch und Französisch munter den Tisch hoch und runter. Irgendwann saßen sie sich gegenüber und er verliebte sich sofort in ihre tiefschwarzen Augen, die weit auseinanderstehend, wie kleine Kohlen glühten, funkelten und blitzten, wenn sich ihre schwungvollen Augenlider beim Lachen zu schmalen Schlitzen verengten, während ihre hüpfenden Mundwinkel die Pünktchen um die Nase herum tanzen ließen wie ein Mückenschwarm in der Abendsonne. Er muss sie wohl etwas zu lange und zu intensiv angesehen haben, denn sie wandte sich ihm zu, schaute zurück und meinte: »Wer bist du denn? Woher kommst du?« So kamen sie ins Gespräch. Dustin erzählte von seinem Trip durch Osteuropa, schwärmte von den kroatischen Inseln, erzählte, immer noch staunend, von der Breite des Bosporus, vom gigantischen Palast des Volkes in Bukarest, für den Ceausescu, der letzte kommunistische Machthaber, noch ein ganzes historisches Viertel hatte abreißen lassen, von den albanischen Bauernschänken und dass er sich jetzt auf dem Rückweg befände. Sie lebte schon seit einem Jahr in Prag und hatte einen Job als Deutschlehrerin und Koordinatorin am Goethe-Institut. Der Kellner kam und sie gab für den ganzen Tisch eine weitere Bestellung auf. Wie sie die Späße des gemütlichen Tschechen scheinbar mühelos parierte, zeigte, dass sie wohl in diesem Lokal keine Unbekannte war und ihr Tschechisch auch nicht erst hier gelernt haben dürfte.
»Wieso kannst du so gut tschechisch?«, fragte er.

»Woher weißt du, ob es gut ist?«, lachte sie. »Sprichst du es auch?«

»Kein Wort. Aber das merkt man doch, dass es bei Dir durch die Kehle rinnt wie eine Maß Schwarzbier.«, erwiderte er.

»Interessanter Vergleich«, erwiderte sie. »Es ist meine Vatersprache. Aber den letzten Schliff habe ich tatsächlich erst hier bekommen. Bekanntermaßen reden die Väter ja nicht so viel mit ihren Kindern wie die Mütter.«

»Immerhin hattest du einen, der mit dir redete. Ich habe meinen nur zweimal im Jahr gesehen, wenn wir seine Eltern zu deren Geburtstagen besuchten. Aber wie kommst du zu einem tschechischen Vater?«

»Der Prager Frühling sagt dir was?«

»Schon, hab´ Geschichte studiert, wenn ich auch nicht behaupten würde, den totalen Durchblick zu haben.«

»Dann weißt du aber sicher, dass viele Tschechen und Tschechinnen nach dem Einmarsch der Russen in den Westen geflohen sind«, erklärte sie. Ihr Vater hatte als Student Proteste mitorganisiert und wäre vermutlich nach Sibirien abgewandert, erzählte sie. Er hat dann in München erst als Kellner gejobbt. Als sein Deutsch gut genug war, hat er noch Politikwissenschaft und Publizistik belegt und dann viele Jahre bei der Süddeutschen im Osteuropa-Resort gearbeitet. Dort lernte er ihre Mutter kennen. Sie war eine junge Volontärin und muss ihm wohl ziemlich den Kopf verdreht haben. Immerhin war er schon vierzig und verheiratet.

»Wenn sie genau so charmant und aufregend war wie du, kann ich mir das sehr gut vorstellen«, grinste Dustin sie an.

»Schleimer!« grinste Irena zurück, aber die Wangen röteten sich. Der Abend wurde spät. Als alle aufbrachen, fragte Dustin, ob er sie noch nach Haus begleiten dürfte. Sie musterte ihn mit diesem spöttischen Blick, mit dem er noch oft bedacht werden sollte.

»Das wird jetzt aber nicht der Klassiker.«

»Seh ich aus wie'n Abschleppwagen.«

»Zumindest die Reifen haben nicht mehr viel Profil«, antwortete sie bei in Augenscheinnahme seiner ziemlich mitgenommenen Sneakers. »Was soll ich sonst noch sagen? Die Karosse sieht ganz stabil aus, der Lack könnte ne Auffrischung vertragen, die dunkel getönten Frontscheinwerfer möchte man geradezu liebenswürdig nennen, die Matte auf dem Dach, naja, Dreadlocks sind's nicht wirklich. Da tät ´ne Waschanlage nicht schaden.«

»Klingt, als hätte ich den TÜV nicht bestanden.«, meinte er.

»Wir wolln mal nicht so sein. Also komm mit. Aber ich muss dich warnen. Es ist nicht um die Ecke. So üppig ist das Salär beim GI nicht, dass ich mir dafür ne teure Altstadtwohnung leisten könnte.«

Sie stiegen in die Strassenbahn und fuhren Richtung Süden. Ein gutes Stück hinter Vyšehrad stiegen sie aus. Die Bahn rasselte davon. Sie standen auf einer Kreuzung mit Häusern aus den zwanziger Jahren. Prager Bauhausstil, große dreiflügelige Fenster, einige noch hell erleuchtet. Im Dunkeln konnte man Balkone ausmachen, die sich wie eine Galerie über die ganze Fassade zogen. Irena wies auf ein leicht zurückgesetztes Gebäude hinter schmalem Vorgarten: »Da ist es. Vom Balkon kann man am Tag die Moldau sehen. Wohin musst du denn jetzt?«

»Andere Richtung«, antwortete er. »Bin in einem Hostel in Holešovice untergekommen.«

»Ach Mensch. Das ist ja wirklich am anderen Ende. Na dann komm mit hoch. Ich hab aber nur ein Zimmer und kann dir maximal den Teppichboden und ein paar Decken anbieten.«

»Das ist voll okay, hab schon härter geschlafen. Wie kann ich mich revanchieren.«

»Indem du morgen früh beim Bäcker frische Hörnchen holst.«

Der Teppich war nicht so weich wie erhofft und die Decke hatte nicht geschafft, es auszugleichen. Am nächsten Morgen taten ihm sämtliche Knochen weh. Ein starker Kaffee und knusperfrische Rohliks, wie diese Hörnchen hier genannt werden, in der Morgensonne auf dem Balkon genossen, machten es schnell vergessen. Der Fluss glitzerte hinter den Bäumen. Am Ufer lockte ein frisch geebneter Radweg zu einer Tour in die Stadt. Mit zwei Mieträdern hätten sie zum Goethe-Institut nur die Moldau abwärts radeln brauchen. Aber das bemerkte Dustin erst, als er sich dort von Irena vor dem Eingang verabschiedete. Ob sie am Nachmittag frei wäre, fragte er beim Abschied.

»He,he, nicht so stürmisch, junger Mann. Bis gestern wussten wir noch nichts von unserer Existenz und jetzt soll ich schon jede freie Minute mit dir verbringen?«

Ihm wäre seine Existenz sehr wohl bewusst gewesen, entgegnete er. Allerdings würde ihm diese zunehmend sinnlos erscheinen, wenn sie nicht durch ihre Anwesenheit bereichert würde.

Nur weil wir hier vor diesem Portal stünden, bräuchte er jetzt nicht gleich den alten Geheimrat imitieren, erwiderte sie lachend. Aber sie ließ sich seine Nummer geben, tippte sie in ihr Handy und meinte, sie wolle sehen, was sich machen ließe. Sprach's, drückte die bronzebeschlagene Tür des ehrwürdigen Jugendstilgebäudes auf und verschwand.

Den halben Tag trieb sich Dustin ruhelos durch die Straßen und Gassen. Eigentlich hatte er sich vorgenommen, ins historische Museum auf der Kleinseite zu gehen, um seine Geschichtskenntnisse über Böhmen und die Habsburger Kaiser in Prag aufzubessern. Jetzt versuchte er vor allem, sich damit von Irena abzulenken. Würde sie sich melden? Immerhin kannte er ihre Adresse, sie konnte nicht mehr einfach verschwinden. Doch es gelang ihm nicht, sich auf die Ausstellung zu konzentrieren. Deshalb verließ er sie schon nach kurzer Zeit wieder, ging ins Hostel, duschte und wusch sich gründlich die Haare, schickte seine Sachen auf Waschgang und zog sein letztes Shirt ohne Löcher an. Je weiter die Sonne nach Westen wanderte, desto unruhiger wurde er. Als die Glocken von allen Prager Kirchtürmen um die Wette zu läuten beschlossen hatten, hielt er es nicht mehr aus und postierte sich gegenüber dem Institut. Auf einem Mäuerchen bei der Brücke zur Slovanska Insel hatte er das Tor gut im Blick. Dahinter floss das Wasser der Moldau so träge dahin wie die Zeit. Nach einer gefühlten Ewigkeit tippte ihm jemand auf die Schulter.

»Ich wollte dir gerade ne Message schicken, da sah ich dich sitzen. Du wartest aber jetzt hier nicht den ganzen Tag, oder!?«

»Ne, ne, bin grad zufällig vorbeigekommen und dachte, ich schau mal. Vielleicht treff ich dich eben.«

»Aha, und wie es der Zufall will… Und was machen wir jetzt mit dem unentschiedenen Abend?«

»Keine Ahnung. Sag du.«

»Ich habe Hunger, lass uns was essen.«

Dustin überschlug im Geiste sein Barschaft und geriet ins Schwitzen. Wenn er sie jetzt zum Essen einladen müsste, wäre er morgen früh pleite, könnte gerade noch das Hostel bezahlen und müsste per Autostop nach Deutschland zurückfahren.

»Ich kenne ein super Bistro hier um die Ecke, da gibt es leckere Pasteten und diese speziellen tschechischen Salate«, fuhr sie fort. »Wir holen uns ein paar und eine Flasche Rotwein und gehen rüber zu der anderen Moldauinsel. Warst du schon an der Nordspitze? Da hat man einen tollen Blick auf die Altstadt. Voll romantisch.«

Er atmete innerlich auf. Aber es wurde ihm klar, dass er irgendwie zu Geld kommen musste, wenn er länger bleiben wollte. Den Freund anzupumpen, genierte er sich allerdings. So gut kannten sie sich nun doch nicht. Vielleicht könnte er im Hostel jobben und dafür die Übernachtung gratis bekommen, überlegte er.

Sie waren nicht die einzigen, die es zu dem romantischen Ort zog. Nach einigem Suchen fanden sie einen Platz unter einer alten Platane und setzten sich auf den Boden. Mit dem Rücken an den Stamm gelehnt, löffelten sie die Salate aus den Pappbechern. Obwohl die ziemlich mayonnaisig waren, schmeckten sie ganz lecker. Der Rotwein passte dazu überhaupt nicht, stellte er fest, Bier wäre besser gewesen. Aber er behielt es für sich. Das Panorama glich es wieder aus. Leider fanden die Wespen, welche es Ende August in Massen gab, das Picknick genauso schmackhaft, so dass es ein geteilter Genuss wurde. Irgendwann überließen sie ihnen die Reste. Nachdem sich Irena alle Finger abgeleckt und mit einem ordentlichen Schluck Wein nachgespült hatte, lehnte sie sich an ihn, legte den Kopf auf seine Schulter und seufzte, schön ist's. Als er etwas erwidern wollte, legte sie ihm die Hand auf den Mund. »Schisch, nix sagen, nur schauen!«

Sie saßen wie auf einem Schiff mitten in der Moldau mit Blick auf die Karlsbrücke und sahen der Sonne beim Untergehen zu. Vor ihnen der breite Fluss, links lugten die Spitzen der Burg durch die Bäume, rechts thronten die Türme der Altstadt. Die Dächer färbten sich rotgolden wie in einem billigen Werbeprospekt. Das letzte Tageslicht spiegelte sich in den Wellen, die sich, von einigen Booten angeschoben, an den Ufern brachen. Nach und nach tauchte sich die Stadt in das Licht der Laternen. Hell und gleißend an den breiten Uferstraßen, heimelig funkelnd in den Gassen und zwischen den Bäumen auf den Inseln. Und dann umschlang Irena seinen Hals mit ihren geschmeidigen Armen und ihre Lippen nahmen die seinen in Besitz.

Als er am anderen Morgen in ihrem Bett erwachte, stand sie schon am Herd und kochte Kaffee.

»He, he, du Schlafmütze, wie war das mit dem Gang zum Bäcker?«

»Schit, ich mach gleich los!«

»Zu spät. Schon passiert. Musst du dir was anderes einfallen lassen zur Wiedergutmachung.«

»Wieso? War ich gestern Nacht nicht gut?«

»Ich glaub es nicht. Doch ein Kerl wie alle anderen auch. Jetzt wird es teurer.«

»Uups. Da muss ich wohl anschaffen gehen?«

»Untersteh dich!«

»Ernsthaft! Ich bin ziemlich blank. Hast du ne Idee, wo man hier jobben kann?«

»Nicht so einfach. Wollen viele. Manche kellnern, aber ohne ein Wort tschechisch wird das schwierig. Vielleicht in einem Hotel.«

»Hatte ich auch schon gedacht.«

»Die Großen nehmen aber nur Leute für die ganze Saison. Ich frag mal bei mir im Institut. Vielleicht hat jemand von den Prager*innen eine Idee.«

»Wäre cool!«

Sie tippte nebenbei etwas ins Handy, vermutlich eine Anfrage an ihre Whatsappgruppe. Als sie wieder auf dem Balkon saßen, meinte sie, das wäre übrigens sonst nicht ihre Art, mit jemandem, den sie kaum kennen würde, ins Bett zu gehen.

»Und das heißt, ich hätte die Vorzugsbehandlung meinen liebenswürdigen Augen zu verdanken?«, erwiderte er.

»Ach, schau mal an«, lächelte sie, »das hat er sich gemerkt. Nein, das heißt, dass wir das Vorstellungsgespräch dringend nachholen müssen. Ich weiß von dir mal gerade, dass du Dustin heißt, Geschichte studiert hast, auf Osteuropatournee warst, nicht auf den Kopf gefallen zu sein scheinst und auch nicht auf den Mund, nachweislich auf Frauen stehst und in liebespraktischen Dingen recht bewandert bist.«

»Na, da weißt du doch schon fast alles Wichtige«, bemerkte er grinsend und fühlte sich geschmeichelt.

»Aber nur fast, jetzt bitte den ganzen Rest, Familienname, Alter, Wohnhaft, Beziehungsstatus, Hobbys, Lieblingsfarbe, schönstes Ferienerlebnis.«

»Wie viel Zeit haben wir?,« fragte er zurück.

»Versuch er sich auf eine halbe Stunde zu beschränken.«

Sie war aufgestanden und begann, das Frühstücksgeschirr abzuspülen.

»Okay, fangen wir von hinten an. Mein schönstes Ferienerlebnis saß bis eben vor mir, meine Lieblingsfarbe ist Türkis, Beziehungsstatus ledig, Single, Wohnort überall und nirgends, Alter achtundzwanzig, Name Dustin Hoffmann.«

»Wie jetzt«, staunte sie ihn mit ungläubigen Augen an, »du heißt echt Dustin Hofman, wie der Schauspieler?«

»War ein Test«, feixte er. »Vielen sagt der Namen schon gar nichts mehr. Meine Mutter war ein Fan von ihm. Mein richtiger ist aber genauso banal. Gestatten, Schmidt.«

»Hofman ist der Beweis, dass man auch mit einem Allerweltsnamen groß rauskommen kann. Da habe ich mehr Glück gehabt, Rusiczka bedeutet auf Deutsch Röschen. Manche meinen, Dornröschen, aber das will ich mal nicht hoffen.«

»Dann bin ich doch nicht etwa der Prinz, der die Hecke nach 100 Jahren bezwungen hat.«

»Nun bild´ dir mal nicht zu viel ein.« Sie schlug spielerisch mit Lappen nach ihm.

»Was bedeutet eigentlich das Tattoo mit dem chinesischen Schriftzeichen über deinem Herzen?«, versuchte er sie abzulenken.

»Drückst du dich immer so gewählt aus, oder ist es dir peinlich, Brüste zu sagen?«, grinste sie. »Das heißt auf Chinesisch Xin und bedeutet Aufrichtigkeit oder Vertrauen.«

»Aha, und ich dachte, vielleicht Liebe oder Glück oder so was.«

»Das wäre mir doch zu cheesy gewesen«, erwiderte sie. »Genaugenommen hat es mehrere Bedeutungen, steht auch für Glauben, Treue oder einen Brief. Vertrauen wird korrekter mit Xinren ausgedrückt und mit zwei Zeichen geschrieben. Aber das Einzelzeichen sieht schöner aus.«

»Wieso kennst du dich damit so gut aus?«, fragte er.

»Weil ich neben Germanistik auch Sinologie studiert habe.«

»Kann man das denn lernen, als Europäer mein ich, diese Schriftzeichen, ist das nicht furchtbar kompliziert und verwirrend?«

»Schon ziemlich, aber sie haben ein System. Sonst würden selbst die Chines*innen nicht durchsehen.«

Sie zog ihr T-Shirt nach unten, zeigte auf das Tattoo und erklärte, dass sich das Zeichen aus dem sehr häufigen Radikal für Mensch und dem Zeichen für Wort zusammensetzt und damit bedeutet, dass man dem Wort eines Menschen vertrauen soll. Als Einzelzeichen würde es zu den fünf konfuzianischen Tugenden gehören, beendete sie das Kurzreferat und ließ das Anschauungsobjekt ganz tugendhaft wieder unterm Shirt verschwinden.

»Und für dich gehört die Aufrichtigkeit also zur Herztugenden?«, bemerkte Dustin lächelnd.

»Du hast es erfasst«, erwiderte sie. »Wie meintest du das eigentlich, dein Wohnort wäre überall und nirgends. Heißt es, du bist ständig unterwegs oder bedeutet es was anderes?«

Dustin hatte gehofft, sie würde es überhören. Die Entscheidung, keine feste Wohnung und damit kaum eigenen Besitz zu haben, war ganz frisch und es fiel ihm noch schwer, offen damit umzugehen. Natürlich hätte er jetzt irgendwas erzählen können. Was aus diesem Sommer-Sonnen-Urlaubsflirt werden würde, war doch völlig ungewiss. Sie würde in Prag bleiben und er in Kürze nach Deutschland zurückkehren. Ob und wann und wo sie sich wiederbegegnen würden, steht in den Sternen. Dann wäre immer noch Zeit, es zu erklären. Aber er hatte das Gefühl, dass es gerade jetzt darauf ankam, ehrlich zu sein und nicht nur, weil sie ihr Tattoo erklärt hatte. Sie strahlte tatsächlich die Erwartung aus, dass eine gute Beziehung mit ihr nur möglich wäre, wenn man ihr nichts vormachen würde, unabhängig, ob sie nun drei Tage, drei Wochen, drei Monate oder drei Jahre währte. Jede Maskerade würde von ihr instinktiv erkannt, früher oder später wäre man als Heuchler bloßgestellt. Sein neues Lebenskonzept als Experiment, als Selbstversuch darzustellen, wäre vielleicht am ehesten geeignet, auf Akzeptanz und nicht auf Misstrauen und Ablehnung zu stoßen.

»Gibt's für dieses Experiment auch eine Deadline?«, war ihre erste Reaktion auf seine Eröffnung.

»Meinst du, dass es eine braucht?«, erwiderte er.

Sie fände es schon sehr außergewöhnlich, um nicht zu sagen, irritierend. Die Gefahr des Missverstehens, aus der dann Missachtung werden könnte, wäre nicht zu unterschätzen. »Was unterscheidet dich letztlich von Wohnungslosen, sprich Obdachlosen. Die Bildung ist es wohl nicht.«

»Eine ganze Menge«, erwiderte er. Erstens hätte er diesen Zustand freiwillig gewählt und wäre nicht hineingeraten, ob nun selbst verschuldet oder durch Schicksal. Zweitens hätte er eine abgeschlossene Ausbildung, werde immer Arbeit finden und Geld verdienen, mit dem er Unterkunft und Lebensunterhalt bezahlen kann. Theoretisch müsste man mehr Geld zur Verfügung haben, da keine teure Wohnung zu finanzieren wäre.

»Falls du immer gute Jobs findest«, entgegnete Irena. Sie hätte an seiner Stelle die Befürchtung, sich zu sehr an den Rand der Gesellschaft zu stellen und damit selbst der Teilhabe zu berauben, welche doch auch ein Stück Erfüllung und Glück im weitesten Sinn wäre.

Dies zu ergründen, könne ja auch Teil des Experimentes sein, versuchte er das Thema zu beenden. Ob dieses Bekenntnis nun etwas an ihrem Verhältnis ändern würde, wagte er nicht zu fragen, dazu war alles noch zu frisch. Das würde sich schon von selbst zeigen.

Ihm fielen die Obdachlosen wieder ein, die er im letzten Winter auf den Straßen von Berlin gesehen und die ihn sehr erschüttert hatten. Und das waren sicher nur die krassesten Fälle. Der Mann, der einen Filz aus zwanzig oder dreißig Lagen verschiedener Textilien mit sich herum schleppte wie ein altes, waidwundes Tier, dem das Winterfell in Fetzen von Schultern, Hüften und Beinen herunterhing. Jacken, Pullover, Hemden, undefinierbare Lappen, an den Körper gebunden, so dass sie mit diesem zu einer schwappenden Einheit verwoben und den Menschen in einen wandelnden Lumpenhaufen verwandelten. Oder der andere Mensch, der sich unterm U-Bahnviadukt eine Hütte aus Matratzen gebaut hatte und dessen "Hausstand" von Woche zu Woche anwuchs. Begonnen hatte alles mit einer Matratze, einem Einkaufswagen und einem kleinen Tischchen. Am Ende umgab die Höhle eine Müllhalde aus Tüten und Plastikbeuteln, Kisten, einem Regal, Katzenklo, Wasserpfeife, Fahrrad, Stehlampe, Getränkekisten, Einkaufswagen voller Kleidung, wild durcheinander gewühlt und anderen Dinge, die beim flüchtigen Hinschauen nicht zu identifizieren waren. Keinen Ort zu haben, einen Platz, den man seinen eigenen nennen konnte, befreite scheinbar nicht vom Bedürfnis nach Besitz. Oder die alte Frau mit dem Kinderwagengestell, umgeben von zehn oder fünfzehn Taschen, Beuteln, Tüten, die er bei Wolf im Hof gesehen hatte. Eine Nachbarin, bei der sie wohl für die Nacht untergekommen war, half ihr beim Tragen. Als er nach zwanzig Minuten herunter kam, um zur Schule zu radeln, hatte sie den Taschenberg zu einem überschaubaren Bündel auf dem Kinderwagen zusammengeschnürt und verließ mit ihren ärmlichen Habseligkeiten gerade den Hof. Man sagte, es gäbe inzwischen in Berlin an die Zehntausend, die auf der Straße lebten, sich in U- und S-Bahn mit Schnorren durchschlugen, im Sommer in den Parks kampierten und im Winter um die zu wenigen Notunterkünfte kämpften. Manche fielen nicht auf, andere hatten sich ein Zelt unter eine Brücke, in eine stille Ecke einer Grünanlage gestellt. Nur wenige hatten alle Hemmungen und Selbstkontrolle verloren, durch Alkohol oder psychische Krankheit. Aber man ließ sie in Ruhe, so schien es jedenfalls. Berlin ist eine tolerante Stadt. Oder war es nur Gleichgültigkeit und Ignoranz, mit der die Leute tapfer am Elend vorbeisahen?

Sie müsse jetzt wirklich los, erwiderte Irena mit einem Blick zur Uhr. Er könne ja mal die Hotels nach einem Job abklappern, falls er wirklich noch eine Weile in Prag bleiben wolle und sie würde sich bei den Kollegen umhören. Am Abend wäre sie allerdings schon verabredet. Sie verließen gemeinsam die Wohnung. Von den zwei Mieträdern, mit denen sie gestern Abend mehr schwebend als fahrend hergekommen waren, wartete heute noch eines friedlich auf einen Nutznießer. Dustin griff es, während er ihr nachsah, wie sie in die Tram stieg und davonfuhr.

Um es kurz zu machen. Seine Bewerbungstour war nicht von Erfolg gekrönt. Die meisten Hotels brauchten keine Aushilfen und dort, wo sie noch Leute suchten, war die Bezahlung so erbärmlich, dass er damit seine Kosten nicht hätte decken können. So beschloss er schweren Herzens, in spätestens drei Tagen abzureisen. Irena bot an, das Hostel jetzt schon zu verlassen und für die letzten Tage bei ihr zu nächtigen, damit sie mehr Zeit zusammen verbringen könnten. Während sie zu ihren Kursen ins GI fuhr, versuchte er, für die nächsten Wochen einen Job in Deutschland zu finden. Der Herbst stand bevor. Auf den Weingütern würde bald die Lesezeit beginnen. So was mal kennenzulernen, war ihm schon länger im Kopf herum gegeistert. Vermutlich würde es nicht so romantisch werden, wie man es sich gern ausmalt. Aber genau das würde er gern herausfinden, wortwörtlich am eigenen Leib erfahren. Er blätterte sich durch jede Menge Netzseiten, kontaktierte auch einen Freund, der Drähte in die Branche hatte, schrieb einige Mails und griff zum Telefon, wenn ihm ein Weingut besonders zusagte. Meist hieß es, Danke, wir haben unsere Leute schon. Oder, sie hätten mit deutschen Aushilfen nicht so gute Erfahrungen gemacht. Die Arbeit wäre schon auch anstrengend. Ob er denn schon mal eine Saison mitgemacht hätte. Dass es selbst mit einfachen Jobs so mühsam sein würde, hatte er nicht erwartet. Als er schon alle Hoffnung fahren lassen wollte, meldete sich der Freund zurück. Er hätte ein kleines Gut an der Mosel gefunden, einen Familienbetrieb, der Sohn wäre kurzfristig ausgefallen, viel zahlen könnten sie nicht, aber Kost und Logis wäre garantiert. Sie machen Spitzenweine und legen viel Wert auf eine sorgfältige Lese. Wenn es gut laufe, könnte er bis zum Winter bleiben, wenn die letzten Trauben für den Eiswein eingebracht würden. Die Gegend wäre jedenfalls traumhaft. Am Abend schauten sie sich Bilder und einen Imagefilm auf der Homepage des Hofes an. Irena begann, ihn zu beneiden. Wenn sie hier keinen festen Vertrag für ein

Jahr hätte, würde sie sofort mitkommen. So sagte er am nächsten Tag zu.

Mit dieser Gewissheit im Rücken begannen sie, den letzten Abend zu planen. Irena schlug ein Picknick auf der alten Burg Vysehrad vor. Aber da er Übernachtungskosten gespart hatte und in Erinnerung der Wespenplage wollte Dustin sie doch lieber ausführen. Sie fanden am Fuße der Burg eine urböhmische Kneipe, in die sie sich sofort verliebten. Nicht diese hippen, übervollen Touristenfallen in der Altstadt, in denen ganzen Hostelbelegungen die Kronen mit verwässertem Bier bis zum Erbrechen aus der Tasche gezogen werden. Eine kleine nette Bierstube mit bodenständiger Küche, in der nur Prager saßen. Hier keine böhmischen Knödel mit Sauerkohl und Schweinebraten zu bestellen, wäre eine Sünde gewesen. Irena meinte, dieses Gericht hätte sie das letzte Mal vor fünfzehn Jahren bei ihrer Großmutter serviert bekommen, als diese noch lebte. Nach dem dritten Bier musste Irena der Wirtin erzählen, wieso sie so gut tschechisch konnte. Zum Abschluss gab's einen Becherovka mit den Wirtsleuten und gefühlt der ganzen Gaststube. Der Heimweg dauerte wegen des leichten Seegangs länger als gedacht. Sie waren sehr verliebt in dieser Nacht und Irena verstand es mit Raffinesse, ihn am Einschlafen zu hindern. Aber irgendwann gingen auch ihr die Ideen aus und die Natur forderte ihr Recht.

Die Sonne stand schon hoch am Himmel. Sie hatten grandios verschlafen. Irena überlegte kurz, sich krank zu melden. Aber dann entschieden sie, das Frühstück ausfallen zu lassen. Dustins wenige Sachen waren schnell in den Rucksack geworfen, Handy, Laptop, Ladegerät, Zahnbürste nicht vergessen und schon konnte es losgehen. Mann o Mann, meinte sie, so schnell hätte sie das noch bei niemandem gesehen, ein unbestreitbarer Vorteil. Auf dem Weg zur Tram kauften sie beim Bäcker noch Hörnchen als Wegzehrung, die letzten für lange Zeit, er würde sie vermissen wie manches andere noch. Sie begleitete ihn im Bus, der ihn vor die Stadt und an die Zufahrt zur Autobahn bringen würde. Für den Fernbus hatte es nicht mehr gereicht, die Bahn gleich gar nicht. Aber Autostopp war immer noch eine Alternative, wenn auch nicht mehr so verbreitet wie vielleicht in den Achtzigern. Sie verabschiedeten sich wehmütig. Sie wollte warten, bis ihn jemand mitgenommen hätte. Nur mit Mühe konnte Dustin sie überreden, zurückzufahren und den Schmerz nicht noch länger auszudehnen. Über den Jahreswechsel wollten sie sich wiedersehen, bis dahin müssten Whatsapp & Co. reichen. Er sah ihr nach, wie sie auf die andere Straßenseite ging, als der Bus in Sichtweite kam. Ein letztes Winken, der Bus schob sich dazwischen, sie stieg ein, noch ein Blick, noch mal Winken, der Bus fuhr an und rollte mit ihr davon.

Aus dem Silvesterdate wurde nichts. Sie fuhr über Weihnachten zu ihren Eltern nach München, er verbrachte den Heiligen Abend mühsam mit Mutter und Bruder, der schon vor Mitternacht wieder verschwand. Mutter überredete ihn wie jedes Jahr, mit ihr in die späte Christmette zu gehen, wie jedes Jahr sang der Jugendgospelchor aufgepeppte Weihnachtslieder und nordische Folksongs. Am nächsten Morgen stieg er in den Zug nach Rügen und verkroch sich traurig in einer alten Fischerhütte, die Freunden gehörte, welche sie nur im Sommer nutzen. Warum hatte Irena in letzter Minute abgesagt. Sie müsse bereits zwischen den Jahren, wie ihre Großmutter gesagt hätte, wieder in Prag sein, sie hätten so viel Arbeit. Am zweiten Januar wolle der Außenminister das Institut besuchen, es gibt Urlaubssperre für alle, sie hätte keine Zeit für ihn. Gerade mal eine Party am Silvesterabend würde es geben, der Chef würde alle zum traditionellen Karpfenessen in ein Restaurant einladen. Während der Fahrt und nach seiner Ankunft an der Mosel hatten sie noch täglich gechattet. Was anfänglich wie eine Standleitung schien, wurde mit der Zeit lockerer, die Intervalle wurden größer, es gab Tage ohne Kontakt. Hatte sie sich zu Beginn noch für seine

Arbeit zwischen den Weinstöcken interessiert, empfand nicht nur sie diese mit der Zeit zunehmend eintönig. Die herrlichen Ausblicke über die Weinberge, die Moselschleifen, die bewaldeten Höhenzüge und die Weindörfer machten es nur zur Hälfte wett. Dazu kam die unerwartete Anstrengung. Viele Stunde stand er in den steilen Hanglagen, trug die vollen Kiepen runter zum Traktor mit den Bottichen und krakselte zur nächsten Pflückung wieder hinauf. Am Abend war er meisten völlig fertig.

Ein kleines Highlight war der erste Federweißer Ende September. Das Winzerpaar hatte mehrere Bleche Flammkuchen backen lassen und Tische in den Hof gestellt. Die ganze Pflückertruppe genoss einen unbeschwerten Samstagabend zwischen den von der Spätsommersonne aufgewärmten Kalksteinmauern. Aber mit abnehmendem Sonnenschein der immer kürzeren Tage kühlte sich auch ihre Beziehung merklich ab, die Pausen wurden immer länger. Es schien wohl doch nur ein Sommerflirt, eine Urlaubsaffäre gewesen zu sein, die von der Leichtigkeit der lauen Abende, der Unbeschwertheit und Gefühligkeit der Prager Gassen inspiriert wurde. Dennoch war er von ihrer Absage enttäuscht. Er wäre auch für einen Tag und eine Nacht nach Prag gefahren, denn er hatte sich davon eine Belebung erhofft. Im neuen Jahr schlief der Kontakt nach einigen Versuchen seinerseits schließlich ganz ein. Und plötzlich stand sie wieder vor ihm.

Ich war immer noch völlig sprachlos, nachdem ich sie Hanne und Friedrich vorgestellt hatte. Sie dagegen plauderte fröhlich, sie wäre auf der Rückreise nach München für drei Tage in Berlin, weil sie auf ein Visum für China warten müsse. Eigentlich wollte sie es heute abholen, aber es gibt irgendwelche Schwierigkeiten, sie müsse am Montag nochmal aufs Konsulat. Bis dahin hätte sie sich in einem Hostel einquartiert und gedacht, sie schaut mal vorbei.

Friedrich meinte, es wäre Freitag und ohnehin demnächst Feierabend, ich könne auch etwas eher Schluss machen und meiner Freundin die Gegend zeigen. Danach würden sie uns gern zum Kaffee einladen.

Beim Gang durchs Dorf fragte ich nach dem Grund für das ausdauernde Schweigen, ob es da einen „Anderen" gäbe? Es war mir spontan in den Sinn gekommen. Tatsächlich hätte es jemanden gegeben, antwortete sie. Anfänglich wollte sie mir nichts sagen, um mir nicht weh zu tun, auch sei es ja völlig ungewiss gewesen. Später hätte sie den Eindruck gehabt, ich hätte kein Interesse mehr. Die Geschichte hätte sich allerdings als großer Flopp erwiesen. Die Sache mit Silvester wäre aber keine Ausrede gewesen. Danach hätte sie ein sehr schlechtes Gewissen gehabt und war froh gewesen, dass es sich für mich scheinbar auch erledigt hatte. Jetzt wäre sie nur neugierig, was ich wohl gerade so treiben würde. Und da sie entdeckt hätte, dass ich in der Nähe wäre und sie unerwartet noch Zeit zu überbrücken hätte, wollte sie mich einfach nochmal treffen, bevor sie für lange Zeit nicht in Europa leben würde.

»Was heißt denn lange?«, wollte ich wissen.

Ihr Vertrag würde ein Jahr mit Option auf Verlängerung laufen. Erstmal Peking, dann soll sie vielleicht in Shanghai eingesetzt werden, erzählte sie begeistert. Sie sei wahnsinnig aufgeregt und könne es kaum erwarten.

»Von mir aus hätte unsere Geschichte nicht einschlafen

müssen«, griff ich das offene Thema nochmal auf. »Aber ich war zurückhaltend, weil ich dachte, dass ich mit meinem Spleen vielleicht nicht mehr interessant war. Hätte es verstanden.«

»Das ist es eigentlich nicht gewesen«, meinte sie. »Eher die Distanz. Ich bin nicht gut in Fernbeziehungen. Brauche mehr das direkte Erleben. Tut mir leid.«

»Schon okay. Am Anfang tat es weh. Silvester ging es mir schon schlecht, dann ließ der Schmerz langsam nach.«

Dass ich ihn in der einsamen Hütte noch verstärkt statt betäubt hatte, erwähnte ich nicht.

Sie hätte nicht gedacht, dass ich so ein Sensibler wäre. Es klang nicht spöttisch. Sie legt mir die Hand auf den Arm.

»Bist du noch verletzt, sauer?«

»Nein! Wir waren uns doch zu nichts verpflichtet«, erwiderte ich. Sie schien erleichtert.

»Sag mal, du bist doch ein echter Berliner. Kannst du mir nicht bis Montag was von der Stadt zeigen? Ich kenn hier niemanden, war mal mit der Klasse da, ist ewig her. Ich kenn nichts, gerade mal das Brandenburger Tor und die Mauer, na und den Reichstag und so. Hättest du Zeit? Also wenn du magst.«

Da war sie wieder, die Irena aus Prag, fröhlich, spontan, sprühend. Ein Faden begann sich neu zwischen uns zu spinnen.

»Ich habe hier einen Job«, erwiderte ich. »Wir arbeiten einen alten Flügel auf. Aber das Wochenende ist frei, sollte also kein Problem sein.«

»Du arbeitest an einem Flügel, wie spannend. Wieso kannst du das?«

»Ich kann es nicht, also nicht ohne Anleitung. Friedrich zeigt es mir.«

»Wow, gibt's schon was zu sehen?«

»Ein ausgeweideter Elefant, dem gerade das Fell über die Ohren gezogen wird.«

Sie sah mich fragend und etwas irritiert an. Ich feixte und erklärte, dass der Flügel völlig zerlegt ist und ich den Lack abschleife. Aber das könne sie sich gern ansehen. Ob ich öfter so makabre Witze mache, wollte sie wissen.

»Kleine Rache«, erwiderte ich.

»Wofür?«, wollte sie wissen.

»Für ein einsames Silvester.«

»Du warst doch sauer. Ich mach's wieder gut.« Sie lächelte mit den Augen. »Falls du mich lässt. Also, was ist mit einer Berlintour?«

»Überzeugt«, lächelte ich zurück.

Sie drückte mir einen Kuss auf die Wange. Auf dem Rückweg plauderte sie drauflos, sie wolle nicht das übliche Touristenprogramm, jedenfalls nicht die Highlights, lieber die unbekannten Ecken, vielleicht meine Lieblingsplätze, zum Beispiel, wo ich aufgewachsen sei.

»Oh«, meinte ich, »das wird schwierig, wir sind so oft umgezogen. Die letzten Jahre bis zu meinem Auszug haben wir draußen in Marzahn gewohnt.«

Sie sah mich fragend an.

»Neubaugebiet, Ostplatte, nicht spektakulär und auch nicht reizvoll. Zwei Tage Sightseeing wären für Berlin ohnehin viel zu wenig.«

»Warum die vielen Umzüge«, wollte sie wissen.

»Mal mussten wir wegen Sanierung raus, mal war meine Mutter knapp bei Kasse und hatte Mietschulden, einmal gab es auch Stress mit den Nachbarn. Vieles weiß ich auch gar nicht, ich war ja noch ein Kind. Einmal, ich war acht und mein Bruder zehn, wurden wir geräumt und das Amt hatte uns mit unserem ganzen Zeug auf einen Transporter verfrachtet. Vor der neuen Wohnung wurde alles auf dem Bürgersteig abgeladen. Hochtragen wäre nicht inbegriffen, hieß es. Da standen wir, eine verhuschte Frau und zwei kleine Jungen zwischen Möbeln, Koffern, Kisten und Kleidersäcken. Aber meine Mutter schaffte es, ein paar junge

Leute auf der Straße anzusprechen, ob sie uns mal eben für zwanzig Mark die Sachen in den dritten Stock tragen würden. Charmant war sie schon immer.«

»Krass«, meinte Irena. »Wieso hast du davon nichts erzählt?«

»Ich rede nicht so gern darüber«.

»Verstehe«.

Im Garten wartete bereits ein gedeckter Tisch, eine große Kanne Kaffee und ein Teller frisch gebackene Blätterteigtaschen auf uns, vermutlich mit Hannes unvergleichlichem Pflaumenmus. Sie fragten Irena über das Woher und Wohin aus. Vieles kannte ich schon. Neu war, dass sie Klavier spielen konnte. Friedrich wurde noch lebendiger. Sie müsse sich unbedingt die Sammlung ansehen. Gern, meinte sie. Schließlich hätte sie mich doch nur dadurch gefunden. Ich war verunsichert, ob Hanne es mir übel nehmen würde, dass ich doch etwas gepostet hatte. Aber scheinbar hatte es die Privacy nicht verletzt.

Ihre Führung durch die Kirche wurde noch ausführlicher als meine. Friedrich lief zur Hochform auf. Schwärmte von den alten Materialien, dem natürlichen Glanz einer Schellackpolitur, welche das Holz lebendig machen und nicht unter einer Plastikschicht begraben würde, wie die modernen Hochglanzlacke. Er zeigte die feinen Verzierungen an einem Cembalo, pries den klaren, durchsichtigen Klang im Bass eines Hammerflügels, wo die Terzen so schön klängen, wie sie Schubert komponiert hätte und nicht so rumpelten wie auf einem modernen Steinwayflügel. Irena probierte hier ein paar Töne, spielte da ein Stückchen, an einem Cembalo blieb sie länger sitzen und versuchte sich an einer schwermütigen Melodie, brach aber mittendrin ab, sie könne es leider nicht mehr auswendig. Er hätte die Noten zu dieser Händelfuge im Haus, meinte Friedrich. Besser nicht, erwiderte sie, ist schon zu lange her. Sie verstanden sich bestens. Jetzt wolle sie aber noch den Elefant sehen, meinte Irena zum Schluss. Friedrich sah sie fragend an. »Glaube, das ist mein Job«, klärte ich auf.

Da wäre, wie es aussieht, noch viel Arbeit dran, meinte sie, als wir in der staubigen Werkstatt standen und dem Flügel in die Eingeweide guckten. Ob wir sicher sind, dass wir ihn wieder zusammengebaut bekämen.

Friedrich lachte. »Sonst hätten wir nicht damit angefangen.« Er zeigte ihr an einer schon fertig geschliffenen Stelle, wie herrlich tiefrot und violettbraun das Palisanderholz leuchten würde, wenn erst der Lack die Farben anfeuert, indem er mit dem Daumen etwas Schellack aufrieb.

»Er macht sich nicht schlecht, Ihr Freund«, meinte er noch.

Als sie mit einem Blick aufs Handy meinte, sie müsse bald zurück, wann denn hier der nächste Bus gehen würde, sagte Friedrich zu mir: »Du kannst doch Auto fahren, dann bring sie mal sicher zum Bahnhof«, und hielt mir die Autoschlüssel vor die Nase.

Die Verabschiedung war herzlich, Hanne drückte ihr eine Tüte mit dem übrigen Gebäck in die Hand. Friedrich meinte, sie möge ruhig mal wieder vorbeikommen, gern auch für ein paar Tage, falls sie Lust hat, das Orgelstück ganz in Ruhe zu probieren, ohne Zuhörer.

Kleine, heile Welt, befand Irena, als das Dorf aus dem Rückspiegel verschwand. Sie könne verstehen, dass ich hier hängen geblieben bin. Zumindest für einen Sommer. Aber immer so zu leben, könne sie sich nicht vorstellen.

»Vielleicht sind wir dafür noch zu jung«, erwiderte ich.

»Wohnen denn da nur alte Leute«, entgegnete sie.

»Die meisten sind über fünfzig«, antwortete ich, »es gibt noch zwei Familien mit kleinen Kindern und am Wochenende kommen ein paar Berliner auf ihre Datschen.«

»Datschen?«, fragte Irena zurück.

»Sagt man hier so. Kennste nicht? Datscha, Sommerhaus,

ist russisch, wir sind doch im Osten.«

»Ja, ja,« lachte sie, »sibirische Steppe. Wo schon der alte Adenauer die Abteilvorhänge zugezogen haben soll, damit er sie nicht sehen musste, wenn er mit dem Zug zur Reichstagssitzung fuhr.«

»Die Story habe ich noch nicht gehört, ist denn das belegt?«

«Keine Ahnung. Hat mir mein Vater erzählt, als ich ihn fragte, warum er noch nie in Berlin war. Vermutlich hatte er früher nur Angst, dass die Vopos ihn aus der Bahn holen könnten, weil er auf irgendeiner Liste stand.«

Ich wartete, bis der Zug lautlos von der Bahnsteigkante glitt wie ein ablegendes Schiff. Auf dem Rückweg durchforstete ich meine innere Bildergalerie nach besonderen Orten, die in keinem Reiseführer stehen, um für zwei Tage eine möglichst spektakuläre Tour zusammenzubasteln. Und einen Schlafplatz müsste ich auch noch finden. Auf ihr Hostel hatte ich keine Lust. Erst jetzt, durch den unerwarteten Besuch und die Belebung, die er in mir auslöste, registriere ich, dass mich die letzten Wochen unbemerkt in eine gewisse Trägheit, um nicht zu sagen, Lethargie hatten verfallen lassen. Es war nicht nur die Hitze des Sommers, auch nicht die Annehmlichkeiten im Hause Heider, eher schon die Sorglosigkeit des Daseins, vermutlich aber vor allem das Gleichmaß des täglichen Ablaufs. Umso mehr freue ich mich auf die Unterbrechung.

Samstag 10. August 2019

Am frühen Morgen war ich die zehn Kilometer bis zur Bahnstation geradelt. Das Frühstück hatte ich mir gespart, dafür wäre noch genug Zeit, später mit ihr. Der Regio brachte mich in einer halben Stunde zum Ostkreuz. Das Hostel lag fußläufig, hatte ich auf Google gesehen. Mit sicherem Instinkt hatte sie sich ein Bett im - zumindest bei meiner Generation - angesagtesten Bezirk gesucht. Im Friedrichshain wollten alle wohnen. Diese Mischung aus letzten Resten der Szene-und Indiekultur, mit ein bisschen Punk und Multikulti durchgerührt, für die Touris aufgepeppt, aber nur gerade so viel, dass es die in den Neunzigern Hergewehten nicht davon trieb, das war es, was alle cool fanden. Nicht so livegestylt und wohlgesättigt wie der Prenzelberg und auch nicht multimigrantisch und hausbesetzerkonserviert wie Kreuzberg oder Neukölln. Genau dazwischen eben. Hier gab es sie noch, die Szenekneipe mit dem Mobiliar vom Flohmarkt, die hippen Streatcafés, die Independent-Videothek mit eigenen Filmvorführungen, ein kleines Kindertheater in einer alten Friedhofskapelle und jede Menge Restaurants rund um die Welt. Auf dem Bahnsteig zog ich mir einen Kaffee-to-go an einem der vielen gläsernen Imbiss-Tempel und lief die Bahnhofstrasse runter. Die Kneipen waren noch dicht, die Stühle, von denen am Abend keiner leer blieb, noch mit den Tischen verdrahtet. Ich fand Irena im Frühstücksraum und setzte mich auf den freien Platz neben ihr.

»He, schon da«, begrüßte sie mich. »Willst du auch einen Toast, das nehmen die hier nicht so genau.«

»Wenn du meinst«, erwiderte ich, »dachte, wir essen unterwegs was.«

»Später. Warte, ich hol dir was vom Buffet, süß oder salzig?«

»Vielleicht von beidem?«

Sie grinste, stand auf und kam mit zwei Toast, einem Klecks gelber Marmelade, zwei Scheiben Käse und einer Tomate auf dem Teller zurück.

»Marille, der Wirt kommt aus Österreich. Lass es dir schmecken.«

»Wohin gehen wir«, fragte sie, nachdem ich den ersten Toast verdrückt hatte. »Was wirst du mir zeigen?«

Sie sah mich erwartungsfroh an.

»Ich dachte an das alte Berlin, also das ganz alte. Wenn man noch nichts von einer Stadt gesehen hat, sollte man seine Ursprünge kennen, sonst versteht man den Rest nicht richtig.«

»Das alte Berlin? Gibt es denn davon noch etwas? Ich dachte, das wäre im Krieg alles in Schutt und Asche versunken.«

»Letzte Reste gibt's schon noch, man muss sie suchen oder gezeigt bekommen. Ich meine jetzt nicht die nachgebaute Historie.«

»Na gut.« Sie schaute etwas skeptisch. »Ich bin gespannt. Du weißt aber schon, dass du mit München eine starke Herausforderin hast.«

»Schon klar«, erwiderte ich,» wir werden unser Bestes geben.«

»Wo wirst du eigentlich heute Nacht schlafen? Hast du schon ein Quartier? Bei deiner Mutter?«

»Da kann man nicht übernachten«, erwiderte ich unvorsichtigerweise.

»Nee, wieso nicht?«

»Ach, zu weit draußen.«

Ich wollte nicht beschreiben, wie ich zu Weihnachten erst das Schlafsofa in meinem ehemaligen Zimmer freiräumen musste und unter Bergen von Kartons und Zeitungen alte Pizzapappen zum Vorschein kamen, zum Teil noch mit vertrockneten, verschimmelten Resten darin.

»Soll ich hier im Hostel fragen. Vielleicht ist noch was frei.«

»Ich versuche, bei Freunden zu pennen, Eltern von einer Schulfreundin. Sie wohnen am Prenzlauer Berg und haben ein Gästezimmer, da hab ich schon öfter übernachtet.«

Ich wollte Matthias gestern noch eine Whatsapp schicken, hatte es dann aber doch verpeilt. Jetzt holte ich es zwischen den Frühstückstoasts nach. Als mein Teller leer war, brachte sie alles zum Spültisch, wusch das Geschirr und stellte es ins Trockenregal.

»Wolln wir?«

»Yes!«

Ich sprang auf, schnappte meine Umhängetasche und wir zogen los, fuhren mit der U-Bahn in die City und tauchten am Alex wieder an die Oberfläche. Ich erzählte, dass dieser Platz noch im siebzehnten Jahrhundert vor der Stadt lag und ein Viehmarkt gewesen war. Dort, wo jetzt die Brücke der Stadtbahn die Straße überspannt, welche bis zum Schloss führt, war ein Stadttor gewesen. Die Trasse hatte man an der Stelle der abgerissenen Wallanlagen gebaut. Mit etwas Phantasie würden wir jetzt die alte Stadt betreten, meinte ich, als wir die Brücke hinter uns ließen.

»Na, mit viel Phantasie«, entgegnete Irena.

»Warts ab, es wird besser.«

Wir kreuzten die Neubauten, welche den Fernsehturm umgeben und kämpften uns über die achtspurige Schnellstraße, deren Schneise man damals brutal durch das Trümmerfeld der alten Gassen geschlagen hatte und die heute eine breite Lärmpiste ist. Als wir den Autostrom hinter uns gelassen hatten, empfing uns in der Ruine der mittelalterlichen Franzikanerklosterkirche fast so etwas wie Ruhe und Beschaulichkeit. Stille, die aus Stillstand erwuchs. Konserviertes Relikt der Vergangenheit, das standhaft dagegen ankämpft, von der Tristesse der umgebenden Betonwüste nicht zugeschüttet zu werden. Ich zeigte Irena auf dem Handy Bilder, wie es hier vor dem Krieg ausgesehen hatte, von der Kirche und den Gebäuden des alten Klosters, die nach der Reformation zu einem wichtigen Gymnasium wurden. Die Arkadengänge aus dem 19. Jahrhundert, unter denen Schüler und Lehrer trockenen Hauptes von einem Haus ins andere kommen konnten. Erzählte, dass die Knaben wie überall in den deutschen Ländern als Chor beim Gottesdienst zu singen hatten und der Kantor damit der wichtigste Lehrer war. Neben dem Lärm der lebhaften Jungen wird man in den umliegenden Häusern vor allem den Gesang aus den Chorproben gehört haben. Das alles war dahin, zerschossen, zusammengefallen, abgeräumt, verschwunden. Die Reste der Kirche allein zeugen noch davon.

»Diese Ruinen machen mich traurig«, sagte Irena. »Hast du nicht auch intakte Geschichte zu bieten?«

»Sehr wohl, meine Dame.« entgegnete ich. »Gleich ein paar Schritte weiter gibt es einen alten Friedhof und drumherum stehen Häuser, die zumindest noch nach Altberlin aussehen. Und Reste von der mittelalterlichen Stadtmauer gibt es auch.«

»Bezeichnender Name«, meinte Irena, als wir vor "Zur letzten Instanz" standen. Aber immerhin weckten die Gebäude, wenn auch rekonstruiert, unsere Vorstellungskraft. Mit der niedrigen Tür, den Fensterläden, den Gesimsen an der Fassade, den Dachgauben und dem für das alte Berlin so typischen Kellereingang in der Fassade, welcher leicht vorgebaut, hinter der Tür eine sehr steile Treppe verbarg, wirkte das Haus zwar beschaulich, aber auch recht kleinstädtisch. Die Wirtschaft war an diesem Morgen noch geschlossen. So begutachteten wir die Reste der Stadtmauer, mutmaßten, zu welchen Zeiten die verschiedenen Steine dort übereinander geschichtet worden waren und spazierten schließlich über den alten Friedhof der Parochialkirche, dessen älteste Grabsteine noch aus dem 18. Jahrhundert und damit aus der Bauzeit der Kirche stammten. Vor einem blieben wir länger stehen. Er war einem Geschwisterpaar gesetzt worden, die beide "in der besten Blüthe ihrer Jahre haben verwelken müssen", wie zu lesen war. Der Steinmetz war auf die Idee verfallen, den Leser direkt anzusprechen. "Stehe stille Wandersmann und betrachte allhier zwey unverwerfliche Zeugnisse von der Nichtigkeit des menschlichen Lebens." So begann der Text auf der zweispaltigen Tafel, die von zwei herzigen Putten und goldenen, ineinander verschlungenen Initialen gekrönt wurde. Danach folgte eine kurze Lebensbeschreibung der Geschwister. Der Verfasser schloss mit der Ermahnung: "Gehe nun hin, o Leser und erinnere dich zu allen Zeiten hierbey der Nichtigkeit des Lebens, denn es fähret schnell dahin, als flögen wir davon." Als hätte wir der Aufforderung folgen wollen, standen wir tatsächlich schweigend davor und lasen den nicht leicht zu entziffernden Text. Plötzlich nahm Irena meine Hand. Ich sah sie fragend von der Seite an, aber sie schwieg weiter.

»Was ist?« versuchte ich vorsichtig die aufkommende Befangenheit zu lösen.

»Mir ist ganz seltsam«, antwortete sie nach einer Weile. »Als ob es mir was sagen will.«

Sie ließ meine Hand wieder los.

»Es ist nicht dieser letzte Satz, bestimmt nicht, falls du das denkst. Es berührt mich irgendwie anders.«

Ich war erstaunt. So hatte ich sie noch nicht erlebt. Dass sie, die immer fröhlich, beschwingt und spontan wirkte, auch tiefsinnig und ernsthaft sein konnte, kannte ich noch nicht an ihr. Dass sie dies genauso offen zeigte wie ihre Freude, machte sie mir umso anziehender.

»Das überraschende an diesem Epitaph, so heißt das doch, oder?«, fuhr sie fort, »ist für mich, dass ich gar nicht überrascht bin. Ich habe das Gefühl, den Text zu kennen, oder anders noch, die Person, diese junge Frau und ihre Geschichte zu kennen. So, als hätte ich das schon erlebt, als hätte ich es erlebt.«

»Glaubst Du denn an so etwas wie Seelenwanderung, Reinkarnation?« wollte ich wissen.

»Keine Ahnung«, erwiderte sie, »hab mich noch nicht damit beschäftigt. Eher wohl an ein Deja Vu. Wie auch immer«, beendete Irena das Thema, »Berlin könne doch nicht verbergen, dass sich nur klägliche Reste erhalten haben.«

»Na gut, dann zeige ich dir das älteste Stück Berlin, welches überhaupt die Ursache für die Gründung der Stadt war.«

Wir liefen die Straße hinunter, querten eine weitere Hauptstraße und standen am Ende einer schmalen Gasse am Ufer der Spree, welche hinter einer gemauerten Brüstung beachtlich breit dahin floss. Rechter Hand öffnete die Mühlendammschleuse gerade ihr Tor für einen Lastkahn und ein paar Motoryachten. Möwen kreisten über dem Wasser. Sie zankten sich laut schreiend um ein altes Brötchen und fühlten sich sichtlich heimisch. Als wäre das Meer nicht kilometerweit entfernt, sondern gleich um die Ecke. Oberhalb der Schleuse rauschte der Verkehr über die Mühlendammbrücke, die in den sechziger Jahren an Stelle der alten, im Krieg gesprengten gebaut wurde. Der Stadtführer in mir kramte alles Wissen heraus, dass er sich in der letzten Nacht angelesen hatte, das der Damm bzw. die Brücke der früheste Übergang über die Spree wäre und an beiden Ufern Siedlungen entstanden, welche später Berlin und Cölln genannt wurden. Diesen hat man immer wieder aus- und umgebaut. Im Krieg wurde er zerstört. Die DDR hatte dann diese Betonpiste hingestellt.

»Okay«, meinte Irena, »und was ist daran jetzt alt?«

»Der Fluss«, erwiderte ich. »Er war schon immer da und fließt so seit der letzten Eiszeit. Da stand hier noch kein Haus.«

Es gibt kein anschaulicheres Bild für die Zeit als einen Fluss. Weil Wasserströme beides verkörpern, Beständigkeit und Veränderung, prädestiniert es sie für diese Metapher. Wenn dann noch, wie gerade vor unseren Augen, ein Frachtschiff den Fluss abwärts fährt und man beobachten kann, wie es in der Ferne auftaucht, immer größer wird, so dass wir nach und nach die Aufbauten erkennen können, einen Hund, der übers Vorderdeck tollt, ein Fahrrad, an die Kajütenwand gelehnt, eine Hollywoodschaukel samt Grillplatz für die Mannschaft auf dem Hinterdeck, bis zum Schluss das Beiboot und die Landesfahne an uns vorüberzieht und mit samt dem ganzen Kahn unter der Brücke verschwindet, dann versteht vermutlich jeder, warum man so gerne vom Fluss der Zeit spricht.

»Da hast du einen Punkt«, beendete Irena unsere Betrachtung am Spreeufer. »Jetzt bekomme ich langsam etwas Hunger, mindestens aber Kaffeedurst.«

Also liefen wir ins Nikolaiviertel. Sie fand die rekonstruierten Altstadthäuser sogar ganz hübsch. Nach einer Pause in einem kleinen Straßencafé nahmen wir dann doch all die Touristenhotspots mit, von der Museumsinsel über die Linden zum Gendarmenmarkt, dem Holocaustmahnmal bis zum Brandenburger Tor. Auf der Schlossbaustelle konnte man zusehen, wie die ersten barocken Zierelemente der rekonstruierten Fassade vor den massigen Betonrohbau gesetzt wurden. Der Sandstein, frisch behauen, leuchtete hell und neu und fremdelte sichtbar. Hinter der Oper zeigte ich ihr die Gassen mit den neuen Stadthäusern, die dem alten Quartier nachempfunden waren. Die Sonne hatte ihren Tageszenit schon hinter sich gebracht, als wir auf einer Wiese im Tiergarten lagen.

»Man kann fast vergessen, dass man in einer Großstadt ist«, meinte Irena. »Berlin ist schon schön.«

»Was hast du denn erwartet«, fragte ich.

»Na mehr Verkehr, mehr grässliche Neubauten, mehr Lärm und Dreck und mehr Menschen.«

»Ich habe dir eben nur die schönen Ecken gezeigt. Hässliche Betonklötze gibt es weniger im Zentrum, aber weiter draußen zur Genüge. Und am Brandenburger Tor ist es doch recht voll gewesen.«

»Schon, aber kein Vergleich zum Beispiel mit Venedig«, antwortete sie.

Vielleicht lag es daran, dass wir so entspannt im Gras lagen. Die Gedanken gehen besonders gern auf Wanderschaft, wenn der Körper nichts zu tun hat und das Gehirn Pause machen darf. Jedenfalls fragte sie, was ich vorhin mit Seelenwanderung oder Reinkarnation gemeint hätte, ob ich daran glauben würde. Ich sah uns wieder vor diesem Epitaph stehen. War ihr Deja-Vu-Erlebnis nur eine Einbildung gewesen, oder war wirklich mehr dran. Wie steht sie überhaupt zu religiösen Dingen? Ist sie christlich sozialisiert, wie man so sagt. Im Westen war das doch viel normaler.

»Manchmal gefällt mir der Gedanke«, antwortete ich. »Die Vorstellung, dass man nicht alles in einem Leben erreichen muss, weil man das in einem anderen Leben bekommen kann, finde ich beruhigend.«

»Und wenn du als Tier wiedergeboren würdest?«

»Du meinst, wenn man in dem einen Leben ein Schwein war, dann muss man im Nächsten als Schwein leben?«

Sie lachte: »Ist das so? Vielleicht ist das auch nur ein Volksglaube, so eine Drohkulisse wie die christliche Hölle, um die Menschen moralisch zu disziplinieren.«

»Du hast es nicht so mit Religion?«

Sie grinste: »Seit wann stellen denn die Jungs die Gretchenfrage?« Sie wäre katholisch getauft und als Kind auch regelmäßig in die Kirche gegangen, vor allem mit der Großmutter. Da fand sie das alles noch schön, die Gebete, die Lieder, den Weihrauch, den Lichterglanz, besonders in der Christmette zu Weihnachten. Die Einteilung der Welt in die Guten, die an Jesus glaubten und die Bösen, die ungläubigen Sünder, fand sie beruhigend. Es war schön, zu wissen, dass man auf der richtigen Seite stand. Aber mit der Pubertät wurde es zunehmend schwierig. Mit achtzehn wäre sie sofort ausgetreten. Jetzt wäre sie heilfroh, damit nichts mehr zu tun zu haben, das wäre nur noch peinlich.

»All die moralischen Vorträge, die wir uns anhören mussten, du sollst vor der Ehe keinen Sex haben und so, und dann haben welche von denen kleine Kinder missbraucht, nee!«

»Wie fanden das deine Eltern?«, wollte ich wissen.

»Was?«

»Das Du ausgetreten bist?«

»Ach, die waren selbst nicht so eifrige Kirchgänger, zumal sie ja in einer unerlaubten Beziehung, weil nicht kirchlich verheiratet lebten. Mutter meinte nur, ›Gut, dass Oma das nicht mehr erleben musste!‹ Vater entgegnete, er fände wichtiger, woran jemand glaubt, als in welcher Religion man unterwegs sei.«

»Und, woran glaubst du nun?«, wollte ich wissen.

»Da bin ich noch am schauen«, meinte sie. »Wie ist es denn mit Euch, Herr Doktor Faustus. Bei Euch im Osten hatten doch viele von Staats wegen den Pakt mit dem Teufel geschlossen.«

»Na, weder noch«, erwiderte ich. »Die glaubten einfach an gar nichts. Für den Materialisten ist nach dem Tod Finito, Sense, aus und vorbei. ›Man lebt in der Erinnerung der nachfolgenden Generationen weiter‹, hieß es. Aber das habe ich nicht mehr erlebt, weiß es nur aus den Berichten meiner Mutter.«

Ich erzählte Irena, wie meine Mutter mit vierzehn als Tochter eines Volkspolizisten aus Wut über dessen Borniertheit und Opportunismus, und vermutlich auch seiner Strenge, mit einer Freundin in die Junge Gemeinde der evangelischen Kirche ging und sich ihr eine ganze Welt eröffnete. Ein Ort, wo man offen und unverstellt reden und diskutieren konnte. Wo über den Ursprung des Universums und den Sinn des Lebens wirklich nachgedacht und nicht nur halbgare Pseudowahrheiten aus den Lehrbüchern des Marxismus nachgekaut wurden. Wo Liebe, Vertrauen, Mitmenschlichkeit und Solidarität keine hohlen Phrasen waren und auch über brisante Themen wie

Umweltschutz und Friedensbewegung gesprochen wurde. Und ja, wo man auch in Kontakt zu Leuten aus dem Westen kam, was in ihrem Elternhaus unmöglich gewesen wäre. Zuerst versuchte sie es geheim zu halten, erzählte, sie wäre bei der Freundin, zum Lernen, zum Spieleabend, im Kino. Als es mit sechzehn rauskam und der Vater sie vor die Tür setzen wollte, weil sie darauf beharrte und erklärte, sie wäre jetzt Christin und selbst die Verfassung der DDR würde Religionsfreiheit garantieren und der Vater einen Wutanfall bekam, dass die eigene Tochter ihn jetzt auch noch mit der Verfassung provoziere, erreichte die Mutter mit der Kompromisslösung, sie könne ihr neu erworbenes Christentum ja als Freiwillige beim Roten Kreuz unter Beweis stellen, dass sie bleiben durfte. Sie hat sich ihre innere Freiheit schwer erkämpft. Deshalb war es ihr auch sehr wichtig, dass wir in diesem Denken und Glauben aufwuchsen. Für mich war es dann ganz selbstverständlich, an einen Gott zu glauben, der die Welt geschaffen hat und dass Jesus sein Sohn sei, der uns erlöst habe. Ich fand es toll dort, die Kindergottesdienste, das Krippenspiel, später die Jugendrüsten mit Zelt und Lagerfeuer, der Pfarrer spielte Gitarre und wir sangen begeisternde Lieder und die ganzen Singer-Songwritercharts hoch und runter. Die Mädchen waren auch hübscher und hatten irgendwie mehr Niveau, waren auf einem ganz anderen geistigen Level als die in meiner Klasse. Und da es zu Hause mit meiner Mutter zunehmend schwieriger wurde, verbrachte ich mehr und mehr Zeit in der Gemeinde.

»Was ist denn nur mit deiner Mutter«, unterbrach mich Irena.

»Nicht heute«, wich ich aus. »Ich möchte nicht darüber reden. Nicht jetzt und hier.«

»Okay, akzeptiert. Aber irgendwann will ich alles wissen. Und wie stehst du heute zur Kirche? Findest du es immer noch so cool?«

»Als ich ins Studium ging, war das erst mal ein Schock. Klar, ich hatte mich bewusst für Ethik und nicht für Theologie entschieden, weil ich eine breitere Perspektive wollte, von Philosophie bis zur Religionswissenschaft und einen Abschluss mit Lehrbefähigung. Aber dass es ein rein philosophisches Studium war, Religionswissenschaft nur am Rande vorkam, die persönliche Überzeugung überhaupt nichts zählte und Religiosität von vielen als etwas Skurriles angesehen wurde, hatte ich nicht erwartet. Ich ging dann oft zu den Religionswissenschaftlern und begann, viel zu hinterfragen. Jetzt geht's mir ähnlich wie dir, bin am schauen.«

Die Sonne war zwischen die Bäume gewandert. Lange Schatten ergossen sich über den Rasen und gönnten ihm Erholung von der Tageshitze. Im Park begann es kühl zu werden. Die ersten Mücken waren erwacht auf der Suche nach ihrem Frühstücks-Smoothe, für uns der unmissverständliche Hinweis, jetzt eine nette Abendkarte mit Tisch und Stuhl zu suchen, möglichst nicht am Wasser. Also fuhren wir in den Friedrichshain zurück. In der Simon-Dach-Straße fanden wir keine freien Plätze mehr. Klar, es war Wochenende. Und die üblichen Inder, Vietnamesen, Italiener fanden wir nicht verlockend. Am Ende landeten wir mit einem Bier und einem Falafelteller in Kassiopeias Sommergarten auf dem ehemaligen Reichsbahngelände, genossen die Abendsonne, schauten den Kindern beim Skaten und ein paar Kletterern beim Erklimmen des alten Kühlturms zu, den man zu einer Kletterwand umgebaut hatte. Irena versuchte mich in die Geheimnisse der chinesischen Schriftzeichen und der Sprache einzuweihen. Nebenher kam die Message von Matthias, dass ich bei ihnen schlafen könnte. Da ich noch keinen Schlüssel hatte, würde ich heute Abend nicht mehr alt. Dachte ich zumindest. Inzwischen war es dunkel. Die Bars und Kneipen hatten ihre Lichterketten angeknipst. Die Hitze des Tages war einer wohlig warmen Sommernacht gewichen. Irgendwo auf dem Gelände lief leise, sanfte Housemusic.

Irena griente mich an: »Weißt du, was geil wäre? Jetzt noch in einen Club mit 'nem Drink und ein bisschen tanzen. Ich hab Lust. Und du.«

»Ich bin eigentlich nicht so der Clubgänger, aber klar, warum nicht, müssen wir mal checken, wo wir rein kommen könnten. Ins Berghain schon mal nicht, also ich zumindest, du vielleicht«, sagte ich zu ihr.

»Wieso nicht?«, wollte sie wissen.

»Nicht das richtige Outfit. Außerdem windet sich da bald ne Schlage ums halbe Gebäude, da wollen alle rein.«

»Was ist denn daran so besonders?«

»Ich war nur einmal drin, es war vor allem voll und laut. Aber klar, die riesige Halle mit den gigantischen Betonpfeilern, die Stahlbalkone, die ewig lange Bar, mehrere Dancefloors, die berüchtigten Darkrooms, die Schwulenszene, das verruchte. Wenn du dich richtig abschießen willst, dort ist der Ort, wo alles geht, heißt es.«

»Aha«, meinte sie, »und außer diesem Sodom und Gomorra, was geht hier noch? Berlin ist doch die Partystadt, heißt es.«

»So isses«, erwiderte ich. »Wir müssen mal schauen. Aber vorher müsste ich nochmal bei meinen Freunden vorbei, den Schlüssel holen. Wenn es jetzt spät wird, kann ich ihnen nicht zumuten, so lange für mich wach zu bleiben.«

Wir liefen los und stiegen in die M10, die Partytram. Sie verbindet Friedrichshain mit dem Prenzlauer Berg und das Partyvolk wogt mit ihr in beide Richtungen zu den jeweils angesagten Hotspots. Die einen wollen zur Kulturbrauerei mit Franz-und Sodaclub, oder zum Mauerpark. Die anderen fahren in den Friedrichs mit Berghain oder RAW-Gelände. Kneipen, Bars und Restaurants gibt es in beiden Vierteln wie Hühner auf der Stange. Die Bahn füllte sich. Leute mit Bier oder Weinflaschen in der Hand, die Mädels flippig, die Jungs betont cool, stiegen zu. Jeder und jede Zweite hatte irgendwo ein Tattoo. Am Stierbrunnen stieg eine Band ein. Vier Typen mit Saxophon, Gitarre, Cajon und Kontrabass stellten sich ins Fahrradabteil und legten sofort los, irgendein wilder Balkanbeat. Die Leute johlten, einige sprangen auf und begannen zu tanzen. An der Eberswalder Straße mussten wir raus. Mit uns wurde die Bahn halb leer. Die Leute strömten in alle Richtungen und verteilten sich auf die Kneipen. Die Band lief zum Viadukt der U-Bahn, die dort als Hochbahn alle fünf Minuten zwischen den Häusern über die Kreuzung rauscht. Sechs Straßen treffen hier aufeinander. Die Schönhauser in Nord-Süd Richtung wird von der Danziger geschnitten, welche sich auf der anderen Seite in die Eberswalder verwandelt. Diagonal quert das Kreuz noch die Pappelallee welche nach Südwest als Kastanienallee, auch Castingallee genannt, weitergeht. In allen Straßen gibt es rund um die Kreuzung Bars und Restaurants. In der Schönhauser einen Inder, Griechen, Vietnamesen. Ihre Tische reichten bis an die Bordsteinkante. An der Ecke gibt es seit neustem einen stylischen Brotladen, einen hippen Bäcker, aus dem es immer nach leicht verbranntem Brotteig riecht und wo immer eine Schlange steht. Schräg rüber hat eine Filiale der arabischen Hähnchenbraterei Risa, die mit Halal-Essen wirbt, vor ein paar Jahren ein schönes, französisch angehauchtes Caféhaus verdrängt. Dort tummelten sich jetzt ganze Gangs von arabischen, türkischen und deutschen Jungs um die Tische auf dem Gehsteig, ein paar Afrikaner und einige Mädels waren auch darunter. In der Danziger gibt's Italiener, Vietnamesen und vor allem Spätis, die auch Stehtische rausstellen. Dazwischen prangt eine Stahltür, die man am Tage übersieht. Jetzt buhlten heftig blinkende Lichter über der Tür um die Aufmerksamkeit. Dahinter verbirgt sich im Keller ein Club, dessen Betreiber alle Jahre zu wechseln scheinen und mit ihnen das Motto und die Werbung. Gerade war ein Pornokaraokeclub eingezogen, so stand es jedenfalls über der Tür. Drumherum stöhnende Münder, Mikrofone und verdrehte Augen. Auch davor eine Menschentraube. Die Band hatte sich unter der U-Bahn aufgestellt, stöpselte ihre Kabel in eine bereitstehende Anlage und legte los. Sie spielten direkt vor den Treppenaufgängen, die beidseitig einen Durchgang umrahmten. In den ehemaligen Ticketschaltern hatten sich zwei Imbisse einquartiert. Rechts gab's Döner, links Currywurst. Dahinter, unterm Viadukt stehen seit ein paar Jahren zwei Glaspavillons. In einem gab es Getränke, Bier, Cola oder Mischungen davon ohne Ende. Der andere war ein Barbershop, der wilde Muster auf die Kopfhaut zu zaubern versprach. Auf der anderen Seite hatte Konnopke, angeblich Erfinder der Currywurst, seinen Tresen bereits geschlossen. Dort stand jeden Tag eine nicht abreißende Schlange hungriger Menschen um das bekannteste Berliner Streetfood an, das es dort schon in der DDR und sogar vor dem Krieg gab. Überall waren Leute, bei jeder Grünphase setzte eine Völkerwanderung in alle Richtungen ein. Flirrendes Stimmengewirr brandete zwischen den Häuserwänden wie die Wellen in einem Hafenbecken, nur übertönt von der Band und der U-Bahn, die ungerührt über all die Lebensfreude unter ihr hinweg polterte und mit jedem Halt eine neue Wagenladung Feierlauniger in die Berliner Nacht ergoss.

»Wie cool ist das denn hier«, meinte Irena, als wir die Straße kreuzten, »lass uns doch hier bleiben.«

»Aber zuerst den Schlüssel holen«, meinte ich.

Als wir ihn in der Tasche hatten - Kathrin und Matthias begrüßten uns herzlich, schauten interessiert und neugierig auf Irena, aber ich hatte sie vorab gebrieft, dass wir noch um die Häuser ziehen wollten - liefen wir zurück zur U-Bahnstation. Die Band war noch voll im Flow, umringt von sich im Rhythmus wiegenden und tanzenden Leuten.

Irena griff nach meiner Hand, zog mich in die Menge und ließ sie nicht mehr los, während wir uns immer entrückter zur Musik bewegten, tanzten, uns umkreisten und tief in die Augen sahen. Bei einem verträumt ruhigen Stück legte sie die Arme um meinen Hals und küsste mich, erst wie im Scherz, dann verlangender und bald schien die Welt um uns in weite Ferne zu gleiten und wir in einen Kokon aus Tönen, Klängen, Geräuschen, Farben und Gerüchen eingesponnen zu sein. Von irgendwoher wehte uns die unverkennbare Wolke von verbranntem Gras an.

»Das brauch ich jetzt nicht«, lachte mir Irena ins Gesicht und ihre Augen blitzten, »aber was zu trinken.«

»Sollte kein Problem sein«, meinte ich, »lass mal schauen, was sie haben.«

Wir wühlten uns aus der Menge und gingen zu dem Glashaus, wo sich die Bierkisten stapelten. Ich nahm ein Grapefruitbier und Irena ein Hefeweizen mit einem Schuss Cola.

»Wolln wir jetzt noch richtig sündigen«, fragte sie, als die Becher leer waren?

»An was denkst Du?«

Sie zeigte rüber zum Risa.

»Ich habe Lust auf Fleisch!«

»Okaaayy!« Ich sah sie staunend an. »Einmal ist keinmal?«

»Einmal darf man, ich bin keine eingefleischte Vegetarierin.«

»Müsste es nicht eher ausgefleischt heißen?«

»Witzbold! Los komm, gönnen wir uns.«

Als wir endlich dran waren, nahm sie einen Lala Burger und ich ein Chripsnack Wrap. Sie naschte an meinem Pommes, ich stibitze mir einen Chiliwings. Dazu Cola. Bier gab es keins, no Alc. Halal eben. Ein Typ am Tisch begann ungeniert mit Irena zu flirten. Wo sie herkäme, ob sie morgen Zeit hätte. Sie lachte ihn an. »Woher kommst du denn?« »Syria.« Er hatte einen schwarzlockigen Pelz auf dem Kopf, listige Augen, ein herzliches Grinsen im Gesicht und breite Schultern.

»Ich bin mit meinem Freund hier«, sagte sie zu ihm.

»Ja, sieht man«, meint er, »heute. Aber was ist mit morgen.«

»Du gehst ja ran«, erwiderte sie. Er stammelte dann noch was vom Glück, dass er versuchen müsse, und trollte sich lachend.

»Macht das die Berliner Luft?«, fragte mich Irena.

»Wohl eher der Duft nach frischem Heu«, meinte ich darauf.

Aber alles war leicht, ohne Bedeutung, wie ein Sommerwölkchen am blauen Himmel, Wir gingen umher wie in einer Filmwelt, nicht real, ein Festivalvibe, durch den wie hinter Glas Autos rollten, Fahrräder schnurrten, eine Straßenbahn unter der Brücke durchrasselte und oben die U-Bahn schmetterte.

»Jetzt noch einen Absacker und ich hab genug«, meine Irena mit glückstrahlenden Augen.

»Hier oder beim Hostel.«

»Na hier, ich will mich doch nicht solo betrinken.«

»Denkst du, ich lass dich allein zurück fahren?«

»Bin schon groß.«

»Aber fremd, und bei den Chancen, die um dich herum lauern, will ich mal nichts anbrennen lassen.«

»Wird da etwa jemand eifersüchtig?«

»Wenn es dir sympathischer ist als besorgt, sei's drum.«

Sie gab mir einen Kuss auf die Nase.

»Dann möge mich der Herr nach Haus geleiten.«

Wir fanden eine Bar neben dem Hostel. Sie nahm einen Whisky, ich einen Cognac. Viel geredet haben wir nicht mehr. Vor dem Hostel verabschiedeten wir uns zärtlich.

»War schön. Was sehen wir morgen?«, fragte Irena.

»Das Multikulti-Berlin.« erwiderte ich.

Als ich heute im Hostel ankam, hatte sie ihr Frühstück schon beendet und war nochmal aufs Zimmer gegangen. Also schickte ich eine kurze Binschonda-Message und setzte mich mit der Funke in der Hand in die Lobby, wenn man den Eingangsbereich so nennen will. Eher war es etwas zwischen Club-Lounge und Sporthalle. Neben dem Check-In-Tresen gab es verschiedene alte Sessel, Sofas und Couchtische zum chillen, grob gezimmerte Regale für die saubere Bettwäsche und Körbe für die schmutzige, eine breite Pin-Wand mit einem Bereich für Privates, die von Zetteln überquoll. Das meiste waren veraltete Mitfahrgelegenheits-Gesuche. Irgendein Max sehnte sich nach einer Isa, die er hier am Tresen gesehen und in die er sich vermutlich unsterblich verliebt hatte. Eine Tischtennisplatte und ein Flipper markierten den Fitnessbereich. Die andere Ecke des großen Raumes hatten sie zur Bühne umgebaut, auf der neben einem alten Piano, einer Gitarre, einer Cajon sogar ein Kontrabass spielbereit herumstanden, letzterer mit einem fetten Riss im Korpus. Gerade wollte ich eine Wiesiehtsaus-Frage hinterher schicken, als sie frisch geduscht und leichtfüßig die Treppe runter gehüpft kam. Wie ein kleines Mädchen, schoss es mir durch den Kopf. Sie trug ein ziemlich kurzes, luftiges, wild geblümtes Kleid, genau das Richtige für die muslimischen Jungs in Neukölln, dachte ich. Aber was soll's, die sollten das gewöhnt sein. Über der Schulter der Rucksack und in der Hand noch einen Hoody gegen die Morgenfrische.
»Hi, hast du gut geschlafen? Und gefrühstückt?«
Hatte ich. Das Frühstück bei Matthias, einem IT-Spezialisten und Katrin, einer Erzieherin, war wie immer vorzüglich gewesen. Sie hatten sich ehrlich gefreut, mich zu sehen und fanden meinen aktuellen Job spannend. Es war so wohltuend, dass man bei ihnen immer das Gefühl

hatte, willkommen zu sein und nicht bewertet zu werden, egal, was gerade anlag. Das war schon so, als ich vor dem Abi stand. Wenn es zu Hause zu schlimm wurde und ich zeitweise nicht weiter wusste, konnte ich dort anlanden. Matthias hatte mir auch einen Aushilfsjob in seiner Firma besorgt, als es mit dem Geld knapp wurde. Als ich dann nach Tübingen zum Studium ging, gaben sie mir manchmal Quartier, wenn ich auf "Heimaturlaub" war.

»Dann los.« Irena zog sich das Kapuzenshirt über und warf den Rucksack über die Schulter. »Wo geht's heute hin? Fahren wir wieder Bahn?«

»Nee, die Tour startet direkt vor der Haustür.«

Wir liefen durch ein paar Altbaustraßen, die hier beengter und dunkler wirkten als im Prenzlauer Berg. Die Häuser waren nicht so topsaniert wie dort. An einigen wenigen war fast nichts passiert und sie verbreiteten diesen bröckelnden, morbiden Charme einer DDR-Reko. Die wenigen Kriegslücken hatte man erst in den letzten Jahren mit schicken teuren, aber auch manchen phantasielosen Neubauten gefüllt. Am Ende der Warschauer Straße wölbt sich die Oberbaumbrücke über die Spree. Die roten Backsteinbögen, die Zinnen und die zwei Türme in der Mitte geben ihr die Gestalt einer Wehrmauer aus dem Mittelalter, wie man sich das in der Romantik eben so vorstellte. Auf der Mauerkrone fährt die U-Bahn als Hochbahn. Darunter wandeln wie unter dem Gewölbe eines klösterlichen Kreuzgangs vor allem nachts die Partypilger zwischen den Kneipen in Kreuzberg und den Bars und Clubs in Friedrichshain hin und her. Am Abend schlagen Souvenirverkäufer und fliegende Händler hier ihre Stände auf und bieten selbstgedrehten Schmuck und Getränke, hoffentlich nicht selbstgebrannt, zum Vorglühen an. Jetzt war der Gang noch menschenleer.

Wir liefen die schlesische Straße hinunter, vorbei an bunt getünchten Erdgeschossen, in denen sich indische Restaurants, arabische Backshops, punkige Bikeläden und ein türkischer Supermarkt abwechselten. Alle Fassaden waren mit Graffiti übersät, leerstehende Schaufenster dick mit Plakaten zugekleistert, die sich vom Regen schon wieder abzulösen begannen und, vom Gewicht des Daseins nach unten gezogen, ihre müden Häupter neigten. Einzelne Häuser sind hier tatsächlich noch zweistöckig und damit vermutlich aus der Zeit der Erstbebauung, andere immer noch unsaniert, dazwischen wie überall in Westberlin die tristen Lückenbauten aus den Siebzigern, Betonwände mit brutal verglasten Treppenaufgängen, Stahlrahmenfenster und Aufzugskästen auf den wie mit einer Kreissäge abgeschnittenen Dächern.

Am Ende der Straße schwingt sich der Blick mit der Schlesischen Brücke über den Schleusen- und Flutgraben und der dazwischen liegenden Lohmühleninsel. Dahinter grüßt im schlesischen Busch, früher Grenzstreifen, jetzt Grünanlage, ein stehengebliebener Wachturm aus dem alten Ostberlin. Wir liefen über die Insel an Tischtennis- und Spielplätzen vorbei bis zur Treptower Brücke. Auf der Backsteinbrüstung saßen Gruppen afrikanischer Refugies mit sichtbar viel Zeit, die man vermutlich aus dem gegenüberliegenden Görlitzer Park, einem weitläufigen ehemaligen Bahngelände, vertrieben hatte. Einige schlenkerten ihre islamischen Gebetsschnüre um die Finger, andere schauten uns erwartungsvoll an. Ob die Rucksäcke zwischen ihren Beinen nur Rauchmittel oder, wie allgemein behauptet, auch und vor allem Rauschmittel enthielten, ergründeten wir nicht. Vor der Lohmühle, einem Areal am Flutgraben, auf dem sich eine weitläufige Wagenburg angesiedelt hatte, bogen wir ab.

»Das wäre nichts für Dich?«, fragte Irena. »Die leben doch auch ziemlich minimalistisch, alternativ, soziokulturell.«

»Habs mal überlegt«, erwiderte ich, »aber dann doch verworfen, wäre mir zu fixed. Und ganz schön dicht. Hätte

Angst, dass da zu schräge Leute sind, mit denen man sich dann arrangieren müsste. Und in so einen Bauwagen passt ne Menge Zeugs,« meinte ich grinsend.

Wir überquerten den Kanal auf der Brücke, über welche die Züge in den Görlitzer Bahnhof eingerollt waren. Im Krieg wurde er zerstört und in den Achtzigern begann man mit dem Aufbau des Parks. Wir schlenderten durch die weitläufige Grünanlage. Im Amphitheater saßen Hipster mit Ihren Laptops auf den Bruchsteinmauern, den Kaffeebecher neben sich. Mütter scrollten durch ihre Handynachrichten, während die lieben Kleinen im Sand buddelten, wie Kinder das schon immer gemacht haben und bestimmt auch in hundert Jahren noch tun, wenn man sie denn lässt. Auf Höhe der Liegnitzer Straße wies ich auf ein weißgekalktes Eckhaus mit einem Mansardentürmchen auf dem Dach.

»Dort oben haben wir mal gewohnt«, sagte ich zu Irena.

»Ah«, meinte sie, »ein Ort deiner Kindheit, wie kam´s?«

»Meinem Vater gehörte hier eine Wohnung«, antwortete ich. »Ein paar Jahre nach meiner Geburt wollte er dann ein guter Vater sein und wir zogen in die freie Dachgeschosswohnung, damit wir in seiner Nähe wären. Ich erinnere mich, dass ich viel auf dem noch wilden Parkgelände rumgestrolcht bin, ob mit Aufsicht oder nicht, weiß ich nicht mehr. Auch den Kinderbauernhof gab es schon, dort waren wir manchmal. Aber die Eltern kamen nicht klar miteinander, es gab viel Streit. Er war oft weg, als Schauspieler, wenn Drehtage waren, Ende der Neunziger wurde das Haus saniert und wir mussten raus. Dann kamen die Jahre der Odyssee und zuletzt fand meine Mutter nur noch was Bezahlbares in der Platte in Marzahn.«

Wir liefen weiter bis zum Ende des Parks am Lausitzer Platz. An der Emmauskirche vorbei wollte ich durch die Waldemarstraße über den Mariannenplatz bis zum Engelbecken gehen und dort eine Kaffeepause einlegen.

»So«, sagte Irena unvermittelt, »jetzt will ich aber wirklich wissen, was mit deiner Mutter los ist.«

Vielleicht war es leichter, im Gehen, sozusagen im Vorübergehen dieses unangenehme Thema zu besprechen.

»Falls Du sie mal kennenlernst, wirst Du sie vermutlich sehr sympathisch finden«, begann ich. Meine Mutter war eine hübsche, charmante Frau, durchaus gebildet und hat noch immer was künstlerisches an sich. Damit ist sie bei allen gut angekommen, besonders bei den Männern. Aber sie bekommt ihr Leben absolut nicht auf die Reihe, sie kann nicht mit Geld umgehen, hat nie die Jobs gefunden, von denen sie träumte. Und obwohl sie arm ist, oft und jetzt dauerhaft von Stütze leben muss, ist ihre Wohnung total vollgestopft. Sie ist ein Messi. Wenn sie Geld hat, kauft sie ein, gibt alles aus und hebt alles auf. Sie hat schon lange eine Betreuerin, die ihr das Geld zuteilt, sonst ginge es gar nicht.

Wir waren auf dem Mariannenplatz angekommen. Mit seinem halbrunden Südende erinnert er mich immer entfernt an die Piazza Navona in Rom.

Meine Mutter hat immer gedacht, sie wäre eine begabte Künstlerin, deren Talent und Fähigkeiten nur nicht entdeckt oder ihr Hindernisse in den Weg gelegt würden. Anfänglich, weil sie im Osten nicht regierungskonform wäre und später, weil sie aus dem Osten käme. Als junge Frau hatte sie es mehrfach an der Schauspielschule versucht, kam sogar mal in die zweite Runde. Parallel hat sie als Statistin gejobbt in der Hoffnung, dort vom Regisseur entdeckt zu werden. Aber es waren vor allem zweitklassige Schauspieler, die eher ihre Reize entdeckten und ihr vorgaukelten, sie hätte eine große Begabung. Das hatte mir meine Großmutter erzählt. Nachdem sie vermutlich genügend Enttäuschungen kassiert hatte, versuchte sie sich als Fotografin. Eine Zeitlang konnte sie uns mit ihren Bildern für kleine Lokalzeitungen und Anzeigenblätter sogar recht und schlecht über Wasser halten. Wenn nix lief, fuhr sie Taxi. Aber als es auf dem Medienmarkt immer schwieriger wurde, war sie raus aus dem Geschäft. Die letzten Jahre bis zu ihrer Frühberentung saß sie an der Pforte des Deutschen Theaters. Einer ihrer früheren Bekannten hatte sie dort untergebracht. Für uns bedeutete es, dass wir uns oft selbst überlassen blieben. Als wir noch klein waren, kam ihre Mutter, um uns zu versorgen. Später dann, als wir älter waren und Oma zu alt, übernahm mein Bruder als der Große schon mal das Kommando. Manchmal brachte meine Mutter nach ihrem Dienst Freunde mit nach Hause, denen wir beim Frühstück oder im Badezimmer beim morgendlichen Zähneputzen begegneten. Manche kamen öfter, dann sollten wir sie Tom, Karl oder Ulli nennen. Aber wenn wir uns an sie gewöhnt hatten, tauchten sie nicht mehr auf. Dass diese Liebesverhältnisse auf Geben und Nehmen beruht haben könnten, ist mir erst später aufgegangen. Da erinnerte ich mich, dass Mutter von Zeit zu Zeit unglaublich spendabel war, mit uns Pizza essen ging und wir neues Spielzeug oder neue Klamotten bekamen. Als ob sie damit ihr schlechtes Gewissen beruhigen oder sich und uns vorspielen wollte, dass wir eine ganz normale Familie wären und uns die gleichen Dinge leisten könnten wie andere auch.

»Krass«, meinte Irena. »Und wie lange ging das so, ich meine, wann bist du da rausgekommen?«

Wir waren inzwischen die Kurve des Engeldamms heruntergeschlendert, in der tieferliegenden Grünanlage, die ursprünglich mal ein Kanal gewesen war. Sie stößt auf das Engelbecken, welches sich wie ein kleiner See vor der Fassade der Michaelskirche breit macht. Vor einigen Jahren wurde es freigelegt und hatte sich wieder mit Wasser gefüllt. Die Terrasse eines kleinen Cafés thronte über dem Wasserspiegel. Wir suchten uns einen ruhigen Tisch, Irena nahm einen Espresso, ich einen Latte und erzählte weiter.

Irgendwann wurde das Jugendamt auf uns aufmerksam. Vermutlich hatten die Lehrer einen Hinweis gegeben. Denn es kam immer wieder vor, dass Hefte, Bücher oder andere Dinge für den Unterricht fehlten, einfach weil wir sie nicht besaßen. Auch waren wir oft hungrig, wenn am Monatsende kein Geld mehr da war. Mein Bruder hat dann die Pausenbrote eingesammelt, die andere nicht schafften oder mochten. Wenn Kinder häufig beim Schulessen zweimal Nachschlag holen und es in Plastikdosen packen, dann fällt das irgendwann auf. Erst gab es Gespräche mit Mutter in der Schule, auch Angebote zur Unterstützung. Mutter war alarmiert und riss sich zusammen. Aber das hielt nicht lange. Auch unsere Zensuren waren schlecht, nicht weil wir zu doof waren, sondern weil sich niemand richtig kümmerte. Als das Amt kam, wurde es ernst. Mutter musste ihre finanziellen Verhältnisse offenlegen. Sie drohten ihr offen mit Entnahme. Da waren mein Bruder vierzehn und ich zwölf. Er versuchte dann, ebenfalls alarmiert, die Hoheit über die Finanzen zu erlangen. Wir bekamen eine Einzelfallbetreuung, welche die Anträge auf Unterstützung stellte, das Geld einteilte und mit ihm die Einkäufe besprach. Seitdem hatten wir einen regelmäßig gefüllten Kühlschrank, den wir manchmal gegen Mutters Freigiebigkeit verteidigen mussten. Mit sechzehn verschwand mein Bruder, er zog einfach aus, packte einen Rucksack, erklärte mir, ich sei jetzt alt genug um es allein hinzubekommen, er hätte es mir ja vorgemacht, ihm reiche es, in zwei Jahren solle ich es auch so machen. Sagte nicht wohin er ging, ließ den Wohnungsschlüssel da und zog die Tür hinter sich zu. Es war ein Schock für mich, Mutter tobte und ich verkroch mich zwei Tage in meinem Zimmer. Dann wurde mir klar, dass ich jetzt auf mich allein gestellt war und es irgendwie schaffen musste. Robert tauchte nicht mehr auf, die Betreuerin war nicht sonderlich überrascht. Das gab es wohl öfter.

Die Tassen waren leer. Wir warfen Citybag und Tasche über die Schulter und einen Blick hinauf zum Erzengel Michael, angetan mit Brustharnisch und Schwert, der oben auf dem Giebel der gleichnamigen Kirche einem Untier zu seinen Füßen seine Kreuzstablanze in den geöffneten Rachen stößt. Die Kuppel über dem Querhaus bildet den malerischen Hintergrund für den ehemaligen Luisenstädtischen Kanal, welcher sich vom Landwehrkanal schnurgerade bis zum Engelbecken zieht, um vor der Kirche nach Osten abzuknicken und in einem Bogen in die Spree zu münden.

Wir liefen, die Kirche im Rücken, durch die Anlagen des begrünten Grabens. An die Ränder hatte man unter rosenüberwucherte Pergolen Bänke gesetzt und in der Mitte winkt eine nackte indische Göttin auf ihrer Blätterpyramide dem züchtig bekleideten Michael auf dem Kirchenportal zu. Gusseiserne Straßenbrücken wölben sich über den Weg. Radfahrer schnurrten über den Kies, wo einst Schiffe gemächlich durch den von Häusern gesäumten Wasserlauf geschippert waren. Die Szenerie erinnert entfernt an Venedig, Florenz oder Rom, an den Tiber in seinem ummauerten Bett, umtost vom römischen Verkehr, in der Ferne die Kuppel von St. Peter.

»Wie ging es denn weiter«, wollte Irena wissen, als wir schon über den Oranienplatz hinaus waren und auf den Wassertorplatz zuhielten.

Komischerweise lief es besser, als mein Bruder raus war. Er hatte oft Streit mit Mutter, war schnell aggro. Wir kamen besser klar, ich hab sie mehr machen lassen und wir konnten uns bald auf eine erträgliche Aufteilung einigen. Mein Zimmer war für sie tabu, ihres für mich. Bei mir war Ordnung, bei ihr Chaos, aber das endete vor meiner Tür. Dann hatte ich auch endlich etwas Luft und Platz, konnte mich besser organisieren und in der Schule ging es bergauf. Sonst hätte ich nie ein Abi geschafft. Für die Lehrer schien es ein Wunder, für mich eigentlich nicht. Deshalb bin ich auch bis zum Beginn des Studiums bei ihr geblieben, dann ging ich nach Tübingen und sie hatte mein Zimmer sehr bald mit ihren Sachen geflutet. Jetzt gehört mir dort nichts mehr.

»Und was wurde mit deinem Bruder«, fragte Irena?

»Der tauchte nach ein paar Jahren plötzlich wieder auf, Glatze, Stiefel, Armeeklamotten, er wohne bei einem Kumpel, arbeite mal hier und da, Bau, Autoschrauben, Transporte und andere Sachen, redete viel und wirr, von den Kanacken und den Flüchtlingen und dass wir es schon noch sehen werden, wie sie alles überschwemmen. Aber so schnell wie er aufgetaucht war, verschwand er auch wieder. Jetzt sehen wir uns manchmal zu Weihnachten oder Mutters Geburtstag und mehr muss auch nicht sein.«

Am Ende des grünen Bandes, welches von zwei Straßenzügen und hohen dichtgrünen Bäumen eingerahmt wird und sich zu dem kleinen Böcklerpark weitet, liegt der alte Urbanhafen. Eine Verbreiterung im Landwehrkanal, beidseitig von Liegewiesen eingefasst, wo früher vermutlich Kaianlagen und Verladeeinrichtungen, Schleppkähne mit Baumaterial, Sand und Ziegel für die wachsende Stadt und Pferdefuhrwerke die Ufer säumten. Heute lagen Sonnensucher im Gras, pausierende Radler, stillende Mütter in intensivem Gespräch, Studenten in Lektüre vertieft, ältere Damen, plaudernd auf den Bänken. Gegenüber erhebt sich brutalistisch der Betonbau des Urbankrankenhauses. Wir wandten uns nach links und liefen am Wasser entlang bis zu Admiralsbrücke, welche um die Mittagszeit völlig verwaist war. Am Wochenende verwandelt sich der breite Übergang über den Kanal in den Abendstunden zu einer Partyzone mit Straßenkünstlern, Musikern, DJs, fliegenden Händlern und jede Menge Leute aller Altersgruppen, die lautstark reden, feiern, singen, tanzen, zur "Freude" der Anwohner und zeitweilig auch der Polizei, welche

Streit schlichten und die Nachtruhe durchzusetzen versuchen. Inzwischen war es höchste Zeit, etwas zu essen, der Hunger machte sich bemerkbar. In der nahen Graefestraße hatte ich eine Ramenbar entdeckt, auf deren Website tolle Fotos mit stylischen, kunterbunten Gerichten lockten. Der Laden hatte gerade erst aufgemacht, die Wirte stellten eben noch die letzten Stühle auf. Ja, ja, hieß es, wir sollten ruhig schon Platz nehmen. Drinnen herrschte eine Atmosphäre wie in einer alten Fabrik. Die unverputzten, grob vermauerten Wände, der hölzerne Tresen, hinter dem emsige Köche Nudeln aus großen, dampfenden Töpfen fischen und Zutaten in atemberaubendem Tempo in säuberlich kleine Stückchen und Scheibchen zerlegten, das sah alles nach schweißtreibender Arbeit aus. Wir entschieden uns für einen Platz auf der Terrasse. Zwischen exotisch bepflanzten Holzkisten und ein paar japanisch anmutenden Bäumen blätterten wir uns durch die Speisekarte. Irena bemängelte, dass es hier fast nichts Vegetarisches gab und blieb bei einfachen Ramen in Misobrühe mit Gemüse und Ei. Ich fand Fleisch nicht so schlimm und wählte ein Wantan-Ramen. Als Starter nahmen wir zwei Teller mit Edamame und Spinat. Laufen macht hungrig. Da wir beide den Ehrgeiz hatten, das Essen mit Stäbchen und Löffel zu verzehren, beanspruchte dies unsere ganze Aufmerksamkeit und Geschicklichkeit, so dass wir mehr oder weniger schweigend Gemüse oder Teigtaschen aus der Brühe fischten und versuchten, die Nudeln möglichst leise schlürfend einzusaugen. Es gelang mir weniger gut als Irena, um meinen Mund tropfte es fettig und sie konnte ein Lachen nicht immer unterdrücken.

»Nach Asien würde ich auch gern mal reisen«, bemerkte ich zwischen zwei Teigtaschen.

»Ah«, meinte Irena, »und wohin genau?«

»Tibet. Shangri La. Reizt mich sehr.«

»Wieso das?«

»Habe einiges vom Dalai Lama gelesen. Finde ich gut.«

»Aber der lebt nicht mehr dort«, erwiderte Irena. »Und Shangri La? Das ist doch eine chinesische Erfindung, dieses tibetisch angehauchtes Mönchsdisneyland in Yunnan. Hieß früher Zhongdian. Von den Chinesen umbenannt und wieder aufgebaut um mehr als ihre eigenen Tourist*innen anzulocken, nachdem sie in der Kulturrevolution alles kurz und klein gehauen haben. Und deshalb willst Du nach China?«

»Natürlich nicht«, erwiderte ich. »Aber ich habe den Roman "Der verlorene Horizont" von James Hilton gelesen. Diese utopische Geschichte über ein tief in den tibetischen Bergen verborgenes Kloster, ein Ort des tiefen Friedens und Wohlbefindens, des wunschlosen Glücklichseins. Wo alterslose Mönche versuchen, die Zeugnisse christlicher und buddhistischer Kultur vor der drohenden Vernichtung durch einen erwarteten großen Krieg zu bewahren. In den dreißiger Jahren war es ein richtiger Bestseller.«

»Sieh mal an, du weißt mehr als man vermutet«, meinte Irena anerkennend. Und zum ersten Mal ohne spöttischen Blick.

»Wie auch immer«, meinte ich, »eine Reise aufs Dach der Welt und den Potala-Palast sehen, das wär schon was. Asien, die Genügsamkeit buddhistischer Mönche und ihre Versuche, das Leiden zu überwinden, faszinieren mich.«

»Dann komm mich doch mal besuchen«, meinte sie lachend.

Zufrieden und gesättigt schlugen wir uns bis zum Kottbusser Damm durch und tauchen wieder in den rauschenden Großstadtverkehr ein, welcher hier durch häufiges Hupen und die vielen türkischen und arabischen Läden eine orientalische Färbung annahm. Auf dem Hermannplatz räumten die Händler gerade ihre Stände mit Gemüse, Bekleidung, billiger Elektronik, gegrillten Hähnchen, Dönerspießen und türkischem Gebäck zusammen. An einem Wagen mit verschiedensten Aufstrichen, farbig wie die Palette für ein Pastellgemälde, wollten wir einige für ein abendliches Picknick erstehen. Plötzlich versetzte mir etwas einen Schlag auf die Schulter, sodass ich fast zu Boden gegangen wäre.

»Hi Dustin. Was treibt dich in diese Gegend?«

Ich fuhr herum und hätte ihn fast nicht erkannt. Bei unserer letzten Begegnung zu Weihnachten war sein Schädel noch kahlgeschoren gewesen. Jetzt trug er die schwarzen Haare frisch frisiert, gescheitelt und gegelt. Und erst die Klamotten, schickes Schwarz, saubere Hose, weißes Hemd. Dann registrierte er Irena.

»He, was für eine bemerkenswerte Begleitung. Hi, ich bin Robert.«

Er streckte ihr die Hand entgegen. Sie erwiderte die Begrüßung amüsiert, die Stirn leicht gerunzelt. Mit einem Seitenblick zu mir sagte Robert zu ihr: »Er hat schon immer die tollsten Frauen abbekommen. Gratuliere.«

Seine Hand rauschte wieder auf meine Schulter: »Mensch Dustin, wir ham ja mal wieder ewig nichts voneinander gehört.« Zu Irena: »Das macht er immer so, wochen-, ach monatelang hört und sieht man nichts von ihm und plötzlich kreuzt er auf, wie aus heiterem Himmel und man erkennt ihn fast nicht wieder, sieh dich vor.«

Er gab die Schulter wieder frei. »Also, wo steckst du denn gerade, hoffentlich nicht auf Platte.«

Ich überhörte die Provokation, wissend, dass er mich für einen Spinner, total crazy und vermutlich auch für einen Versager hielt. Betont lässig erwähnte ich Dorf, Kirche und Sammlung und stellte Irena als überraschenden Besuch vor.

»Man restauriert einen alten Flügel, ach wie idyllisch. Und die Nächte versüßt ihr euch auf dem Doppelbett?«

Irena musterte ihn von oben bis unten. »Es gibt dort auch eine Kammer mit einer Liege«, sagt sie in gedehntem Ton.

»Ne Kammer?! Da wüsste ich was Besseres.«

Er wandte sich wieder zu mir: »Sag, was macht Muttern, gibt's was Neues? Na vermutlich nicht. Woher auch.«

Er kramte eine Schachtel Zigaretten aus der Jackentasche. »Also Leute, was geht. Was treibt ihr jetzt hier? Sightseeing? Wie nett. Wollt ihr vielleicht ne kleine Pause einschieben. Wir könnten was trinken gehen.« Er nestelte nach einem Feuerzeug, fand aber keins und blickte sich suchend um. »Ich kenne da eine nette kleine Bar gleich um die Ecke. Der Keeper ist ein guter Freund von mir. Also wenn ihr wollt. Wenn man mit den richtigen Leuten kommt, kriegt man dort nicht nur Alc. Also wenn ihr wisst, was ich meine. Na, wie sieht's aus. Habt ihr Bock.« Er steckte die Zigaretten wieder weg. »Was ist los? Ihr seid so schweigsam. Rede ich zu viel? Sorry, is ne dumme Angewohnheit von mir, aber der Doktor kann da auch nicht helfen.« Er lachte etwas bemüht. »Na was ist.« Er blickte fragend von mir zu Irena. Doch bevor ich antworten konnte, ging der Redeschwall weiter: »Oder wollt ihr lieber allein sein? Na klar, wie dumm von mir.« Er grinste süffisant: »Na dann sag ich mal, nichts für ungut, viel Glück und alles Gute, habt Spaß. Man sieht sich.«

Und weg war er. So plötzlich wie er auftauchte, war er auch wieder verschwunden.

»Sag jetzt nicht, dass das dein Bruder war!«, bemerkte Irena nach seinem Abgang.

»Allerdings. Wenn man vom Teufel spricht...«

»Hatte ich mir aber ganz anders vorgestellt.«

»Hatte auch gefärbte Haare, normal sind sie so hell wie meine.«

»Mag sein. Aber ist ein völlig anderer Typ als Du.«

»Wie fandest du ihn?«

»Keine Ahnung. War zu kurz, die Begegnung. Ich fand ihn überdreht und zu direkt. Seine Freundlichkeit war leicht überm Strich. Und euer Verhältnis scheint immer noch nicht das Beste zu sein.«

»Ich kam ja kaum zu Wort. Glaube, er war auf Droge.«

»Trotzdem, ihr seid total verschieden.«

»Wir haben ja auch verschiedene Väter«, rutscht es mir heraus.

Nun wollte Irena auch das noch wissen. Wie sein Vater war? Wieso wir ihn nicht gekannt hätten? Warum wir zu meinen Großeltern gefahren sind, aber nicht zu seinen? Ich konnte es auf den Abend verschieben. Jetzt brauchte ich erst mal ne Pause von dem ganzen Familienballast. Der Händler am Stand hinter uns hatte inzwischen andere Kunden bedient. Nun wandte er sich uns wieder zu. Wir nahmen Aufstriche mit Oliven, getrockneten Tomaten, Hommus und einen mit Linsen und Rosmarin, dazu Fladenbrot. Er schenkte uns noch eine kleine Box mit süßem Gebäck. An einem anderen Stand kauften wir eine Flasche Rotwein. Mein Ziel war das Tempelhofer Feld. Es würde sie umhauen, da war ich sicher. So eine Fläche, mitten in einer Millionenstadt. Die Häuser am anderen Ende, so klein wie eine Spielzeuglandschaft. Bis dorthin war es aber noch ein Stück.

»Wie sieht's aus, kannst Du noch?« fragte ich Irena.

»Klar. Was meinst du, was für Bergwanderungen ich mit meinen Eltern machen musste, dagegen ist die Tour heute der reinste Spaziergang.«

Wir liefen ans südliche Ende des Hermannplatzes und bogen in die Hasenheide, eine breite Straße, auf der schon lange keine Hasen mehr gemümmelt haben dürften. Schon eher in dem gleichnamigen Park, den wir durchqueren wollten. Am Eingang begrüßte uns die goldene Stupa des Sri-Ganesha- Hindutempels. Die Vorsprünge, Absätze und Nischen des Turms waren übersät mit den weißen Statuetten aller Gottheiten des Hinduismus.

»Welche Religion hat in Berlin eigentlich keinen Tempel«, fragte mich Irena.

»Das wird schwierig«, meinte ich. »Vielleicht der Jainismus.«

»Sind das die, welche keine Insekten töten und deshalb immer den Weg vor ihren Füßen freiwedeln?«

»Genau, und die auch keine Ledersachen tragen. Sozusagen die Urveganer.«

»Ich wusste gar nicht, dass du dich auch auf die Spötterei verstehst«, lachte sie.

»Ich wollte es nicht abwerten«, erwiderte ich.

Der Volkspark empfing uns mit kühlerer Luft. Schon nach wenigen Schritten hatten wir den Staub und Lärm der Straße hinter uns gelassen. Dafür wehte eine Brise ungewöhnlich animalische Gerüchte herüber.

»Gibt's hier eine Weide oder einen Bauernhof?«, fragte Irena. »Es riecht wie bei meiner Oma auf dem Land.«

Ich wusste es auch nicht. Wir folgten tatsächlich unseren Nasen und standen bald vor einer eingezäunten Wiese mit Schafen, Ziegen und Eseln, der Eingang in einen kleinen Haustierzoo. Wie nett, meinte Irena, lass uns da durchgehen.

Bald fanden wir auch Kaninchenställe, von Kindern umringt. Mit ihren kleinen Händen versuchten sie durch das Gitter an das flauschige Fell heranzukommen. Irena hakte sich bei mir unter, das war neu. Weckten diese fröhlichen Kids familiäre Gefühle in ihr? Die Sonne wanderte zielstrebig Richtung Sunset, bald würde sie hinter den Bäumen stehen. Das Abendrot hatte ich auf dem Feld geplant. Es war nicht so einfach, Irena aus dem Minizoo herauszubekommen. Es gab noch ein Gehege mit Ponys, eins mit Rehen und Hirschen. Aber dann waren wir durch und liefen zügig über die Rixdorfer Höhe. Berg hätte man es echt nicht nennen können.

»Suchen wir uns jetzt einen Picknickplatz? Ist doch ganz schön hier«, meinte Irena.

»Nein, es gibt noch was Besseres.«

Ich hatte ihr nichts vom Feld erzählt, wollte das Staunen erleben. Am anderen Ausgang stießen wir auf die Minarette der Sehitlik-Moschee, welche die graublaue Kuppel bewachen. Der alte muslimische Friedhof lag ganz still. Mit den traditionellen, in blau und Gold schimmernden Toren und den umgebenden Gebäuden mit Gitterfenstern, den Fachwerkerkern und den hölzernen Fensterläden wirkte alles wie aus einem orientalischen Märchen hergeweht. Nur noch wenige Schritte und wir erreichten den Eingang zum Tempelhofer Feld. Als sich das riesige Areal des ehemaligen Flugplatzes in voller Größe vor uns ausbreitete, blieb Irena zuerst sprachlos stehen.

»Mega! Wie krass ist das denn! Wo hast du mich hingeführt?« rief sie aus.

Die Überraschung war gelungen. Auf der Grillwiese vor uns hatten sich schon viele Leute mit ihren Picknickkörben und Taschen auf Decken oder einfach im Gras niedergelassen. Vereinzelt stieg bereits aromatischer Rauch auf. Die umlaufende Asphaltbahn teilen sich Skater, Radfahrer und Jogger. Es gab genug Platz für alle. Hier kam sich niemand in die Quere. Rechter Hand leuchteten die knallroten Sonnenschirme eines Freiluftrestaurants. Ich wollte aber noch weiter auf die Ostseite laufen. Dort gab es Bäume, Bänke und einen Bürgergarten mit vielen urwüchsig bepflanzten Hochbeeten. Von dort würde man den besten Blick auf den Abendhimmel haben, der jetzt schon fast wolkenlos einen phantastischen Sonnenuntergang versprach. Im Frühsommer hatte ich manchen Abend hier verbracht, allein, einfach nur, um abzuhängen nach einem nervigen Unterrichtstag, auch mal mit Wolf, meinem freundschaftlichen Vermieter. Wir wohnten fußläufig. Auf der Startbahn, welche sich quer über das Feld zog, versuchten einige Kitelandboarder den mäßigen Wind mit ihren Schirmen einzufangen, um doch noch etwas Fahrt zu machen. In der Ferne dehnte sich das gigantische Halbrund der alten Abfertigungsgebäude, Hangars und Abflughallen. Ihre Größe ließ sich nur erahnen. Im Süden glitt ein Zug auf der Trasse der Ringbahn minutenlang dahin, bis er hinter der Häuserzeile verschwand. Dahinter das Dauerrauschen der Stadtautobahn. Aber auch das war alles weit weg, unwirklich entrückt. Die Stadt mit ihrem Getriebe, ihren Straßenschluchten, Häusern und Höfen schien beiseitegeschoben, um der Erde, dem Grund, auf dem wir leben, wieder Freiraum, Luft zum Atmen zu verschaffen und in Kontakt mit den Menschen zu bringen. Dieser leergeräumte Flugplatz, Niemandsland der Zeit, zwischen nicht mehr und noch nicht. Scheinbar niemandes Eigentum und so allen gehörend. Ort der Zeitlosigkeit, die sich auf alle übertrug, welche ihn betraten und ihnen ein Gefühl der Entlastung und gemeinsinnigen Erleichterung vermittelte, welche nur für das Hier und Jetzt galt.

Wir fanden einen Platz am Rand des Bürgergartens vor einem der Hochbeete, an das wir uns anlehnen konnten. Die Sonne stand noch ein gutes Stück über den Dächern.

»Bist du auch so hungrig wie ich«, fragte Irena.

»Keine Ahnung, wie ist dir denn«, erwiderte ich.

»Bewerten Sie Ihr Hungergefühl auf einer Skala von null bis zehn«, sagte sie und drückte mir einen Finger in die Magengrube.

»Sieben«, stieß ich hervor.

»Bei mir mindestens elf«, triumphierte sie.

»Na dann.«

Ich holte die Esssachen aus dem Rucksack. Der Rotwein war wider Erwarten klassisch verkorkt und mein Taschenmesser lag dummerweise in meinem Zimmer bei Hanne und Friedrich.

»Das gibt Abzug in der B-Note«, griente Irena.

Ich guckte wohl ziemlich kariert.

»Sorry«, meinte sie, »ist ein Spruch meiner Mutter. Die

stand voll auf Eiskunstlauf. Weißt du, wer ihr größter Fav war? Katarina Witt.«

»Dann hätten unsere Mütter schon mal was gemein«, erwiderte ich.

»Aha«, meinte Irena nur. Alle Interpretationen waren möglich.

Ich schaute mich um, ob hier irgendwo eine offene Weinflasche auf einen Korkenzieher schließen ließ und fragte drei, vier Leute, aber Fehlanzeige. Es blieb uns nichts anders übrig, als uns mit einem Stöckchen zu behelfen und den Korken eben reinzudrücken. Aber der arabische Imbiss war lecker, wir hatten nicht zu knapp eingekauft. Als alle Plastikschälchen leergeleckt, auch das honigtriefende Gebäck noch verdrückt und der viele Zucker mit Rotwein neutralisiert war, sagte Irena:

»So, jetzt noch das Finale der Familiensaga, wie war das also mit deinem Vater und den Großeltern?«

»Das ist vielleicht der angenehmste Teil der Geschichte«, meinte ich.

Zu Mutters Eltern hatten wir wenig Kontakt, ihren Vater sahen wir kaum. Ihre Mutter kam in den ersten Jahren zu uns. Roberts Vater haben wir gar nicht kennengelernt, geschweige denn die Großeltern. Ich glaube, die wussten nicht mal, dass sie einen Enkel hatten. Sein Vater hatte sich auch geweigert, Alimente zu zahlen und die Vaterschaft nicht anerkannt. Für ihn zahlte das Amt. Meiner hat versucht, ein guter Vater zu sein. Es ist aber an seinem unsteten Leben, den vielen Drehtagen irgendwo in Europa und den Streitereien mit Mutter gescheitert. Wir haben das beide bedauert, er ist ein fröhlicher Mensch, der das Leben nicht zu schwer nimmt, aber erfolgreicher war als Mutter. Kein großer Name, aber er hat immer Engagements. Seine Eltern haben wir geliebt und sie uns. Großmutter war eine Seele, warmherzig, geduldig, klug. Kinderchen, hat sie immer gesagt, auch als wir schon groß waren. Und als Robert nicht mehr mitkam, nannte sie mich Jungchen. Wir verbrachten alle Ferien dort. Sie wohnten in einem Dorf nördlich von Berlin, eine knappe Zugstunde entfernt. Die letzten Kilometer von der Bahnstation holte uns Großvater mit seinem alten Moskwitsch ab. Das war ein großes, breites Auto, fast wie die amerikanischen Straßenkreuzer, mit einer Rückbank, in der man versank. Es war so weich gefedert, dass es durch die Schlaglöcher der Sandwege schaukelte wie ein kleiner Kutter. Großvater hatte es kurz vor der Wende einem sowjetischen Offizier abgekauft, der für das Geld seiner Frau Kleider aus dem Exquisit erstand. Die hatten Westqualität, so was gab es in Moskau nicht, sagte Großvater. ›Kinderchen, ratet mal was ich schönes gekocht habe‹, begrüßte uns Großmutter immer. Und dann gab es Lieblingsessen. Natürlich die unverwüstlichen Makkaroni, bei ihr gab es nie Spaghetti, die waren nicht handfest genug. Makkaroni mit gebratenen Jagdwurstwürfeln und Tomatensoße. Früher nur mit Letscho. Aber das gibt's ja heut nicht mehr, meint Großvater dann. Wenn wir sonntags ankamen, gab es immer den obligatorischen Hasenbraten. Das Karnickel, ein richtiger Hase war es nie, hatte dann schon drei Tagen in Buttermilch gelegen zum marinieren. Und dazu Rotkohl, Klöße und Großmutters berühmte Sahnesauce. Das war das Rezept aus ihrer schlesischen Heimat, ihr Vater war Bauer und Jäger gewesen. Mutter nahm von dem Braten immer nur ein ganz kleines Stück, zum Kosten, wie sie sagte, ›ich esse doch kein Fleisch, Clara.‹ Großvater dagegen kam aus Ostpreußen. Sie waren beide jung, erst fünfzehn, sechzehn, als sie zu Hause raus mussten, wie es hieß. Er wurde Tischler und sie Krankenschwester. In der Kleinstadt mit der Bahnstation haben sie sich kennengelernt. Er hatte einen Splitter in der Hand, der nicht rauseitern wollte. Sie war die Aufnahmeschwester auf der Chirurgie, wo er dann operiert wurde. ›Ein

„Holzdiebstahl" war schuld‹, haben sie immer gesagt und dabei gelacht und dann hat Großvater die Großmutter ganz verschmitzt angesehen und dann hat sie ihn geküsst. Das waren ihre Liebeserklärungen und ich habe sie darum beneidet. Großvater hatte sich in einem Nebengebäude eine eigene Tischlerwerkstatt eingerichtet und brachte dort die Möbel der ganzen Umgebung wieder in Ordnung. Reparierte Türen, ausgebrochene Schlösser, ersetzte Leisten, leimte Furnier und polierte es am Ende mit Schellack, wenn es ein ganz altes Stück war. Als ich so groß war, das ich mit der Brust über den Rand der Hobelbank hinausragte, hat er mir Laubsägen beigebracht, Untersetzer, ein Vogelhäuschen, eine Laterne, ein Schwibbogen, was man eben so aussägt. Der Schwibbogen steht noch heute bei meiner Mutter im Fenster. Später durfte ich ihm zu Hand gehen. Dann hat er mir viel gezeigt und wir haben das eine und andere Stück zusammen auf Vordermann gebracht, wie er immer sagte. Leider ist er bald gestorben, mit achtundsiebzig. Da war ich gerade mal fünfzehn. Zu wenig Zeit, um genug zu lernen. ›Es war das Herz und der Krieg‹, sagte Großmutter danach. Der Verlust der Heimat hatte an ihm genagt, obwohl man es ihm nicht ansah. Er fehlte mir sehr. Es war immer Kampf, hinfahren oder nicht. Da war der Schmerz, wenn ich die leere Werkstatt betrat, Großmutter hatte alles weggegeben an einen jungen Tischlergesellen, der sich selbstständig machen wollte. ›Das hätte deinem Großvater gefallen, wenn Du es bekommen hättest, aber du gehst einen anderen Weg, das ist ganz in Ordnung‹, sagte sie einmal. Und da war der Balsam, bei ihr zu sein, in ihrer Küche zu sitzen und schlesische Mohnkließla zu essen. Die es dort eigentlich nur in der Heiligen Nacht gab, nach der Christmette, wenn man aus der kalten Kirche nach Hause kam, mit der Kutsche oder meistens mit dem Pferdeschlitten. Weil es da, wo Großmutter Kind war, am Fuß des Altvatergebirges oft weiße Weihnacht hatte. So erzählte sie immer. Dann versammelte sich der ganze Hausstand in der guten Stube, die sonst nur für Gäste benutzt wurde. Zu Weihnachten waren alle gleich, der ›Herre und's Gescherre‹. Die Kerzen am Baum wurde angezündet, der Punsch hereingetragen und die Schüssel mit dem geschichteten Mohn mit Weißbrot, mit viel Zucker, Zimt, Orangeat und in Rum eingeweichten Rosinen. Mit einem Löffel abgestochen, entstanden die Klöße. Erst danach gab es Geschenke.

Irena hatte sich an mich gelehnt, wie damals auf der Moldauinsel. »Es klingt, als wärst du dabei gewesen.«

»Sie hat es so oft erzählt. Sogar, als sie schon im Pflegeheim war, für die letzten Wochen.

Vater hatte mich angerufen, was er sonst nie tat. ›Dustin‹, sagte er, ›Oma geht's schlecht, wenn du sie nochmal sehen willst, fahr gleich‹. Ich nahm den nächsten Zug von Tübingen nach Berlin. Er brauchte quälende sieben Stunden. ›Jungchen‹, sagte sie, als ich endlich an ihrem Bett stand. ›Heut gibt´s leider keine Mohnkließla‹. Ich musste mich so zusammenreißen. Wir haben nicht mehr viel geredet, es war auch alles gesagt. Ich hielt nur ihre Hand. Als ich gehen musste, der Nachtdienst hatte schon dreimal mit dem Blick zur Uhr ins Zimmer geschaut, sagte sie zum Abschied: ›Jungchen, denk immer daran, egal was auch geschieht, das Leben ist ein Wunder, ein großes.‹

Ich konnte nicht weiterreden und nahm einen tiefen Schluck vom Rotwein. Die Sonne stand nun tiefrot über den Dächern der fernen Häuserzeile. Ein paar Schleierwolken hoben sich zartlila vom goldenen Himmel ab. Das Getriebe um uns herum war ruhiger geworden. Die Surfer hatten ihre Schirme zusammengefaltet und in die Rucksäcke verstaut. Die Familien waren nach Haus gegangen. Die Stadt rauschte und brummte ihren gewohnten Dauerton, aber es schien leiser und beruhigend wie das Gemurmel eines träge dahin fließenden Stromes. Nur die Stadtbahn zerschnitt von Zeit zu Zeit mit ihrem scharfen Gesirr den dunklen Grundton.

»Und dann«, fragte Irena.

»Zwei Wochen später ist sie gestorben. An ihrem Grab haben sich alle nochmal wiedergesehen, Vater, Mutter, Robert und ein paar Verwandte, Leute aus dem Dorf.«

»Warum hast du davon bisher nichts erzählt?«, fragte Irena.

»Es musste passen«, antwortete ich.

Der Rest ist schnell berichtet. Als die Sonne hinter den Häusern verschwunden war, der Himmel immer blutroter wurde, um sich dann nach und nach abzukühlen und in tiefes Nachtblau gedimmt zu werden, packten wir unsere Sachen zusammen. Mit dem Sonnenuntergang werden die Tore verschlossen. So viel Freiheit traute man sich dann doch nicht. Tatsächlich konnte man schon einzelne Sterne sehen. Wir fuhren mit der Ringbahn zum Ostkreuz zurück und standen noch eine Weile vor ihrem Hostel. Aber es war Abschied. Morgen würde sie ihr Visum abholen, nach München zurückfahren und in zwei Wochen von Frankfurt nach Peking fliegen. Mindestens ein Jahr, hatte sie gesagt. Wir versprachen uns nichts. Dann fuhr ich in den Prenzlauer Berg zurück. Am Flügel brauchte ich erst morgen Mittag wieder zu arbeiten, so hatten wir es vereinbart.

Light on.

So meine Herrschaften. Tut mir ja leid, dass ich Sie jetzt so brutal aus ihren schönen Träumen reißen muss, aber sie wissen ja. Irgendwann hat auch die schönste Geschichte ein Ende. Und wenn im Film beim Happy End „jewöhnlich abjeblendt" wird, wie die Berliner sagen, so wird beim Gegenteil eben „uffjeblendt".

Wie bitte, was sagen Sie, die Dame in der letzten Reihe? Von Ende könne überhaupt keine Rede sein, ob nun happy oder nicht, so ein offener Schluss sei völlig inakzep-tabel?

Okay, okay. Ich meinte ja auch nur die Lovestory und nicht den ganzen Roman. Aber ich nehme zur Kenntnis, dass Sie nicht zufrieden sind. Sie wollen ein Wörtchen mitreden und Einfluss auf das Schicksal unserer jungen Helden nehmen?

Augenblick, ich frage mal kurz in der Regie, ob wir... ja...Moment..., wäre möglich... als Ausnahme... seltenes Privileg. Gut. Habe verstanden.

Also, ich darf Ihnen mitteilen, dass Sie die Ehre haben, den weiteren Verlauf der Handlung mitbestimmen zu können. Deshalb lassen Sie uns gemeinsam überlegen, wie es weitergehen könnte. Also, nehmen wir mal an, es passiert so, wie Sie es sich gerade gewünscht haben und das hübsche Kind, Pardon, die junge Dame bleibt noch etwas in der Geschichte drin, z.B. weil sie noch nicht abreisen kann. Welchen Charakter soll diese Fortsetzung haben? Schmonzette, Drama, Liebe oder Leid, wie hätten Sie es denn gern? Sie haben die Wahl. Ich hoffe, Sie wissen das auch zu schätzen? Das gibt es nämlich nicht alle Tage, dass sich der Leser, sorry, die Lesenden, beteiligen, einmischen dürfen. Am besten, wir stimmen ab. Wer für Drama ist, den bitte ich um ein Handzeichen!   Danke.

Die Gegenprobe, Liebesgeschichte?   Danke.

Gibt es Enthaltungen?   Besten Dank.

Habe das Abstimmungsergebnis notiert und gebe es weiter nach oben.

Wie, Sie sind nicht zufrieden, Sie wollen die Zahlen? Oh, das tut mir leid. Hatte ich Ihnen die Regeln nicht mitgeteilt? Ganz so demokratisch sind wir nun doch nicht. Ein bisschen Spannung muss schon sein, da stimmen Sie mir sicher zu. Deshalb machen Sie es sich jetzt bequem, schließen Sie die Augen und träumen Sie weiter.

3.0

Dienstag, 13. August 2019

Tag des Mauerbaus. Jedes Jahr muss ich daran denken, obwohl ich die DDR nicht mehr erlebt habe. Dieses Datum hat sich durch die Erzählungen in meiner Familie und die Behandlung in Schule und Studium dermaßen in mein Bewusstsein eingebrannt und wird wohl nur vom Tag des Mauerfalls übertroffen.

Heute allerdings war es für mich kaum mehr als eine Randnotiz. Denn ich hatte nicht gedacht, dass mich das Wiedersehen mit Irena emotional so mitnehmen würde. Die vernarbte Wunde über unsere verpasste Chance vor zwei Jahren war wieder offen und schmerzte. Beziehung oder nicht, es war völlig gleich, ich war schwer verliebt und litt. Aber nicht nur mein Herz, sondern auch meine Nase.

Heute stünde eine besonders unangenehme Arbeit an, wie Friedrich mit einem entschuldigenden Blick bemerkte. Ich hatte alle Teile vom schwarzen Lack befreit und Friedrich war sehr zufrieden gewesen. Jetzt käme der Feinschliff. Palisander hat eine besonders deutliche, weil tiefe Maserung. Da sitzt auch alter Lack drin, der sich mit hässlich gelblichen Strichen unter dem neuen Lack markieren würde, wenn man ihn nicht rausholt. Ich sollte alles mit Petroleum schleifen und die Maserung mit einer feinen Bürste von den gelösten Lackresten befreien, meinte er. Zum Glück war es warm und wir konnten alle Fenster und Türen aufreißen. Ich sollte hemmungslos Pause machen und an die frische Luft gehen, wenn ich den Gestank nicht mehr aushalten könnte. Offenes Feuer wäre jetzt tabu, das Gas-Luftgemisch wäre ziemlich explosiv. In die Versuchung käme ich als Nichtraucher kaum, beruhigte ich ihn. Petroleum ist so ziemlich das penetranteste Reinigungsmittel. Wenn ich mir vorstelle, dass die Leute früher nichts Besseres hatten, um ihre Stuben am Abend zu beleuchten und dass dies ein Fortschritt gegenüber Kerzen und Fackeln war, dann lobe ich mir die Erfindung der Elektrizität. Man kann bestimmt auf vieles verzichten, aber nicht auf Strom. Ob die Menschheit wohl gerade in die Elektrizitäts-Falle läuft, weil für die Senkung des CO_2-Ausstoßes vom Auto bis zur Zigarette alles elektrifiziert werden soll? So wie unsere frühesten Vorfahren in die Agra-Falle geraten sind, weil es leichter schien, Tiere in Gehegen zu halten und Pflanzen vor der Wohnhöhle wachsen zu lassen, statt diese mühsam zu suchen und zu erjagen. Falls man überhaupt festgestellt haben sollte, dass diese ständige Verfügbarkeit mit deutlich mehr Zeit und Kraft erkauft war, so gab es dennoch kein Zurück mehr, weil die Sippen inzwischen so zahlreich und groß geworden waren, dass sich die Menschen allein von der Jagd nicht mehr ernähren konnten. Wenn es stimmt, was die Anthropologen neuerdings herausgefunden haben wollen.

Wo soll der viele Strom herkommen? Würde der Platz für all die Strommühlen und Solar-Äcker reichen? Vielleicht, wenn man die ganze Sahara damit zupflastert? Ohne Atomstrom kann es nicht gehen, hört man und dass es eine Brückentechnologie wäre. Doch wohin führt so eine Brücke? Könnte es sein, dass unsere Nachkommen gezwungen sein werden, diese hinter sich abzureißen, weil die Lasten, welche wir ihnen aufbürden, drohen unerträglich zu werden und sie mit in den Abgrund zu reißen. Mir kommt der Film "Wall-E" in den Sinn, den ich mit Kindern in einem Schullandheim sah, wo ich für einen Ferienjob als Teamer eingesetzt war. Da räumt ein knuddeliger kleiner Roboter die unbewohnbare, weil zugemüllte Erde auf. Die Menschheit war schon vor Jahrhunderten ausgewandert, wohl eher geflüchtet, vor ihren unbeherrschbar gewordenen Hinterlassenschaften. Vermüllt, verstrahlt,

vergiftet, hatte sich der blaue Planet in eine staubige, trost-
lose Wüste verwandelt. Die Kinder liebten Wally, der
emsig und unkaputtbar über die Einöde schnurrte, einzig
darauf programmiert, allen Müll zu handlichen Quadern
zu verpressen und zu gigantischen Pyramiden aufzustapeln und dem der Begriff Hoffnungslosigkeit im
Programmcode zu fehlen schien. Er wiederum verlor seine
Bits und Bytes erst an eine kleine Pflanze und am Ende an
eine engelsgleiche Cyberfee, ein galaktisches Wunderwe-
sen, der man ihre Maschinen-Physiologie nicht mehr
ansah und für die das Wort Drohne in etwa so passend
war, wie einen Elefanten elegant zu bezeichnen. Und dennoch war sie eine solche künstliche Kundschafterin,
ausgesandt von den Nachkommen der ausgewanderten
Erdlinge, mit dem Auftrag, zu erforschen, ob Leben auf der
alten Erde wieder möglich sei, da sie ihre Rückkehr vorbereiten wollten. Back to the roots. Diese Utopie, man
könnte geläutert in ein verloren gegangenes Paradies zurückkehren. Ist mein Minimalismus-Experiment möglicherweise auch so eine Unmöglichkeit? Und wenn es
doch möglich wäre, zu einer Zivilisation ohne Gier und
damit ohne Gewalt, Unterdrückung und Vernichtung zurückzukehren, wenn es sie denn gegeben hat, was würde es
bedeuten? Verrückt, was bei eintönigen Arbeiten so durch
den Kopf wandert. Dafür liebe ich diese Tätigkeiten und
empfinde es als einen puren Luxus. Arbeiten und dabei
den Kopf frei haben zum Nachdenken. Woran denken
wohl die vielen Menschen, welche Tag ein, Tag aus solche
manuellen Arbeiten verrichten müssen? Haben der Auto-
schrauber oder die Näherin am Band, die Putzleute in
Gebäuden und Bahnen, die Obstpflücker und Spargelste-
cher auf Feldern und Plantagen tatsächlich den Kopf frei?
Und woran denken sie? An den Film des vorhergehenden
Abends und dass der Sex hinterher schön war oder gewesen wäre? An Stress mit den Kollegen? An die schlechte

Bezahlung und dass sie sich den Urlaub auf dem Traum-schiff wohl nie leisten können, so wie der Chef. Ob die Welt ungerecht eingerichtet ist oder vielleicht auch alles seinen Preis hat? Weil der Chef zum Beispiel eine schwer depressive Frau zu Hause hat und damit andere Sorgen und deshalb gar keine Kreuzfahrten macht?

Vermutlich aber wollte mich mein Unterbewusstsein mit diesen Denkspaziergängen nur von meinem Liebes-schmerz ablenken. Es gelang ihm schlecht. Dass Irena noch nicht abgereist war, machte es nicht leichter. Sie hät-te fast den ganzen Tag auf dem Konsulat herum gehockt, aber das Visum für China sei noch nicht da, sagte sie mir, als wir gestern Abend telefonierten. Man hatte sie auf den nächsten Tag vertröstet. Jetzt wartete ich auf eine Nach-richt. Gegen Mittag hielt ich es nicht mehr aus. Daran war nicht nur das Petroleum schuld. Nein, sagte sie, noch nichts. Sie können nicht sagen, warum das Visum noch nicht da sei und wann es käme. Es täte ihnen schrecklich leid und sie hätten sich x-mal entschuldigt, aber leider, leider müssten sie noch um Geduld bitten. Sie werde sich jetzt an die Leitung des GI wenden. Schließlich würde sie in China erwartet.

Inzwischen stanken nicht nur meine Klamotten, sondern auch die Hände und die Haare nach Petroleum. Ich fühlte mich in einer Paraffinwolke wandeln, die einen Kerosin-streif hinter sich herzog, wohin ich mich auch bewegte. So kam es mir jedenfalls vor, wenn ich an mir selbst herum schnupperte. Hanne meinte allerdings, so schlimm wäre es nicht, sie würde das kaum riechen. Friedrich war mit dem Ergebnis meiner Arbeit nur halb zufrieden. Überall fand er Stellen, wo der alte Lack noch nicht vollständig aus der Maserung herausgeholt sei. Also hieß es weiter brüsten und sich weiter quälen.

Am Nachmittag kam der Anruf. In zehn Tagen wäre das Visum da, hatte man ihr auf dem Konsulat versichert. Die wolle sie aber nicht in dem Hostel zubringen. Entweder müsse sie nach München zurückfahren und dann nochmal herkommen, oder aber, und hier begann sie rumzueiern, also wenn es mir nichts ausmachen würde, vielleicht gäbe es ja die Möglichkeit, ob ich mal fragen könnte, sie würde auch gern dafür Arbeiten übernehmen oder was bezahlen, die kleine Kammer unterm Dach wäre völlig okay für sie, also ob sie auch so lange bei Hanne und Friedrich Quartier nehmen könnte. Mein Herz jubilierte. Noch zehn Tage. So ruhig wie möglich ging ich zu Friedrich ins Haus. Wenn er nichts dagegen hätte, wären wir schon mal zwei, falls Hanne Probleme machen sollte. Friedrich sah mich amüsiert an.

»Was ist denn das mit euch beiden?«, fragte er. »Ist sie vielleicht doch mehr als nur eine Freundin?«

»Wir hatten schon mal was miteinander«, gestand ich. »Aber zur Zeit läuft da nichts«, versuchte ich ihn zu beruhigen, obwohl das vielleicht gar nicht nötig gewesen wäre. Und obwohl ich mir etwas anderes wünschte.

»Mit der Kammer wäre sie zufrieden?« fragte er nach.

Ich nickte.

»Gut, meinte er«, ich frag Hanne.

Uff, erste Hürde genommen. Ich schickte Irena eine kurze Message und ging zurück in die Petroleumwolke. Beim Mittagessen fragte mich Hanne:

»Denkst du, deine Freundin wäre mit Gartenarbeit einverstanden?«

»Ich glaub schon«, antworte ich. »Vielleicht kocht sie auch mal was. Das kann sie ganz gut.«

Ich erinnerte mich an ihre einfache, aber so leckere Küche in Prag. Hanne schaute mich an und ein Schmunzeln zuckte kurz um die Lippen. »Na, dann mag sie kommen. Aber«, und hier hob sie etwas ihre Stimme, »wir sind kein Hotel, das ist eine Ausnahme.«

»Ja klar«, erwiderte ich und konnte doch nur mühsam

meine Freude verbergen.

Friedrich meinte, ich solle sie vom Bahnhof holen, den Weg würde ich ja nun schon kennen. Ich duschte ausgiebig und wusch mir zweimal die Haare und sprühte reichlich Deo drauf. Und dennoch. Als wir uns begrüßten und sie mich herzlich umarmte, zog sie kurz die Luft ein und meinte:

»Wonach riechst du denn? Hast du jetzt bei einer Tanke angeheuert?«

»Ne«, erwiderte ich, »wir haben den Elefant in Petroleum eingelegt«.

Auf der Fahrt ins Dorf berichtete sie, dass der Mensch vom Außenministerium, welcher schlussendlich mit der Botschaft verhandelte, ihr signalisiert hatte, dass die Chinesen über irgendetwas in ihrer Biographie gestolpert sein müssen, ihr Sinologiestudium oder einer ihrer Dozenten, der ihnen nicht passte, vielleicht hatte jemand Kontakte nach Taiwan oder Tibet. Jedenfalls haben sie wohl eine verschärfte Sicherheitsabfrage gemacht. Deshalb hat sich das so verzögert. Er wolle ihr das nur mitteilen, damit sie ein bisschen vorsichtig sei. Im Übrigen hätten sie darüber natürlich nicht gesprochen. »Und wir natürlich auch nicht«, fügte sie grinsend hinzu und legte mir ihre Hand aufs Knie. Nachdem wir das Gepäck in ihre Kammer getragen hatten, stieg ich wieder in meine Arbeitsmontur, um noch letzte Lacknester aus dem Furnier zu bürsten, Friedrich verschwand in seinem Arbeitszimmer und die Frauen zogen sich zu einer Tasse Kaffee in die Küche zurück.

Mittwoch, 14. August 2019

Als ich am nächsten Morgen in die Küche herunterkam, überraschte mich im Garten eine Mini-Yogagruppe. Irena hatte sich Hannes morgendlichen Übungen angeschlossen.

Das geht ja fix, dachte ich und begann, wie nun schon seit vier Wochen, das Frühstück vorzubereiten. Als die Frauen aus dem Garten zurückkamen, waren sie bester Laune und meinten lachend zu mir: »Warte nur, dich kriegen wir auch noch zum Sonnengruß.«

»Das versucht Hanne bei mir schon seit Jahren erfolglos«, bemerkte Friedrich, der beutelschlenkernd vom Bäcker zurückkam. »Na immerhin hast Du jetzt für zehn Tage Gesellschaft.«

»Aus dem Ort war bisher niemand zu begeistern?« fragte Irena.

»Ach«, meinte Hanne, »die Leute hier sind schwierig. Ob es daran liegt, dass wir aus Berlin und dann noch aus dem Westen kommen? Oder weil sie sich fragen, wie wir das Haus und gleich noch die Kirche kaufen konnten? Sie bleiben auf Abstand. Sie sind freundlich, aber man kommt nicht so richtig an sie ran.«

»Du kommst nicht an sie ran«, erwiderte Friedrich. »Ich hab schon Kontakte. Aber du wolltest ja nicht mitkommen in den Gesangsverein.«

»Weil mir deine Fuchtel zu Hause ausreicht«, lachte Hanne. »Er leitet ihn seit ein paar Monaten«, erklärte sie auf meinen fragenden Blick. »Zuerst war er nur Mitglied. Aber bald haben die gemerkt, dass er etwas mehr von Musik versteht und als der alte Chorleiter aus Altersgründen abtrat, haben sie ihn gebeten.«

»Genötigt«, korrigierte Friedrich, »auf Knien gerutscht sind sie: ›Wenn du es nicht machst, macht's niemand. Wer wird schon hier raus kommen, für das bisschen Geld, was wir zusammen bekommen. Es ist doch der letzte Rest an Kultur, nachdem schon die Kirche dicht gemacht hat. Dann gehen die Lichter ganz aus.‹ Ich wollte mich eigentlich nicht mehr einspannen lassen, aber das hätten sie mir so übel genommen, also hab ich gar nicht anders können. Doch so bekommst du Kontakte ins Dorf; die Kirche, der

Gesangsverein, die Freiwillige Feuerwehr.«

»Soll ich in meinem Alter vielleicht noch zum Spritzen-haus hetzen, mir im Laufen die Montur überhelfen, aufs Auto klettern und Waldbrände bekämpfen?«

»Nein, natürlich nicht. Es müsste so was geben wie einen Landfrauenverein, mit ein bisschen Kultur und ein biss-chen Garten und Küche und so.«

»Ein bisschen Gedöns, sag's doch gleich«.

»Aber wieso, so mein ich das gar nicht. Das ist doch nicht unwichtig.«

»Aber mir ist das zu wenig. Wenn wir dann übers Marme-lade kochen debattieren und vielleicht auf dem Wochen-markt in der Kreisstadt stehen und Obstwein und Eingewecktes verkaufen sollen, das ist nicht meins. Und bisher hat das auch noch niemand anderes vermisst.«

»Man, oder besser gesagt Frau könnte doch auch gemein-sam ins Theater fahren oder ins Kino, was Männer nicht so interessiert. Aber gut«, beendete Friedrich die Debatte, »man kann es nicht erzwingen. Doch dann beschwer dich nicht, dass du im Ort außen vor bleibst. Wie sieht's denn in der Klavierwerkstatt aus«, wandte er sich an mich.

»Jetzt bin ich, glaube ich, wirklich fertig mit schleifen.«

»Gut«, meinte er. »Ich schau es mir nochmal an und dann würden wir jetzt mit dem Saiten aufziehen beginnen.«

»Darf ich zuschauen«, fragte Irena. »Also zumindest am Anfang. Vermutlich ist es irgendwann immer das gleiche und wird bald langweilig.«

»Na dann schauen Sie es sich an«, meinte Friedrich, »es sind schon ein paar Handgriffe.«

»Geht nur«, ergänzt Hanne, »und wenn dir dann wirklich langweilig sein sollte, findest du mich im Garten.«

»Ich werde sie rausjagen, falls sie mich von der Arbeit ab-hält«, scherzte ich.

»Dann wäre ja alles geklärt«, sprach, sich erhebend, Fried-rich.

Der schwere Gussrahmen war schon vor ein paar Tagen von der Frühstückstruppe wieder in den Flügel hinein gewuchtet worden. Hanne hatte sie zur Entlohnung an ein Buffet deftig belegter Schrippen gebeten. Kasslerschinken, Leberwurst, Rührei, Zwiebelmett. Dafür wurde schon mal das Vegetarismus-Gebot aufgehoben. Einer der Männer, ein Schlossermeister, im Gesangverein sang er im Tenor, war noch dageblieben und hatte die Platte fachmännisch mit dem hölzernen Rahmen verschraubt.

Jetzt galt es, bevor mit dem Saiten aufziehen begonnen werden konnte, blaue Filzscheiben auf die Stifte zu stecken und sämtliche Holzleisten, welche die Saiten abstützen würden, mit blauem Filz zu bekleben. Irena griff zur Pinzette und verteilte die kleinen runden Scheiben, während ich mir unter Friedrichs Anleitung die Leisten vornahm. Erst nach diesem Schritt wuchtete Friedrich eine Kiste mit Werkzeug, speziell für das Saiten aufziehen auf die Hobelbank.

»Man bezieht immer von links nach rechts«, erklärte Friedrich.

»Ist aber politisch nicht korrekt«, meinte Irena lächelnd, »die falsche Richtung.«

»Scheinbar«, erwiderte Friedrich, »und es entspricht auch nicht meinen Überzeugungen, aber in diesem Fall ist es leider praktischer. Wenn man sich von rechts nach links bewegen würde, würde die bereits geleisteten Arbeit, also die eingeschlagenen Wirbel, einen ständig behindern. Hier scheint das Bild einer vermuteten politischen Realität zu entsprechen. Warum in den Parlamenten die Konservativen auf der rechten Seite sitzen, wäre bestimmt ein interessantes Thema für eine Diplomarbeit.«

»Vielleicht hat es was mit der verbreiteten Rechtshändigkeit zu tun«, meinte Irena.

»Oder es hängt mit dem von Napoleon eingeführten Rechtsverkehr zusammen«, spekulierte ich.

»Immerhin lesen und schreiben wir auch von links nach rechts«, bemerkte Friedrich.

»Die Juden nicht, sie schreiben von rechts nach links, in China früher sogar von oben nach unten«, bemerkte Irena.

»Und ist das jetzt ein Ausdruck der Unterwürfigkeit, früher unter die Kaiser und seine Beamten und heute unter die Partei?«, fragte ich.

»Vermutlich gibt es da keine Zusammenhänge«, meinte Friedrich.

Irena hatte nebenbei auf ihrem Handy herum geswitcht.

»Hier steht's«, rief sie plötzlich. »In der französischen Nationalversammlung beanspruchten 1814 der Adel, die Kirchenleute und die Anhänger*innen des alten Regimes den Platz rechts neben dem Präsidenten. Denn der Platz zur Rechten ist nach biblischer Deutung ein Ehrenplatz.«

»Na, dann hätten wir das auch geklärt«, meinte Friedrich und mit einem lachenden Seitenblick zu mir, »man muss nicht alles wissen, man muss nur wissen wo es steht. Im Übrigen ist es ein verbreiteter Irrtum, besonders in linken Kreisen, das die Entwicklung zu einer besseren Gesellschaft grundsätzlich in Richtung linker Überzeugungen gehen müsste. Wenn ich auch nicht verhehlen will, dass die meisten progressiven Entwicklungen von linken gesellschaftlichen Kräften angeschoben wurden, so gibt es durchaus auch eine Berechtigung für konservative Gegenkräfte. «

»Ach, haben Sie dafür auch ein Beispiel«, fragte Irena etwas irritiert.

»Na, nehmen wir den sexuellen Missbrauch«, erwiderte Friedrich. »Heute ist jedem klar, dass Lehrer und Schüler nicht gemeinsam duschen oder gar in einem Raum schlafen dürfen, beispielsweise auf Klassenfahrten oder in Internaten. Weil das sexuell übergriffig ist und Missbrauch begünstigt, wenn nicht bereits den Tatbestand des Missbrauchs erfüllt. In den sechziger Jahren glaubten manche, besonders linke Pädagogen oder Psychoanalytiker, auch schon Kinder und Jugendliche durch einen ungezwungenen Umgang mit Nacktheit an eine erwünschte sexuelle Freizügigkeit heranzuführen, frei von der krankhaften Prüderie und Verklemmtheit früherer Generationen, besonders der ihrer Eltern. Einzelne gingen sogar so weit, sexuelle Handlungen zwischen oder mit Kindern und Jugendlichen als praktizierte Sexualkunde oder Verhinderung von Sexualneurosen zu rechtfertigen. Das war eine linke Überzeugung, die nicht zu einer Verbesserung der Gesellschaft beitrug.«

»Na, ich weiß nicht«, erwiderte Irena, »was daran links sein soll, wenn Pädophile ihre verwirrte sexuelle Prägung als pädagogisches Konzept ausgeben.«

»Mit dem Wissen von heute wird das jeder so sehen. Damals war es sicher auch kein Allgemeingut, aber bestimmte Kreise hielten sich damit für sehr progressiv«, versuchte Friedrich zu überzeugen. Irenas Blick zeigte, dass ihm das nicht gelungen war.

»Ich hätte so etwas nie erlebt«, warf ich ein. »Bei uns wurde alles strikt nach Geschlechtern getrennt. Spätestens ab zehn. Beim Sport, auf Klassenfahrten, beim Schwimmen sowieso.«

»Na, ja«, meinte Irena lachend, »ihr im Osten. Ihr wart eben noch etwas hinterm Mond.«

»Hallo, das war nach zweitausend!«

»Was ich sagen will«, unterbrach Friedrich, »auch ein gesunder Konservatismus stellt einen gesellschaftlichen Wert dar und linke Fortschrittsenthusiasten können schon mal übers Ziel hinausschießen.«

»Vielleicht«, erwiderte Irena. »Sie meinen aber jetzt nicht, dass auch die AfD mal ans Ruder kommen sollte?«

»Da walte Gott«, antwortete Friedrich. »Die würden Ihrer woken Generation wohl mehr als nur den Genderstern um die Ohren hauen.«

»Oh, können Sie das näher erklären?.« Irena legte das Werkzeug beiseite und verschränkte die Arme.

»Was verstehen Sie daran nicht«, fragte Friedrich.

»Diese Attacke gegens Gendern«, antwortete Irena. Sie würde so gut wie niemanden kennen unter den alten weißen Männern, und dabei schnippte sie mit den Fingern zwei Gänsefüßchen in die Luft, die das gut fänden. Warum das so wäre? Ach, meinte Friedrich, er sähe das gar nicht so verbissen. Er verstehe das Anliegen durchaus, dass Frauen oder andere Minderheiten auch sprachlich nicht mehr unter den Tisch fallen wollen. Er frage sich nur, ob die Lösungen, die jetzt erprobt werden, wirklich gut sind. Es sei schon ein massiver Eingriff in die Sprache, der letztlich von einer Mehrheit angenommen werden muss. Administrativ verordnen könne man so etwas nicht. Ein ehemaliger Kollege, der jetzt in einem freien Kulturbüro arbeitet, hätte ihm erzählt, dass das Kulturamt ihnen einen Workshop zur Diversität abverlangt hat. Da hätte ihnen die Gleichstellungsbeauftragte einen Vortrag über gendergerechte Sprache gehalten und am Ende hat eine Logopädin mit ihnen den Glottisschlag geübt. Alle mussten die Teilnahme mit ihrer Unterschrift bestätigen, wie bei einer Arbeitsschutzbelehrung. Das ganze kostete über tausend Euro, zu begleichen aus dem Etat des Kulturbüros. Ob Gendersprache tatsächlich soziale Ungleichheit und gesellschaftliche Diskriminierung verringert, müsse sich erst noch erweisen. »Der Genderstern zahlt keinen gleichen Lohn. Manchen schwillt bei der ganzen Genderei, vor allem in den Medien, jetzt schon derartig der Kamm, sie schimpfen, ›das sei Sprachdiktatur und man könne kein anständiges Deutsch mehr reden‹, dass man befürchten muß, auch hier wird eher das Gegenteil erreicht, zumindest die Gesellschaft weiter gespalten und die Leute in die Arme der AfD getrieben«, meinte Friedrich. »Es besteht die Gefahr, dass wir in einen neuen Kulturkampf hineingeraten. Daraus ist noch nie etwas Gutes entstanden. Denn das übertriebene Gute verwandelt sich oft zum Bösen, weil auf den einen Radikalismus ein anderer folgt. Um dies zu verhindern, sollte für ausgewogene demokratische Verhältnisse das Pendel der Machtausübung immer nur mäßig zwischen rechts und links hin- und herschwingen. Wie eine gut eingestellte Wanduhr. Und deshalb ist es, wenn überhaupt, auch kein Problem, einen Flügel von links nach rechts zu beziehen, um mal wieder zum eigentlichen Gegenstand zurückzukehren«, beendete Friedrich schmunzelnd die Debatte. Hanne kam mit einem Tablett Kaffeetassen in die Werkstatt.

»Wie, weiter seid ihr noch nicht?«, fragte sie erstaunt.

»Na, ja, es gab irgendwie noch Klärungsbedarf«, gestand Friedrich.

»Aha«, meinte Hanne lachend, »es ist wohl wie überall, umso mehr Leute es werden, umso länger wird über die Arbeit geredet.«

»Jawoll Chef«, lachte Friedrich zurück, »aber jetzt fangen wir gleich an.«

Er zeigte mir die Handgriffe, indem er die erste Saite aufzog. Die richtigen Stärken waren praktischerweise im Wirbelfeld angeschrieben. Man zog eine entsprechende Länge Saitendraht von der Endlosrolle, welche in einer Dose steckte. Dann wurde über einem Haken eine Öse gebogen und verdrillt. Mit dieser Öse hing man die Saite auf den vorgesehenen Stift im Eisenrahmen, zog sie über den Steg, führte sie bis zum Wirbelloch, drei Fingerbreite hinter dem Loch wurde sie mit einer starken Schneidzange abgezwickt. Dann wurde sie durch ein kleines Führungsböckchen gefädelt, die Agraffe, wie Friedrich erklärte. Nun konnte das Drahtende in einen Wirbel gesteckt werden. Mit einer Kurbel wickelte man den Draht mit drei Windungen auf den Wirbel, steckte ihn in das Wirbelloch und fixierte ihn leicht mit einem vorsichtigen Hammerschlag.

Mit einem Setzeisen und kräftigen Schlägen wurde der Wirbel ins Loch getrieben. Zum Schluss verpasste man der Saite mit dem Stimmschlüssel die erste Spannung.

»Das war's«, meinte Friedrich, »alles klar?«

»Ne«, lachte ich, »nochmal bitte.«

Er zeigte es mir noch einmal. Dann meinte er, »probiere erst mal, ein paar Ösen zu biegen. Die ersten werden schiefgehen, einfach wegschmeißen und eine neue versuchen, wir haben genug Material.«

Ich griff nach dem Draht und versuchte ihn so um den Haken zu biegen, wie ich es bei Friedrich gesehen hatte. Der erste Schritt gelang. Der zweite aber, die Öse mit drei Windungen um den Draht zu fixieren, ging schief im wahrsten Sinn des Wortes. Ich schnitt die missglückte Öse ab und probierte es nochmal. Auch diese wurde Ausschuss. Die Dritte sah schon nicht mehr ganz so daneben aus, aber schön war was anderes. Friedrich und Irena hatten mir dabei auf die Finger gesehen.

»Darf ich mal?«, fragte Irena. »Nur mal probieren.«

Sie bog den Draht und drehte die Öse und..., sie war perfekt.

»Anfängerglück«, brachte ich hervor.

»Aber die nehmen wir«, meinte Friedrich und nun sollte ich die Saite aufziehen. Schritt für Schritt, unter seiner Anleitung und nicht, ohne dass sie mir mindestens zweimal aus den Fingern geflutscht war, summte am Ende eine frisch aufgezogene Saite vor sich hin. Als ich wieder zum Draht greifen wollte, um es nochmal mit der Öse zu probieren, hielt mir Irena bereits eine fertige entgegen. Sie war so perfekt wie die Erste.

»He, he«, rief ich, »was soll das werden. Willst du mir den Job abspenstig machen? Ich will das auch schaffen.«

»Das wirst du auch«, meinte Friedrich, »ist kein Hexenwerk. Aber ihr könntet euch die Arbeit auch teilen, sie dreht und du ziehst auf. Und wenn es zu langweilig wird, oder die Finger weh tun, wird getauscht.«

»Fände ich super.« Irena sah mich mit gespieltem Kinderblick an. Wer kann denn diesen Augen widerstehen? Also arbeiteten wir nebeneinander und Hand in Hand. Friedrich hatte uns noch eine Weile zugesehen, aber sich bald verzogen, als er merkte, dass wir zurechtkamen.

»Meldet euch, wenn ihr das Feld fertig habt oder wenn's Probleme gibt. Und nicht vergessen, die Drahtstärken zu wechseln.«

Nach einer Weile meinte Irena: »bist du immer so still beim Arbeiten?«

»Ich muss mich konzentrieren«, erwiderte ich.

»Ernsthaft, ist es nicht total simpel?«

»Schon, aber ich denke, die Saiten sollen nicht nur irgendwie gespannt sein, sondern es soll auch ordentlich aussehen.«

Konnte ich ihr sagen, dass ich die Stille beim Arbeiten überaus schätzte und es mir lieber gewesen wäre, allein zu sein? Nach gefühlt einer halben Stunde schien sie die Stille nicht mehr auszuhalten. Wie ich denn Friedrichs Ansichten zu den aktuellen Diskursen bewerten würde, wollte sie wissen.

»Immerhin scheint er sie ja zu verfolgen«, meinte ich.

»Schon«, erwiderte sie, »aber wie er dazu steht, ist nicht klar, oder.«

»Na ja«, meinte ich, »er scheint die Problematiken anzuerkennen, aber die Lösungsansätze kritisch zu sehen.«

Irena fand allerdings, dass seine Generation dazu nicht mehr wirklich was sagen könne. Sie hätten ihre Themen gehabt und an denen hielten sie immer noch fest, als ob sie sich in ihre DNA eingeschrieben habe. Die hatten ihre Berechtigung zu ihrer Zeit, waren damals woke, haben viel positive Entwicklung bewirkt. Aus dieser Goodness würde Leute wie Friedrich ihren Anspruch ziehen, auch heute noch in die Gesellschaft hinein wirken zu wollen. Aber die

Zeit bleibt nicht stehen. Sie dürfen auf ihre Meriten gerne stolz sein, aber jetzt sollten sie sich raushalten.

»Vermutlich werden sie aber überhaupt nicht verstehen, warum sie jetzt nichts mehr zu sagen haben sollen«, meinte ich darauf. »Sie argumentieren doch wie früher, in bester Absicht.«

»Hast du eigentlich auch mal eine eigene Meinung oder immer nur Verständnis«, erwiderte Irena leicht genervt.

»Du hast ja auch nicht dagegen gehalten«, erwiderte ich.

»Man kommt ja bei ihm kaum zu Wort, er ist ja so was von Lehrer, doziert einen total an die Wand. Außerdem bin ich Gast, noch mehr als Du.«

Schweigend arbeiteten wir weiter. Nach zwei Stunden war das erste Feld fertig. Friedrich kam begutachten, zeigte mir noch, wie man alle Wirbel auf gleichmäßige Höhe setzt und nach ein paar ordnenden Handgriffen sagte er: »Pause Leute. Ihr seid ein gutes Team, es geht schneller als ich dachte.«

Nach dem Mittagessen, Hanne hatte Reis mit asiatischer Gemüsepfanne gezaubert, erklärte Irena, wir könnten jetzt mal tauschen, sie wolle auch mal Saiten aufziehen.

Da muss ich aber erst noch ein paar Ösen üben«, erwiderte ich schmunzelnd.

»Ja, dann geh mal schon vor. Ich komm gleich nach.«

Ich nahm mir die nächste Drahtstärke vor und irgendwie gelang es jetzt besser. War es, weil der Draht jetzt dünner und leichter zu biegen ging, oder weil mir niemand auf die Finger sah? Egal, als Irena kam, hatte ich schon die ersten Saiten aufgezogen.

»Aha«, meinte sie, »da will sich wohl jemand beweisen!«

»Nicht nötig«, entgegnete ich. »Aber du kannst jetzt zeigen, ob du Part zwei auch so spielend meisterst wie das Ösen drehen.«

Ich möge es ihr noch mal zeigen, meinte sie. Aber dann ging es ihr von der Hand, als hätte sie seit Jahren nichts anderes gemacht. Ich kam kaum nach. Vielleicht um ein wenig Tempo rauszunehmen, vielleicht aber auch, weil es mir schon seit Tagen im Kopf herum ging, fragte ich: »Warum eigentlich China? Warum ausgerechnet dieses Land?«

»Warum nicht?«, antwortete sie. »Um zu wissen, was kommt.«

Vermutlich muss ich sie ziemlich irritiert angesehen haben, denn sie lächelte leicht spöttisch und erklärte mir dann, dass China wohl die kommende Weltmacht würde. Zumindest das Zentrum eines erstarkenden, selbstbewussten Asiens. Immerhin lebt dort die Mehrheit der Weltbevölkerung und China würde sich als das wiedererwachte Reich der Mitte verstehen. Die USA hätten ihre Zeit gehabt. »Eine Gesellschaft, die einen Typen wie Trump auf den Schild hebt, hat ihren Zenit definitiv überschritten. Wenn Europa nicht aufpasst, dann wird es zu einem großen Historyland für asiatische Touristen*innen.«

»Den Eindruck habe ich jetzt schon«, erwiderte ich, »wenn man nur an die asiatischen Reisegruppen in Venedig, Paris, Barcelona und Berlin denkt.«

»Das ist ja nur ein Bruchteil«, antwortete sie. »Warte nur, wenn sie alle reisen. Dann wird man hier Kontingente einführen. Nein, im Ernst, tatsächlich ist das eine längere Geschichte.«

Als sie noch klein war, begann sie, erzählte ihr Großvater mütterlicherseits, dass er als junger Mann in den Sechzigern etwas chinesisch studiert hatte. Nach ein paar Semestern war es ihm doch zu schwer geworden und er wandte sich der Medizin zu. Aber Zeit seines Lebens interessierte er sich für China und sagte immer, China sei das Reich der Mitte und werde mal wieder groß sein. ›1700 Jahre lang waren die Chinesen uns in vielem überlegen. Erst in den letzten 300 Jahren hat der Westen sie mit seiner militärischen und ökonomischen Übermacht in die

Rückständigkeit gezwungen. Kann man es ihnen verden-
ken, dass sie zu alter Bedeutung und Größe zurückkehren
wollen?‹ sagte er. Meist wurde er müde belächelt, manchmal sogar ausgelacht. Einmal hatte er zu ihr gesagt:
›Mädel, wenn du klug bist, lern' chinesisch, die Sprache
wird man mal sehr brauchen. Das Zeug dazu hättest du.‹
Sie wusste damals nicht so recht, wie er das meinte. Zum
Ende des Abiturs überlegte sie, was sie studieren sollte. Da
fiel ihr sein Rat wieder ein. Leider war er schon gestorben
und sie konnte ihn nicht mehr fragen. Deshalb ging sie
damit zu ihrem Vater. Er meinte, dass ihr Großvater
scheinbar nicht so falschgelegen habe. Eine starke Wirt-
schaftsmacht sind sie schon geworden und alle hätten
kräftig mitgeholfen durch den Kauf ihrer günstigen Pro-
dukte. Sie solle es einfach versuchen. Auf ihren Einwand,
aber das sei doch eine Diktatur, hätte er erwiderte, ›gerade
deshalb müsse es auch auf unserer Seite Spezialis-
ten*innen geben, die ihre Sprache verstehen.‹
»Hat er auch schon gegendert«, unterbrach ich Irena.
»Blödmann«, erwiderte sie. Außerdem ginge es auch um
die Menschen, hatte er gesagt. Dort würden genauso wie
hier normale Leute, Bauern, Handwerker, Händler, Haus-
frauen, Studenten, Lehrer, Ärzte, Wissenschaftler und
Künstler, und ihre weiblichen Pendants leben, die nach
eigenen Vorstellungen ein anständiges und ehrliches Leben führen wollten und die jede Art von Freiraum schätzen
würden. Die sich im Stillen an der Politik der Partei stoßen
oder gar darüber hinwegsetzen würden. Wenn sie auch
nicht gleich dafür auf die Straße gehen, weil das zu gefährlich sie. Die wäre vielleicht dankbar für jeden Impuls und
Kontakt aus dem Ausland, weil er wie ein Lichtstrahl in
eine düstere Stube leuchtet. Er erzählte ihr dann, wie sie
sich heimlich mit alten Freunden aus Prag getroffen hätten, die in Tschechien geblieben waren, am Balaton auf
einem Zeltplatz, die Ungarn waren nicht so scharf. Dort

wechselten neben Geschichten und Devisen auch Bücher und Zeitschriften den Besitzer. So sei es gekommen. Und jetzt wolle sie es endlich anwenden.

»Okay«, meinte ich. »Klingt einleuchtend. Trotzdem wäre mir ein bisschen unwohl. Warum nicht Taiwan, die demokratische Alternative?«

Das hätte sie tatsächlich überlegt, erwiderte Irena darauf, sich dann aber doch für die Volksrepublik entschieden um eine eigene Vorstellung zu bekommen »So lange sie uns noch reinlassen.«

»Hast du nicht Sorge, sich dem Vorwurf auszusetzen, insgeheim Sympathien für dieses Land zu hegen.«

»Sympathien für die Menschen, ihre Kultur, ihre Leistungen und Respekt vor ihrer Geschichte darf man sicher haben. Vom Staat sollte man sich nicht vereinnahmen lassen«, erwiderte sie.

»Wie schafft man, dass sie dich als freundliche Ausländerin nicht vor ihren Propagandakarren spannen«, entgegnete ich.

»Man muss versuchen, Augen und Ohren offen und den Kopf freizuhalten«, antwortete sie. »Nein, es gibt noch was anderes. Neben meinem Job am GI habe ich noch einen Spezialauftrag für einen global aufgestellten Thinktank. Es ist nicht furchtbar geheim, aber wir hängen es auch nicht an die große Glocke. Ich soll im Gespräch mit den Chines*innen, denen ich Deutsch beibringe, herausfinden, wie das System mit den Social-Credits funktioniert, also im Alltag. Wie wirkt es sich aus. Akzeptieren es die Leute, verändern sie ihr Leben, haben sie Vorteile, Nachteile, was überwiegt, Empfinden sie es als Überwachung oder Unterstützung, nimmt es ihnen lästige Unbequemlichkeiten ab, erfahren sie dadurch möglicherweise sogar persönliche Aufwertung, gesehen werden, Aufmerksamkeit, höheres Lob? Entsteht gar ein pseudoreligiöses Verhältnis wie zu einem Gott, der die Bemühungen um ein besseres Leben wirklich honoriert, der oder die, wie du willst, tatsächlich antwortet und sogar Schutz verspricht? Etwas, das sich vielleicht viele Menschen insgeheim wünschen würden oder immer gewünscht haben und deshalb Jahrtausende lang an ihren Göttern festhielten, obwohl die nur, wenn überhaupt, in Rätseln, Bildern und fremden Sprachen zu ihnen redeten, immer Vermittler brauchten und zum Teil absurde Forderungen stellten.«

»Aber wozu das Ganze?«, frage ich einigermaßen ungläubig. »Vermutlich soll es keine religionswissenschaftliche Studie werden.«

»Ne, das bestimmt nicht, auch wenn es tatsächlich interessant wäre«, lachte sie. »Hör zu! Und vergiss dabei das Ösen drehen nicht. Also, wir werden die kommende Klimakrise nicht nur mit einem Technologiewechsel überstehen. Ich bin skeptisch, ob das Potential für so viel grünen Strom, der für alle bisher fossilen Anwendungen vom Auto über die Stahlschmelze bis zum Beheizen der Häuser gebraucht wird, vorhanden ist. Der Verbrauch ist jetzt schon zu hoch und wird um ein Vielfaches steigen. Da haben wir die nötige Entwicklung in Afrika noch nicht mal eingepreist. Es wird ohne Verhaltensänderung nicht gehen. Wie wir alle nur zu gut wissen, ist das eine Kärntner-Aufgaben, für die, ich nenn sie jetzt mal Motivator*innen, wie für die Betroffenen. Man kann es über verschiedene Wege probieren. Liberale würden das gern dem Markt überlassen und meinen, mit den entsprechenden Preisen würde sich das schon regulieren. Aber das wäre ungerecht und unsozial. Proteste und Aufstände könnten die Folge sein. Autoritäre Systeme versuchen es gern mit Einschränkungen und Strafe. Das scheint kurzfristig erfolgreich zu sein. Mittel- und langfristig musst du immer mehr Überwachung und Freiheitsbeschneidung ausüben, weil die Menschen immer versuchen, diese zu umgehen, zu vermeiden, zu hintertreiben und für sich kleine oder größere

Privilegien herauszuschlagen. Korruption und Schatten-
wirtschaft, Kriminalität sind die Folge. Am Ende hast Du
ein System, vermutlich schlimmer als die DDR, das an sich
selbst zugrunde geht.«

»Die ist doch vor allem an der Misswirtschaft gescheitert«,
wende ich ein.

»Auch«, erwidert sie. »Aber nicht, weil es die Leute nicht
konnten oder zu doof waren, sondern weil sie nicht durften, wie sie gekonnt hätten. China versucht es mit einer
Mischung aus Belohnung und Strafe. Wer sich so verhält,
wie es Partei und Bürokratie wünschen, erhält Vorteile,
wer nicht, muss Nachteile in Kauf nehmen bis hin zur völ-
ligen Beschneidung seiner gesellschaftlichen Teilhabe.
Neben der Drohkulisse bietet das digitale Überwachungs-
system, das alle Orwellsche Phantasie sprengt, auch die
Möglichkeit, dass man sehr effizient die Schwachstellen
analysieren kann. Wo sind zur gleichen Zeit zu viele Menschen unterwegs, wo ist der Verbrauch noch zu hoch und
warum? China hat im Gegensatz zur DDR eine unbezahl-
bar bessere Ausgangsposition. Vielen geht es jetzt
materiell sehr gut, das System verspricht ein komfortables
Leben. Ein voller Bauch macht keine Revolution. Vielleicht
werden viele das staatliche Pampern sogar als angenehm
empfinden.«

»Klingt ein bisschen zynisch«, wende ich ein, »zumindest
sehr pragmatisch.«

»Findest du?«, erwidert sie. »Ich bin, denke ich, einfach
nur realistisch.«

»Und du, oder ihr in eurem Thinktank glaubt also, dass
die Parole für die Rettung der Erde lautet: Von China lernen, heißt siegen lernen.«

Vermutlich würde das im Westen so nicht funktionieren,
erwiderte sie. Hier ticken die Leute anders. Freiheitsein-
schränkungen würden von einer Mehrheit wohl nicht
akzeptiert. China dagegen beruht auf drei Säulen, wirt-

schaftlicher Aufschwung, Nationalismus, und für die, bei denen das nicht verfängt, gibt es den totalitären, fast perfekten Überwachungsstaat. Dahinter steckt die konfuzianistische Idee vom guten Beamten, vom loyalen Bürger, der den Staat als Garant für Stabilität und Ordnung respektiert. Wo man in Asien Konflikte durch Anpassung und Unterordnung zu vermeiden sucht, setzt man im Westen eher auf Machtteilung und Ausgleich. Deshalb muss man hier mehr auf Anreize setzen, Belohnungen. So wie es die Bahn mit ihrem Bonus-System heute schon macht, nur ohne Firmenbindung zum Beispiel. Wenn die Leute erleben würden, dass der Verzicht auf ein eigenes Auto auch Entlastung bedeuten kann, weil man zwischen den geeigneten Verkehrsmitteln für den jeweiligen Weg wählen kann, wird es ihnen leichter fallen. Und wenn es zum Beispiel die Bahncard für Leute ohne Auto gratis gäbe, noch leichter. Sicher muss man auch in einem Belohnungssystem kontrollieren, ob die Leute sich an die Regeln halten und sich nicht doch private Vorteile ertricksen, damit es gerecht ist. Dafür kann so eine Technologie wie in China nützlich sein. Und wenn die Chinesen merken würden, dass sie mit ihrem Überwachungsstaat, der letztlich nicht anderes sei als ein Zeichen für große Unsicherheit und Misstrauen gegen alles und jeden, ein Imageproblem bekommen, weil die globale Wirtschaft sich zurückzieht und ihre Investitionen in andere Länder lenkt, die weniger schwierig sind und besser angesehen, vielleicht ändert sich dann doch was. »Die Wirtschaft ist es letztlich, die zählt.«

»Könntest Du Dir eine Situation vorstellen, in der Du nicht mehr nach China gehen würdest?«, fragte ich. »Zum Beispiel, wenn sie in einen militärischen Konflikt mit dem Westen um Taiwan geraten würden?«

Sie sah mich eindringlich an.

»Du bist gar nicht so schlecht, soweit würden nicht alle

denken«, meinte sie. »Klar gibt es rote Linien. Krieg um Taiwan wäre definitiv eine davon. Aber dann käme man als Westler wohl auch nicht mehr rein. Ich hoffe nicht, dass die Chinesen einmal unsere Gegner werden. Im Moment sind sie es nicht, aber auch keine Partner oder gar Freunde. Sie sind Rivalen, Wettbewerber. Aber das sind wir auch mit anderen. Zum Beispiel den USA, obwohl sie unsere Freunde sind.«

»Und wie heißt euer visionärer Thinktank?«, wollte ich am Ende dieses Referates wissen.

Sie legte mir den Finger auf die Lippen. »Das, mein lieber, neugieriger Streuner, ist nun doch ein bisschen geheim.«

»Was ist geheim?«, fragte Friedrich, der mit dem letzten Wort in die Werkstatt gekommen war.

»Ob wir verliebt sind oder nicht«, parierte Irena.

»So, so«, antwortete Friedrich und sah erst uns und dann das Wirbelfeld an, das schon zur Hälfte bezogen war.

»Kann es sein, dass ihr bei eurer Turtelei vergessen habt, auf den Saitenwechsel zu achten?«

»Uups.« Irena sah mich erschrocken an. »Wieso hast du nicht aufgepasst?«

»Wieso ich?«, verteidigte ich mich. »Wer bezieht, muss ansagen. Du hast doch die Anzeichnungen vor der Nase! Haben wir vorhin doch auch so gemacht.«

»Aber du bist der Chef!«, erwiderte sie.

Ich darauf: »Den Eindruck hatte ich gerade nicht mehr.«

»Na, nun streitet mal nicht«, beschwichtige Friedrich. »Ist ja nicht so schlimm. Es sind nur acht Chore, die ihr nochmal runternehmen müsst.«

Es war trotzdem ziemlich ärgerlich. Ich hatte mich von Irenas scheinbar professionellem Herangehen einschüchtern lassen, wo ich das Heft hätte in der Hand behalten können. Sie schien das vorausgesetzt zu haben, obwohl ich doch selbst erst ganz neu war in diesem Metier. Aber eben doch schon vier Wochen dabei. Verschaffte mir dies einen

Kompetenzvorsprung, dem ich zu entsprechen hatte?
Unter Friedrichs Anleitung nahmen wir die falschen Saiten ab und ersetzten sie durch die richtigen.

»Macht euch keine Vorwürfe, das ist ein gängiger Anfängerfehler. Ich hätte damit rechnen müssen.«

Während wir schweigend weiter arbeiteten, das sollte uns nicht nochmal passieren, versuchte er, unsere Stimmung aufzuhellen.

»Kennt ihr die vier Stufen der Kompetenz?« fragte er uns. Ich schüttelte den Kopf, auch Irena verneinte.

»Es klingt wie ein Knittelvers, enthält aber einige Weisheit. Berechtigte Unsicherheit, unberechtigte Sicherheit, unberechtigte Unsicherheit, berechtigte Sicherheit.«

»Moment!« Irena ließ den Hammer sinken. »Das ging mir zu schnell.«

»Also,« erklärte Friedrich: »am Anfang empfindet jeder mit Recht Unsicherheit. Wenn Mann oder Frau schon etwas gelernt haben, wähnt man sich sicherer, aber das ist eine unberechtigte Sicherheit. Dann stellt man fest, dass man doch noch viel zu wenig weiß und kann, ist aber unberechtigte Unsicherheit, denn man ist ja kein Anfänger mehr. Erst nach einiger Zeit, in manchen Professionen nach Jahren, erlangt man die berechtigte Sicherheit.«

»Klingt plausibel, aber woran merkt man, auf welcher Stufe man steht, zum Beispiel auf der letzten. Es heißt doch auch, man lernt nie aus«, fragte ich nach.

»Na ja«, meinte Friedrich, »das stimmt im Prinzip. Du wirst es vor allem daran merken, dass dir bei kniffligen Problemen schnell Lösungen einfallen, die auch funktionieren und du immer seltener Andere fragen musst.«

Wir arbeiteten nun konzentriert weiter und hatten am Nachmittag alle blanken Saiten drin. Na wunderbar, meinte Friedrich, dann könnten wir für heute Schluss. Ich sollte meiner neuen Kollegin den kleinen See zeigen, heiß genug wäre es ja. Wir könnten sein Rad nehmen.

Der Fixstern glühte, die Luft stand. Zu sagen, die Sonne brannte, wäre purer Euphemismus gewesen. Wir lagen an dem stillen, kühlen See unter einem uralten Baum im Schatten. Während mein Kopf es begrüßte, dass dieser zweite heiße Sommer das drohende Klimadrama in den Schlagzeilen hielt, ergab sich der Rest meines Körpers der lähmenden Hitze. Obwohl mich die Kraft faszinierte, die von der Sonne ausging, und die man jetzt ungezügelt zu spüren bekam. Es fühlte sich an wie ein gigantisches Lagerfeuer, ein wenig mehr, und man hätte sich verbrannt. Und doch waren diese Temperaturen nichts, gemessen an der Power, welche auf der Sonne herrschte. Wenn sie jetzt hustete, dann wäre hier alle Existenz ausgelöscht. Erschreckende Fragilität des Daseins. Unsere Welt hing am seidenen Faden. Aber sie hing da schon ziemlich lange und der Faden war erstaunlich stabil.

Irena hatte den Kopf aufgestützt und sah mir ins Gesicht. Ihre Finger spielten mit einem Grashalm.

»Weißt du eigentlich, dass du jetzt total gewöhnlich aussiehst, wie fast alle, das passt überhaupt nicht zu dir.«

»Wieso?«

»Na schau dich doch mal an. Ordentlich geschnittene Haare, oben lang, an den Seiten kurz, deine hübschen Locken, die sich so lustig hinter den Ohren kringelten, hast du alle abrasiert. Und auch sonst, keinen Bart mehr, Nullachtfünfzehn-Klamotten, kein Tattoo, nicht mal ne nerdige Brille, total normal!«

»Gefällt es dir nicht?«

»Ich finde, außen und innen sollten sich wenigstens etwas ergänzen«, meinte sie und kitzelte mich im Ohr.

»Und ich finde, dass man heute nicht normal ist, wenn man kein Tattoo hat. Aber wie sollte ich denn aussehen, deiner geschätzten Meinung nach.«

»Na wenigstens die Haare wieder bisschen länger, so wie damals in Prag und ein Dreitagebart käme auch nicht schlecht. So fehlt ja nur noch die Jogginghose.«

»Und jeden Tag Workout für definierte Bizeps und ein ordentliches Sixpack!«, erwiderte ich.

»Hast du nicht nötig, für mich reicht, was da ist.« Sie biss mich zärtlich in den Oberarm.

»Ich dachte, wenn ich schon ein ungewöhnliches Leben führe, muss ich nicht noch ungewöhnlich aussehen. Außerdem ist es viel zu heiß für lange Haare. Aussehen und Kleidung eines Menschen sind doch nur das, was sie beschreiben, seine Oberfläche, also ziemlich oberflächlich.«

»Davon lässt sich der Herr Philosoph natürlich nicht beeindrucken, niemals!«, erwidere sie spöttisch. »Dir wird die Weisheit dafür bald durch die Kopfhaut wachsen. Und deine Nase zeigt auch geradewegs in diese Richtung, nach oben.«

Sie wuschelt mir durch die Haare. »Woll'n doch mal sehen, bestimmt sind schon ein paar graue dabei.« Sie kam ganz dicht an mich heran. »Sag ich's nicht. Hier eins, zwei, och, ganz viele.«

»Du spinnst!«

»Wieso, würde dir doch gut stehen?«

»Ich glaub dir kein Wort!«

Sie riss ein paar Haare aus und hielt sie mir triumphierend vor die Nase.

»Das ist aschblond!«

»Oh wie bedauerlich, seine Augen lassen auch schon nach.«

»Ich werde dir gleich...«, rief ich und wollte mich auf sie stürzen. Aber sie war schneller. Mit einem Schrei, der Jauchzen oder gespielter Schreck sein konnte, sprang sie auf und lief davon, ich setzte ihr nach und wir jagten uns. Irena lief aufs Wasser zu und sprang kreischend hinein. Ich stürzte hinterher, erreichte sie und umfing ihre Hüften. Sie wehrte sich nur noch halbherzig um kurz darauf ihre Arme um meinen Hals und ihre Schenkel um meine

Hüften zu schlingen und mich mit einem strahlenden Lächeln erst auf die Nase und dann genüsslich auf den Mund zu küssen. So gaben wir uns der natürlichsten Sache von der Welt hin, ohne auf die Fische um uns herum Rücksicht zu nehmen, welche uns sprachlos beobachteten und neidvoll erblassten.

Wenn ich heute diese Sätze lese, muss ich grinsen. Wie gestelzt und künstlich das klingt. In Wahrheit waren uns die Fische total egal und ich weiß nicht, ob es in dem kleinen See überhaupt welche gab. Vermutlich hab ich die nur reingeschrieben, um das Gefühl der Natürlichkeit, welches mich damals beeindruckte, mit dem Bild noch etwas zu verstärken. Es war eine paradiesische Anmutung, welche nicht nur von diesem einsamen, stillen, erfrischenden See ausging, an dessen Ufer wir nackt im Gras lagen. Es sollte auch den Neustart zwischen uns beschreiben, das Wunder, das sich der Zauber der Anziehung wieder einstellte, trotz der erlebten Enttäuschung, dem ersten sich aus den Augen und dem Herzen verlieren. Dass es ein von der Zeit geliehenes Glück war, das verbannten wir beide stillschweigend und energisch aus unseren Köpfen.
Um mich herum hat sich nun allgemeine Müdigkeit breit gemacht. Die Gespräche sind verstummt, die Stewards haben Geschirr und Speisereste längst eingesammelt. Die meisten versuchen zu schlafen, manche lesen noch oder schauen einen Film. Dann zuckt abwechselnd helles oder blaues Licht über die Gesichter. Mein Nachbar schnarcht leise, ich stecke mir wieder Stöpsel in die Ohren, um nicht abgelenkt zu werden und lese weiter.

Als wir wieder zu Atem gekommen waren, fragte mich Irena: »Woher hast du eigentlich deine asiatischen Augen?«

»Das siehst Du?«

»Bin vom Fach, schon vergessen? Also, woher!«

»Von den Vorfahren meiner Mutter, da gab es wahrscheinlich mal irgendwann vor mehr als hundert Jahren einen Mongolen im Stammbaum, vermutlich nicht einvernehmlich. Die meisten sehen es nicht, wegen der hellen Haare.«

»Eben«, erwiderte sie, »ich war auch irritiert. Blond vererbt sich rezessiv, schwarz immer dominant. Irgendwann werden die Blonden verschwunden sein.«

»Oder es gibt evolutionäre Ausnahmen, so wie mich«, grinste ich.

»Jetzt bild´ dir mal nicht zu viel ein«, grinste sie zurück.

Nach einer Weile, sie streichelte versonnen meine Brust, fragte ich sie: »Bist du glücklich?«

Sie blickte mich an und erwiderte: »Für den Moment oder überhaupt?«

»Okay, für den Augenblick, nehme ich mal an, könnten wir ziemlich glücklich sein. Aber ich meine das grundsätzlich. Das würde ich alle fragen, bei denen ich mir das trauen würde.«

»Du willst dich also in die sonderbare Gruppe der Glücksforscher*innen einreihen, von denen man nicht sagen kann, ob ihre Messinstrumente und Ergebnisse wissenschaftlich genannt werden können«, erwiderte sie. »Ist das der eigentliche Hintergrund deines Lebenskonzeptes. Bist du sozusagen ein Agent des Glücks?«

»Eher wohl ein Sinnsucher. Ist es der Sinn dieses Daseins, glücklich zu sein? Wenn ja, würden viele ein sinnloses Leben führen. Oder gibt es einen ganz anderen Auftrag und die Verheißung des Glücklichseins ist nur die Gratisbeigabe oder das Lockmittel, damit man sich auf die Suche begibt? Der Köder, der das Männchen zum Weibchen führt.«

»Oder in die Falle gehen lässt«, lachte Irena. »Sollte es nicht ein Fach Lebenssinn-Kunde in der Schule geben, um den Menschen viele Um-und Irrwege zu ersparen?«

»Und wer stellt die Lehrer?«, fragte ich

»Lehrende, wolltest du sagen«, feixte Irena.

»Genau. Die Philosophie oder die Religion? Versuchen es die Kirchen nicht schon und der Staat rollt ihnen dankbar den Teppich aus? Vielleicht ist das Leben tatsächlich selbst diese Schule. Das würde in diesem Konzept aber bedeuten, dass es am Ende so was wie eine Abschlussprüfung gäbe, wozu sonst all die Plackerei und wie immer, kennt man die Fragen vorher nicht. Apropos Frage. Du hast sie noch nicht beantwortet«, insistiere ich.

»Ehrlich gesagt, möchte ich sie auch nicht beantworten. Ich finde sie zu persönlich. Man gibt zu viel preis, wenn man ehrlich sein will. Muss man nicht meistens verneinen? Schon das simple, ›wie geht's‹, beantwortet man doch meist recht allgemein. Dass ich die Frage nicht bejahe, heißt aber jetzt nicht, dass es mir schlecht geht. Machen wir doch mal die Gegenprobe. Bist du unglücklich?« Sie sah mir tief in die Augen.

Ich lachte. »Die falsche Frage zur falschen Zeit.«

»Wieso? Man könne auch tiefes Unglück hinter sehr dick aufgetragener Lustigkeit verbergen. Gesetzt den Fall, du wärst unglücklich, würdest du es zugeben?«

»Na ja«, meinte ich, »vermutlich nicht jedem. Aber wenn man glücklich ist, könnte man es doch sagen. Aus welchem Grund sollte man das verbergen?«

»Um andere nicht neidisch zu machen oder zu beschämen? Oder um nicht überheblich oder prahlerisch zu gelten? Du siehst, es gibt für alles Gründe. Du wirst vermutlich selten ehrliche Antworten erhalten und nur bei großer Vertrautheit.«

Als die Sonne am Versinken war, machten wir uns auf den Heimweg. Friedrich und Hanne waren zu Freunden in die

Stadt gefahren. Auf dem Küchentisch standen Brot, Käse und ein Salat. Wir setzen uns mit dem Imbiss vors Haus. Irena begann zu sinnieren, wie neugierig sie schon auf China sei und dass sie es kaum erwarten könne, was mir wieder einen kleinen Stich versetzte. Warum können Lebensplanung und Gefühlshaushalt nicht besser zur Deckung gebracht werden. Mit der Ausrede, ich sei etwas müde, verzog ich mich in mein Zimmer. In Wahrheit brauchte ich Zeit für mich, auch um die Erlebnisse und Debatten dieses Tages festzuhalten.

Donnerstag, 15, August 2019

»Heute kommt der Mensch vom Museum«, meinte Friedrich beim Frühstück.

»Hat er auch gesagt, wann?«, wollte Hanne wissen.

»Vermutlich gegen Mittag, von der Oder ist es ja ein Stück.«

»Ich frage nur wegen dem Essen. Aber gut, wenn er eher kommt, gibt's den Kuchen zum Mittag.«

Dafür hatte sie also gebacken. Der Pflaumenkuchenduft war durchs ganze Haus gezogen und hatte uns bis in die Werkstatt verfolgt. Friedrich wollte am Vormittag nochmal checken, ob alle Instrumente die Stimmung seit der letzten Woche gehalten hätten. Ich würde mit den Basssaiten weitermachen.

»Da sind die Ösen schon dran, deshalb könne man schlecht zu zweit arbeiten«, meinte Friedrich schmunzelnd.

»Kein Problem«, erwiderte Irena lachend, »wenn es okay wäre, würde sie sich zurückziehen und etwas connecten.«

»Aber irgendwann kochen wir nochmal zusammen«, erinnerte Hanne.

»Unbedingt, ich kann auch für heute das Essen überneh-men«, bot Irena an.

»Vielleicht am Abend?«, schlug Hanne vor. »Wir schauen nachher mal, was wir noch im Haus haben.«

Bei der letzten Tasse Kaffee fragte Irena Friedrich ziemlich unvermittelt: »Warum haben Sie diese ganzen alten Instrumente eigentlich gesammelt? Okay, sie sehen schön aus, doch wirklich benutzen kann man sie wohl nicht, oder?«

Mir blieb kurz der Löffel in der Luft, aber Friedrich guckte ganz freundlich und erwiderte:

»Also eigentlich schon. Es war immer mein Ehrgeiz, dass sie auch spielbar sind. Oder meinen Sie das grundsätzli-cher? Warum bewahren wir Dinge und Gebäude aus früheren Zeiten? Nun, hoffentlich nicht nur für das nostal-gische Gefühl. Um zu verstehen, dass die Welt nie bleibt wie sie ist, muss man sehen, dass nichts ist wie es war.«

»Ist das nicht eine Binsenweisheit?«, bemerkte Irena.

Jetzt nahm Friedrich die Brille von der Nase und sah sie scharf an, aber seine Augen funkelten lustig.

»Finden Sie? Ich kenne viele Zeitgenossen, denen ist Ver-änderung ein Greuel. Die wollen alles bewahren und meinen eigentlich, in Sicherheit bringen, vor dem bösen Nachbarn, dem Fremden, dem Feind. Die einen sorgen sich um ihren Besitz, die anderen wittern Kulturverfall.«

»Genau«, erwiderte Irena. »Aber werden diese Leute sol-che Museen nicht mit einem Seufzer verlassen und sagen: ›Seht, wie schön es früher war?‹ Das süße Gift der Vergan-genheit. Mir geht es dagegen viel zu langsam, wir brauchen viel mehr Veränderung. Unsere Gewohnheiten und unsere Bequemlichkeiten sind die größten Hemmnisse für den nötigen Wandel. Diese ewig gestrigen Wohlfühlbewahren-den stehen aber so was von auf der Bremse!«

Friedrich lachte. »Hört, hört. Sie sehen gar nicht aus wie eine Kulturrevolutionärin. Auf die Streichliste wäre ich ja mal neugierig. Da können Sie sich mit unserem jungen Freund hier zusammen tun.« Er schaute mich an. »Er hat ja kurzen Prozess gemacht und alles ganz radikal über Bord geworfen.«

»So verrückt bin ich nun auch wieder nicht«, meinte Irena. »Nächste Woche werden wir übrigens einen kleinen Konzertabend veranstalten«, beendete Friedrich die Diskussion. »Ein junger Pianist, der sich auf Alte Musik spezialisiert hat, will sein Bewerbungsprogramm für die Universität vorab öffentlich aufführen, Bach, Haydn, Mendelssohn und eine Bachbearbeitung von Schönberg. Da können Sie selbst beurteilen, ob ich hier nur schöne Schrotthaufen rumstehen habe.«

»Oh, so hätte sie das nicht gemeint«, erwiderte Irena. »Aber sie komme gern zuhören.«

In der vergangenen Nacht hatte sie Geräusche aus meinem Zimmer gehört und ihren Kopf durch die Tür gesteckt.

»Du schläfst ja doch noch nicht.«

»Mein Kopf war zu voll, das wollte ich noch aufschreiben.« Sie schlüpfte unter meine Decke und meinte, das könne ich doch sagen, wenn ich mich dafür zurückziehen wollte.

»Okay, beim nächsten Mal«, erwiderte ich.

»Darf ich irgendwann mal lesen, was du da so aufschreibst?«

»Wenn du immer schön nett zu mir bist?«

»Wenn du nett zu mir bist«, sagte sie und fuhr mir mit dem Finger vom Brustbein in Richtung Bauchnabel, »dann bin ich auch nett zu dir.«

»Ich werde mein Bestes geben«, brachte ich hervor und zog dabei scharf die Luft ein.

»Unterm Dach wäre es einfach zu heiß«, meinte Irena entschuldigend.

»Wir sollten aber nicht zu laut werden«, wandte ich ein.

»Sind sie denn schon zurück? Ich habe noch kein Auto kommen hören.« Sie schob mir ihre Zunge ins linke Ohr.

Warum es mir unangenehm wäre, wenn Hanne und Friedrich uns beim Sex gehört hätten, kann ich nicht mal sagen. Weil wir hier zu Gast sind? Könnte es ihre Privacy verletzen? Oder weil sie doch viel älter waren? In einer WG wäre es mir völlig egal gewesen. Vorteilhafterweise lag ihr Schlafzimmer im Erdgeschoss auf der anderen Seite des Hauses. Neben der großen Wohnküche und einem Badezimmer gab es unten keine anderen Räume. In der oberen Etage hatten sie so etwas wie einen Salon eingerichtet mit einem Flügel, einigen Gemälden an den Wänden und einem Sofa, vor dem ein kleiner Kaffeetisch stand. Daneben hatte Friedrich sein Arbeitszimmer. Durch die immer offene Tür hatte ich übervolle Regale und einen Schreibtisch mit Rechner registriert. Am anderen Ende des Flures lagen Gästebad und Gästezimmer, in dem Irena gerade meine Schulter mit ihren Zähnen bearbeitete.

»Wo bist du denn mit deinen Gedanken?«, sagte sie plötzlich und ließ von mir ab.

»Sorry, ich bin vielleicht doch schon zu müde, es ist auch immer noch so warm.«

»Na gut, morgen soll es ein Gewitter geben.«

Sie rollte sich neben mir zusammen und ließ nur noch ihre Hand auf meiner Brust. Als ich am Morgen erwachte, war ich allein. Im Bad hörte ich die Dusche rauschen. Das alles ging mir durch den Kopf, während ich eine Saite nach der anderen aufzog.

Gegen Mittag bog ein VW-Passat in den Hof ein. Durch das Werkstattfenster konnte man wie auf einer Kommandobrücke den Hof sowie Haus und Kircheneingang bestens überblicken. Dem Wagen entstiegen eine Dame und ein Herr. Eher eine sehr junge Frau, welche die Tochter des Mittvierzigers sein könnte. Er leicht grau-meliert, markante, große, schwarze Hornbrille, Sakko, Shirt, Jeans, alles schwarz, braunlederne Umhängetasche, sie langes, zum Pferdeschwanz gebundenes, braunes Haar, große Goldrandbrille, dunkelblaues Kleid, figurbetont, Berlinale-Tasche vom letzten Jahr. Da Friedrich nicht erschien, ging ich hinaus, um sie zu begrüßen.

»Sie wollen bestimmt zu Herrn Heider, er ist schon in der Kirche, kommen Sie, er erwartet Sie dort.«

Friedrich saß an einem der Hammerflügel und war dabei, einige Töne nachzustimmen. Erstaunt sah er auf, als ich mit den Beiden vor ihm stand.

»Oh, Herr Doktor Balthasar, ich hatte Sie allein erwartet«, begrüßte er sie.

»Das ist meine neue wissenschaftliche Assistentin, wir haben erst heute Morgen entschieden, dass sie mitkommen wird. Ich hatte Ihnen eine Mail....«

»Ach Entschuldigung, ich hab heute noch gar nicht nachgeschaut. Na ist doch wunderbar, dann kommen Sie mal, was interessiert Sie denn am meisten, die Orgeln oder die Klaviere?«

Er deutete mir mit den Augen, dass ich wieder an meine Arbeit zurückkehren solle. In der Werkstatt war dann immer mal Musik aus der Kirche zu hören. Man probierte aus. Nicht lange und Hanne stand neben mir.

»Sie sind zu zweit gekommen«, sagte ich zu ihr.

»Ach so«, erwiderte sie. »Na, der Kuchen wird reichen. Dann scheint die Neugier ja groß zu sein.«

»Worum geht's eigentlich bei dem Besuch?«, wollte ich wissen.

»Friedrich ist ja nicht mehr der Jüngste«, antwortete sie. »Wir wollen langfristig einen Interessenten finden für die Sammlung, wenn wir zu alt dafür sind, oder Friedrich nicht mehr ist. Ich kann und will mich nicht erst dann darum kümmern. Also habe ich ihm in den Ohren gelegen, mach es bekannt, streu es, dass du sie langfristig in andere Hände geben willst. Er hat sich schwer getan, ist ja sein Baby. Aber dann hat er doch nachgegeben. Ein Freund hat die Fotos gemacht, Friedrich hat die Instrumentenbeschreibungen aufgesetzt und sie haben eine Datei daraus gemacht. Und dieser Museumsleiter aus Frankfurt hat Interesse bekundet, leider der Einzige bis jetzt. Wie lange sind sie denn schon da?«

»Gute halbe Stunde, schätze ich mal.«

»Dann kann ich wohl bald den Kaffee aufsetzen«, sagte sie und ging zurück ins Haus. Kaum war Hanne raus, schneite Irena vorbei.

»Und«, fragte sie, »geht's voran?«

»Womit«, fragte ich zurück, »mit der Kirchenführung?«

»Ne, mit den Saiten.«

»Wie denn, ich werde ja ständig abgehalten.«

»Ach du Armer.« Sie legte mir den Arm um die Schulter, wuschelte mir durch die Haare und küsste mich auf die Nase. »Wo du doch für dein Lebtag nur Saiten aufziehen willst.«

»Würde gern eher fertig werden, solange du noch hier bist. Damit wir noch mehr Zeit zusammen haben.«

»Das ist natürlich sehr löblich. Dann will ich dich mal nicht weiter stören«, witzelte sie und setzte sich mit ihrem Laptop in den Garten. Es dauerte noch eine halbe Stunde, dann kamen sie aus der Kirche heraus und steuerten auf die Werkstatt zu. Friedrich öffnete die Tür und bat sie mit ausholender Geste, einzutreten.

»Das ist unser letztes Stück«, begann er. »Dank unseres jungen Freundes ist es mir noch möglich, ihn aufzuarbeiten. Jetzt versetzen wir ihn wieder in den Originalzustand. Ist es nicht herrlich, das alte Palisanderholz? Was für eine Sünde, diese Farben unter banalem schwarzen Lack verschwinden zu lassen«, schwärmte er.

Der schwarze Sakkoträger lief um den Flügel herum, strich über das geschliffene Holz, besah sich den Resonanzboden, klopfte auf den Steg. Die Saiten antworteten mit hellen, anhaltend hallendem Geräusch.

»Interessant, interessant«, murmelte er.

»Und Sie sind Klavierbauer«, fragt mich seine Assistentin.

»Praktikant«, beeilte sich Friedrich zu versichern. »Praktikant. Aber er hat schon seit Kindheit an Erfahrung im Umgang mit Holz und Lack, sein Großvater war Tischler. Noch einer aus der alten Schule.«

»Was für Saitendraht haben Sie denn hier verwendet?«, wollte sie wissen. »Ist das moderner Stahldraht?«

»Nein, nein, ich verwende nur Pure-Sound-Draht«, erwiderte Friedrich. »Etwas anderes würde ich für die alten Flügel nicht einsetzen. Der moderne Draht ist ja viel zu steif.«

»Na immerhin«, meine die junge Frau. »Aber die Wirbel sind schon aus heutiger Produktion?«

»Natürlich, etwas anderes bekommt man ja gar nicht, wenn es stärkere sein müssen.«

»Und der Lack für den Resonanzboden, was haben sie da eingesetzt?«, wollte der Hornbrillenmensch wissen.

Darauf Friedrich: »Das ist ein Spirituslack nach alter Rezeptur, kein moderner Nitro- oder DD-Lack.«

»Ah ja. Na interessant, interessant«, sinnierte die Hornbrille.

»Warum haben Sie denn den originalen Schellack vom Gehäuse überhaupt abgenommen«, mischte sich die Assistentin wieder ein. »Hätte man es nicht belassen können? Und wenn Sie sich schon entscheiden, die spätere schwarze Fassung abzutragen, hätte man nicht die originale, farblose erhalten können?«

»Ich denke, die sind so stark vermischt und die farblose ist so dünn, dass man das kaum trennen kann«, wandte Friedrich ein.

»Vermutlich«, stimmte Herr Balthasar zu. »Aber wir hätten es zumindest versucht. Ein Grundsatz bei der Restaurierung ist, so viel originale Substanz zu erhalten wie möglich.«

»Ich weiß, ich weiß«, erwiderte Friedrich, »aber das geht

dann oft zu Lasten der Spielbarkeit. Mir war es wichtiger, dass die Instrumente auch erklingen können. Was nützen Musikinstrumente, welche nur noch stumme Zeugen ihrer Zeit sind und die auf ihnen entstandene Musik jüngeren Verkündigern überlassen müssen. Aber wollen wir unser Gespräch nicht bei einer Tasse Kaffee fortsetzen? Fühlen Sie sich herzlich eingeladen. Es gibt auch hausgemachten Pflaumenkuchen.«

Der Doktor holte sein Handy aus der Tasche, um auf die Uhr zu schauen. »Na, eine halbe Stunde hätten wir noch«, meinte er darauf, »dann sehr gern.«

Friedrich führte sie an den gedeckten Kaffeetisch im Garten und trug mir auf, Irena auch noch einzuladen. Als wir zurückkamen, hatte der Doktor sein Sakko locker über die Stuhllehne gehängt und saß sichtlich entspannt vor einem großen Stück Kuchen. Hanne goss gerade den Kaffee ein. Die Assistentin hockte, um ein Lächeln bemüht, auf der Stuhlkante, die Knie zusammengepresst, die Berlinale-Tasche lehnte am Stuhlbein. Der Doktor schwärmte von der Idylle, welche man hier draußen gleich bemerken würde, diese Ruhe. Die Kirche wäre ja auch ganz zauberhaft, sehr gut gelungen, die Restauration, ein Kleinod. Dass die Landeskirche sich das nicht zu schätzen weiß, ist ein Skandal, Kulturbarberei, nicht nachvollziehbar. Hier würde die Kirche ihrer Verantwortung als Kulturträger nicht gerecht.

»Ist nicht die primäre Aufgabe von Kirche die Glaubensweitergabe?«, wand ich ein. »Eröffnen und erfahrbar machen einer Transzendenzperspektive? Um mal philosophisch zu argumentieren.«

Der Doktor sah mich an: »Nun junger Mann, wie aber soll das gelingen ohne die authentischen Resonanzräume der Tradition«, entgegnete er. »Aus welchen Quellen wollen Sie schöpfen, nach welchen Wurzeln graben. Die Relevanz von Glaubenserfahrung nimmt im Übrigen immer mehr ab, gerade auch in Ihrer Generation, verdunstet sozusagen. Was bleibt, sind kulturelle Artefakte und steinerne Zeugnisse. Und die sollten so original wie möglich bewahrt werden, falls spätere Generationen mal zurückkehren möchten zu den Wurzeln ihrer Kultur. Aber wir müssen leider aufbrechen, haben Sie besten Dank für Ihre herzliche Gastfreundschaft.«

»Wie verbleiben wir denn bezüglich der Sammlung«, fragte Friedrich.

»Das werden wir beraten. Ich habe das nicht allein zu entscheiden. Wir haben ja Ihre Liste, die Bilder und nun einen eigenen Eindruck. Sie hören von uns.«

Sie stiegen in ihren Wagen, Friedrich lotste sie noch im Rückwärtsgang durchs enge Hoftor und dann brausten sie davon. Als er sich wieder zu uns setzte, sah er sehr niedergeschlagen aus. Hanne sah ihn an und fragte:

»Nun, was denkst Du?«

»Ach hör bloß auf«, begann er, »das war doch ein Schuss in den Ofen.«

»Wieso«, meinte Irena, »der Doktor schien doch recht freundlich?«

»Na, Sie haben es doch gehört, am besten hat ihnen noch die Kirche gefallen. Dieses junge Ding, die hat mich mit ihren Fragen regelrecht an die Wand genagelt. An allen Instrumenten hatte sie was herumzumäkeln. Sie hat es zwar nicht gesagt, aber diese Fragerei war eindeutig. ›Welche Materialien haben Sie verwendet, warum haben Sie dieses und jenes nicht beachtet, erhalten‹, etcetera pepe. In ihren Augen bin ich ein Stümper. Der Doktor wäre vielleicht konzilianter gewesen, aber neben dieser ehrgeizigen, frisch promovierten Hardlinerin hat er sich nicht getraut, eine andere Meinung zu äußern.«

»Nun, sieh mal nicht so schwarz«, versuchte Hanne zu beschwichtigen, noch haben sie ja nicht entschieden. Sie werden sich jetzt beraten und dann schauen wir mal.«

»Ach was«, winkte Friedrich ab. »Das hätten wir uns sparen können. Die übersehen mit ihrer ganzen Originalitätsfixierung, dass diese Instrumente alle nicht mehr existieren würden, wenn ich ihnen nicht Asyl gewährt hätte. Und dann diese herablassende Kirchenbewertung. ›Was bleibt, sind kulturelle Artefakte‹. Was sind denn meine Instrumente anderes? Artefakte, die ihre Stimme nicht verloren haben, ist das kein kultureller Wert?«

Friedrich stand auf, schwang sich auf sein Rad, welches an der Kirchenmauer gelehnt hatte und brauste, heftig in die Pedale tretend, davon.

»Jetzt muss er sich erst mal beruhigen und abreagieren«, erklärte Hanne, als er hinterm Haus verschwunden war. Das wäre bei ihm öfter so. Wenn er richtig sauer ist, dann stürmt er einfach los, irgendwohin. Vermutlich würde er jetzt über einsame Feldwege preschen, wo er seinem Herzen so richtig Luft machen könne. Und sie hätte das ganze angeschoben, meinte Hanne niedergeschlagen.

»Vielleicht sind Museen tatsächlich nicht der richtige Adressat für seine Sammlung«, wandte ich ein.

»Aber wer sonst«, erwiderte sie.

»Irgendwelche reichen Sammler*innen, die alles kaufen, was alt ist und den Hauch der Geschichte atmet«, bemerkte Irena. »Im Ausland, besonders in Asien, sei man verrückt nach europäischer Kultur. Vielleicht würde sich ein neureicher Chinese die Schätze in seine Villa stellen.«

»Oder ein Ölscheich in seinen Palast«, ergänzte ich.

»Das würde Friedlich aber sicher überhaupt nicht gefallen«, wandte Hanne ein.

»Man muss den Deal am Ende nicht machen, wenn der Käufer nicht zusagt, aber weltweit anbieten sollte man es schon«, erwiderte Irena. Sie bot sich an, zu recherchieren, wie Antiquitäten heute im Netz präsentiert werden. Sie könnte die Texte ins Englische übersetzen. Vielleicht kann man auch eine eigene Website bauen und diese dann vernetzen.

»Wenn Du das machen möchtest, gerne.« Hanne sah sie dankbar an. »Friedrich sagen wir davon erst mal nichts, sonst regt er sich gleich nochmal auf.« An mich gewandt meinte sie, meine Bemerkung über die Kirchen als Räume der Transzendenzvermittlung hätte ihr sehr imponiert. In dieser Universalität hätte sie das noch nicht gesehen.

»Tja«, meinte Irena, »er hat ein helles Köpfchen, unser Philosoph.«

Das richtige Gewitter kam, wie vorhergesagt, am Abend. Schon eine Stunde bevor der erste Donner zu hören war, hatte es sich mit einem immer dunkleren Himmel und immer stärkerem Wind angekündigt. Hanne war sehr besorgt, weil Friedrich noch unterwegs war. Sie versuchte ihn auf dem Handy zu erreichen, aber das dudelte fröhlich in seinem Arbeitszimmer.

Als die ersten Blitze über die pechschwarze Wand zuckten, meldete er sich endlich am Telefon. Sie möge sich keine Sorgen machen, er wäre bei Ulrich. Sie säßen hier bei Rotwein und Käse im Trocknen. Wenn das Gewitter durch ist, käme er wieder heim.

»Da kann er sich jetzt alles von der Seele reden«, erklärte Hanne. »Ulrich ist hier sein bester Freund und auch im Gesangverein. Du kennst ihn«, sagte sie zu mir, »es ist der Schlosser.«

Nach einem einfachen Abendimbiss zogen sich alle in ihre Zimmer zurück. Draußen tobten die Gewalten und schienen kein Ende zu nehmen. In Irenas Dachkammer fühlten wir uns so geborgen wie in einer Rettungsboje, welche einsam durch einen Orkan trieb. Hin und hergeworfen vom Lärm, der um uns herum tobte, mussten wir uns nicht sorgen, wir könnten zu laut sein.

Sonntag, 18. August 2019

Heute schreibe ich in einem Krankenhauszimmer, psychiatrische Station. Es ist fünf Uhr. Zum Glück bin ich allein, das Bett nebenan ist frei. Ich bin nur zur Beobachtung hier. Wenn die Ärzte zufrieden sind, darf ich heute wieder raus, im Laufe des Tages, heißt es. Irgendwann wird Irena kommen, sie hat letzte Nacht bei Matthias und Katrin geschlafen. Aber ich glaube, ich muss von vorn anfangen.

Freitag war noch alles gut, ein ganz normaler Tag. Am Vormittag hatte ich die letzten Saiten aufgezogen, Friedrich zeigte mir, wie man eine erste Vorstimmung macht, noch ohne Spielwerk, nur durch zupfen. Zwicken nennen das die Klavierbauer. Das war sehr lustig. Ich hab es gleich zweimal gemacht, weil die neuen Saiten sich dabei sehr stark dehnen und gleich wieder verstimmen. Irena saß im Garten hinterm Haus an der Recherche für die Präsentation der Sammlung.

Irgendwann spät in der Nacht musste Friedrich heimgekommen sein. Wir waren noch vor Ende des Gewitters eingeschlafen. Am Morgen war er wieder ausgeglichen und heiter, ganz der Alte.

Nach dem Vorstimmen begann Friedrich, die Mechanik und später die Dämpfung wieder einzusetzen. Dafür waren viele Schritte und diffizile Einstellungen nötig, dabei habe ich mehr zugeschaut als selbst gearbeitet. Drei Stunden hat allein das Ausrichten der Tasten gedauert. Mit einem langen Lineal wurden alle auf gleiche Höhe gebracht, durch Unterlegen von verschieden starken Papierscheibchen unter den Waagepunkt. Die letzten Feinheiten wurden sogar mit Seidenpapier ausgeglichen.

»Heute werden wir damit nicht mehr fertig«, meinte Friedrich, »aber nächste Woche erklingt der Flügel wieder.«

Mein nächster Job wäre das Polieren mit dem Schellack,

meinte er. Ich war skeptisch, ob ich das wohl hinbekommen würde. Vom Großvater wusste ich, dass es eine komplizierte Sache war, die viel Fingerspitzengefühl und Erfahrungen verlangte. Aber Friedrich sah das nicht so eng.

»Klar kann man viel falsch machen, aber ich bin ja dabei«, meinte er. Außerdem sei es ein auftragendes Verfahren. Wenn etwas schiefgeht, zum Beispiel der Ballen festklebt oder Staubkörner drauf kommen, würde man es wegschleifen und kann drüber polieren. »Das kostet zwar mehr Zeit, aber uns drängt ja keiner.« Zuerst käme das Porenfüllen, erklärte er. So stand ich dann am großen Deckel und rieb eine Paste aus dunklem Pulver und Schellack in die Poren und die Maserung, die ich erst wenige Tage zuvor freigebürstet hatte. Aber das wäre nötig, erklärte mein Meister. Die Fläche solle am Ende glatt wie ein Spiegel sein und mit dieser Paste wären die Poren schön dunkel und würden sich nicht hässlich markieren. Ich musste es ihm glauben.

Am Nachmittag kam Irena ganz freudig in die Werkstatt. Zwei alte Freunde von ihr, die sie auf einer Amerikareise kennengelernt hatte, seien für zwei Tage in Berlin. Eigentlich wollten sie gar nicht in Deutschland Station machen, aber das Quartier in Amsterdam wäre nicht so toll gewesen und das Wetter schon gar nicht, da hätten sie sich spontan entschieden, kurz herüber zu kommen. Okay, für Amis ist die Distanz Amsterdam-Berlin scheinbar ein Katzensprung. Nur ein paar S-Bahnstationen entfernt.

»Sie wären happy, dass ich hier bin«, meinte Irena »und wollten mich unbedingt treffen. Und dich auch. Sam und Judith wären auch voll nett, null die Klischeeamis. Wir sollen Ihnen was zeigen.«

Ich stöhnte leise, jetzt nicht schon wieder ne Stadtführung.

»Ne, sie wollen ein bisschen bummeln und das übliche sehen, Reichstag, Brandenburger Tor, Holocaust-

Mahnmal. Judith ist Jüdin, sie kann sogar etwas deutsch. Wir sollen dazukommen, wie es uns passt. Am Nachmittag würden sie uns einladen in einen DDR-Escape-Room. Das soll lustig sein. Hast du so was schon mal gemacht?«, fragte sie.

»Nicht wirklich, aber man wird in irgendwelche Räume eingesperrt und muss Aufgaben lösen, um wieder rauszukommen«, brummte ich.

»He, nicht so griesgrämig.« Sie stieß mich in die Seite. »Ich wollte das schon lange mal ausprobieren. Sie meinen, du mit deiner DDR-Geschichte könntest da bestimmt sehr nützlich sein.«

»Welche DDR-Geschichte? Ich bin neunzig geboren. Was hast du ihnen denn erzählt?«

»Dass deine Vorfahren alle aus dem Osten sind. Komm mit. Das wird bestimmt mega.«

Also fuhren wir am Morgen wieder nach Berlin rein. Den nächsten Job suche ich mir bestimmt nicht in Großstadtnähe. Andererseits wäre ich Irena dann nicht wiederbegegnet. Judith und Sam waren wirklich sehr sympathisch. Nett wie alle Amis, aber dabei nicht so gönnerhaft, eher wie bodenständige, herzliche Studifreunde. Sam war zwar nicht so schwarz, wie der Name vermuten lassen würde, aber hatte sichtbar afrikanische und europäische Vorfahren.

»Yes«, meinte er auf meine Frage, »german, irisch, and kamerun blood. The half of the whole world in my body, I like it.«

Judiths Urgroßeltern seien schon lange vor dem Holocaust ausgewandert.

»Zum Glück«, sagte sie. »Isch habe persönlich no Problem mit Deutschland, aber naturlich es ist so schrecklich, was passiert ist, für uns alle, oder?«

Am Meer der Stelen standen sie lange still. Dann tauchten sie zwischen den Betonsäulen in das Feld ein und waren eine ganze Weile darin versunken. Ich blieb mit Irena am Rand, denn wir waren erst letzte Woche hier gewesen. Dabei hatte ich sie darauf hingewiesen, wie einfach und anschaulich der Architekt darstellt, das Katastrophen ihren Anfang oft ganz unbemerkt und lange vor spürbaren Auswirkungen nehmen. Die ersten Stelen sind bündig in den Fußweg eingelassen und nur an ihrer Form und Ausrichtung auf die Säulenreihen im Feld zu erkennen. Die nächsten wachsen nur geringfügig aus dem Boden heraus. Dann senkt sich dieser ab und die Stelen gewinnen immer mehr und bedrohlicher an Höhe. Am tiefsten Punkt ist der Einzelne klein und verloren zwischen den Betonmassen, die ihn zu verschlucken und begraben scheinen. Sie seien very deep impressed, bemerkten beide, als sie aus dem Betonmeer wieder auftauchten. Ob man hier irgendwo was trinken könne, sie müssten das erst mal sacken lassen. Wir fanden ein Café in einer Seitenstraße. Ob die Nazizeit für uns noch ein Thema sei, wollte Judith dann wissen. Wie geht man mit so einer Vergangenheit um? Ob wir wüssten, was unsere Großeltern damals gemacht hätten.

Die wären ja noch Kinder oder halbwüchsige Jugendliche gewesen. Und über meine Urgroßeltern hätten wir nicht so viel gesprochen. Die hätte ich nicht mehr erlebt. Meine ganze komplizierte Familiengeschichte wollte ich jetzt nicht ausbreiten.

Irena ergänzte, dass ihr Vater oft erzählt hatte, wie sein Vater als tschechischer Staatsbeamter nach dem Anschluss an Deutschland und dem Einmarsch der Wehrmacht vor die Alternative gestellt wurde, mit einer Loyalitätserklärung bleiben zu dürfen oder aber aus dem Dienst entfernt zu werden. Er hat dann unter einem Vorwand um den Abschied nachgesucht und sie sind aus Prag weg aufs Land gezogen. In ihrer mütterlichen Familie hieß es immer, sie seien katholisch, sie hätten mit dem Hitler nichts zu tun. Mehr wurde dazu nicht gesagt, wenn sie mit dem Thema aus der Schule kam. Sie habe dahinter auch Scham vermutet, weil die Bewegung ihren Ursprung in Bayern genommen hatte.

»Und in der DDR waren dann alle Antifaschisten«, warf ich ein. »Die alten Nazis wären alle in den Westen geflohen, wurde erzählt und von den Amerikanern sehr milde reingewaschen.«

»Dafür haben die Russen auch viele Unschuldige, noch halbe Kinder, auf Jahre in ihren Lagern verschwinden lassen, wenn sie jemand denunziert hatte«, erwiderte Sam.

»Es war eine furchtbare Zeit«, beschloss Judith das Thema. »Sind wir jetzt bereit für diesen Escape Room?«

Es lag etwas Fußweg dazwischen, so dass wir nicht nahtlos vom Betroffenheitsgefühl in die Spasswelt switchen mussten.

„The real history-world", wie die Macher ihr Live Game nannten, lag in einer alten Hinterhoffabrik in Friedrichshain, wo sonst. Am Eingang erklärte uns ein supercooler Typ die Rules. Er versprach uns ein Travelling mit DDR-Feeling. Es gab nicht nur einen Raum, sondern verschiedene Settings. Wir sollten jetzt entscheiden, ob wir den Weg der Anpassung oder der Opposition gehen wollten, entsprechend änderten sich die Tasks.

Sam meinte, wir sollten Team-Anpassung wählen. Wie die Oppositionsvariante endet, könne er sich selbst ausmalen, da landet man bestimmt im Stasiknast. Er wäre neugierig, was sie aus der Anpassung machen. Ich erwiderte, vielleicht wird es etwas dröge, aber wir können es ja mal ausprobieren, vermutlich ist es das echtere DDR-Feeling. Der Typ beglückwünschte uns zu unserer Entscheidung und erklärte abschließend, es gäbe in jedem Raum einen Panikknopf, aber bis jetzt hätte den noch niemand benötigt. Wir sollten uns überraschen lassen. Er wünschte maximalen Fun und öffnete die Tür zum ersten Raum.

Wir fanden uns in einem Wohnzimmer wieder. Tatsächlich sah es so aus wie bei den Großeltern meiner Mutter, soweit ich mich noch erinnerte. Typische DDR-Schrankwand, irgendein billiges Holzdekor, Ledercouch, riesige Sessel, Deckchen auf dem Couchtisch, eine Vase mit Kunstblumen. An der Wand eine Repro mit einem Liebespaar am Strand, er berührt sacht ihren kleinen Finger und schaut zu ihr auf, sie blickt etwas starr in irgendeine ungewisse Ferne. Ein paar Bücher im Regal, Christa Wolf, Erik Neutsch, Erwin Strittmatter, ich erinnerte mich dunkel, dass die in der DDR populäre Schriftsteller waren. Im oberen Regal drei Bände Marx, Grundlagen des historischen Materialismus.

Wir sahen uns um. Wenn ich das Konzept richtig verstanden hatte, müssten jetzt irgendwo Hinweise auf die erste Aufgabe zu finden sein. Irena begann, die Türen der Schrankwand zu öffnen. Die meisten Fächer waren leer. In den unteren fanden sich Pappen, Farbe, Holzstäbe. Vermutlich sollte man damit was bauen, aber was. Sam schaltete den Fernseher ein. Typisch Ami, dachte ich, die können ohne TV nicht sein. Auf dem Bildschirm flimmerte zuerst schwarzweißer Schnee. Noch nicht mal Farbfernsehen. Er wollte es gerade wieder ausschalten, da tauche ein Schriftzug auf: Fernsehen der DDR, press 1; ARD, press 2; ZDF press 3,

Wir starrten gebannt auf den Bildschirm, als würden wir zum ersten Mal ein Fernsehgerät ausprobieren.

»Ich glaube, wir sollten DDR-Fernsehen schauen, wir sind ja das Team Pro«, schlug ich vor.

Irena drückte auf die eins. Das Logo einer Nachrichtensendung tauchte auf. Aktuelle Kamera, die hatten wir mal im Seminar analysiert, als es um die Frage ging, ist eine Diktatur auch an ihren Informationssendungen erkennbar. Der Sprecher berichtete, dass sich der Vorsitzende des Zentralkomitees der SED mit selbigen der KPDSU getroffen und sie sich über die internationale Lage ausgetauscht hätten. In einer gemeinsamen Erklärung verurteilten sie den US-amerikanischen Imperialismus.

»Ein richtiger Satz aus den falschen Mündern«, kommentierte Sam.

Ich sah ihn etwas verdutzt an.

»Klar Mann, wir setzen doch immer noch massiv auf der ganzen Welt unsere Interessen durch, weil wir selbstverständlich davon ausgehen, dass die anderen das genauso machen würden. Dumm nur, wenn sie es nicht können, weil ihnen das Potenzial dafür fehlt.«

»Still«, meinte Irena, »irgendwie ist in diesen Meldungen die Aufgabe versteckt.«

Der Sprecher langweilte seine Zuschauer inzwischen mit einer Meldung über die hundertprozentige Planerfüllung im Traktorenwerk Fortschritt. Irena hatte es übernommen, alles zu übersetzen. Dann folgte ein Bericht über die bevorstehende Demonstration zum Ersten Mai, dem Kampf- und Feiertag der Werktätigen. Das Zentralkomitee der SED hätte die Parolen bekannt gegeben, welche von den Arbeiter und Bauern in diesem Jahr über die Straßen getragen werden sollten. Sie seien im Neuen Deutschland, dem Zentralorgan der SED, in der morgigen Ausgabe abgedruckt. Irena mühte sich redlich mit der Übersetzung. Judith schüttelte immer wieder zweifelnd den Kopf. Sam schlug sich lachend auf die Schenkel. Was für eine tolle Show, in der die Regierung das Skript vorgibt, bemerkte er.

»Alles klar Leute«, meinte Irena, »wir sollen ein Transparent basteln. War hier nicht irgendwo so eine Zeitung?«

Judith kramte sie aus einem der Schubfächer hervor. Wir blätterten sie durch. Auf den Mittelseiten fanden wir die Parolen. Vermutlich sollten wir uns eine heraussuchen. Irena übersetzte einige davon, zum Beispiel: „Arbeite mit, plane mit, regiere mit!" Oder: „Mein Arbeitsplatz - Mein Kampfplatz für den Frieden!"

»What about this«, fragte Sam und tippte auf einen Satz von Rosa Luxemburg.

»Fraihait ist emmer auch die Fraihait von Ändersdänkenden«, radebrechte er. »Its Freedom, yes, but what's the meaning?«

»I think, its a fake«, erwiderte Irena.

Sie versuchte ihren Freunden zu erklären, dass dieser Satz in den Augen der DDR-Oberen bestimmt keinen Gefallen gefunden hatte und hier nur untergemogelt sei, um uns auf eine falsche Fährte zu locken. Ich meinte mich zu erinnern, dass meine Mutter mir erzählt hatte, wie kurz vor dem Ende der DDR Freunde von ihr mit dieser Parole wirklich auf einen Gedenkmarsch zu Ehren von Rosa Luxemburg gegangen sind und sofort verhaftet wurden.

»Krass«, meinte Judith, »wenn sie schon davor Angst hatten, was für ein paranoides System.«

Wir entschieden uns dann für: „So wie wir heute arbeiten, werden wir morgen leben!" Das war immerhin in seiner Logik ehrlich und entbehrte nicht einer gewissen Ironie. Judith hatte schon die Pappe auf dem Tisch ausgebreitet. Praktischerweise war sie bereits rot eingefärbt. Irena begann, die Losung in Großbuchstaben vorzuzeichnen. Es erwies sich schwieriger als gedacht, den langen Text gut aufgeteilt unterzubringen. Aber mit etwas radieren ging der Platz auf. Sam und ich begannen, die Buchstaben mit weißer Farbe auszumalen. Am Ende klebten wir noch zwei Stäbe zum Halten daran. Und nun? War die Aufgabe erledigt? Da ertönte ein Gong und ein Schild leuchtete auf: „Bitte hier aufstellen zum Gruppenfoto." Wir hoben das Transparent über unsere Köpfe und lächelten in die Richtung, in der wir eine Kamera vermuteten. Ein kurzer Countdown auf der Wand, ein Blitz zuckte auf und auf dem Fernseher erschien unmittelbar danach unser Foto. Technisch hatten sie es drauf. Sam grinste breit in die Kamera, Irena hatte die Augen verleiert, Judith schielte auf den Schriftzug über unseren Köpfen, nur ich blickte ernst und starr geradeaus. Wir lachten uns schlapp und fanden es super. Über einer Tür leuchtete eine grüne Lampe auf. Der Weg in den nächsten Raum war frei.

Wir standen in einem DDR-Klassenzimmer, die Tafel ein großes Whiteboard. Okay, das gab es damals definitiv nicht, soll eben eine Schultafel sein. Sonst sah alles ziemlich echt aus. Weiße Sprelacart-Tische mit schwarzen Stahlrohrbeinen. Die standen sogar noch in meinem Klassenzimmer. An der Wand eine Karte mit den Staaten des Warschauer Vertrages, die Sowjetunion tiefrot, um sie herum hübsch bunt ihre Satelliten, Deutschland sauber geteilt, der ganze Westen bis an den Atlantik in stahlgraue Einheitsbrühe getaucht. Über der Pseudotafel Honecker im Goldrahmen, schon etwas verblasst. In der Ecke eine rote und eine blaue Fahne mit einer goldenen Sonne. Topfpflanzen auf einem Schränkchen. Der Set Designer hatte alles gegeben. Auf der Tafel begann ein imaginäres Stück Kreide den ersten Task anzuschreiben.
„Jugendfreunde, willkommen zum Wettbewerb um den Titel ‚Bestes sozialistisches Jugendkollektiv'. Ihr seid in die Endrunde gekommen. Um den ersten Preis zu gewinnen, eine FDJ-Jugendreise in die sozialistische Republik Kuba, sollt ihr heute euer Wissen über die sozialistischen Bruderländer unter Beweis stellen. Fünf Fragen müssen richtig beantwortet werden. Für die richtige Antwort müsst ihr den entsprechenden Knopf auf dem Schaltpult vor euch drücken."
Dafür war also das altertümliche Holzkästchen mit den drei roten riesigen Plastiktasten auf der Bank in der ersten Reihe vorgesehen.
Die erste Frage schien sehr leicht zu sein. Wenn sie alle auf diesem Niveau lägen, dann wird das ein Spaziergang, wenn nicht sogar langweilig werden.

Wann war nach dem gregorianischen Kalender die russische Oktoberrevolution, wollten sie wissen.

a) am 25. Oktober 1917,
b) am 7. November 1917 oder
c) am 7. Oktober 1918.

»Oktober wäre schon mal klar, aber war es neunzehnhundertsiebzehn oder achtzehn«, fragte Irena. Alle schauten mich an.

»Na siebzehn«, antwortete ich.

Irena wollte schon auf den Knopf für A drücken, da machte mich diese Kalendererwähnung stutzig. Ich hielt ihre Hand fest. Wie war das nochmal mit dem gregorianischen oder julianischen Kalender? Wurden da bei der Umstellung von dem Alten zu dem Neuen, dem gregorianischen nicht Tage eingeschoben? Und was galt zu der Zeit in Russland? Jetzt wäre googeln sehr hilfreich gewesen, aber wir hatten unsere Handys am Empfangstresen abgeben müssen. Damit wir keine Film- und Fotoaufnahmen machten, das wäre nicht gestattet, wurde uns gesagt. Ich schaute mich um. Gab es in diesem fiktionalen Klassenzimmer nicht wenigstens ein faktisches Lexikon oder irgendein anderes Werk, in dem man nachschlagen könnte. Jetzt wäre im Gehirn abgespeichertes Basiswissen tatsächlich nützlich gewesen. Doch so sehr wir auch suchten, kein Buch nirgends. Da half nur Kombinationsfähigkeit.

Judith meinte darauf, wenn 1918 ausscheiden würde und sie schon diesen Hinweis auf die Kalenderumstellung machen, dann wäre der 25. Oktober vermutlich das Datum nach dem alten Kalender und der 7. November dann nach dem neuen gewesen.

Das klang überzeugend und so drückten wir Knopf B. Eine grüne Lampe leuchtete auf, eine triumphierende Fanfare ertönte und auf der Tafel erschien ein roter Stern für den ersten Punkt. Sie hatten sich ordentlich ins Zeug gelegt.

Die nächste Frage lautete: Wann wurde die DDR gegründet:

a) 1945
b) 1949
c) 1953.

Das war nun vergleichsweise simpel. Wieder B

Die dritte Frage verursachte Heiterkeit: Der Führer der kubanischen Revolution hieß:

a) Fidel Castro
b) Che Guevara
c) Erich Honecker.

Zur Abwechslung mal A.

Die vierte Frage lautete: Aus welchem Land musste der amerikanische Aggressor in der Kubakrise seine Raketen wieder abziehen:

a) der DDR,
b) Italien,
c) der Türkei.

Als Irena die Frage übersetzt hatte, machte Sam zuerst große Augen. Dann fragte er zurück, ob er es richtig verstanden habe. Als Irena es noch einmal wiederholte, sprang er auf, lief wie ein wütender Tiger im Raum umher und begann laut zu schimpfen.

»Nicht wir, die Russen wären die Aggressoren gewesen, sie hätten uns mit Atomraketen bedroht. Nur die besonnenen Verhandlungen von Kennedy, verbunden mit dem Druck der Blockade von Kuba hätten einen Atomkrieg verhindert. Diese Frage wäre eine Unverschämtheit.«

Wir sahen uns verdattert an. Ich versuchte mich zu erinnern. Natürlich war die Kubakrise im ganzen Komplex Kalter Krieg ein wichtiges Thema gewesen und es war bekannt, dass die Welt damals am Rande eines Atomkrieges und damit am Abgrund vorbei geschlittert war. Und ich erinnerte mich auch, wie unser Professor uns am Handeln einzelner Personen, von den Staatschefs bis hin zum

Kommandanten eines sowjetischen U-Bootes verdeutlichte, dass es noch immer in der Geschichte von den Entscheidungen Einzelner abhängt, ob ein Konflikt befriedet wird oder in einer Katastrophe endet. Aber die Details der Einigung hatte ich nicht mehr im Kopf. Die Mädels sahen mich an. Sam starrte wütend aus dem Fenster.

»Ich weiß es nicht«, gestand ich. »Lass uns einfach etwas auf gut Glück tippen.«

»Diese Frage darf man nicht beantworten«, forderte Sam.

»Aber dann müssen wir die Sache hier abbrechen«, erwidert Irena. »Wollen wir das?«

»Zugegeben«, warf ich ein, »diese Darstellung entspricht nicht den historischen Fakten. Natürlich war die sowjetische Bedrohung mit atomaren Raketen der Auslöser für die Kubakrise und die Russen damit die Aggressoren. Aber wie immer in der Geschichte gibt es auch hier eine Vorgeschichte. Wer wen wann zuerst bedroht hat, ist oft nicht so einfach zu klären. Vermutlich haben auch amerikanische Raketen eine Rolle gespielt. Wichtiger ist doch, dass der Konflikt gelöst und ein Krieg verhindert wurde. Deshalb sollten wir jetzt nicht streiten und einfach irgendwas antworten, es ist doch nur ein Spiel.«

»Es geht um unsere Ehre«, erwiderte Sam. »Ich werde mich nicht erniedrigen.«

»Musst du nicht«, sagte Judith und drückte beherzt auf den Knopf für Italien. Eine rote Lampe und ein lautes Ooooch zeigten an, dass diese Antwort leider falsch war.

Die nächste Frage schien gegen völlig harmlos.

Die DDR importierte aus Kuba ein gefragtes und sonst nur gegen Devisen handelbares Lebensmittel. Waren das:

    a) Orangen,
    b) Bananen,
    c) Zuckerrohr?

Irena wollte schon B wie Bananen drücken aber Sam hielt sie zurück. Die gäbe es auf Kuba nicht. Dann doch eher

Zuckerrohr. Da erinnerte ich mich an die Stoßseufzer meiner Großmutter, dass es jetzt wenigsten anständige Orangen gäbe und nicht diese grässlich grünen kubanischen Strohkullern. Also drückte ich beherzt A und bekam die Fanfare. Aber es fehlte uns ein Punkt. Auf der Tafel erschien das Angebot einer Zusatzfrage:
Welches Fahrzeug war bei den Jugendlichen der DDR am beliebtesten?

a) Fahrrad der Marke Diamant
b) Kleinmotorrad Simson
c) PKW Trabant

Auch hier konnten wir nur intuitiv im Ausschlussverfahren entscheiden. Die Wahl fiel auf die Simson, wir hatten unsere Punkte zusammen und die Wandtafel beglückwünschte uns zur gewonnenen Reise nach Kuba. Wir sollten uns aus einem Wandschrank einkleiden und dann die Tür zum nächsten Raum öffnen. Über dieser leuchtete ein Foto mit Palmen an einem türkisblauen Meer auf.
»Das wäre alles andere als DDR-typisch«, meinte ich darauf. »Solche Reisen wären die absolute Ausnahme gewesen«. So viel wusste ich von meinen DDR-Vorfahren.
»Egal«, meinte Sam, »Hauptsache, wir haben Fun.«
In dem Schrank hingen lauter einheitlich blaue Hemden. Auf dem Ärmel war ein Emblem mit einer aufgehenden Sonne aufgestickt. Dunkel erinnerte ich mich, das schon mal auf einem alten Foto gesehen zu haben. Die Originalkleidung des DDR-Jugendverbandes.
»Sag ich doch«, meinte Irena, »mit dem Osten kennst du dich am besten aus.«
Wir zogen die Hemden über unsere T-Shirts und ließen sie ganz leger offen. So sah es wenigsten ein bisschen cool aus. Ob die Teens in der DDR das auch so getragen haben? Oder war das schon nicht mehr erlaubt?
Hinter der Tür ging es in einen langen Gang, der über eine Treppe in die obere Etage führte. Die Wände waren kom-

plett mit einem durchgehenden Himmel und herrlichen Wolkenbildern tapeziert. Unter uns lagen Städte, Berge und der Atlantik. Turbinengeräusche sollten wohl die Illusion verstärken, dass wir uns auf einer Flugreise befanden. Der Gang endete vor einer gläsernen Schiebetür, die mit den üblichen Schildern für Einreise, Passkontrolle und Zoll dekoriert war. Wir mussten tatsächlich unsere Eintrittskarten unter einen Scanner halten, erst dann schoben sich die Glaswände lautlos zur Seite. Dahinter öffnete sich der Raum zu einer Bar mit einem knallroten Tresen vor einer riesigen weißen Regalwand gefüllt mit Gläsern und Flaschen, Cola, Rum, Curacao und was man sonst so für kubanische Drinks braucht. Eine Wand simulierte mit bodentiefen Fenstern einen Ausgang. Statt der Scheiben hatten sie Flachbildschirme eingebaut, die uns einen palmengesäumten Strand an einer blauen Lagune vorgaukelten. Aus Lautsprechern hörte man leises Meeresrauschen.

»Whow«, stieß Sam aus. »It's great.«

»Jetzt ist klar, warum der Eintritt hier so teuer ist«, bemerkte Irena.

Hinter der Bar stand leibhaftig ein lebendiger Mensch, unverkennbar kubanischer Herkunft. Er begrüßte uns mit einem breiten, herzlichen Grinsen und schob uns eine Karte über den Tresen. Was wir gern trinken würden, wollte er wissen, »it's free for the amigos from the German Democratic Republic.«

»Dann wohl nicht für mich«, meinte Sam, »ich bin Amerikaner.«

»Well, what about Fidel Castro?«, fragte ihn der Barman darauf.

»Nun«, meinte Sam, »er hat uns ziemlich geärgert, aber er wäre wohl kein schlechter Kerl.«

Für einen Yankee wäre das schon fast ein Lob, also auch ein Amigo. Und eigentlich wäre er als black boy ja einer von ihnen, fügte der Barmann herzlich lachend hinzu.

»Was sollen wir hier machen«, wollte Irena wissen, »als wir alle ein Glas in der Hand hatten.«

»Schaut euch um und macht, wozu ihr Lust habt«, erwiderte der Typ hinter dem Tresen.

Im Raum standen ein paar runde weiße Tische aus einfachem, gebogenem und zusammengeschweißtem Armierungsstahl, auch die Stühle waren Eigenbau, an der Wand gegenüber dem Tresen ein abgeranztes Ledersofa. Sam ließ sich in die Polster fallen. Neben dem Tresen thronte unübersehbar eine chromblinkende Musicbox, die wie alles hier ihre besten Jahre schon hinter sich hatte. Judith begann, sie sich näher anzuschauen.

»Das ist eine Karaokebox«, meinte sie kurz darauf und zog ein Mikrofon seitlich aus einer Öffnung. »Fürchte, wir müssen singen.»

»Why not?« Sam sprang aus den Sofakissen. »Let's see, I like it.«

Es gab ein paar internationale Hits aus den Sechzigern und Siebzigern, Beatles, Stones, Bob Marley, aber die meisten Titel sagten uns überhaupt nichts. Es gab viele Ostbands, einige kannte ich aus dem alten Plattenschrank meiner Mutter, Puhdys, Karat, Sterncombo Meißen. Und dann auch Lieder, die man schon am Titel als Parteilieder oder Propaganda-Songs erkennen konnte, wie; "Dem Morgenrot entgegen" oder "Brüder, zur Sonne zur Freiheit".

»Vermute, wir sollen hier was Kubanisches schmettern«, bemerkte ich.

»Correct«, erwiderte Sam, »aber vorher lass uns etwas Spaß haben. Was haltet ihr von Imagine?«

Er drückte die entsprechende Taste und aus der Box tönte der Song von John Lennon, relaxed, nachdenklich, philosophisch.

Irena wollte von Sam wissen, ob er auch glaube, dass ohne

Himmel und Hölle, ohne Staaten und Religionen die Welt vereinter wäre und die Menschen in Frieden leben könnten.

»He was a Dreamer«, meinte Sam darauf über Lennon. Aber wäre es nicht wunderbar, keine Gier und keinen Hunger mehr und ein Bruderbund der Menschheit?

»Brother- and Sisterhood, wenn schon, denn schon«, warf Judith ein. »Ich glaube allerdings nicht, dass ein Titel mit so einem subversiven Text in einer DDR-Hitliste gelandet wäre, nach allem, was ich über den Osten weiß.«

Sie wollte danach "El condor pasa" hören. Hier sangen es Simon and Garfunkel. Ihre Lieder hatte ich auf evangelischen Jugendfreizeiten durch den Pastor kennengelernt, der sie mit uns am Lagerfeuer zur Gitarre sang. Judith versucht, den eingeblendeten Text mitzusingen, sie machte ihre Sache nicht schlecht.

Ich wählte danach Lambada, ohne den Titel zu kennen. Er klang einfach nur nach Lateinamerika. Als die ersten Trommelschläge ertönten und das Akkordeon aufjauchzte, sprangen die Mädchen sofort von ihren Barhockern, schnappten sich uns, auch weil gerade keine anderen Männer da waren, und begannen sinnlich und verführerisch zu tanzen. War es der Drink oder auch diese unwirkliche Situation, dieses Spiel, in eine Rolle zu schlüpfen, was auch mich befähigte, ausgelassen zu tanzen, der ich sonst immer etwas zurückhaltend bin, weil ich meine tänzerischen Fähigkeiten realistisch einzuschätzen weiß. Danach waren wir bereit für „Guantanamera". In den Strophen stolperten wir noch dem Text vom Teleprompter hinterher. Aber den Refrain sangen wir spätestens nach der zweiten Strophe voll mit. Am Ende fielen wir uns lachend in die Arme, was für ein schöner Quatsch.

»Amigos, ihr habt die Aufgabe wunderbar gelöst, Felicidades. Leider geht euer Rückflug in wenigen Minuten. Gute Reise und wenn es euch gefallen hat, besucht uns wieder.«

Ohne Zweifel war das hier bis jetzt die beste Nummer in dem Spiel. Ein wenig bedauerten wir, nicht noch einen Drink genommen zu haben. Ziemlich aufgekratzt liefen wir durch den Gang mit dem Flugzeugsound zurück und fanden uns hinter einer Stahltür mit dem Schild EINREISE in einer Wache der Grenzpolizei wieder. Sie hatten die Passkontrolle ziemlich original nachgebaut. Ich hatte eine ähnliche im Museum Tränenpalast, dem ehemaligen Grenzübergang an der Friedrichstraße gesehen, den ich mit einem Geschichtsleistungskurs besucht hatte. Hinter einer Glasscheibe mit einem Sprechtürchen aus Alu saß ein streng aussehender Kontrolleur, der jetzt unsere Papiere, Pass, Personalausweis sehen wollte. Wir lachten, fanden es crasy und kramten in unseren Taschen. Der Typ kontrollierte, was wir ihm hinhielten und verzog dabei keine Miene. Er spielte seine Rolle perfekt. Als er uns alles zurückgegeben hatte, erklärte er extrem sachlich, sie hätten da noch ein paar Fragen, wir sollten ihm zur Klärung eines Sachverhaltes folgen. Eine weitere Tür öffnete sich, dahinter führte eine Treppe nach unten. Die Ziegelwände waren unverputzt, eine muffige, feuchte Luft zog von unten herauf. Unverkennbar führte die Treppe in den Keller. Unten angekommen betraten wir einen kahlen fensterlosen Raum. In der Mitte stand ein Tisch mit einer Sprechanlage, wie man es aus Agentenfilmen kennt. Davor vier Stühle, sonst nichts. An der Decke kaltes, weißes Neonlicht.

Der Typ befahl uns Platz zu nehmen, anders konnte man es nicht bezeichnen. Und irgendwie war das jetzt schon echt beklemmend. Jedenfalls lachten wir nicht mehr. Das Gefühl deutlicher Unsicherheit, was jetzt passieren würde, ließ uns verstummen. Der Typ, der wohl unser Vernehmer war, erklärte uns, wir stünden unter Verdacht, im sozialistischen Ausland Kontakt mit einem Agenten des US-amerikanischen Geheimdienstes aufgenommen zu haben.

Man hätte ein Telefonat abgefangen und die Nummer zurückverfolgt, die eindeutig zum Telefon in unserem Hotelzimmer führte. Die Stimmenauswertung dauere noch an, würde aber demnächst zur Überführung des oder der Verdächtigen führen. Solange würden wir hier in Gewahrsam genommen. Wir könnten die Zeit natürlich verkürzen, indem der oder die Verdächtige sich freiwillig stellen würde. Das könnte sich auch strafmildernd auswirken. Wir hätten jetzt Bedenkzeit. Wenn wir eine Mitteilung zu machen hätten, könnten wir die Sprechanlage benutzen. Damit verließ er den Raum und verschloss die Stahltür.

Das war also das Finale, welches sie sich ausgedacht hatten, um uns nun doch noch echtes Escape-Room-Feeling zu verschaffen. Die Mädchen lächelten verwirrt und wussten nicht, was sie davon halten sollten. Sam probierte alle Türen aus, aber die waren zu. Es gab auch nichts in dem Raum, was auf eine versteckte Aufgabe hindeutete, keinen Schrank oder Tisch, wo man in einem Fach etwas hätte finden können, was uns wieder heraus geholfen hätte.

»Okay«, meinte Sam lachend, »fürchte, einer von uns muss sich stellen, um das Game hier zu beenden. Dustin, wie wäre es mit dir. Du hast doch am Anfang so darauf bestanden, dass es nur ein Spiel ist.«

»Wieso ich?«, erwiderte ich. »Wer sagt denn, dass das hier die letzte Aufgabe ist. Du wolltest doch wissen, wie es wirklich in der Diktatur war. Da kannst du doch jetzt deine Erfahrungen vertiefen.«

»Das ist doch nur eine Ausrede.« Sam lachte nicht mehr. »In Wahrheit sollen wir Amerikaner doch wie immer für euch Europäer die Kartoffeln aus dem Feuer holen. Und ich sage jetzt bewusst nicht, wir Schwarzen für euch Weiße.«

»He, he Jungs, was soll der dumme Streit«, mischte sich Irena ein. »Das ist doch albern. Es ist doch wirklich nur ein Spiel. Ich finde, niemand stellt sich hier. Wollen wir doch mal sehen, was sie machen, wenn wir zusammenhalten.«

»Genau«, bekräftigte ich. »Einer für alle, alle für einen.«

»Woher hast du das denn.« Irena schaute mich fragend an.

»Alexandre Dumas. Die vier Musketiere«, antwortete ich lachend.

»Jugendfreunde!«, schepperte plötzlich unvermittelt eine Stimme aus einem Lautsprecher, »da ihr es vorzieht, zu dem im Raum stehenden Vorwurf keine Angaben zu machen, sehen wir uns leider gezwungen, den Erkenntnisprozess durch geeignete Maßnahmen zu beschleunigen«.

Knacks, Ende der Durchsage. Und dann ging das Licht aus.

Als es wieder hell wurde, lag ich auf der Liege in einem Rettungswagen. Ein Sanitäter beugte sich über mich und bemerkte etwas lapidar:

»Da ist er ja wieder. Willkommen im Hier und Heute.«

»Was ist passiert?«, fragte ich.

»Woran erinnern Sie sich denn noch?«, fragte er zurück.

Mühsam versuchte ich, die letzten Bilder wieder in den Kopf zu bekommen.

»Ich war in einem Keller und dann wurde es dunkel«, brachte ich stockend hervor.

Der Sanitäter wandte sich um. An der offenen Hecktür des Rettungswagens standen Irena, Sam und Judith.

»Wollen sie es ihm erzählen?«, fragte er Irena.

Sie nickte und stieg in das Fahrzeug.

»Als sie das Licht ausgemacht haben, hast du angefangen, gegen die Wände zu trommeln, hast herumgebrüllt, ›lass mich raus, du Stasischwein‹, du wurdest völlig hysterisch. Wir hatten Mühe, im Dunkeln den Notschalter zu finden. Bis der Rettungswagen kam, dauerte es gefühlt ewig. Du warst nicht mehr ansprechbar, hattest Atemnot und Herzrasen. Sie haben dir dann eine Sauerstoffmaske aufgesetzt und dich hochgetragen. Erst hier bist du wieder zu dir gekommen.«

»Ist Ihnen das schon mal passiert?«, wollte der Sanitäter von mir wissen. Ich schüttelte den Kopf.

»Ich denke, wir bringen ihn jetzt zur Untersuchung in ein Krankenhaus. Es muss abgeklärt werden, ob es etwas Organisches ist oder nicht, dafür fehlen uns hier die Möglichkeiten«, wandte er sich an Irena.

»Ist es okay, wenn sie dich ins Krankenhaus bringen?«, fragte sie mich.

Ich zuckte mit den Schultern und nickte.

»Darf ich mitfahren?«, fragte Irena den Sanitäter.

»Klaro«, erwiderte er.

Im Krankenhaus kam ich zuerst in die Notaufnahme. Nachdem eine Schwester die Personalien aufgenommen und die Krankenkarte eingelesen hatte, kam nach einer Weile ein Arzt an meine Liege, der zwar nicht so aussah in seinem grünen kurzärmligen Kittel, aber sich als solcher vorstellte. Er ließ sich nochmal den Hergang schildern und verglich es mit den Angaben, welche die Notfallsanitäter in ihrem Bericht geschrieben hatten.

»Gut«, meinte er abschließend, »dann machen wir mal ein großes Blutbild und ein EKG und dann sehen wir weiter. Sind Sie eine Angehörige?«, fragte er Irena.

»Eine gute Freundin.«

»Okay, sie können natürlich hier bleiben, aber ich müsste Sie bitten, im Warteraum Platz zu nehmen, es wird eine Weile dauern.«

Inzwischen war es schon Abend und für die Rückfahrt aufs Dorf etwas spät. Sie wollte sich ein Hostel suchen, aber ich gab ihr mein Handy, um bei Matthias und Katrin anzufragen, ob sie dort übernachten könnte. Die Schwester kam und zerstach mir den Arm, weil sie immer Mühe haben, eine Vene zu finden.

»Ein dickes Fell haben Sie schon«, meinte sie, »das passt eigentlich nicht zu so einem Zusammenbruch.«

Aber ich konnte mir keinen Reim darauf machen. Als das EKG geschrieben, alle Elektroden wieder abgestöpselt und ich ordentlich zur Ader gelassen war, hieß es wieder warten. Was war mit mir passiert? Wieso dieser Zusammenbruch? Nur weil plötzlich das Licht ausging? Und wieso hatte ich ›du Stasischwein‹ und nicht ›ihr Stasischweine‹ gerufen, falls sich Irena richtig erinnerte. Der Plural wäre richtiger gewesen, denn die Beschimpfung konnte sich doch nur auf die vermeintliche Organisation beziehen. Ich zergrübelte mir das Gehirn, fand aber keine Erklärung, so sehr ich mich auch bemühte.

Nach zwei Stunden kam der Arzt mit einigen Blättern in der Hand an meine Liege, von der ich mich nicht erheben sollte und die sich mit der Zeit immer härter anfühlte.

»Organisch ist alles in Ordnung«, sagte er. »Ihre Blutwerte sind bestens, auch das EKG ist normal. Aber ihr Körper hat reagiert. Haben Sie schon mal so eine Episode gehabt?«

Ich schüttelte den Kopf.

»Oder sind Sie mal in einer ähnlichen Situation gewesen? Haben Sie Angst im Dunkeln, in verschlossenen Räumen? Waren Sie schon mal eingeschlossen?«

Er sah mich eindringlich an. Aber ich konnte mich an nichts dergleichen erinnern.

So eine massive Panikattacke wäre keine Kleinigkeit, meinte er darauf, schon gar nicht für einen jungen Menschen wie mich. Das passiert nicht einfach so. Es wäre ja eine spezielle Situation gewesen, wenn er es richtig verstanden hätte. Auch wenn es nur ein Spiel sein sollte, ich hätte mich bedroht gefühlt, das Eingeschlossen sein, nicht wissen, wie man wieder herauskommt, die Androhung von ungerechtfertigter Bestrafung und als Verschärfung die Dunkelheit. In einer realen Situation würde man das als Folter bezeichnen. Es spricht viel dafür, hier eine traumatische Vorerfahrung anzunehmen, die verdrängt und damit vergessen wurde. Und jetzt, in einer ähnlichen Situation, wurden im Unterbewussten diese körperlichen Abwehrreaktionen hervorgerufen, ohne Beteiligung meines Bewusstseins oder Erinnerungsvermögens. Das wäre eine Schutzfunktion des Gesamtsystems Menschen, dass wir auf traumatische Erfahrungen mit massiver Gegenwehr, Flucht oder auch geistiger Abwesenheit reagieren, wenn wir die Wiederholung des Erlebens nicht anders verhindern oder vermeiden können. Er hatte sehr engagiert gesprochen, woraus ich ablesen konnte, wie ernst es ihm war.

»Ich muss darüber nachdenken, diese Zusammenhänge sind mir bisher nicht bekannt«, antworte ich.

»Machen Sie das«, erwiderte er. »Wir würden Sie gern über Nacht zur Beobachtung dabehalten. Es ist auf der Psychiatrie zufällig ein Zimmer frei. Da sind Sie ganz für sich und können zur Ruhe kommen. Versuchen Sie mal, sich nicht mit Handy, Messages oder Internet abzulenken. Lassen Sie einfach die Seele baumeln, chillen im besten Sinne, sozusagen. Manchmal kommt dann etwas hoch, was Ihnen weiterhilft oder etwas erklären kann.«

Nachdem ich mich von Irena verabschiedet hatte, brachten sie mich auf die Station. Als ich im Bett lag, überfiel mich bleierne Müdigkeit. Der Schlaf musste sehr schnell gekommen sein, denn heute Morgen kann ich mich nicht erinnern, noch lange wach gelegen zu haben. Es ist Sonntag, deshalb lassen sie es auf Station wahrscheinlich ruhiger angehen.

Montag, 19. August 2019

Wieder zurück auf dem Dorf. Es ist schon Nachmittag. Im Krankenhaus hatten sie sich gestern alle Zeit der Welt gelassen. Erst gegen Mittag waren die Papiere fertig. Irena kam gegen zehn, geduscht und beseelt von der Herzlichkeit, mit der sie von Katrin und Matthias aufgenommen wurde, obwohl sie sich doch gar nicht kannten, wie sie bemerkte.

»Ja klar, so sind sie«, erwiderte ich. »Dort kannst du um Mitternacht noch aufschlagen und wirst wenigstens einen Tee bekommen.«

»Kennst du nur solche Menschen?«, fragte Irena zurück.

»Wieso?«, wunderte ich mich.

»Naja«, meinte sie, »irgendwie scheinst du gastfreundliche Leute zu sammeln, Hanne und Friedrich, Katrin und Matthias...«

»Möglich«, entgegnete ich. »Manchmal bin ich ja auch darauf angewiesen. Du hast mich ja auch gleich in der ersten Nacht auf deinem Bettvorleger pennen lassen.«

»Welche Ehre, dass ich mich einreihen darf«, lachte sie. »Dabei war es nur eine Notlösung.«

»Hab auch mächtig Not gelitten«, grinste ich zurück, »dafür wurde es später besser.«

Beim Entlassungsgespräch fragte der Arzt, ob mir über Nacht in meiner Klause irgendwelche Erinnerungen gekommen sein, aber ich musste verneinen. Ich hatte fantastisch geschlafen.

»Das ist doch auch was wert«, bemerkte er. Falls mir allerdings später noch etwas zu dieser Episode einfiele, solle ich nicht zögern und Kontakt zu ihnen aufnehmen. Es gäbe heute gute Methoden, auch verdrängte Traumata zu bearbeiten.

Wir fuhren mit der Bahn raus aus der Stadt. Irena war sehr fürsorglich. Hatte sie ein schlechtes Gewissen, weil sie mich zu der Aktion überredet hatte? Von Judith und Sam bekam ich eine Message, es täte ihnen sehr leid und sie seien froh, dass es mir wieder besser gehe. Sie fanden es aber toll, mich getroffen zu haben und hoffen auf ein Wiedersehen. Hanne holte uns vom Bahnhof ab, Irena hatte sie gebrieft. Sie war ehrlich besorgt. Es begann mir unangenehm zu werden und so versuchte ich es runterzuspielen. Im Inneren war ich alles andere als ruhig. Was war da nur mit mir passiert. Aber umso mehr ich es zu ergründen versuchte, umso eher schien mir der Vorgang ins Irreale abzugleiten. Friedrich meinte, ich solle mich doch noch erholen und schonen. Aber ich wollte mit aller Macht wieder zurück in die Normalität. Also stand ich nach einem gemeinsamen Mittagsimbiss wieder in der Werkstatt und beugte mich über die Palisanderflächen. Und dort, als sich mein Blick, nach offenen Poren suchend, im tiefen Braunviolett dieses magischen Holzes verlor, stieg plötzlich aus dem Dunkeln eine Erinnerung auf und ich sah mich wieder als zehnjähriger Junge mit dem Vater meiner Mutter, diesem großen, schweren Mann, an dem jeder Widerspruch abzuprallen schien, dem Gesetz und Loyalität über alles gingen und der jede kritische Geste persönlich nahm, in den Keller hinabsteigen. Oma hatte uns aufgetragen, Apfelmus und Getränke hochzuholen, ich sollte tragen helfen. Es war einer der seltenen Besuche bei Mutters Eltern nach langer Zeit, die wir mehr genötigt als gewollt absolvierten. Die Oma hatte so darum gebeten. Unten angekommen hieß mich Opa das Apfelmus aus dem Regal nehmen. Plötzlich löschte er das Licht aus, verschloss die Tür und meinte hämisch, das wäre eine Mutprobe. Er wolle doch mal sehen, ob ich schon ein Mann sei und wie lange ich es im Dunkeln aushalten würde. Ich sollte nach den Streichhölzern und dem Schlüssel suchen, die angeblich gut findbar in einem Regal lagen, ›denn dein lieber Gott kann Dir jetzt nicht helfen‹. Aber ich bekam panische Angst und schrie sofort los. Mutter und Oma kamen in den Keller gestürzt, Oma versuchte mich zu beruhigen, Mutter traktierte ihren Vater erst mit Vorwürfen (deine Stasimethoden, wie bei den Nazis, lass deine Wut über mich nicht an dem Jungen aus, du Sadist!) und dann mit Schlägen. Mein Bruder stand feixend in der Tür. Wir reisten sofort ab und sind nie wieder hingefahren. Das war es also. Ich hatte es völlig vergessen. Erfolgreich verdrängt, würde wohl der Doktor sagen. Jetzt aber sah ich es wieder so klar wie in einem Film. Als ich Irena bei unserem Abendspaziergang davon erzählte, meinte sie, ich sei traumatisiert, müsse das bearbeiten, der Arzt hätte gesagt, es gäbe da jetzt gute Methoden. Ich wiegelte ab, das wäre nicht so schlimm, jetzt wüsste ich ja, dass es da mal ein Problem gab, das muss ja nicht wieder passieren. Irena meinte, »trotzdem, alles, deine ganze Kindheit, das ist keine Kleinigkeit, das solltest Du aufarbeiten, kann sein, es belastet Dich weiter, schränkt dich ein....«

»Jetzt fang du auch noch so an wie Friedrich, der vermutete auch eine frühkindliche Störung«, unterbrach ich sie.

»Vermutlich hat er recht«, erwiderte sie.

»Vielleicht, aber jetzt will ich nicht mehr darüber reden.«

»Na, immerhin bist Du in dem Punkt wie alle Männer, die lieber verdrängen als bearbeiten«, meinte Irena mit einem Lächeln, einer hochgezogenen Augenbraue, ihrem unverwechselbaren Charme und hängte sich bei mir ein.

Ich habe diese Aufzeichnungen nach Irenas Abreise noch ein- zweimal gelesen, aber dann nicht mehr. Keine Ahnung warum. Sicher nicht, um irgendwelchen Trennungsschmerz zu vermeiden. Eher, weil die späteren Ereignisse mich so sehr in Beschlag nahmen und deshalb auch unsere Verbindung trotz der Entfernung stabil blieb, so dass ich die Erinnerungen nicht brauchte. Heute, beim

Lesen nach langer Zeit, bin ich erstaunt, wie detailliert ich damals alles aufgeschrieben hatte. Irgendwie muss ich doch verdammt viel Zeit gehabt haben. Irenas Empfehlung, um nicht zu sagen Ermahnung, ich müsse mein kindliches Trauma bearbeiten, hatte mich noch eine ganze Weile beschäftigt. Mehr noch ihre Bemerkung, ich sei eben doch wie alle Männer, wenn sie es auch ironisch gemeint hatte, oder es zumindest so klingen sollte. Wie ernst sollte ich dieses traumatische Erlebnis nehmen? Beeinträchtigte es wirklich mein Leben? Wirkte es sich auf meine Entscheidungen aus? Könnte es unsere Beziehung belasten? Ich hatte mir vorgenommen, es zu beobachten, Entscheidungen dahingehend zu überprüfen, ob sie von einer Selbstunsicherheit beeinträchtigt sein könnten. Aber dann schoben sich die Ereignisse derart in den Vordergrund, dass mein Vorsatz bedeutungslos wurde und ich irgendwann nicht mehr daran dachte.

Mittwoch, 21.August 2019

Das Visum ist immer noch nicht da. Ein Anruf bei der Botschaft ersparte Irena die Fahrt in die City. Sie wird noch bleiben müssen.
»Das wäre kein Problem«, meinte Hanne, »oder? Was meinst du, Friedrich?« Er hatte sie erstaunt angesehen. »Nein, nein. Natürlich nicht.«
Jetzt sitzt Irena an der Homepage. Meistens über Mittag, wenn Friedrich sich hingelegt hat. Er soll davon nichts wissen. Deshalb zieht es sich hin. Ich bin froh. So haben wir ein paar Tage mehr. Zur Zeit poliere ich alle Messingteile, die Schlösser, Scharnierbänder, Rollen, Beschläge. Alles soll wieder wie Gold funkeln und glänzen, dann würde der Flügel viel besser klingen, meinte Friedrich feixend. Das Auge hört mit. Sonst gibt es am Instrument nichts zu

tun. Die Poren müssen durchhärten, sie fallen noch nach. Ich soll inzwischen Feuerholz schneiden. Wir haben eine monstermäßige Kreissäge aus dem Schuppen gewuchtet und Friedrich hat mir einen ganzen Stapel Bretter und Balken gezeigt, die hinter der Kirche lagerten, noch von der Sanierung. Die schneide ich jetzt alle in handliche Stücke. Damit wollen sie im Winter den Kamin füttern und Öl sparen. Pass auf deine Hände auf, hatte Friedrich gemahnt. Gute Tischler würde man daran erkennen, dass sie noch alle Finger an der Hand haben.

Nächste Woche ist der Konzertabend. Sie sind etwas aufgeregt. Am Samstag will der junge Pianist zum Probieren vorbeikommen. Früher hätten sie öfter Konzerte veranstaltet, Sogar eine kleine Reihe hatten sie organisiert, erzählte Friedrich. Und am Anfang wäre es auch gut gelaufen. Es gab Klaviersoloabende und Kammermusik. Junge Künstler, die hier ihre ersten Auftritte hatten, Studenten von der Hochschule. Und die Leute kamen, waren neugierig. Aber meistens aus Berlin. Wochenendausflügler und die Sommerhäusler waren dankbar, dass sie auch hier ihre Kultur bekamen. Aus der Umgebung kam kaum jemand, ein paar aus dem Chor, aus der Gemeinde. Die alteingesessenen Dörfler blieben zu Haus, das war ihnen nichts, fremd, Städterkram, hatte Friedrich erklärt. Mit den Jahren hätte das Interesse nachgelassen, es kamen immer weniger. Jetzt würden sie noch zwei, maximal drei Konzerte im Jahr machen.

Irena saß in den letzten Tagen auch immer mal an einer der Orgeln oder einem Flügel. Sie hatte in Friedrichs Notenarchiv Stücke gefunden, die sie kannte. Bachs kleine Präludien und Fugen. Beethovens Bagatellen, Chopins Nocturne. Das wäre doch ganz ordentlich, hatte Friedrich gemeint, da könne sie doch auch mal... Sie wehrte ab. Nein, nein, das wäre nichts. Öffentlich spielen würde sie nie. Schülervorspiele hätte sie immer gehasst. Viel lieber

wolle sie etwas für uns kochen und das Versprechen endlich einlösen. Darauf warten wir jetzt. Sie hat sich in der
Küche eingeschlossen. Wir dürfen nicht rein. Es soll eine
Überraschung werden. Sie war dafür heute Morgen durch
den Garten und über die Felder gezogen. Nur regionale
Zutaten, hatte sie verkündet. Es duftet schon durchs Haus
bis nach oben in mein Zimmer. Aber was sie kocht, lässt
sich nicht erschnuppern. Jetzt tönt der Gong. Wurde Zeit,
ich bin am Verhungern.

Samstag, 24. August 2019

Ich bin eifersüchtig. Es ist dumm, ich weiß es. Aber wie
soll ich dieses Gefühl unterdrücken? Am Donnerstag war
noch alles in Ordnung und wir waren sehr verliebt. Das
Essen am Mittwoch war Bombe. Pasta mit Gemüse, Tomaten und Markstammkohl. Den hatte sie hier auf den
Feldern entdeckt. Hanne meinte, das wäre doch Tierfutter.
Bei euch hier oben, hatte Irena erwiderte. Ihre Großmutter
hätte das oft gekocht, ein einfaches Essen, man kann ihn
von Sommer bis in den Herbst hinein ernten. In Südeuro-
pa wäre er sehr beliebt. Als Vorspeise hatte sie Auberginen
aus Hannes Garten gebraten und mit viel Knoblauch und
Balsamico mariniert, super lecker.
Heute, am Vormittag kam dieser Typ, dieser angehende
Pianist, hier an. Ein Deutschjapaner. Sehr schlank, sehr
fein geschnittenes Gesicht, große nerdige Brille, langes
schwarze Haar, feminin, wie aus einem Manga gesprungen. Gerade mal 19, wie ich später von Friedrich erfuhr. Er
verschwand mit ihm in der Kirche und ward bis zum Mittag nicht mehr gesehen. Was man hörte, war ziemlich gut,
soweit ich das beurteilen kann. Virtuos, Empfindsam. Irena hatte sich mit ihrem Rechner in den Hof gesetzt. Keiner
sollte laute Arbeiten machen. Ich entschied, das gesägte

Holz im Schuppen aufzustapeln. Beim Essen hatte sie nur Augen für ihn, ich war nicht mehr da. Sie redeten, als ob sie sich ewig kennen würden, über die Stücke, über die Instrumente, wann er mit dem Unterricht begonnen hatte, warum gerade diese alten Instrumente. Selbst Friedrich kam kaum dazwischen. Das schafft sonst niemand. Meine Stimmung wurde immer miserabler. Nach dem Dessert stand ich wortlos auf, ging hinter die Kirche, warf die Kreissäge an und wollte wieder Feuerholz schneiden. Aber nach wenigen Minuten blieb die Maschine stehen. Friedrich stand neben mir mit dem Stecker in der Hand.

»Es ist Wochenende, Mittagsruhe«, sagte er betont ruhig. »Und mit Wut im Bauch sollte man nicht an solchen Maschinen arbeiten.«

Ich ging nach oben in mein Zimmer und warf mich aufs Bett. Zwei Stunden lag ich so, starrte die Decke an. Hörte, wie sie sich fröhlich im Hof verabschiedeten, Friedrich mit dem Auto wegfuhr, vermutlich brachten er und Irena ihn zum Bahnhof. Dann klopfte es und Hanne kam herein. Was los sei, wollte sie wissen und setzte sich auf einen Stuhl.

»Da wäre nichts.«

»Na komm, das war ja nicht zu übersehen, zumindest für jemanden, der Augen im Kopf hat.«

Ich schwieg. Was sollte ich auch sagen. Es war mir peinlich, aber ich war wütend, über mich, über Irena, über diesen Typ, dass er so toll spielen konnte. Womit konnte ich schon punkten? Was war an mir besonders?

»Ist es wegen Tadashi?«, fragte sie.

»Heißt er so?«

»Bist du eifersüchtig?«

»- - - -«

»Weil sich Irena mit ihm gut verstanden hat?«

»Weil sie nur noch mit ihm geredet hat. Ich war völlig Luft.«

»Aber du hättest doch genauso....«

»Was hätte ich denn reden sollen? Ich habe doch davon keine Ahnung.«

»Das Gefühl kenne ich gut«, sagte Hanne. »Wenn man sich völlig dumm vorkommt. Aber ich glaube, einen Grund, eifersüchtig zu sein, gibt es nicht.«

Sie stand auf.

»Vielleicht müsst ihr mal darüber reden, was euch aneinander gefällt, falls es nicht nur der Sex ist. Und komm wieder aus der Schmollecke raus«, fügte sie lächelnd hinzu. »Wir könnten schon mal die Stühle für das Konzert inspizieren. Sie sind in der ehemaligen Sakristei aufgestapelt. Du könntest mir beim Abdecken helfen.«

Sie verließ den Raum. Ich blieb zurück, beschämt, grübelnd. Was hatte mich da so übermannt? Das kannte ich nicht. Irena war nicht meine erste große Liebe, wenn man das so sagen wollte. In jedem Fall war sie die erste Frau, bei der ich körperliche Schmerzen empfunden hatte, als unser Kontakt einschlief. Und bei der ich Angst hatte, neben ihr nicht bestehen zu können. Aber wie sollte ich ihr das sagen?

Als Friedrich mit Irena zurückkam, hatten wir schon alle Stapel freigeräumt und abgesaugt. Sie war heiter wie immer, falls sie etwas bemerkt haben sollte, war sie sehr gut darin, es zu verbergen. Wir haben dann noch alle Instrumente mit Rollböcken aus der Mitte der Kirche an die Seiten unter die Empore verschoben. In der Woche würden wir gründlich saubermachen und die Stühle stellen. Irena zog sich dann bald in ihre Kammer zurück, sie sei total müde von der Räumerei.

Sonntag, 25. August 2019

Heute war wieder strahlend schönes Wetter. Nicht so heiß wie in den Wochen zuvor und auch nicht so unfreundlich wie die letzten Tage. Bestes Ausflugswetter. Wir waren zu einer Radtour aufgebrochen und wollten den ganzen Tag unterwegs sein. Das Dorf grenzte an einen großen Naturpark mit Wäldern, Seen, in die kleine Ortschaften eingebettet waren. Mittendrin gab es ein wiederaufgebautes germanisches Dorf. In den Siebzigern hatte man bei Bauarbeiten archäologische Reste dieses Dorfes aus dem 3. Jahrhundert gefunden und ein Verein hatte es über viele Jahre wiederaufgebaut. Das wollten wir uns ansehen. Wir trafen auf einen sympathischen Mittvierziger, langes wallendes Haar und einen Rauschebart, Lederklamotten, sollte wohl germanische Kleidung darstellen. Er zeigte uns die einfachen Holz- und Lehmhütten, einen Lehmbackofen, den Brunnen am originalen Standort und archäologische Artefakte. In den Hütten gab es einfachste Bettstellen, die mit Fellen gepolstert waren, hölzerne Schemel und Bänke, keine Tische, aus Baumstämmen ausgehöhlte Bienenstöcke standen unter einem Schutzdach. Auch die Ausgrabungsstätten konnte man noch sehen. Aber viel zu erkennen war da nicht.

»Da wollen wir nicht wieder hinkommen«, meinte Irena, »so ein Leben wäre mir doch zu primitiv.«

»Aber der CO2-Fußabdruck wäre optimal«, entgegnete ich.

»Ich glaub´s auch, dir würde das gefallen«, erwiderte sie. Als wir am Nachmittag in einem Gartencafé unter Bäumen saßen, fragte sie mich.

»War gestern eigentlich irgendwas?«

»Was meinst du denn?«

»Du wirktest irgendwie verstimmt.«

Sie hatte es also doch bemerkt.

»Ach, eigentlich ist es unwichtig und auch schon wieder vorbei«, antwortete ich. »Für kurze Zeit hatte ich den Eindruck, Tadashi könnte bei dir mehr Eindruck machen als ich.«

»Tadashi?!« Sie lachte. »Inwiefern?«

»Man müsste Klavier spielen können, wer Klavier spielt, hat Glück bei den Frauen«, sang ich leise.

Sie bedachte mich mit dem spöttigsten Blick, den ich je gesehen habe.

»Du Spinner. Klar, ich finde es umwerfend, wie er spielt. Aber erstens wäre mir jemand wie er viel zu jung und zweitens steht er garantiert nicht auf Frauen.«

»Woraus schließt du denn das?«, wollte ich wissen. »Oder hat er es dir gesagt.«

»Ne, geoutet hat er sich nicht. Aber hast du nicht bemerkt, wie er dich beim Essen immer verstohlen angesehen hat. Und seine ganze Erscheinung. Das ist eigentlich eindeutig.«

»Davon hätte ich nichts bemerkt«, erwiderte ich.

»Männer!«, stieß sie hervor. »Aber ich mag dich.«

»Und was genau gefällt dir an mir, wenn ich schon nicht so toll Klavier spielen kann.«

Sie wuschelte mir durch die Haare.

»Deine Ehrlichkeit. Man hat bei dir das Gefühl, man könnte in deiner Seele lesen wie in einem offenen Buch. Und deine Ruhe. Ich finde, bei dir kann man vor Anker gehen. Du bist wie eine stille Bucht, ein sicherer Hafen, auch wenn draußen das Meer tobt.«

Mein Blick auf mich selbst sagte mir etwas anderes, jedenfalls mehr stille Bucht als sicherer Hafen. Aber gut, wenn sie mich so sah. »Wie weit bist du eigentlich mit der Homepage«, versuchte ich abzulenken.

»Morgen brauche ich noch, dann kann ich sie online stellen. Jetzt will ich es aber auch wissen. Was gefällt Dir denn an mir?« Sie sah mich erwartungsvoll an.

»Einfach alles, lächelte ich zurück, vom Scheitel bis zur Sohle.«

»Wie jetzt, das ist alles?« Sie spielte Entrüstung. »Mehr hast du nicht zu bieten?«

»Okay«, erwiderte ich. »Präzisiere: Deine Klugheit, deine Sprachbegabung, deinen Humor, deine Unkompliziertheit, deine Fähigkeit zu Ironie, deine überraschende Empathie, die man nicht gleich vermutet, deinen Mut und dein Selbstbewusstsein, dein Funkeln in den Augen, deine schmalen Schultern....«

»Okay, danke, das reicht. Bevor du deine Verliebtheit noch an mir runter deklinierst. Vielleicht sollte ich nach dieser völlig überzogenen Lobeshymne, von der ich dir nur die Hälfte glaube, fragen, was dir an mir nicht gefällt. Aber das lassen wir jetzt mal. So genau wollen wir das gar nicht wissen.«

Und dann fiel sie mir um den Hals und küsste mich herzhaft, ausdauernd, mit Verve, bis wir völlig außer Atem waren.

Samstag, 31. August 2019

Gestern war nun das Konzert. Tadashi kam am zeitigen Nachmittag, um sich einzuspielen. In der Woche hatten wir die Kirche geputzt. Spinnweben aus den Ecken gesaugt, soweit man rankam. Ich war dafür drei Stunden mit einer hohen Leiter von Fenster zu Fenster geturnt. Die Emporenbrüstungen und die Säulen vom Staub befreien, den Boden saugen; wischen muss jetzt nicht sein, meinte Hanne lachend. Tadashi wollte auf drei Instrumenten spielen, einer der Chororgeln, einem Cembalo und einem Hammerflügel. Friedrich hatte sie am Vortag alle nochmal durchgestimmt und dann die Kirche zugeschlossen. Bis zum Konzert durfte außer dem Künstler niemand mehr

rein, damit sich die Instrumente nicht wieder verstimmten. Hoffen wir, dass es bis morgen nicht regnet. Irena hatte ein Plakat gemacht, wirklich gelungen, mit einem Foto von Tadashi, wie er entrückt und hochkonzentriert am Flügel saß, am unteren Rand die drei Instrumente. Tags darauf hatten wir sie auf den Dörfern und in den größeren Orten verteilt, an jeder Bushaltestelle, an den Bäumen auf den Plätzen, in den Geschäften, im Rathaus, der Schule, den Kirchen. Die meisten fuhr Friedrich mit dem Auto aus, wir den kleineren Rest in der Nähe mit den Rädern. Tatsächlich kamen die ersten Zuhörer schon dreißig Minuten vor Beginn, ältere Herrschaften, zum Teil mit Rollator. Friedrich begrüßte alle mit Handschlag. Es wäre so schön, nach langer Zeit mal wieder ein Konzert im Ort zu haben, meinten sie. In die Stadt kommen wir ja so schlecht. Und immer nur Fernsehen, das wäre doch auf die Dauer immer das gleiche. Als Friedrich fünf Minuten vor Beginn die Glocken läuten ließ - wie vor einem Gottesdienst, dachte ich - war die Kirche halbgefüllt. Meist graue Häupter, vereinzelt ein paar jüngere Gesichter, eine Familie, er im Anzug, sie im Kleid, der zehnjährige Sohn im weißen Hemd, gelangweilt, die Sechsjährige sich ständig umsehend, ob alle ihr himmelblaues Tüllkleidchen und die strassfunkelnde Halskette bewunderten. Tadashi hatte ein paar Freunde und Kommilitonen eingeladen. Sie waren mit einem alten VW-Bus gekommen und wollten ihn danach wieder mit in die Stadt nehmen. Sie waren die einzigen jüngeren Leute. Tatsächlich war er schrecklich aufgeregt, lief pausenlos in der Küche auf und ab und sagte nichts mehr, trank einen halben Liter Wasser, das würde die Konzentration erhöhen und musste bestimmt noch zweimal aufs Klo. Von Hannes Kuchen rührte er nichts an. Gern danach. Sie hatte Apfelstreusel und Zwiebelkuchen gebacken. Dazu sollte es Weißwein geben.
Er spielte göttlich, ehrlich. Es war noch besser als auf der

Probe. Ich kann nicht beurteilen, wie gut es war, dazu verstehe ich zu wenig von Klaviermusik, aber es klang mega. Ich saß in der ersten Reihe und schaute wie gebannt auf seine zarten Hände, die bei schnellen Läufen leicht über die Tasten huschten und bei ruhigen Stücken durch ein angespanntes Schweben über den Tasten die Töne auszudehnen versuchten. Dabei versuchte er nicht, durch viel Kraft und Lautstärke das Publikum mitzureißen, eher durch leises, aber konzentriertes Spiel seine Zuhörer zu fesseln, was gelang. Später fragte jemand, ob wir das Gewitter in der Ferne bemerkt hätten, aber niemand schien etwas gehört zu haben, obwohl sich eine tiefe Stille im Raum verbreitet hatte und die Leute vergaßen zu applaudieren. Tatsächlich. Tadashi ließ dafür auch keinen Raum. Er spielte die Stücke wie in einem großen Bogen. Am Ende löste sich die Spannung in großem Beifall und Jubel. Friedrich war überglücklich, fast mehr als der junge Künstler selbst, den seine Freunde umringten, dem alte Damen verzückt die Hand schüttelten, dem der Anzugträger anerkennend zunickte. Irena zerrte mich zu ihm, um ihm zu sagen, wie toll sie es fand. Auch ich schüttelte ihm die Hand, lobte die leisen Stücke. Ja, meinte er und sah mich dabei eindringlich an, das sind ihm auch die liebsten, obwohl sie die schwersten sind. Da höre man die Seele des Komponisten am besten heraus. Ein Mann mittleren Alters, Nickelbrille, schwarzes T-Shirt unterm Sakko, schulterlanges Haar, Kordhose, helle Ledertasche, zwängte sich zu uns durch. Professor Valerian, mein Lehrer, stellte ihn Tadashi vor. Er musste erst kurz vor Konzertbeginn eingetroffen sein, niemand hatte ihn bemerkt. Friedrich begrüßte ihn überschwänglich.

»Herzlich Willkommen, wie schön, dass Sie sich auch auf den Weg gemacht haben, das war ja ganz wunderbar, was Ihr Schüler heute geboten hat, eine reife Leistung, finden Sie nicht auch? Da steht einem Studienplatz doch nichts

mehr im Weg. Man wird sicher noch viel von ihm hören.«
Tadashi blickte verlegen zu Boden. Der Professor lachte.

»Gewiss, das war schon sehr beachtlich. Wenn das heute
die Aufnahmeprüfung gewesen wäre, würde er sie gewiss
bestens bestanden haben. Aber sie ist nun mal erst in zwei
Wochen. Da müssen wir das Niveau auch halten.« Er sah
Tadashi an. Der blickte auf und erwiderte, er werde sein
Bestes geben. Der Professor klopfte ihm anerkennend auf
die Schulter.

Am Kuchenbuffet stand Tadashi plötzlich neben mir. Ob
ich hier zu Hause wäre, wollte er wissen.

»Nein«, antwortete ich. »Ich wäre auch nur zu Gast und
hätte geholfen, einen Flügel aufzuarbeiten.«

Er riss die Augen auf. Ob ich Klavierbauer sei?

»Auch das nicht, es war eher so eine Art Praktikum.«

»Schade«, meinte er. »In seiner Wohnung gäbe es einen
uralten Flügel, den wollte bisher niemand aufarbeiten. Der
sei zu alt, es würde sich nicht lohnen, zu teuer, hätten ihm
Klavierbauer gesagt. Er würde jemanden suchen, der sich
ihm mit Liebe annimmt.»

»Sich mit Liebe einer Sache annehmen, kann Dustin gut«,
erklärte Irena, die sich zu uns stellte und mir nun den Arm
um die Schulter legte. »Aber bei so alten Flügeln muss
mein Freund vermutlich auch passen.«

Tadashi sah sie an und meinte leichthin, »verstehe, schade, aber ich werde schon noch jemanden für ihn finden.
Noch gebe ich die Hoffnung nicht auf.«

»Bestimmt«, erwiderte ich, »viel Glück dabei.«

Montag 2. September 2019

Gestern saßen wir nach dem Essen am Abend noch lange beisammen und redeten über Gott und die Welt. Und irgendwie, ich weiß nicht mehr wie, kamen wir aufs Thema „Leid". Vielleicht über den Buddhismus, Hannes Meditationen, keine Ahnung. Jedenfalls meinte Irena, sie fände es schwierig, auch die negativen Erfahrungen, die hässlichen Seiten des Lebens als notwendig zu akzeptieren, sie brauche das nicht, könnte gut darauf verzichten.
Ich erwiderte, sie könne die aber nun mal nicht weg reden oder ausblenden. Sie wären da. Sie könne sie vermeiden oder umgehen, vor ihnen davonlaufen oder durch Vorsorge zu verhindern suchen, aber sie würden wie ein drohendes Schwert über ihrem Kopf hängen bleiben. Hanne darauf, das sei ja ein grässliches Bild, das ich hier malen würde. Aber genauso hätte sie es früher auch oft empfunden. Friedrich räusperte sich. Ja, in dieser Vorstellung wäre es tatsächlich zum Davonlaufen. Er versuche mal eine Andere und vergleiche es mit der Musik, da gibt es diese zwei Tonalitäten, Dur und Moll, welche die meisten Menschen, ganz simpel ausgedrückt mit fröhlich und traurig beschreiben würden. Bezeichnenderweise wird beim traurigen Moll der mittlere Ton des Dreiklangs um einen kleinen Schritt nach unten gedrückt und für das fröhliche Dur wieder erhöht. Nun empfinden die meisten Hörer Moll nicht nur traurig, sondern auch sentimental, einfühlsam, melancholisch, intensiv, berührend, in die Tiefe gehend und lieben es wegen dieser Ausdrucksstärke umso mehr. Das fröhliche Dur wird zwar gern als leicht, luftig, belebend, bereichernd, triumphierend oder jubilierend beschrieben, aber manchmal auch als oberflächlich oder banal empfunden. Ähnlich wäre es mit dem Gegensatz von Harmonie und Dissonanz, da gäbe es die reinen harmonischen Akkorde und die immer stärker gespannten Vier-

und Fünfklänge bis zum disharmonischen Cluster, wenn der Pianist beispielsweise seinen ganzen Unterarm auf die Tasten legt. Jeder Musiker und Komponist wüsste, dass eine wirkungsvolle Musik vom Mit- und Gegeneinander von Dur und Moll, von Harmonie und Disharmonie lebt, letztlich von Anspannung und Auflösung. Jeder gespannte Akkord, jede Disharmonie strebt nach ihrer Auflösung. So, meinte er, wäre es auch im Leben. »Wir brauchen die Disharmonien des Lebens, vor denen wir uns am liebsten die Ohren zuhalten würden, um das Wunder der Auflösung zu erfahren, die befreiende Erlösung in der Harmonie, nach der wir uns alle sehnen.«

Hanne lachte: »Wie in der Liebe. Nach dem Streit genießt man die Ruhe der Versöhnung.«

Ich wandte mich an Friedrich, ob er sagen würde, dass Gott die ganze Schöpfung nach diesem Prinzip gebaut hat, nach einer sich bedingenden Gegensätzlichkeit von Anspannung und Auflösung, von Harmonie und Disharmonie, von Dur und Moll? Und das man alles Furchtbare, Schreckliche und Schwere in der Welt, all die Naturkatastrophen und menschlichen Tragödien für den erkenntnisnotwendigen Gegensatz zu Harmonie, Schönheit, Wohlstand, Frieden und Glück halten und aus der Perspektive des danach, der Erlösung, Befriedung betrachten sollte?

Er darauf: »Wenn es dir hilft, mit einem persönlichen Gott, an den ich nicht glaube, und dem Leid in der Welt, für das man diesen lieben oder allmächtigen Gott gern verantwortlich macht, besser zurechtzukommen, dann würde ich dir zustimmen. Für ein Grundprinzip des Universums halte ich es auf jeden Fall.«

»Und sagen Sie das auch Leuten, die dauerhaft an einer unheilbaren Krankheit leiden?«, warf Irena ein. »Dass sie nur auf die Auflösung der andauernden Disharmonie in ihrem Leben warten müssen?«

Lachend erwiderte Friedrich: »Daran sehen Sie, dass man mit der Philosophie auch nicht alle Probleme dieser Welt lösen kann.«

»Und dennoch«, meinte Hanne, »ist es eine Frage der Perspektive. Wie man auf das Leben in dieser Welt schaut. Wenn man, wie viele Menschen, findet, dass sie vor allem ein Ort sein sollte, an dem man glücklich leben kann, muss man die Tatsache des Leidens vor allem als Bedrohung empfinden. Das Damoklesschwert eben. Wenn man aber das Leben als eine Schule für die Seelenreife versteht, dann könnte man leidvolle Erfahrungen als notwendige Aufgaben ansehen, an denen die Menschen wachsen können.«

»Oder daran zerbrechen«, bemerkte Irena.

»Vor allem, wenn ihnen niemand hilft. Weil man meint, sie wären vielleicht selbst schuld oder jeder wäre für sich selbst verantwortlich.« erwiderte Hanne.

Als wir uns in dieser Nacht liebten, hatte ich das Gefühl, Irena wollte mir mit allen Gliedern ihres herrlichen Körpers die Grundprinzipien des Universums vermitteln. Wie sie mich Distanz und Nähe durch das Schweben ihrer Finger über meinen Wangen, meinen Lippen, meiner Brust fühlen ließ, wie sich diese auf meiner Haut niederließen und mich berührten, wie ihre Hände, ihre Arme, ihr Leib den Meinen in Besitz nahm, wie sie mir durch Liebkosung und Schmerz die Wonnen von Dur und Moll beschrieb an Stellen, von denen ich nicht wusste, dass sie meinen Körper und meine Seele zum Klingen bringen würden. Wir rieben und trieben uns mit unseren Lippen, unseren Händen, unseren Leibern in immer schwindelndere Höhen, unsere Lust spannte ihren Bogen zwischen uns immer weiter und stärker, wir hielten uns, wollten die Spannung unserer Körper bis zum Äußersten auskosten, in meinen Ohren begann es zu rauschen, zu tönen, zu singen. Noch ein Akkord, noch zwei, noch drei und dann trieben wir uns der Erlösung entgegen, die uns mit der Auflösung alles irdisch Schweren überflutete und wir von einer gewaltigen Höhe in schwindelndem Flug herabsausten, um auf einer weiten Ebene auszugleiten, zur Ruhe kommend und beieinander liegend, um mit allen Fasern unserer Existenz der beglückenden Erfüllung nachzuspüren.

Mittwoch 4. September 2019

Es ist Vormittag, aber ich habe nichts zu tun. Das Porenfüllen und Schleifen ist beendet. Jetzt würde das Polieren starten. Doch Friedrich ist weg. Er hätte ganz plötzlich zu einer Verwandten fahren müssen. Ungewiss, wann er zurückkommt, erklärte Hanne. Zwar meine ich, dass ein heftiger Wortwechsel heute früh durch meinen Halbschlaf gegeistert ist, aber ich kann es auch geträumt haben. Hanne war auffallend verlegen bei ihrer Erklärung, sodass es auch andere Gründe geben könnte. Sollte unsere Liebesnacht zu dieser Verstimmung geführt haben? Das wäre mir unangenehm. Allein kann ich allerdings nicht weitermachen.
Irena ist in die Stadt gefahren, um endlich ihr Visum abzuholen. So sitze ich in meinem Zimmer und schreibe. Denn draußen trieft alles vom Regen, der seit heute Morgen das Land in graue Schwaden hüllt. Die Wolken hängen tief. So schnell hört es nicht wieder auf. Die trockene Erde wird alles begierig aufsaugen, sie braucht es schon lange. Deshalb gibt es auch im Garten nichts zu tun.
Beim Frühstück fragte Hanne, ob man heute noch guten Gewissens Beziehungen mit China eingehen sollte. Unbedingt, hatte Irena geantwortet. Natürlich sollte man sich keinen Illusionen hingeben. Sie suchen die Beziehungen zu uns, weil sie Einfluss nehmen wollen, weil sie uns zu sich

in Abhängigkeit bringen wollen, weil sie wirtschaftliche Vorteile für sich herausholen wollen und ja, auch weil sie eine weltbeherrschende Position erreichen wollen. Aber solange sie uns noch reinlassen und uns erlauben, zusammen mit unserem technischen Knowhow auch unsere Kultur, unsere Philosophie ins Land zu bringen, sollten wir es machen. Klar sollte der Westen gucken, wie weit er damit gehen will. Indirekt eine Diktatur zu unterstützen ist sicher eine schwierige Gratwanderung. Ein wenig steht der Westen auch in der Schuld der Chines*innen. Schließlich waren wir es, speziell Großbritannien, die China in der Kolonialzeit politisch gedemütigt, wirtschaftlich in die Knie gezwungen und auf Jahrzehnte kolonialisiert und abhängig gemacht haben, besonders mit den Opiumkriegen. Die Chines*innen haben sich aus Hunger, Schmutz, Analphabetismus, Lethargie und Aberglauben herauskämpfen müssen, um dieses riesige, rückständige, von Revolutionen und Bürgerkriegen ausgeblutete Land zu modernisieren. Das entschuldigt nicht, dass sie dabei brutale Methoden angewendet haben, sondern versucht nur die Situation zu beschreiben.

Dann fragte Hanne, ob sie nicht selbst Bedenken hätte, in ein solch undemokratisches Land zu gehen, in dem einzelne kaum Rechte haben und alles von der Partei bestimmt wird.

Ja, meinte sie, von Ferne mag es so erscheinen. Vielleicht sind die Jahre der Offenheit und des zarten Pluralismus seit dem Amtsantritt von Xi auch vorbei. Dennoch ist die chinesische Gesellschaft nicht so gleichgeschaltet und monolithisch, wie wir das im Westen meinen. Die Formen der Kritik sind in Asien allerdings anders als hier im Westen, nicht so offensiv. Die andere Seite darf nie bloßgestellt werden, das Gesicht verlieren. Die Politik der Partei generell in Frage zu stellen, sei allerdings sehr schwierig. Bedenken habe sie deshalb aber keine. Wenn die Bedingungen unerträglich werden sollten, könnte sie immer noch das Land verlassen. Die Chines*innen hätten diese Alternative meistens nicht.

Sonntag, 8. September 2019

Gestern ist Irena abgereist. Ich brachte sie mit dem Rad zur Bahn. Diesmal versprachen wir uns, auf jeden Fall in Verbindung zu bleiben und dass ich sie in China besuchen würde, sobald es mir möglich wäre. In unserer letzten Nacht liebten wir uns wie Ertrinkende, welche den Zeitpunkt ihres Untergehens mit allen Fasern ihrer Existenz und aller Kraft versuchen hinauszuzögern. Unsere Seelen strebten, getragen von ihren Körpern, einer Erfüllung entgegen, in welcher sich Auflösung des Ichs mit Erlösung vereinigte, für den kurzen Moment von Gegenwart, die nicht Zukunft und noch nicht Vergangenheit wäre. So beschreibt es ein deutscher Philosophiestudent, die Franzosen nennen es poetisch: "la petite mort" :-)

Friedrich ist immer noch nicht zurück. Heute Mittag nach dem Essen fragte mich Hanne, ich saß noch bei einem Espresso, sie räumte den Spüler ein, ob Irena und ich jetzt zusammen wären.
Wann hat dir jemand zuletzt diese Frage gestellt, war mein erster Impuls. Irgendwann, vor Jahren, als ich einer sentimentalen Anwandlung verfallend, meiner Mutter ein Mädchen, in das ich schwer verliebt war, vorstellte. Damals bejahte ich diese Frage, in dem naiven, romantischen, sich bald als schmerzhaften Irrtum herausstellenden Glauben, dieses und nur dieses göttliche Geschöpf für immer und ewig lieben und ohne sie nicht leben, sondern nur sterben zu können. Als sie mich verließ, für einen Anderen natürlich, er bekam zum Abi den

Wagen von Papi, war ich am Boden zerstört. Einmal stand ich sogar auf der Brücke, die sich hoch über die Bahngleise schwang, das verheulte Gesicht im Ellenbogen versteckt. Zu meinem Glück kamen immer zu viele Menschen vorbei, so dass ich die Einsamkeit nicht fand, welche mir vielleicht ermöglicht hätte, zu springen. Heute denke ich, mein Gott, was für ein Drama habe ich damals gemacht.

»Kann sein«, antwortete ich, »aber ich würde das jetzt noch nicht labeln wollen.«

»Labeln?«, fragte sie.

»Na bezeichnen. Ich bin mir nicht sicher, ob sich eine Beziehung über so eine Entfernung halten lässt. Warum fragst du das?«

Sie sagte: »Ich finde sie nett und irgendwie passt ihr zusammen.«

»Aha«, meinte ich überrascht, »vielleicht würde sie ja mehr sehen als ich.«

Wie ist es denn heute, wollte sie dann wissen. Woran würden wir festmachen, dass eine Beziehung mehr wäre als eine Affäre, eine Phase, mehr, als nur: eine schöne Zeit miteinander zu verbringen. Denn die hätten wir ja ganz offensichtlich gehabt. Aber sie lächelte dabei und es klang kein bisschen ironisch oder abschätzig, sondern ehrlich anteilnehmend.

Das wäre sehr diffizil, erwiderte ich. Die Frage, 'sind wir jetzt zusammen', würde man in jedem Fall nicht stellen. Eher macht man es an der Frequenz der Treffen fest, wie oft gechattet, nach gemeinsamer Zeit gefragt, zu- oder abgesagt wird, wie oft man miteinander Sex hat. Irgendwann fragt man dann, ob der oder die Andere noch mit Anderen schläft. Da muss man sich aber schon sicher sein, dass da eigentlich nichts ist, und man damit nur anerkennend bestätigt, dass man es bemerkt hat.

Ob man sich dann treu wäre, wollte sie wissen.

Auch das sei eine Frage des Commitments, erwiderte ich,

könne verhandelt werden, da gibt's keine Regeln. Trotzdem schätzen es viele, wenn sie sich vertrauen können. Beziehungsstatus als Schutzraum sozusagen, das wird schon als Wert angesehen. Und wenn sich dann jemand reindrängeln will, würde das immer noch als feindlicher Angriff gelten. Das hätte sich immerhin nicht geändert, meinte sie darauf.

Nun wollte ich wissen, wie es bei ihnen gewesen sei.

Das war ja in den Siebzigern, antwortete Hanne. Sie wäre noch so jung und ziemlich romantisch gewesen. Und auch ein bisschen altmodisch, eben doch ein in der Großstadt gestrandetes Landei. Nie hätte sie einen Mann geküsst, in den sie nicht verliebt gewesen wäre. Und ins Bett wäre sie mit so einem schon gleich gar nicht gegangen. Friedrich wäre da anders gewesen. Der hat in seiner wilden 68-iger Studentenzeit auch die freie Liebe ausprobiert. Das fand sie anfänglich problematisch. Nicht, dass sie erwartet hätte, dass sie seine erste Erfahrung sein sollte oder sie gar jungfräulich in die Ehe zu gehen hätten. Das nun nicht. Sie haben lange unverheiratet zusammengelebt und dann mit der Hochzeit eher dem sanften Druck ihrer Eltern nachgegeben. Für sie sei Sexualität etwas Kostbares, um nicht zu sagen Heiliges gewesen. Es sollte nicht zu früh und nicht unter Wert dreingegeben werden.

Mir scheint, dass sich Ost und West in dieser Frage doch unterschieden hatten. Oder war es die spezielle Situation meiner Mutter, die wie eine sich verzehrende Flamme ständig neue Männerbekanntschaften hatte, die bei uns für eine Weile ein- und ausgingen, um dann wieder zu verschwinden und einem Anderen Platz zu machen. Während wir anfänglich noch hofften, aus dem einen oder anderen Onkel könnte mal ein Papa werden, einer, der immer da wäre, wenn man ihn brauchte, zum Fahrrad reparieren oder Indianer spielen, als Beschützer und großen Freund, gewöhnten wir uns irgendwann daran, dass die Michaels,

Bernds, Klaus, Toms und Franzens kamen und gingen und das Schlafzimmer meiner Mutter dann Terra incognita für uns war.

Montag, 9. September 2019

Friedrich ist wieder da. Gestern, als ich am Abend von einer Wanderung zurückkehrte, stand er in der Küche. Sehr einsilbig, machte sich was zu essen und verschwand in seinem Zimmer. Nach Irenas Abreise war es im Haus ziemlich still geworden. Hanne fragte, ob ich mich wohl selbst versorgen könnte, sie hätte gerade viel zu tun. Irgendwas war passiert. Man ging man sich aus dem Weg. Ich machte mir allein Frühstück, setzte mich mit einem Buch in die Werkstatt und wartete, bereit, weiter zu arbeiten, aber Friedrich kam nicht. Ich ging in den Garten zu Hanne und fragte, was los sei. Sie sagte, er braucht noch ein bisschen, ich solle Geduld haben, es hätte nichts mit mir zu tun. Aus dem Unterbewussten stieg das leise Gefühl auf, welches mich immer befällt, wenn ich spüre, dass meine Zeit an einem Ort zu Ende zu gehen scheint. Wurde ich lästig? Hatte ich den Bogen schon überspannt? Aber der Flügel war noch nicht fertig. Ich konnte mich noch nicht vom Acker machen.
Ich ging in mein Zimmer zurück, rief Irena an. Sie sagte, das täte ihr leid, aber sie sei jetzt mit Packen beschäftigt, der Flieger ginge am nächsten Morgen. Sie würde in der Nacht nach Frankfurt fahren und sich kurz vor dem Abflug nochmal melden. Ich sollte nicht wie das Kaninchen auf die Schlange starren, sondern Friedrich direkt ansprechen. Es kostete mich schrecklich viel Überwindung. Zu wissen, dass da eine Verstimmung in der Luft lag, aber so zu tun, als gäbe es sie nicht, war echt nicht mein Ding. Doch geradewegs auszusprechen, was ich nur vermutete, wollte ich

auch nicht. Betont ruhig, vielleicht eine Spur zu lässig, ging ich ins Haus und klopfte an Friedrichs Arbeitszimmer.

»Wie sieht's aus?«, fragte ich ihn. »Machen wir weiter?«
Er blickte mich über den Rand seiner Brille gefühlt eine Ewigkeit an. Dann antwortete er seufzend: »Na gut, dann woll'n wir mal wieder.«

Er erhob sich und lief mir voraus Richtung Werkstatt. Aber in seinem Schritt war eine Schwere, eine Müdigkeit. Das Beschwingte, der Elan der ersten Wochen schien verflogen. Würden wir uns jetzt nur noch über die Zeit quälen, bis der Flügel fertig wäre? Wollte ich das? Musste ich meine Verpflichtung erfüllen? Und was war eigentlich passiert?

In der Werkstatt stellte Friedrich eine Kiste auf die Werkbank und holte daraus verschiedene Gläser und Flaschen. Er würde mich jetzt in die hohe Schule der Handpoliererei einweisen, meinte er und versuchte ein Lächeln. Doch keine Sorge, auch das wäre keine Zauberei, sondern schlichtes Handwerk. Mit ein wenig Fingerspitzengefühl könnte das jeder lernen.

»Ich weiß«, antwortete ich, »schließlich habe ich meinem Großvater öfter dabei zugesehen.«

»Dann brauche ich dir ja nicht zu erklären, dass bei der Schellackpolitur der Lackfilm Schicht für Schicht in mehreren Poliergängen übereinandergelegt und die Fläche dadurch immer feiner und glatter wird, so dass sie am Ende das Licht so perfekt bricht wie ein Spiegel«, referierte er, während er einen Ballen aus einem der Schraubgläser fischte. Er wickelte das Poliertuch ab, goss Schellack auf den Ballen, legte das Tuch aus Leinen wieder um den Ballen, klopfte ihn auf einem Brett aus, genau wie ich es bei meinem Großvater gesehen hatte und begann in großen, kreisenden Bewegungen die ersten Bahnen Lack auf der Deckelinnenseite aufzutragen. »Innen, da guckt man später nicht so hin, falls am Anfang was schief geht«, meinte er lachend. Wie es schien, hatte er seine Contenance wiedergefunden. Nachdem er den halben Deckel so bearbeitet hatte, drückte er mir den Ballen in die Hand, damit ich die andere Hälfte genau so behandeln könnte. Nach ein paar anfänglichen Schwierigkeiten, das Tuch ohne Falten um den Ballen zu winden, lief es bald ganz gut. Und als er am Schluss noch ein paar Tropfen Öl dazu gegeben hatte und die typischen Schleier wolkten, fühlte ich mich gänzlich zurückversetzt in die kleine Werkstatt meines Großvaters. Nur dass ich es diesmal war, der den Ballen in eleganten Schwüngen wie ein Eisläufer über die glänzenden Flächen zog, in dessen Nase der Dunst von Schelllack und Spiritus aufstieg und ich wusste, dass ich für diese Zeit noch einmal in das kindliche Glück eintauchen würde, welches ich schon verloren geglaubt hatte.

Freitag, 13. September 2019

Wieder eine Woche zu Ende. Der Sommer scheint sich verabschiedet zu haben. Auf die große Hitze folgten jetzt kühle Tage mit Regenschauern und Wind. Genau das Richtige für die Arbeiten in der Werkstatt. Natürlich lief es nicht so glatt, wie ich anfänglich gehofft hatte. Ganz so leicht war es dann doch nicht. Mal war Staub auf die Fläche gekommen und hatte kleine Pünktchen hinterlassen. Mal war ich mit dem Ballen kleben geblieben, weil ich zu wenig Öl verwendet oder zu langsam poliert hatte. In beiden Fällen musste die Stelle geschliffen und neu poliert werden. Aber das wäre ja das Gute, dass Fehler unkompliziert ausgebessert werden könnten. Friedrich war im Großen und Ganzen zufrieden und schien zu seiner alten Ruhe und Gelassenheit zurückgefunden zu haben.
Irena hatte sich mit einem längeren Telefonat aus Frank-

furt verabschiedet. Wie skypen in China funktionieren würde, müsste sie erst schauen, meinte sie. Vielleicht müssten wir auch eine Alternative nutzen, Face Time oder WeChat zum Beispiel. Für den Anfang würde ja auch die gute alte E-Mail reichen. Darauf warte ich seit drei Tagen. Inzwischen bin ich etwas beunruhigt. Habe schon eine Mail, eine Whatsapp und SMS abgesetzt, Telegram nutzte ich nicht, aber keine Reaktion. Was könnte passiert sein? Von einem Flugzeugabsturz hätte man erfahren. Gestern kam dann endlich die Mail:

"Sorry, dass ich Dich so lange warten lassen musste. Aber mein vorab eingerichteter VPN-Cannel blieb tot. Das war blöd, aber viele VPN-Provider sind in China inzwischen gesperrt. Ich musste also einen funktionierenden finden, das Einrichten war richtig schwierig. Jemand vom GI musste mir helfen, sonst wäre es gar nicht gegangen. Aber ich will nicht über die kontrollierten Kanäle kommunizieren. Deshalb hab ich auch nicht reagiert, tut mir total leid."

Sie wäre gut gelandet, schrieb sie weiter, die zehn Stunden Flug wären nicht so schlimm gewesen, wie sie befürchtet hatte. Am Airport, dessen Größe sie überrascht habe - es gibt eine Magnetschwebebahn zwischen den Terminals - wurde sie von einem netten, hübschen jungen Chinesen abgeholt, der erstaunlich gut deutsch sprechen würde. Ich müsse jetzt aber nicht eifersüchtig werden. :-) Sie wäre in einer Art Studentenwohnheim untergebracht, immerhin ein Zimmer allein mit Dusche. Dort würden ausschließlich Langnasen wohnen. Bis zum Tian'anmen-Platz, welcher der absolute Mittelpunkt der Stadt und der riesige Vorplatz vor der verbotenen Stadt ist, wären es nur ein paar U-Bahnstationen, also für Pekinger Verhältnisse absolut zentrumsnah. Am Eingang des umzäunten Geländes gäbe es eine Pforte mit einem uniformierten Wachdienst, der von allen, Bewohner*innen und Gästen die Ausweise kontrollierte.

Eine Küche gibt es für die Mitwohnenden gemeinsam auf der Etage. Ob sie die viel nutzen würde, weiß sie noch nicht. In der Nähe des Instituts gibt es so viel kleine Garküchen und ein paar Strassenstände, da könne man sich gut versorgen. Im Moment wäre sie tagsüber noch schrecklich müde und kann nachts schlecht schlafen, Jetlag eben. Aber sie muß noch nichts machen, laufe erst mal nur mit, um alles kennenzulernen. An den Abenden würde sie die Stadt erkunden. Der Institutsleiter bestand darauf, dass sie eine Begleitung hat, obwohl es ihrer Meinung nach überhaupt kein Problem wäre, sich in Peking zurechtzufinden. Erstens sind alle Ortsbezeichnungen, zumindest in der City, auch in Englisch angeschrieben und außerdem würde sie genug chinesisch können, um sie zu lesen und zu verstehen. Auch fühle sie sich sehr sicher. Aber der Chef meinte, fürs Erste wäre es besser. Auf ihren Streifzügen wird sie nun von Wang Chen, dem jungen deutschsprechenden Chinesen begleitet. Ob der Chef damit einer Anordnung der Behörden folgte oder aus eigenem Antrieb so vorsichtig sei, oder beides, wüsste sie aber nicht. Sie macht fürs erste einfach das, was Wang Chen vorschlägt und bis jetzt wäre alles sehr interessant gewesen. Natürlich waren es die üblichen Touri-Orte, Platz des Himmlischen Friedens, Himmelspagode, Dashilanstreet, eine auf alt getrimmte nachgebaute Altstadtstraße, hübsch bunt und exotisch mit vielen roten Lampions und Läden, in denen es chinesische Kunst, Kalligraphiebilder und Skulpturen gibt. In der Straße zum Quianmen-Tor fährt eine nachgebaute alte Strassenbahn für 500 m hin und her. Aber altes Peking ist es nicht. Als sie Wang Chen fragte, wo es noch richtige alte Häuser gäbe, meinte er, nur noch in der verbotenen Stadt. Aber es müsse doch noch irgendwo originale chinesische Hofhäuser geben, die berühmten Hutongs. Da hätte er sehr verlegen und ausweichend geantwortet, das gäbe es kaum noch und wäre auch nicht sehr interessant, nur graue Häuser und schmale Gassen zwischen grauen Mauern. Lediglich die Tore, welche in die Höfe führten, würden die Mauerzeilen unterbrechen. Aber wenn sie das unbedingt sehen möchte, würde er ihr morgen so ein Viertel zeigen. Sie würde mir davon berichten, versprach sie.

Keine Nachfrage, wie es hier geht. Sie war wohl sehr von all dem Neuen gefangen genommen. Vermutlich muss ich einfach genauso unbefangen von mir berichten, wie sie es für sich in Anspruch nahm.

Sonntag, 29.September 2019

Gestern schon wieder in Berlin. Ich war auf dem Weg zu einem Klassentreffen. Das Erste nach dem Abitur. Ich war gespannt, wie ich meine Mitschüler*innen erleben, wie sie aussehen würden. Ob die schrägen Vögel, zu denen ich mich selbst zählte, immer noch ungewöhnlich sein würden und die grauen Mäuse sich gemausert hätten. Was mag aus der Klassenschönheit geworden sein, die nur mit dem Finger zu schnippen brauchte und stets fand sich irgendein Bewunderer, der ihr behilflich war. Oder die drei Jungs, die vor allem im Sport auffielen, und deren Muskeln man in den letzten zwei Jahren beim Wachsen zusehen konnte, weil sie mehr Zeit im Fitnessstudio als am Schreibtisch verbrachten.

Wenn ich nur an den Abiball denke. Die Mädchen hatten sich fast ausnahmslos in Abendkleider geschmissen, manche auch gequetscht und ihre Jugendlichkeit, die ihnen plötzlich irgendwie mindestens unpassend wenn nicht sogar peinlich zu sein schien, hinter übertriebenem Make-up, Kajal und künstlichen Wimpern verborgen. Hätte es damals schon die ganzen Nagelstudios gegeben, wäre auch das noch draufgekommen. Die Jungs trugen Anzug, wenn's auch bei manchen nur ein Sakko zur nagelneuen Jeans war. In jedem Fall musste es cool sein. Also keine Krawatte, bis auf den Klassensprecher. Ich war mit meinen damaligen Dreadlocks, dem weißen T-Shirt und der schwarzen Hose schon aus dem Rahmen gefallen.

Als jetzt die Einladung kam, habe ich mich gefragt, ob ich überhaupt hingehen wollte und was ich über mich erzählen würde. Die Angst, erneut in die Looser-Ecke gestellt zu werden, die ich schon überwunden glaubte, sie war wieder da. Dieser gefürchtetste Platz in der Klassenhierarchie, den ich damals manchmal deutlich, manchmal verstohlen verspürte. Ein Lehramtsstudium war zwar nicht nichts, damit konnte man sich schon sehen lassen, aber wenn die Fragen nach dem Wohnort kämen, nach Anstellung, Familienstatus, wer weiß. Ich entschied mich dann für die Jobbeschreibung Freelancer. Darunter konnte man alles Mögliche verbuchen oder verbergen. Vor allem auch permanentes Unterwegssein. Das klang doch spannend.

Als ich in dem Lokal ankam - sie hatten einen Italiener mit großer Terrasse in Mahlsdorf gebucht, schon noch Osten, aber kein Vergleich mit Marzahn, wo die Sekundarschule mit gymnasialer Oberstufe stand, in der ich meine letzten Schuljahre verbringen durfte - waren die meisten schon da. Alle Blicke schnellten zur Tür. Für einen Moment herschte gespanntes Schweigen, bis die erste der Mädels fragend »Dustin?« rief. Ich hatte mich wohl doch verändert. Man rückte auseinander, schob einen Stuhl an den Tisch. »Was willst du trinken, das Buffet gibt's, wenn alle da sind, Frida, Leon und Philipp fehlen noch. Und Max natürlich, wie damals schon, aber ob der wirklich kommt, zugesagt hatte er, auf den warten wir nicht.« Kaum hatte ich mich gesetzt, stand schon ein Bier vor meiner Nase, man prostete mir zu, ich sah mich um.

Das waren keine Schulabgänger mehr, die ihre Unsicherheiten hinter übermütiger "Was kostet die Welt"-Pose verbergen mussten. Das frühere Miteinander, dieser brutal ehrliche, auch spöttisch ironische, weil coole Umgang, andererseits die unverhohlene oder neidvolle Bewunderung gegenüber den beliebteren Mitschüler*innen war einer höflichen Herzlichkeit gewichen. Alle waren freundlich, freudig erregt, sich nach so langer Zeit wiederzusehen und nun ganz passabel zu finden, waren neugierig aufeinander und auch auskunftsbereit, zu berichten, was man schon erreicht hatte oder welche Pläne man verfolgte. Wie würde das wohl in weiteren zehn oder gar zwanzig Jahren sein? Ich stellte mir meine Mutter vor. Was würde sie auf einem Klassentreffen über sich erzählen. Würde sie überhaupt hingehen? Ich konnte mich nicht erinnern, dass sie von so einem Ereignis berichtet hatte. Und wie würde es für mich selbst aussehen in zehn, zwanzig Jahren? Vielleicht würde man nicht mehr so offen wie heute über den eigenen Lebensweg reden, zumindest wenn er nicht so vorzeigbar verlaufen wäre, wie man sich das mit Ende zwanzig noch ausmalt.

Doch hier saßen lauter erstaunlich gut aussehende, nicht vordergründig äußerliche, eher zu Persönlichkeiten gereifte junge Menschen. Die meisten wirken irgendwie angekommen, zumindest mit einem größeren Projekt am Start. Die Nerds von damals promovierten, ein paar der Mädels, oder sollte ich jetzt sagen, junge Frauen, trugen einen Ring am Finger, einige waren auch schwanger. Die Klassenschönste war nicht erschienen. Umso mehr wurde über sie gesprochen. Die Jungs bekannten, alle in sie verliebt gewesen zu sein, gehabt hatte sie aber keiner. Die Mädels spekulierten, dass es ihr vielleicht nicht so gut gehen würde, aber niemand wusste etwas genaues, keine hatte den Kontakt gehalten. Einer meinte, bestimmt ist sie ausgewandert, hat irgendeinen reichen Brasilianer geheiratet. Wieso gerade Brasilianer, fragte eine Andere. Na, weil die auf besonders schöne Frauen stehen. Und hatte sie nicht auch immer so ein Latinoimages gefahren. Voll das Klischee, erwiderte ein Mädchen.

Mathilda setzte sich zu mir. »Hi Dustin, was geht?«

»Läuft!«, erwiderte ich.

»Und was genau läuft so bei dir?«, wollte sie wissen.

Ich erzählte ihr meine Geschichte, zählte die Jobs auf, Weinerntehelfer, Aushilfslehrer, Mädchen für alles in einem Architekturbüro, Regaleinräumer, Autoüberführer, Rezeptionist in einem kleinen Hotel im Schwarzwald, Tresenkraft in einem Cafe in Zürich, Aufsicht im Deutschen Historischen Museum, aber das war noch während des Studiums und wurde sehr schnell sehr langweilig, da brauchte ich dringend Geld und fand nichts anderes. Besser war da schon Garderobiere, wie heißt eigentlich das männliche Pendant in der Oper?

»He«, meinte sie, »voll spannend.«

Inzwischen hatten sich noch ein paar andere zu uns gesetzt.

»Und was ist das Ziel für diese Vielseitigkeit?«, fragte Jannis. Er hatte es zum Assistenzarzt gebracht.

»Keine Ahnung, ich wollte bis jetzt einfach viele Erfahrungen sammeln, nicht gleich ankommen, fertig sein«, antwortete ich.

»Okaay?« sagte Karl, einer der Fitnesssüchtigen von damals, »aber hast du denn nicht das Bedürfnis, etwas aus Dir zu machen, kein bisschen Ehrgeiz, eine Karriere zu starten, ein gutes Leben zu haben, finanzielle Sicherheit? Eine Freundin? Kinder? Wie sieht es denn damit aus.«

»Kommt schon noch«, antwortete ich lapidar. Zu meinem Glück erlahmte ihre Neugier schon wieder. Ich war und blieb der schräge Spinner, der Außenseiter, mit dieser Rolle kannte ich mich aus.

Auf dem Heimweg war es mir krass aufgestoßen. Diese SUVs, die am Tag durch die Straßen rollen und am Abend wie zu Dinosauriern aufgeblasene Ochsenfrösche am Straßenrand hocken, sind immer mehr geworden. Mittelalterlichen Burgen gleich verkriechen sich in ihnen jene Zeitgenossen, welche die unüberschaubare Welt, genauso fürchten wie den Zugriff des Staates auf ihre Pfründe der Bequemlichkeiten und Gewohnheiten. Dennoch muten diese aus der Zeit gefallenen Panzer an wie das verzweifelte Aufgebot vor dem letzten Gefecht, der Versuch, den Kampf zu gewinnen mit einer Waffe, die doch nur zum Sarg werden kann. Im Geiste hatte ich bereits die Grillkohle auf das Hinterrad gelegt und gefiel mir in dem erhabenen Gefühl, mich eins zu wissen mit all denen, welche diesen riesigen Haufen Blech in ein leuchtendes Fanal gegen alle Ignoranz des Luxus und Egoismus verwandeln. Dann jedoch kämpften Wut und Vernunft einen heftigen Streit in meinem Herzen. Am Ende blieb die Faust in der Tasche, das imaginierte Feuerzeug umklammernd. Wer würde wohl beim nächsten Klassentreffen auch in einem fetten SUV anrollen, Zeichen einer gelungenen Karriere? Die Nacht verbrachte ich bei Justus und tauschte bei der Gelegenheit ein paar Sachen aus meinen Kisten.

Mittwoch, 2. Oktober 2019

Zwei Wochen bin ich jetzt schon am Polieren. Irena schickt mir alle 2-3 Tage eine kleine Mail, plaudert über die Kolleginnen, berichtet von weiteren Besichtigungen, das ist nett, unterhaltsam, vertreibt mir die Eintönigkeit. Denn diese Poliererei ist auf die Dauer ganz schön langweilig. Es geht mir jetzt gut von der Hand, läuft wie geschmiert, im wahrsten Wortsinn. Die Gehäuseteile glänzen unter dem leichten Ölfilm wie ein Spiegel. Alles ist dreimal durchpoliert. Im Moment heißt es warten, die Lackschicht muss aushärten und sacken. Erst dann könne man sehen, ob der Film dicht genug ist um dauerhaft zu glänzen oder ob noch weiterer Lack aufgetragen werden muss. Ich nutzte die Zeit zum Recherchieren. So langsam muss ich schauen, wo und wie es für mich weitergehen kann, denn meine Zeit hier geht zu Ende. Nicht nur das Verhältnis zu Hanne und Friedrich hat sich abgekühlt, ist zwar nicht unfreundlich, aber sehr sachlich geworden. Die Selbstversorgerwirtschaft wurde stillschweigend beibehalten. Ich frühstückte allein, Hanne war dann schon mit Yoga und Müsli durch und Friedrich tauchte erst am späten Vormittag auf. Auch die Sommerhitze war einer frischen Brise gewichen, die mal heftiger, mal ruhiger, aber stetig viele Wolken über den weiten Himmel trieb. Frühmorgens ist es jetzt schon richtig frisch, die Nächte sind kühl. Es ist Herbst. Wer jetzt kein Haus hat, baut sich keines mehr. Der alte Rilke. Noch ist ein wenig Zeit, aber ich sollte mir einen Platz für den Winter suchen. Auf die wärmende, einmottende Stadt habe ich allerdings keine Lust. Lieber noch ein bisschen draußen sein. Ein richtiger Winter mit Eis und Schnee bis übers Fensterbrett und abends ein knackendes Kaminfeuer, das wäre mir jetzt zum Ausgleich für die ganze Sommerhitze gerade recht. In China soll es ja im Winter ziemlich kalt werden. Zumindest in Peking. Aber Irena jetzt schon nachzureisen, so verlockend es auch wäre, ist wohl etwas verfrüht. Ich müsste dort ja auch irgendwie Geld verdienen können.

Vor ein paar Tagen kam sogar Friedrich und fragte mich, wie es bei mir weitergehen würde. Der Flügel sei ja nun so gut wie fertig. Genaues wüsste ich noch nicht, aber ich hätte schon meine Fühler ausgestreckt.

Aha, meinte er. Und dann druckste er ein bisschen herum und meinte schließlich, ob ich mir nicht doch überlegen wollte, in den Schuldienst zu gehen. Das sei doch eine gute Sache, Lehrer würden händeringend gesucht, wie man ständig hört. Es wäre ein sicherer, gut bezahlter Job. Mein Ideal des materiellen Verzichts würde dem doch nicht im Wege stehen. Ob ich nicht auch fände, dass ich eine gewisse Verantwortung den nachfolgenden Generationen gegenüber hätte, etwas vom Erlernten weiterzugeben? Er würde mich eigentlich nicht so einschätzen, dass ich nur für mein persönliches Wohlbefinden leben wollte und mir sonst einen schlanken Fuß machen würde. Im Übrigen wäre es auch erfüllend. Die meisten Kinder würden immer noch gerne lernen, wenn man sie nur zu begeistern wüsste. Ich soll ihn nicht falsch verstehen. Natürlich sei ich ein freier Mensch und kann machen, was ich für richtig halte. Er will das nur zu bedenken geben. Er hätte mich als einen ernsthaften, vernünftigen jungen Mann kennengelernt und fände es schade, wenn ich mein Leben so ziellos vertun würde. Irgendwann müsse ich von meiner Beobachterposition runterkommen, meinte er noch, runter vom Turm, rein ins Wasser. »Denk dran, als Lehrer hast du vormittags recht und nachmittags frei.«, sagte er lachend, aber ich wusste schon, dass die Wirklichkeit etwas anders war. Hatte er Sorge, ich könnte hier hängen bleiben? Oder machte er sich ernsthaft Gedanken um meine Zukunft? Was sollte ich ihm antworten. Waren seine Fragen nicht doch mit dem versteckten Vorwurf durchtränkt, ich würde mich nur vor den Anforderungen eines Berufslebens drücken und damit der Verantwortung für mein Leben entziehen? Sollte ich ihm das Gefühl beschreiben, was mich immer wieder befällt, wenn ich mich mit Erwartungen konfrontiert sehe, welche Andere, mal vorsichtig verbergend, mal unverhohlen offen formulierend an mich stellen. Dieser Druck aus Überforderung und Fremdheit, dem nicht dazugehören können, den ich nie deutlicher beschrieben sah, als in dem Film "Prelude", der vor einiger Zeit im Kino lief. Da fährt ein junger Mann aus der Provinz in eine nicht näher bezeichnete Stadt, um am

Konservatorium sein Klavierstudium zu beginnen, im Gepäck seine gefühlte und bestätigte Begabung und sein erworbenes Können, um daraus seinen Lebenstraum zu formen, eine Zukunft als Pianist. Dort trifft er neben anderen Traumwanderern, die ihm bald als Konkurrenten vorgestellt werden, auch eine scheinbar freundliche, aber in ihrer subtil ironischen Art furchtbar verunsichernde Professorin. Statt wie man es erwartet, die Schätze im Gepäck ihrer Studenten zu heben, ans Licht zu bringen durch gefühlvolle Führung, wird diese Frau, welche ihr Ego nur aus ihrer Überlegenheit gegenüber ihren Studenten zu ziehen scheint, alle Selbstsicherheit zerstören. Eine Lehrerin, die sich erst dann gnädig herab lässt, etwas von ihrem Können zu vermitteln, nachdem sie die Kompetenzen des unter ihre ach so gönnerhaften Fittiche Geratenen durch Fragen, wie unter den Tisch geworfene Brocken, beschädigt hat. Diese Frau ist für mich das Bild des Wächters, der vor dem Tor zum Elysium steht und jedem, der Einlass begehrt, klarmacht, dass er ihn ohne Gegenleistung, sei es durch Unterwerfung, durch Huldigung oder andere, noch verstörendere Liebesdienste niemals gewähren wird. Sie steht für mich für die ganze Generation der Babyboomer, die noch auf allen Stühlen sitzen, stolz auf das von ihnen erreichte und die an der, mit zusammengerafften Speisen reich gedeckten Tafel nur Platz machen für jene, welche ihr Spiel aus angepasster Fassade und vorgetäuschter Kompetenz mitspielen. Hätte ich ihm dieses Gefühl beschreiben können? Hätte er es verstanden? Und was hätte er geantwortet? Muss nicht jede Generation ihre eigenen Wege durch diese Welt finden und sich dafür neue Räume erschließen? Oder ist das eine Illusion und man landet doch früher oder später wieder auf den ausgetretenen Pfaden, weil schon jeder Weg erkundet, jede Idee durchdacht, jeder Traum erzählt ist? Sei es wie es sei, es war auf jeden Fall Zeit, aufzubrechen.

15. Oktober 2019

Der Flügel ist fertig. Zusammengebaut und selbstherrlich glänzend. Ein Vierteljahr haben wir daran gearbeitet, unlaublich. Aber es ist so viel passiert, die Zeit verging so schnell. Jetzt bin ich am Suchen nach einem neuen Ort, einer neuen Aufgabe. Schule soll es nicht schon wieder sein. Habe schon einiges angesehen, digital, aber das richtige war noch nicht dabei. Gastro, Aushilfe in der Pflege geht natürlich immer, muss aber auch nicht sein. Am liebsten hätte ich was draußen in der Natur, in den Bergen. Ich will mal wieder einen richtigen Winter, Schnee ohne Ende, nach all der Hitze. Bis ich was gefunden habe, darf ich noch bleiben und mache mich anderweitig nützlich. Zum Beispiel bei den Nüssen. Sie haben hinter der Kirche einen riesigen Walnussbaum. Da prasseln jetzt bei jedem Windstoß Dutzende auf die Erde. Und es ist schon ordentlich windig geworden. Jeden Morgen liegt der Hof voller Laub und Nüsse. Früher brauchte man sie nur aufzulesen und zum Trocknen in Stiegen unters Schuppenvordach zu stapeln, erklärte mir Hanne. Aber vor ein paar Jahren wäre die Walnußschalenfruchtfliege aus Amerika eingeschleppt worden. Nun fallen sie regelmäßig im Sommer, wenn die noch unreifen Nüsse schön groß in den Zweigen hängen, über sie her. Sie tanzen auf diesen grünen Asteroiden ihren grazilen Hochzeitstanz, sieht entzückend aus. Dann bohren sie Löcher in die Schale und legen die Eier ab, tausende. Die Maden bewirken, dass die Schalen schwarz werden und vertrocknen. Die Nuss fällt nicht mehr raus. Der Kern ist meist noch gut, die weniger Befallenen kann man mühsam putzen, aber die Hälfte der Ernte muss man vernichten. Deshalb sitze ich nun jeden Tag im Hof mit Kittel, Gummihandschuhen und einem Messer bewaffnet und kratze mühsam die schwarzen Schalen von den Nüssen. Es scheint, als ob nichts bleibt, wie es war, alles ändert sich massiv, selbst so simple Dinge wie eine Walnussernte.

Dienstag, 22. Oktober 2019

Gestern bin ich abgereist. Erst nochmal nach Berlin, ein paar Sachen umpacken. Das Biwakzeug würde ich nicht mehr brauchen, dafür warme Klamotten. Bei Justus, auf dessen Speicher meine Kisten stehen, konnte ich auch pennen. Wir kennen uns noch aus der Zeit in der Jungen Gemeinde. Er ist Rettungssanitäter geworden und arbeitete eine Weile in Afrika als Freiwilliger. Jetzt ist er aber schon ein paar Jahre wieder in Deutschland. »Dieses viele Elend da draußen, das hältst du nicht lange aus, zumindest wenn du aus Deutschland kommst. Und weißt, dass das Leben auch ganz anderes, besser, sicherer und ja, auch sauberer sein kann. Zumindest brauchst du nach `ner Weile eine Pause«, sagte er mal. Er hat das Haus seiner Großmutter geerbt und brauchte niemanden auszuzahlen, der Glückspilz. Aber es hat voll den Richtigen getroffen, denn er lebt dort mit Freunden in einer WG, zur Zeit mit einem Informatiker, der viel unterwegs ist, einer Freundin mit zwei Kindern, die sich von ihrem Mann getrennt hat, und einer alleinstehenden Transfrau. Entsprechend lebendig und bunt geht es da zu, manchmal auch turbulent, aber sehr solidarisch. In ihrem Riesenwohnzimmer stehen neben einem Klavier und einigen Gitarren auch ein Trampolin und eine Rudermaschine, in einem Regal türmen sich die Brettspiele. An der Wand der schon fast obligatorische Screen für den Beamer an der Decke. Sie teilen so ziemlich alles, maximal die Zahnbürsten im Bad scheinen feste Besitzer zu haben. Meine Kisten unterm Dach sind aber tabu, da geht niemand ran.
Jetzt sitze ich in der Bahn auf dem Weg in die Schweiz. Ich

habe einen Platz auf einem Lebenshof gefunden. Dort werde ich alles Mögliche machen. Sie wollen im Winter ein paar Zimmer renovieren, die sie im Sommer für die Volontiers brauchen, welche in der Landwirtschaft und im Gartenbau arbeiten. Die Ställe der Tiere, die dort ihr Gnadenbrot bekommen, wie sie auf der Homepage schreiben, müssen regelmäßig ausgemistet und die Weiden der Yaks, welche auch im Winter draußen sind, bei starkem Schneefall freigeschoben werden. Richtige Yaks aus Tibet. Die halten sie und verkaufen die Milch in die tibetische Refugee-Community, welche daraus ihre traditionelle Butter und den Buttertee machen, das Fleisch geht an Gourmetrestaurants. Und ich soll den Kindern bei den Schularbeiten helfen. Wie das mit der Sprache gehen wird, weiß ich aber noch nicht. Die Kleineren lernen erst jetzt mit dem Lesen und Schreiben Schriftdeutsch, wie sie zum Hochdeutsch sagen. Auf jeden Fall werde ich mich nicht langweilen und hoffentlich mal richtig Ski fahren lernen.

Hanne und Friedrich hatten mir dann doch einen schönen Abschied bereitet. Der Flügel stand noch in der Werkstatt, denn der Lack war zu frisch, um ihn in die Kirche zu transportieren. Es könnte Druckstellen geben, meinte Friedrich. Deshalb haben sie ein kleines Konzert in der ausgeräumten und von mir gründlich ausgefegten Werkstatt veranstaltet. Die Chorfreunde, welche die schwere Platte raus und wieder reingehieft hatten, drängten sich mit ihren Frauen in dem kleinen Raum, der Kantor aus dem Nachbardorf spielte ein paar Stücke von Chopin, Brahms, und Gershwin. Hanne hatte eine Quiche gebacken, dazu gab's Primeur aus dem Supermarkt und Bier. Man fragte mich nach dem Wohin, zwanglos, interessiert auch, aber unverbindlich. Schon bald würden sie es vermutlich wieder vergessen haben, Smalltalk am Drink eben. Hanne meinte, sie hätten über ein passendes Abschiedsgeschenk nachgedacht, da aber fast alles, was man sich so schenkt, ein Buch, eine CD, ein gerahmtes Bild für mich nur zusätzlicher Ballast wäre, hätte sie einen kleinen Stick mit ein paar Fotos bespielt. Sie drückte mir ein winziges, in blumiges Papier eingehülltes Päckchen in die Hand und umarmte mich herzlich. Friedrich schüttelte mir lange die Hand und meinte, es hätte ihn an seine Jahre mit den Schülern erinnert. Ich hätte mich sehr ordentlich angestellt und er sei froh, dass dieses letzte Instrument nun auch noch wiederbelebt wäre. Dann stiegen wir ins Auto und sie brachten mich zur Bahn. Ich sollte mal schreiben, meinten sie zum Abschied und falls es mich wieder in die Gegend verschlagen würde, sei ich gern gesehen. Und denk übers Lehrersein nach, rief mir Friedrich noch ganz zum Schluss nach, als ich in den Waggon stieg. Im ICE nach Frankfurt fand ich dann endlich Zeit, Hannes Stick auszupacken und in den Laptop zu stecken. Sie hatte Fotos von der Kirche, vom Haus und auch vom Garten draufgepackt. Schöne Details, das Portal mit dem Spitzbogen, Schlusssteine aus dem Gewölbe, die Säulen mit den feinen Kapitellen, die bewachsene Wand des Hauses mit einem üppig blühenden Blauregen, unter dem wir oft Kaffee getrunken hatten und dessen Farbfontänen ich so nicht erlebt hatte. Bilder aus dem Garten folgten, ihre barocken Arrangements von Nutz- und Zierpflanzen, welche zu farbigen Ornamenten zusammengesetzt waren. Und dann kamen Fotos von mir. In der Küche beim Tisch decken, beim Essen, in der Werkstatt beim Arbeiten, durchs spinnenverwebte Fenster fotografiert, Friedrich, wie er mir Anleitung gibt, Irena am Tisch, sie lachend, ich sie fasziniert betrachtend, wir beide über den Flügel gebeugt, die Köpfe dicht beieinander, wir von hinten durchs hohe Gras bummelnd, zwei Finger ineinander verhakt, mit den Rädern durchs Feld radelnd. Wann hatte sie die alle gemacht? Ich hatte es nicht bemerkt. Fast fühlte ich mich nachträglich beobachtet, wenn nicht die Atmosphäre, welche die Bilder ausstrahlten, so einen liebevollen Blick offenbart hätten. Ich war berührt, schickte eine SMS, dankte. Es waren intensive Wochen. Trotz der scheinbaren Eintönigkeit der Arbeit und der vielen Zeit, in der man sich in einer Stadt mit Kino, Kneipe, Theater, Konzert oder einfach mit "Leute treffen" von sich selbst abgelenkt hätte. Meine Gespräche mit Irena auf unserer Stadttour über meine Kindheit und meine Mutter haben mir gutgetan. So offen habe ich noch mit niemandem darüber gesprochen. Auch dass die Erinnerung an die Kellergeschichte wieder hochgekommen war, fand ich nun befreiend. Als ob das alles nochmal angeschaut, neu bewertet und danach bewusst weggelegt werden sollte. Dankbar fahre ich nun einem neuen Ort, neuen Aufgaben und neuen Begegnungen mit unbekannten Menschen entgegen.

Cut

So meine Damen und Herren, das ist doch ein schönes Schlusswort, oder? Fast ein wenig zu abgeklärt und altersweise für unseren jungen Helden, finden Sie? Trauen Sie jungen Leuten so wenig zu? Sind diese Ihrer Meinung nach alle leichtlebig, unvernünftig, sorglos, unbekümmert, verantwortungslos und pflichtvergessen, oberflächlich, lustbetont und libidinös? Gehören Sie auch zu jenen, die, wenn sie ins entsprechende Alter gekommen sind, die heutige Jugend grundsätzlich für verdorben halten. Dann wären Sie in bester Gesellschaft und würden bestätigen, dass sich der Mensch seit den alten Römern im Grunde nicht weiterentwickelt hat.

Die Geschichte kann aber noch nicht zu Ende sein, sagen sie? Da muss noch einiges passieren, schließlich hat das Buch noch ein paar Seiten? Sie haben Recht, das dicke Ende kommt noch. Sorry für diese Plattitüde, ist mir grad so rausgerutscht. Ohne jetzt spoilern zu wollen, (um mir mal einen heute gängigen Begriff anzueignen), kann ich doch so viel verraten, dass der Gang durch die Drachenhöhle unserem Helden noch bevorsteht. Das wollen Sie aber auch hoffen? Wieso? Schon ein bisschen fies, oder? War Ihnen die Story bis jetzt nicht spannend genug? Unterhaltsam schon, aber spannend könnte man nicht gerade sagen? Sie hoffen, dass jetzt nicht weitere detaillierte Beschreibungen folgen, zum Beispiel, wie man eine Yakkuh melken oder einen Stall ausmisten muss? Die ganze Klavierbaukunde wäre ja noch einigermaßen interessant gewesen, aber das müsse jetzt nicht so weitergehen in diesem Fachbuchstyle. Verstehe. Obwohl, einen Yak zu melken, soll gar nicht so einfach sein, wie ich gehört habe, weil die Zitzen im dichten Fell ziemlich verborgen... okay, okay, habe verstanden und gebe es nach oben durch. Und bitte auch keine Stadtführungen und Reiseberichte mehr? Moment, ich frag mal eben in der Regie... nein, ist nicht vorgesehen. Also seien Sie unbesorgt. Ich merke gerade, dass es auch ein Vorteil ist, wenn der Protagonist die Geschichte selbst erzählt. Dann ist unsereins nicht mehr schuld.

Aber vielleicht wollen wir uns jetzt alle eine kleine Pause gönnen, ein bisschen frische Luft, ein Glas Wein, eine Kleinigkeit zum Essen, stärken sozusagen, um dann mit frischen Kräften dem weiteren Gang der Ereignisse zu folgen. Ich für meinen Teil werde mich dafür hiermit empfehlen, Sie sind ganz frei.

4.0

(Diese Aufzeichnungen sind erst im Mai 2020 entstanden, als ich schon wieder in Deutschland war. Wegen der besseren zeitlichen Einordnung habe ich sie aber hier eingefügt.)

Tatsächlich war die Zeit in der Schweiz ähnlich intensiv, aber doch ganz anders. Dort wurde richtig gearbeitet, während es bei Hanne und Friedrich mehr Vergnügen, eine wohltuende, aber letztlich unbedeutende Beschäftigung mit einer schönen Sache gewesen war. Nice to have, aber verzichtbar. Nur noch von Belang für die Beiden, um ein Stück Leben abzuschließen? Auf dem Trüsch-Hof wurde täglich um die Existenz gerungen, der erdrückenden Durchrechenbarkeit und Gewinnfixierung der Märkte eine Nische abgetrotzt, welche für Mensch und Tier einen Schutzraum eröffnen sollte. Wir hatten uns auf den Modus, vormittags rackern, nachmittags leichte Beschäftigung geeinigt. Und so habe ich von sieben bis eins Wände abgewaschen, Löcher verspachtelt, dann alles geweißt, die Ställe ausgemistet, mit Beat Futter zu den Yaks aufs Hochplateau gefahren, oben die Aussicht übers verschneite Tal genossen, auch mal die Zufahrt zum Hof freigeschoben mit einem kleinen Schneepflug, hat Riesenspaß gemacht. Nach der Mittagspause, anderthalb Stunden, das wäre hier so üblich, in der wir von Ursel, der Familienmutter und Chefin in der Küche grandios versorgt wurden, bin ich mit den Kindern, Mattis, Emilia, Luca und Nick die Schulaufgaben durchgegangen, Englisch gepaukt, am Schriftdeutsch gefeilt. Manchmal haben wir noch was gespielt, auch mal am PC gezockt, aber nur offline, maximal eine Stunde am Tag durften sie an den Rechner. Internet war hier oben ohnehin schwierig, extrem langsam. Deshalb musste ich zum skypen mit Irena runter in den Ort, wo es zum Glück ein Internetcafé gab. Wir versuchten, uns wenigstens alle drei Tage zu sprechen, aber über die Entfernung war es ziemlich verzögert und kein Genuss. Oft schickte sie nur ne Mail. Doch die Leitung stand. Die Abende hatte ich meistens für mich. Aber die Arbeit hat echt geschlaucht, oft lief dann nicht mehr viel. Das alles war aber letztlich nicht vergleichbar mit der Dramatik, in die mein Leben in den folgenden Wochen und Monaten geraten sollte. Den Auftakt bildete diese Mail von Hanne.

2. Dezember 2019

Lieber Dustin,

wie geht es Dir? Hoffe gut und Du bist nicht unter Schneewehen verschwunden. Hier ist alles grünbraungrau. Vor ein paar Tagen waren die Wiesen mit Raureif leicht überzuckert, aber schon die ersten Sonnenstrahlen haben alles weggeleckt.
Es gibt da eine dumme Sache. Irgendjemand, wir haben ja genug Neider im Dorf, muss den Behörden gesteckt haben, dass du hier gearbeitet hast. Jedenfalls hat sich der Zoll gemeldet und nach Deiner Anmeldung bei der Sozialversicherung gefragt. Wir müssen uns mit einem Anwalt beraten. Aber es wäre gut zu wissen, wie du eigentlich versichert bist, wenn du gerade keinen Job hast. Ich hatte mir keine Gedanken darüber gemacht, aber vielleicht hätten wir dich als Minijobber anmelden müssen. Also, es wäre sehr hilfreich, wenn Du mir dazu etwas mitteilen könntest. Wir haben den Anwaltstermin nächste Woche. Friedrich hat sich ziemlich aufgeregt über die ganze Bürokratie, welche das Leben so furchtbar einzwängt und keine Luft mehr zum Atmen lässt. Natürlich übertreibt er mal wieder, ty-

pisch Achtundsechziger. Aber lästig ist es schon. Deshalb schreibe bald, damit er beruhigt ist.

Herzliche Grüße

Hanne

Das hatte ich voll verpeilt. Beziehungsweise in der ganzen launigen Sommer-Sonnen-Ferienstimmung nicht mehr daran gedacht. Einen Monat nach dem Schuljob war ich noch versichert, aber dann? Ich hätte mich freiwillig gesetzlich versichern müssen oder eben Minijob. Das hatten wir total vergessen. Aber es ließ sich klären. Ein Anruf bei der Krankenkasse, ich zahlte nach und die Sache war erledigt. Durch meinen Aushilfslehrerjob hatte ich ja ein sattes Polster auf dem Konto.
Dann kam diese Mail von Irena, deren Bedeutung ich damals natürlich nicht einschätzen konnte, niemand konnte das. Aus heutiger Sicht fragt man sich, hätte man es ernster genommen, wäre es zu verhindern gewesen? Oder war die Macht des Faktischen diesmal einfach größer?

Beijing, 18. Dezember 2019

Hi Dustin,

Ich schreib mal wieder. Ist irgendwie angenehmer als skypen, finde ich. Wie läuft es? Immer noch gut? Oder hat's schon erste Frustkörnchen ins Getriebe gestreut. Hier hat's nämlich etwas gekriselt. Ich habe vorsichtig versucht, meinen freundlichen Begleiter Wang Chen zwar nicht gleich loszuwerden, aber etwas auf Distanz zu halten. Prompt hatte ich ein Gespräch mit dem Chef, der zwar ein

Deutscher ist, aber schon lange in China lebt. Ob ich zufrieden sei, wie die ersten Monate aus meiner Sicht gelaufen seien, was ich denn an den Abenden so machen würde, vor allem, wenn ich allein wäre. Wie ich denn in Beijing mit meinem Chinesisch zurecht käme. Ich hab ihm gesagt, dass aus meiner Sicht alles bestens sei. Ob er denn irgendwelche Schwierigkeiten bemerkt hätte? Er verneinte das, meine Arbeit wäre vorbildlich. Wang Chen hätte vor kurzem sein Bedauern ausgedrückt, dass er mich nicht mehr so unterstützen könne, wie er sich das wünschen würde, weil ich scheinbar seine Hilfe nicht mehr in Anspruch nehmen wolle.

Ich habe dem Chef gesagt, dass Wang Chen einen guten Job gemacht hat und mir in der ersten Zeit eine große Hilfe war. Aber jetzt würde ich mein Leben hier gern in die eigene Hand nehmen und selbständiger sein. Das müsste man doch nachvollziehen können.

Gewiss, meinte er, aber es dürfe nicht so aussehen, als wäre Wang Chen nicht gut genug. Er muss sein Gesicht wahren können. Da war er, der wichtige Satz, den man als Ausländer*in hier fast in jedem Konfliktfall zu hören bekommt, sein Gesicht wahren. Er wollte sich etwas einfallen lassen.

Es machen Gerüchte die Runde, dass in Wuhan, einer Stadt in der Provinz Hubei, eine unbekannte Form einer Lungenentzündung umgeht. Sie sei sehr ansteckend, die Menschen würden heftig krank und nicht wenige wären schon daran gestorben. Aber die offiziellen Medien sagen dazu nichts. Wuhan ist 1200 km von Beijing entfernt. Mal sehen, ob es nur Gerüchte sind oder doch was Ernstes. Letzte Nacht hatte es sogar geschneit, aber sicher kein Vergleich mit dem Winter bei Euch. Dann mach's mal gut, du Alpenyeti.

Küsse! Irena

Ich wunderte mich, dass sie ungewöhnliche Fälle von Lungenentzündung in einer unbekannten, tausend Kilometer entfernten Stadt erwähnenswert fand. Im Nachhinein vermute ich, dass die konspirative Verbreitung dem Gerücht eine gewisse Brisanz gab. Die Leute fühlten, da passiert etwas ungewöhnliches, auch wegen des offiziellen Schweigens. In Europa hörte und las man davon nichts, noch nicht. Geschweige denn bei uns auf dem Berg. Das Leben verlief in sehr beschaulichen Bahnen. Inzwischen konnte ich allein mit der Schneeraupe zu den Yaks hochfahren, Futter bringen und die Koppel vom Schnee freischieben. Alle drei Tage musste das gemacht werden. Auch hatte ich schon ein paar Mal auf Skiern gestanden und an dem leichten Hang am Haus die ersten vorsichtigen Abfahrten geübt. Mattis, der älteste der Jungs, hatte mir die Basics gezeigt. Es ging auf Weihnachten zu. Wie meine Gefühlslage damals war, geben die wenigen Einträge aus dieser Zeit sehr gut wieder. Die Ereignisse sollten mein Leben für immer verändern.

23.12.2019

Ich vermisse Irena. Sehnsucht ist dafür ein nicht mal angemessenes Wort. Es schmerzt, tut richtig weh. Und das, obwohl wir uns diesmal nicht unverbindlich verabschiedet, sondern versprochen hatten, mehr als nur in Kontakt zu bleiben. Oder gerade deswegen, keine Ahnung? Auch wenn es jetzt nicht gerade eine Standleitung gibt, aber mit einem Bild, einem kurzen Gruß, einer längeren Episode, aller zwei bis drei Tage einem Skype, versuchten wir, die Entfernung so gut es geht zu überbrücken. Doch es tut weh, zentral, unter dem Rippenbogen, wo sonst. Definitiv kein Fall für den Arzt. Und es ist auch nicht der fehlende Sex. Ich vermisse nicht ihn, ich vermisse sie. Es wäre mir gar

nicht möglich gewesen, jetzt mit einer Anderen etwas anzufangen. Ein neues, unbekanntes Gefühl. Dem Konzept,
dass Sex immer oder möglichst mit Liebe, mindestens Zuneigung verknüpft sein sollte, hatte ich bis jetzt nicht viel
Bedeutung beigemessen. Zugegeben, ich hatte mir bisher
auch nicht viel Mühe geben müssen. Irgendwie fanden die
Frauen mich interessant und es ergab sich schnell was. Als
Student schwamm man wie in einem großen See und fand
sich zusammen, in einer Kneipe, nach einem Seminar, bei
einer Party, einer Einladung ins Kino, einem Konzert,
beim Jobben, was weiß ich. Ich hatte auch Telefonnummern, die ich aktivieren konnte. Manchmal gab es Stress,
wenn sich eine mehr versprach, ein Mädel stand mal wochenlang vor der Bibliothek, bis ich Feierabend hatte. Das
hörte erst auf, als ich den Job wechselte und aus ihrem
Dunstkreis verschwand. Es blieb mir nichts anderes übrig,
als sie zu ghosten. Aber das war die krasse Ausnahme.
Nicht nerven, keine Ansprüche haben, keine Bedingungen
stellen, keine Verbindlichkeiten eingehen war ungeschriebenes Gesetz. In einer Diskussion sagte mal eine Frau,
dass sei auch eine Form von Patriachat, das die Frauen
den Männern und ihrem Bedürfnis nach bedingungslosem
Sex so selbstvergessen nachkämen, weil sie doch in Stillen
hofften, irgendwann möge einer dabei sein, der mit ihr die
heimlich ersehnte Beziehung eingine. Der überholte
Spruch, "Die Frauen wollen die Ehe und nehmen den Sex
in Kauf und die Männer wollen den Sex und nehmen die
Ehe in Kauf", sei eben nur einseitig zu Gunsten der Männer aufgehoben, weil die Frauen nicht uncool sein wollten.
Aber sie wurde nur müde belächelt. Oder traute sich niemand, ihr zuzustimmen? Klar gab's auch viele Frauen, die
genau so frei und ungezwungen ihre sexuellen Bedürfnisse
ausleben wollten. Und über Beziehungen und Liebe zu reden, war irgendwie tabu, oldschool, zu privat. Wie die
Leute wirklich darüber dachten, erfuhr man erst, wenn

man sehr close miteinander war. Und manchmal war es dafür dann schon zu spät. Auch wie Irena dazu stand, wusste ich im Prinzip nicht. Dennoch war diesmal irgendwie alles anders. Schon als wir uns kennenlernten, damals in Prag, hatte ich das Gefühl, das ist was Besonderes. Als es dann verdunstete, meinte ich, mich geirrt zu haben. Aber als sie wieder vor mir stand, mich mit ihren fröhlichen Augen anblitzte, ihr leichtes Sommerkleid, welches ihr um die Oberschenkel tanzte, ihre schwarzen Locken, die sich um die kleinen Ohren kräuselten, da war alles wieder da. Alle Sehnsucht, alles Ziehen im Brustbein, die Vorstellungen, wie ich mit dieser Frau alt werden könnte, die ich schon wieder aufgegeben hatte. Als wir dann auf dem Friedhof hinter der alten Kirche standen im Schatten der letzten Reste der Stadtmauer, den Text auf dem Grabstein lasen und Irena zu fühlen glaubte, das alles zu kennen, da ging ein Strom durch mich hindurch und ich hätte sie am liebsten fest umarmt, so nah fühlte ich mich ihr in diesem Augenblick. Aber ich hatte mich nicht getraut. Alles, was danach kam, die tollen Erlebnisse, unsere Liebesspiele, das war mehr als nur sehr guter Sex. Das war der natürliche, selbstverständliche Ausdruck tiefer Zuneigung, einer Seelenverwandtschaft, wie ich sie vorher noch nie erlebt hatte. Als hätten unsere Herzen und Sinne nur darauf gewartet, sich endlich zu finden. Deshalb musste ich nun so leiden und es war nicht abzusehen, wann diese Schmerzen gelindert werden würden.

25.12. 2019

Weihnachten. Das erste Mal nicht in Berlin, nicht bei meiner Mutter. Ich hätte nach Hause fahren können, aber ich bin ganz bewusst geblieben. Denn hier war es scheinbar immer noch eine besondere Zeit. Und nicht nur, weil

Schnee lag. Schon der Advent war außergewöhnlich. Beat hatte einen riesigen Berg Tannenzweige angeschleppt. Überall im Haus wurden Sträuße aufgestellt und mit Strohsternen geschmückt. Im Wohnzimmer stand schon das Krippenhaus, zu dem ein Weg mit vierundzwanzig Steinen führte. Maria und Josef rückten jeden Tag einen Stein weiter. In einer kleinen Zeremonie wurde jeden Abend eine holzgeschnitzte Figur in die Herberge gestellt und ein Stern, der unter dem Stein gelegen hatte, in einen großen Tannenstrauß gehängt. Dazu wurde ein Adventslied gesungen, Beat begleitete auf der Gitarre. Niemand fand das komisch, alle waren sehr ernsthaft dabei, sogar die ältesten Jungs, die schon fast in der Pubertät waren. Wenn ich mir die Berliner Kids vorstelle, denke ich, denen wäre es voll peinlich gewesen. Nach Samichlaus, wie der Nikolaus hier heißt, buk Ursel mit den Kleinen bestimmt zehn Bleche Weihnachtsplätzchen, man nennt sie Guetzli. Pfefferkuchen, Vanillekipferl, Zimtsterne, Orangentaler und noch ein paar andere, deren Namen ich mir nicht gemerkt hatte. Tagelang duftete das ganze Haus nach Weihnachtsbäckerei. So eine Vorbereitung war für mich sehr ungewohnt. Bei meiner Mutter gab es maximal ein Adventsgesteck mit den vier Kerzen, welches sich auf dem vollgestellten Couchtisch verlor, zu Niklaus etwas Süßes im Schuh und Weihnachten neben der obligatorischen Ente die Geschenke. Hier kam gestern die ganze Großfamilie zusammen, alle Großeltern, ein paar Onkel und Tanten, alle brachten etwas Besonderes zum Essen mit. Man sang Weihnachtslieder mit Geigen-, Flöten-, Gitarren- und Bassbegleitung. Am Abend ging es gemeinsam in die lichterglänzende Christmette. Danach fuhren alle nach Hause und wir auf den verschneiten Hof zurück, im Motorschlitten! Dann gab es die Bescherung. Die hatte mich in Verlegenheit gebracht. Was könnte ich ihnen schenken? Aber Ursel hatte mich beruhigt. Es würde für jeden nur ein

Päckli geben und es könnte auch etwas Selbstgemachtes sein. Das hätte hier Tradition. Ich hatte dann die Idee, jedem der Familienmitglieder ein Foto auszudrucken und in einen Rahmen zu spannen, welche ich aus Zweigen basteln wollte. Ich bestellte also von allen ein Porträt, ich hatte viele Bilder gemacht, vielleicht inspiriert von Hannes Abschiedsgeschenk. Zwei Tage vor dem Heiligen Abend kam endlich der Umschlag mit den Abzügen. Die Rahmen hatte ich schon an den Abenden davor in meiner Kammer zurecht geschnitzt. Für das Einpacken hatte ich im Netz lustige Stoffservietten mit Santa Claus und Rentiermotiven entdeckt. So könnte man die Verpackung weiter verwenden, dachte ich. Die Bilder verbreiteten große Freude und auch ein wenig Bewunderung. So ein schönes Porträt hätte noch niemand von ihr zustande gebracht, meinte Ursel. Wirklich gut getroffen, bemerkte Beat, ich sei begabt. Auch die Rahmen gefielen. Wenn ich so gern schnitzen würde, hätten sie ja das Richtige für mich ausgesucht, das passt auch in den kleinsten Rucksack, sagte Mattis, während er mir mit einem Grinsen ein kleines Päckchen überreichte. Als ich es auswickelte, fiel ein echtes Schweizer Messer in meinen Schoß. Neunteilig, mit Schere, darauf hätte er bestanden, bemerkte Mattis stolz. Ich war gerührt. Sie hatten es voll getroffen. Mit so einem Messer liebäugelte ich schon eine Weile, mein altes Opinel war inzwischen so ausgeleiert, dass die Benutzung schon gefährlich wurde. Auch sie hatten nur etwas ganz Kleines, wenn auch Kostbares geschenkt. Mein Minimalismuskonzept war hier kein Aufreger gewesen, sondern wurde zur Kenntnis genommen, für mich fast zu selbstverständlich. Es gab so gut wie keine Nachfragen. Vermutlich hatten sie schon verrücktere Freaks erlebt als mich. Spät in der Nacht in meiner Kammer im Bett sinnierte ich noch eine Weile vor mich hin und fühlte der besonderen Stimmung dieses Abends nach. Was für eine behütete Welt, in der die Kin-

der hier aufwachsen, in der das Leben ganz dicht heran-
kommt und der Glanz noch ehrlich ist und nicht nur der
Widerschein billigen Flittergoldes. Fast beneidete ich sie
um diese Kindheit, um ihre Familie, wo ein Vater und eine
Mutter gemeinsam versuchen, einen geborgenen Ort zum
Leben zu gestalten. Klar gab es auch mal Streit und laute
Worte, der aber nicht an den Grundmauern dieser Bastion
rüttelte. Etwas wehmütig konstatierte ich, was mir alles
entgangen war. Und dann musste ich an meine Großmutter denken und ihre Mohnkließla, die es immer am
Heiligen Abend um Mitternacht gegeben hat. Mit Punsch.
Wie schön wäre es gewesen, ich hätte die hier servieren
können. Hätte etwas Eigenes einbringen können. Hier hätte es gut gepasst, wie ein Gruß aus einer vergangenen
Welt, geborgen in einer Oase zwischen Wäldern, Bergen,
Bächen und Seen. Aber ich kannte das Rezept nicht. Sie
hatte es mir nicht hinterlassen und ich hatte nicht danach
gefragt.

25.12.2019

Vielleicht ist heute der richtige Tag für die Frage aller Fra-
gen, dachte ich. Die Frage nach dem Glück. Obwohl es
Weihnachten war, mussten die Tiere versorgt werden. Ich
hatte Beat geholfen. Die Yaks in ihrem Stall oben auf der
Almwiese kamen auch mal zwei Tage alleine klar. Aber die
Schafe, die alte Kuh und der Esel, die hier unten ihr Gnadenbrot bekamen, wie Beat sich ausdrückte, brauchten
Futter.
»Würdest du sagen, dass du glücklich bist«, fragte ich ihn,
als wir die Tröge gefüllt hatten. Er sah mich überrascht an.
»Dass du ein glückliches Leben führst«, versuchte ich et-
was zu relativieren. »Das hätte ihn noch niemand gefragt«, antwortete er. »Und würdest du mir antworten

wollen«, versuchte ich es nochmal.

Nun, fing er an, das könnte man schon sagen, dass er glücklich wäre. Er würde so leben und arbeiten, wie er sich das immer gewünscht hätte. Sein eigener Herr, in und mit der Natur. Er würde Mittel zum Leben schaffen und dazu noch einen Platz, wo Mensch und Tier in Frieden alt werden können. »Mehr kann man kaum erwarten, oder?«

»Aber es ist doch auch ein mühsames Leben, eine schwere Arbeit, es wiederholt sich täglich, immer wieder jeden Morgen die gleichen Tätigkeiten, Tiere füttern, Ställe ausmisten, ist das nicht auf die Dauer frustrierend?«

Für andere wäre es das vielleicht, für ihn nicht. Er würde auch ein anderes Leben kennen. Während des Studiums der Agrotechnik hatte er in der Gastronomie, im Handel gejobbt. Aber am zufriedensten war er immer draußen, auf den Höfen, bei den Tieren. »Da ist Ruhe, mit ihnen muss man nicht reden, die verstehen dich auch so, oder?«

»Aber man verdient doch nicht besonders gut. Ihr habt vier Kinder. Ist es nicht schwierig, über die Runden zu kommen?«

»Ist es, aber es ist zu schaffen. Man muss schon Prioritäten setzen, alles geht nicht. Es schadet aber nicht, wenn die Kinder das lernen. So geht es doch den meisten Menschen auf dieser Welt, oder? Kinder, die mit einem goldenen Löffel groß werden, glaubst du, sie sind glücklicher. Uns geht es doch blendend, gemessen an all der Armut.«

»Was würdest du sagen, was macht Glück aus«, fragte ich nun, »wann kann man von sich sagen, dass man glücklich ist?«

Er überlegte einen Moment. »Das Wichtigste ist«, begann er, »dass du das, was du machst, gern machst. Sonst kannst du es nicht gut machen und die anderen merken, dass du nicht mit Freude dabei bist.«

»Geht das denn immer? Es gibt doch so viele einfache, stupide Arbeiten, wie soll man die gern machen?«

»Woran denkst du?«

»Müllfahrer, Kloreiniger, stumpfsinnige Bandarbeit.«

»Hast du nicht auch schon solche Arbeiten gemacht?«

»Manchmal, aber wenn es mir zu öde wurde, wusste ich immer, dass ich bald wieder weg wäre.«

»Dann war es auch nicht dein Platz. Du bist ein kluger Mensch, du solltest etwas machen, wo dein Kopf gefragt ist. Doch für andere wäre das eine Überforderung. Sie würden nie ein guter Lehrer, ein guter Arzt, ein guter Wissenschaftler, ein guter Politiker, ein guter Künstler sein. Aber sie könnten einen guten Bäcker, Bauer, Handwerker, Mechaniker oder Gebäudereiniger abgeben.«

»Und was machen wir mit diesen unerträglichen Jobs, wie Müllsortierer?, fragte ich«

Das sei sicher eine sehr belastende Tätigkeit, erwiderte er. Wenn das keine Maschinen machen könnten, sollte man es wenigstens sehr gut bezahlen. Hier leistet sich die Gesellschaft eine schlimme Ungerechtigkeit, dass die hochqualifizierten, erfüllenden Tätigkeiten auch noch exorbitant gut bezahlt werden und die einfachen, schmutzigen Arbeiten so miserabel, welche nur die machen, die keine andere Chance hätten. Das sollte ausgeglichener sein, meinte er.

Ob das nicht Sozialismus sei, wollte ich wissen.

Es wäre egal, wie ich das nennen würde, in jedem Fall ist es nicht gerecht, antwortet er. All diese Topmanager, CEOs, Börsenmilliardäre, Techbarone, die Millionen im Jahr verdienen würden, sie sind die neuen Könige, leben wie die Pharaonen, setzen die Maßstäbe mit ihren Schlössern, Yachten, Privatjets und vergiften die Seelen von Milliarden Menschen mit ihren Vorstellungen von einem Leben in Reichtum. Deshalb meinen so viele Menschen, glücklich könne man erst sein, wenn man reich ist und sich ein Leben in Saus und Braus leisten könne. Nicht arbeiten zu müssen und sich alles leisten zu können, gilt als das anzustrebende Ideal. So wird das wahre Leben auf drei Wochen Urlaub und die Wochenenden reduziert und die Arbeitstage sind das Jammertal, welches möglichst schnell hinter sich gebracht werden muss. So könne man kaum glücklich werden. Er wollte dann wissen, wie ich das sehe. »Im Prinzip ähnlich«, meinte ich, »aber ob man in diesen stupiden Arbeiten auch einen erfüllenden Sinn finden könne, da bin ich mir nicht so sicher.«

27.12.2019

Am Morgen dieser Chat mit Irena:

> Hi Dustin,
> wann hast du Zeit?
> Wir müssen länger chatten,
> es ist wichtig.

Heute Abend.
Warum? Was ist los?

> Geht nicht nebenbei.
> 18 Uhr deutsche Zeit?

Aber dann ist es ja bei euch Mitternacht!

> Schon klar, ist aber nötig.

Ich stand den ganzen Tag halb neben mir. Was konnte so wichtig sein? Am Abend dann der Chat:

> Wie geht's Dir?

Sag mir zuerst, was los ist.

Fürchte Dich nicht, denn siehe,
ich verkündige Dir eine große Freude

Irena, lass den Quatsch,
dass Weihnachten ist, weiß ich selber.
Was los ist, will ich wissen.

Es ist kein Quatsch, sondern völliger Ernst.
Du wirst Vater!

Was? Wie das?

Ja, wie das. Ich bin schwanger!
Und der Heilige Geist war es diesmal
ausnahmsweise nicht.

Aber wieso?
Wir hatten doch, also du hattest doch
die Pille genommen?

Aber sie waren aufgebraucht
und auf dem Dorf gab es keinen Nachschub.
Du meintest, Kondome tun es ja auch, du hattest noch
welche dabei. Aber vermutlich waren die nicht mehr so
frisch und deshalb nicht mehr ganz dicht.

Fuck! Und nun?

Für einen Abbruch ist es zu spät, sogar in China.
Da habe ich zu lange überlegt.
Aber ich hatte so einen Widerwillen dagegen.
Vielleicht ist es doch meine katholische Prägung, wer weiß.
Also, ich will das Kind!
Auch weil es von dir ist.
Vielleicht hätte ich bei jemandem anderen
nicht so viel Skrupel gehabt, keine Ahnung.

....

Sag was!

Was soll ich sagen?

Ich fände es schön, wenn Du es auch wolltest.

Dafür brauch ich noch ein bisschen.

Verstehe! Habe ja Vorsprung.
Gestern haben sie einen Ultraschall gemacht.

Kann man denn schon was sehen?

Vierter Monat. Kopf, Hände, Füße, alles dran.
Ich kann dir ein Foto schicken.
In Farbe.
Also, wenn Du magst.

Hm. Haben sie auch gesagt, was es wird?

Ne. Das ist in China nicht mehr erlaubt.
Wegen der Einkindpolitik
sind so viele Mädchen abgetrieben worden.
Deshalb sagen sie es nicht mehr.

Und bei Ausländern machen sie keine Ausnahme?

Ne. Vorschrift ist Vorschrift.
Sag jetzt nicht,
dass es für dich eine Rolle spielt.

Weiß nicht. Nein, eigentlich nicht.

Was würdest du dir denn wünschen?

Weis noch nicht.
Muss ich noch drüber nachdenken.
Vielleicht ein Mädchen?

Echt jetzt! Ich glaube, ich mag dich.

Und du? Wie geht es dir jetzt?

Gut.
Ich freu mich.
Auf unser Kind.

Es schlug ein wie eine Bombe. Ich hatte mir alles Mögliche ausgemalt: dass sie zurückkommt, dass sie Schluss macht, dass sie einen anderen hat, einen Todesfall, was weiß ich. Mit einem Kind hatte ich zu allerletzt, um nicht zu sagen, überhaupt nicht gerechnet. Eigentlich müsste ich mich in meinem tiefen Liebesbedürfnis freuen. Aber ich war total fertig, so dass ich tagelang wie betäubt herumlief. Komplette Gefühlsverwirrung. Das ging mir irgendwie doch zu schnell. Ich machte meine Arbeiten mehr mechanisch als bewusst. Es gibt auch keine Tagebuchaufzeichnungen aus dieser Zeit, ich war unfähig, irgendeinen Gedanken zu formulieren. Ursel fragte mich zwei Tage später, ob irgendwas nicht in Ordnung sei, ob ich vielleicht lieber über die Feiertage nach Hause gefahren wäre, sie könnte das verstehen. Ich könnte es auch jetzt noch nachholen. Ich versuchte zu beschwichtigen, es wäre nichts schlimmes, vor allem hätte es nichts mit ihnen zu tun. Ich hätte eine Nachricht bekommen, von der ich noch nicht wüsste, wie ich damit umgehen soll. Mehr könne ich aber nicht sagen, noch nicht.

»Ist okay«, meinte Ursel. »Wenn ich später drüber reden wolle, solle ich mich nicht verbiegen.«

In einer weiteren Mail fragte ich Irena nach ein paar Tagen, wie es denn nun weitergehen soll. Ob sie zurückkommt, und wie sie sich ihre, oder unsere Zukunft vorstellt. Und wieso sie es mir erst gesagt hat, als es nicht mehr zu verhindern war. Zumindest hätte man das wohl zusammen entscheiden sollen.

Sie antwortete:

Lieber Dustin,   30.12.2019

Ich verstehe, dass es für dich ein Schock ist. Das war es für mich zuerst auch. Und natürlich habe ich auch an einen Abbruch gedacht. Aber wie ich Dir schon sagte, es wurde für mich von Tag zu Tag immer unvorstellbarer und dann war die Frist plötzlich verstrichen. Sorry, dass ich Dich nicht mit einbezogen habe. Ich fürchtete, das hätte die Entscheidung noch viel schwieriger gemacht. Und eigentlich war es keine Entscheidung, sondern eher ein sich in diese Situation hineintreiben lassen. So wie man sich in einem Boot den Stromschnellen überlässt, weil man akzeptieren muss, dass man gegen die Kraft der Strömung mit seinem kleinen Ruder nichts mehr ausrichten kann und nur noch bemüht ist, dass das Boot nicht kentert. Deshalb könnte ich es gut verstehen, wenn Du diese meine Nicht-Entscheidung, diesen scheinbaren Fatalismus nicht mittragen möchtest. Aber viel glücklicher wäre ich, Du würdest zu uns stehen und es könnte auch Dein Kind sein. Doch ich dränge Dich zu nichts. Du bist völlig frei. Auch weil ich weiß, dass ich Dich sowieso nicht drängen kann. Weil alles, was in dieser Sache nicht Deine Entscheidung ist, keine gute, tragfähige Entscheidung wäre. Ich will hier bleiben, solange es geht, um noch möglichst viel Nutzen für mich aus diesem Aufenthalt zu ziehen. In ca. drei Monaten werde ich nach Deutschland zurückkommen und in München unser Kind zur Welt bringen, wenn es keine Komplikationen gibt. Dann werden wir weiter sehen.

Ich küsse dich   Irena

Ich bin ganz frei. War ich das denn wirklich? Hatte sie nicht, indem sie keine Forderung oder Erwartung formulierte, meine Entscheidung viel stärker zu ihren Gunsten beeinflusst? Konnte ich mich guten Gewissens der Vaterschaft entziehen? Hätte sie diese eingefordert, an meine Verantwortung appelliert, wäre ich vermutlich reflexhaft in eine Abwehr gegangen, hätte ihr vorgehalten, sie wolle mich mit dem Kind moralisch binden, mich zwingen, die Suppe auszulöffeln, die anzurühren ich nicht verhindern konnte. Hatte sie darauf vielleicht sogar spekuliert? Aber warum sollte sie. Ein Kind passte doch in ihre Lebensplanung genauso wenig wie in meine. Andererseits fühlte ich mich emotional schon an sie gebunden. Aber mit diesem Kind war mir die freie Entscheidung, mich zu ihr zu bekennen, fast schon wieder aus den Händen genommen. Ich war, umso mehr ich darüber grübelte, umso ratloser. Ich wusste auch nicht, mit wem ich darüber reden konnte, wen ich um Rat fragen konnte. Da kannte ich nun so unglaublich viele Leute, aber in solch einer existenziellen Frage stand mir niemand so nahe, dass ich mich ihm oder ihr hätte anvertrauen können. Bedeutete es, dass ich gar keine richtigen Freunde hatte? Oder zeigte es nur, dass ich mir von ihrem Rat keine Hilfe versprach. Wer Kinder hätte, würde mir sicherlich zuraten und wer keine hatte, warum auch immer, was würden sie empfehlen? Wenn sie ungewollt kinderlos geblieben waren, würden sie mich wahrscheinlich ermutigen, die Vaterschaft anzunehmen.

Und die anderen, welche bewusst keine Kinder gewollt hatten, würden mich wohl bedauern, weil es nun ohnehin nicht zu ändern war. Selbst die Frage, soll man in diese Welt Kinder setzen, schien müßig, weil das Kind zwar nicht in den Brunnen gefallen, aber doch auf dem besten Weg war, unser bisheriges Leben über den Haufen zu werfen. Das war es, was mir am meisten zusetzte, ich konnte mich nicht mehr bewusst für oder gegen ein eigenes Kind entscheiden, ich hatte nur noch die Wahl, ein verantwortungsloser Drückeberger oder ein sich in sein Schicksal fügender Looser zu sein. Beides keine schönen Vorstellungen.

Mit diesen Grübeleien ging das alte Jahr zu Ende. Traditionell wanderte die Familie zu Silvester übers Tal auf eine Lichtung. Dort gab es einen Grillplatz, wo man ein Höhenfeuer und auch ein uriges Fondue machen konnte, so richtig echt über der Glut im großen Topf, mit Brot an langen Spießen im Stehen zu essen, wie die Senner, also die alten Hirten, erklärte mir Beat. Das war sehr besonders und unterdrückte vorerst weiteres Kopfzerbrechen.

Aber im neuen Jahr waren auch die Sorgen wieder da. In meiner Not fragte ich Beat, ob er in diese Welt noch weitere Kinder setzen würde, bei all den schlechten Aussichten, dem Klimawandel, der Überbevölkerung usw.

Er hätte vier Kinder in diese Welt gesetzt, antwortete er, sie hätten sie gewollt, ganz bewusst. Nun sind vier genug, aber wenn er keine hätte, würde er es wieder tun. Weil er keinen anderen Sinn im Leben sehe, als das Leben weiterzugeben, etwas von sich weiterzugeben und weil er diesen Kindern einen guten Platz im Leben bereiten möchte.

Ich schrieb eine Mail an Wolf, den Juristen, und fragte, was er tun würde, wenn er erfahren würde, dass er unerwartet Vater wird. Das Land verlassen, war seine Antwort. Wenn die Frau eine gerichtliche Vaterschaftsanerkennung durchsetzt, können sie dich sogar mit der Polizei zum

DNA-Test schleifen. Und wenn das keine Option ist, hilft nur noch ganz viel verdienen, dann tut der Unterhalt nicht so weh oder so wenig wie möglich, dann übernimmt der Staat die Alimente. Nein, im Ernst. Am besten ist es, sich mit der Sache irgendwie zu arrangieren. Vielleicht ist es ja ganz nett mit so einem kleinen Kerlchen. Die Hauptlast trägt ja doch die Frau.

Außer Landes war ich zwar schon, aber trotzdem war das wenig hilfreich. Ich startete einen dritten Versuch und offenbarte mich Hanne, erzählte ihr, wie verliebt ich in Irena war, wie sehr ich gelitten hatte nach der ersten Trennung, und wie glücklich, ja geradezu berauscht mich das Wiedersehen bei ihnen gemacht hat. Nun sei Irena schwanger und ich wohl zweifellos der Vater und wüsste nicht, wie ich damit umgehen solle.

Sie antwortete sehr einfühlsam, sie sei berührt über das Vertrauen, welches ich ihr entgegenbringen würde, sie hätte natürlich bemerkt, dass wir eine innige Zeit miteinander verbracht hatten. Ich sollte die Tatsache, dass ich Vater werde, in mir reifen lassen, schauen, was die Vorstellung, ein Kind zu haben, mit mir mache. Ich könnte ja ohnehin nichts mehr daran ändern und hätte auch noch etwas Zeit, mich an den Gedanken zu gewöhnen. Ich sollte andere Väter mit Kindern beobachten. Friedrich und sie hätten sich so sehr ein Kind gewünscht und lange damit gehadert, dass sie keine bekommen konnten. Die Frage, ob man in diesen Zeiten noch Kinder bekommen sollte, würde sie immer mit Ja beantworten. Wie kann es denn auf der Welt besser werden, wenn die Leute keine Kinder mehr bekommen? Dann würde ja alles noch viel schrecklicher, weil es keinen Grund mehr gibt, für das Wohlergehen dieser kleinen, liebenswerten Geschöpfe von den eigenen Egoismen abzulassen. Die Menschen hätten zu allen Zeiten Kinder in die Welt gesetzt, auch in schrecklichen Kriegen und Krisen, siehe Friedrich, er ist Jahrgang vierundvierzig.

Das wäre gewiss der ungünstigste Zeitpunkt für eine Geburt gewesen. Und es täte auch der eigenen Seele gut. Die Liebe zu einem Kind sei sicher eine der stärksten Emotionen, zu denen die Menschen fähig wären. Kaum eine Mutter würde ihr Kind vernachlässigen.

Da hatte ich allerdings meine Zweifel. Wenn ich an manche Kinder denke, die ich in der Schule erlebt habe, denen hatte ich andere Eltern gewünscht. Und wie war es bei mir? Hatte unsere Mutter uns genügend geliebt? Nach den Maßstäben anderer wohl kaum. Ich selbst aber wusste, dass sie es versucht hat, so gut es ging. Mehr war für sie nicht drin, da hatte sie zu viele eigene Baustellen.

Aber Hannes Rat schien mir ein möglicher Weg und ich beschloss, die Vorstellung in mir reifen zu lassen. Für den Anschauungsunterricht, wie ein Vater mit seinen Kindern umgeht, war ich ja hier am besten Ort.

Ende Januar teilte mir Irena mit, dass man die Stadt Wuhan abgeriegelt hatte und Notkrankenhäuser aus dem Boden stampfte. Auch die Regierung sprach nun von einer ernstzunehmenden Herausforderung. Xi Jinping hatte sich öffentlich geäußert, dann musste es wirklich schlimm sein. Genaue Zahlen über die Todesfälle gab es natürlich nicht, aber man redete hinter der Hand von Tausenden. Sie hoffte, dass die Behörden das Problem mit Einschränkungen, so unvorstellbar sie auch sein mögen, in den Griff bekommen würden. In Beijing wäre das Leben noch normal, lediglich die Feiern zum Neujahrsfest wurden landesweit abgesagt, für China ein unerhörter Vorgang. Allerdings hatten wir da in Deutschland bereits die ersten Fälle von Corona, wie das Virus inzwischen allgemein genannt wurde. Die Ausbreitung rund um den Globus hatte bereits begonnen, auch wenn sich noch niemand vorstellen konnte, welche Auswirkungen es auf den Alltag und die Diskurse haben sollte.

Dann erreichte mich eine Mail von Hanne:

Lieber Dustin,   3. Februar 2020

Ich hoffe, es geht Dir wieder etwas besser und Du hast Dich mit dem Gedanken, Vater zu werden, anfreunden können.

Bei uns läuft es leider gar nicht gut. Friedrich ist seit einer Woche im Krankenhaus, er hatte einen Schlaganfall. Und bis ein Rettungswagen hier rauskommt, dauert es leider ein bisschen. Deshalb ist zu befürchten, dass er mehr Einschränkungen zurückbehalten wird, sagen die Ärzte. Zurzeit liegt er im künstlichen Koma. Nächste Woche wollen sie ihn wieder rausholen. Ich hoffe auf das Beste.

Auslöser war eine Buchprüfung vom Finanzamt. Wir hatten damals die Sammlung als Privatmuseum angemeldet. Einmal, weil wir auf Besucher hofften. Aber auch, weil wir wegen der erheblichen Kosten für die Sanierung der Kirche wenigstens etwas Steuern sparen wollten. Denn gefördert werden solche Privatinitiativen kaum. Anträge bei der Stiftung Denkmalschutz oder Lotto sind immer abgelehnt worden. Nicht förderwürdig, nicht alt, nicht bedeutend genug.

Das Finanzamt hat uns nun die Gewerblichkeit wegen fehlender Gewinnabsichten aberkannt und fordert rückwirkend die entgangenen Steuern für die letzten zehn Jahre nach. Natürlich sind die Einnahmen nicht so hoch gewesen, die Kosten waren höher, aber sie wollen fast hunderttausend Euro Nachzahlung. Wenn es Bestand hat, sind wir ruiniert. Friedrich hat sich über den Bescheid so aufgeregt, dass er in der Nacht den Schlaganfall bekam. Unser Rechtsanwalt ist schon dran, aber jetzt geht die Sorge um Friedrich vor.

Ich schreibe Dir das, weil ich denke, dass Friedrich wollen würde, dass Du es weißt. Du bist zwar nicht besonders religiös, aber vielleicht kannst Du mal von Zeit zu Zeit an uns denken.

Alles Gute für Dich, oder für Euch

Deine Hanne

Ein Unglück kommt selten allein, hätte meine Oma mütterlicherseits darauf gesagt. Ich war geschockt. Hatte diese Buchprüfung etwa noch mit meinem halb legalen Job bei Ihnen zu tun. Es wäre mir furchtbar unangenehm gewesen, wenn ich der Auslöser für die Schwierigkeiten wäre, in denen sie steckten. Ich schrieb es Irena, sie antwortete, das wäre wirklich schrecklich, die beiden täten ihr sehr leid, aber ich sollte mir keine Gewissensbisse machen. Es hätte sicher nichts mit mir zu tun, darauf kämen die beim Finanzamt bestimmt von allein. Dafür könne ich schließlich nichts. Die Chinesen würden für solche Katastrophen übrigens die Ahnen verantwortlich machen. Trotz aller kommunistischen Propaganda wären sie hier immer noch ziemlich abergläubisch oder archaisch religiös. »Man muss sich mit den Verstorbenen gut stellen, weil sie sonst als Geister in deinem Leben dazwischen funken. Dafür kauft man an Ständen bei den Friedhöfen Totengeld oder Papierautos bringt das zu den Gräbern und verbrennt es dort. Oder man entzündet ganze Bündel von Räucherstäbchen vor den Götterstatuen in den Tempeln, von denen es immer noch einige in Beijing gibt, ob sie nun buddhistisch, daoistisch oder konfuzianisch sind.« Sie wolle damit aber nicht Heiders Unglück lächerlich machen. Sie fände es nur bemerkenswert, dass der Umgang mit Lebensschicksalen so verschieden sein könne, schrieb sie abschließend.
War es Zufall, Schicksal, böses Omen, eine Prüfung oder einfach das Leben, welches Höhen und Tiefen gleicherma-

ßen beinhaltet und diese ohne Ansehen der Personen verteilt?

Ich antwortete Hanne, wie erschüttert ich sei, und dass meine Probleme dagegen geradezu unbedeutend wären. Ich würde an sie denken. Wenn ich irgendwie behilflich sein könne, sollte sie nicht zögern, anzuklopfen.

Hanne hielt mich auf dem Stand der Dinge, schrieb mir zwei Wochen später, dass Friedrich zwar sprechen, aber nicht mehr laufen und allein essen konnte, als er aus dem Koma geholt wurde, weil eine halbseitige Lähmung zurückgeblieben sei. Er würde eine lange Reha-Kur brauchen. Diese sollte sich an den Krankenhausaufenthalt anschließen.

Inzwischen stiegen weltweit die Coronafälle, die Zahl der Erkrankungen und, etwas zeitversetzt, auch die der Toten. Eine Folge der globalen Vernetzung. Jeden Tag wurden sie in den Medien bekannt gegeben. Man befürchtete eine Pandemie, eine weltweit sich ausbreitende Infektionskrankheit mit schweren Verläufen. Erste Länder schlossen ihre Grenzen. Die Flüge aus China waren schon Ende Januar eingestellt worden. Im Februar gab es dann Einreiseverbote aus China. Wie Irena für die Entbindung zurückkommen konnte, wurde immer ungewisser. Aber auch für mich stellte sich die Frage, ob ich in der Schweiz bleiben oder besser nach Deutschland zurückkehren sollte. In Norditalien wurden mehrere Städte abgeriegelt, die Situation in den Krankenhäusern war dramatisch. Vor den Krematorien stapelten sich die Särge. Fußballspiele fanden vor leeren Rängen statt. Überall tagten Krisenstäbe, Messen wurden abgesagt, aber die Grenzen in Europa waren noch offen. Auch in der Schweiz stiegen die Fälle, besonders im Tessin. Im März erklärte der Bundesrat eine außerordentliche Lage und schränkte das öffentliche Leben massiv ein. Alle nicht lebensnotwendigen Geschäfte und Dienstleistungen mussten schließen. Ich war in den Ort ins Tal gefahren, um mit Irena zu skypen. Sie hatte am Tag davor einen weiteren Ultraschalltermin gehabt. Immerhin war sie jetzt bald im siebten Monat. Aber ich stand vor verschlossener Tür. Wir hatten den Lockdown auf dem Berg glatt verpennt, es war über Nacht verkündet worden, aber niemand hatte am Abend Nachrichten gehört, so richtig wollte das hier noch keiner ernst nehmen. Für die Kommunikation blieb nur noch die gute alte Email oder Whatsapp, wie dieser wichtige Chat:

16.03.2020

Hi Dustin, wie gehts Dir

Ganz okay eigentlich. Nur das mit dem Lockdown
ist ziemlich beunruhigend.

Okay? Und was heißt das konkret?

Alle Geschäfte sind zu.
Bis auf die Lebensnotwendigen.

Aber ihr dürft aus dem Haus.

Das schon.

Na immerhin. In Wuhan dürfen die Leute nicht mehr aus ihren Wohnblöcken. Nicht mal mehr zum Einkaufen. Lebensmittel verteilen die Nachbarschaftsteams.

Und wie ist es bei Euch?

In Beijing ist es noch ziemlich normal. Veranstaltungen wurden abgesagt. Aber Lockdown haben wir hier nicht. Scheinbar haben sie es rigoros eingrenzen können.

Wie war denn der Ultraschall?

Ja, genau. Es gibt ja auch noch so was wie ein Privatleben.
Die Ärzt*innen waren sehr zufrieden. Alles okay. Es liegt
noch nicht richtig, muss sich noch drehen, aber es ist ja
noch Zeit. Und! Habe gesehen, was es wird. War deutlich
zu erkennen. Willst du es wissen?

Na?

Du wirst Dich mit zwei Frauen rumschlagen müssen.
Tut mir leid.

Aber wieso?
Ich steh auf Frauen. Schon vergessen?

Wie könnte ich. Ich mein ja nur.
Vielleicht wird's ja ein anspruchsvolles Girl.

Das schaun wir mal.
Und du bist dir ganz sicher

Absolut. Ich hab auch ein Foto.
Die bewusste Stelle ist deutlich zu erkennen.
Nix zu sehen von einem kleinen Willi.
Ich schick's Dir.

Wie es aussieht, musst Du nun in Peking entbinden.

Ja. Aber das finde ich, bei allem,
was wir aus Europa hören, fast besser.
So wie die Zahlen bei Euch hochgehen.
Da will man doch nicht in eine Klinik müssen.

Das kann doch bei Euch auch noch kommen.

Vielleicht.
Aber bis jetzt sieht's nicht so aus.
Die greifen hier so hart durch.
Das trau'n sie sich in Deutschland nicht.
Und du, was wirst du machen.
Bleibst du in der Schweiz oder gehst du zurück nach
Deutschland.

Weiß ich noch nicht.
Die Absprache war, bis zum Mai hier zu arbeiten.
Wir sind auch noch nicht fertig mit allem.
Ich würde gern noch den Frühling hier oben erleben.
Und bei den wenigen Kontakten,
die wir hier haben,
fühle ich mich hier am sichersten.

Machst du dir denn Sorgen?
Bis jetzt sterben doch wohl vor allem alte Leute.

Keine Ahnung.
Die Symptome sind wohl nicht so nett, was man so hört.
Aber eigentlich sollte ich bei Dir sein,
wenn das Kind kommt.

Ah. Ja, das wäre schon gut.
Aber leider können wir das voll vergessen.
China ist genauso dicht wie Europa.
Es fliegt ja nix mehr.
Niemand lässt gerade irgendwo jemanden rein.

Das ist echt krass.
Meinst du, du kommst zurecht?

Muss ja. Aber wird schon.
Ich suche schon ne Weile nach einer größeren Wohnung.
Ein Zimmer und nur zwanzig qm ist schon echt mini.
Und das dann mit nem Baby.
Li Yuling, eine Freundin hier vom Goethe,
sie ist eigentlich Journalistin, hilft mir.
Allein und als Langnase wirst du bloß über den Tisch ge-
zogen. Manche Chinesen sind schon ganz schön geschäfts-
tüchtig. Und kennen ihre Vorteile ganz genau.
Man hört da so Sachen. Unglaublich.

                           So? Was denn zum Beispiel?

Führt jetzt zu weit.
Ich schick dir mal das Bild.
Machs gut. Ich küsse dich.

                                Ich dich auch. Bis bald.

Ich bewundere sie für ihren optimistischen Pragmatismus.
Ich hätte mir viel mehr einen Kopf gemacht, hätte hin und
her überlegt, wäre unsicher gewesen und zaudernd. Sie
nahm das Leben wie es kam, schaute es an, überlegte die
nächsten Schritte und ging los. Würde ich an ihrer Seite
überhaupt bestehen können, könnte ich mit ihr Schritt
halten? Würde ich ihr nicht nach einer gewissen Zeit über-
drüssig werden und sie mich wie lästigen Ballast am
Straßenrand stehen lassen und weiterziehen? „Das Leben
wird vorwärts gelebt, aber rückwärts verstanden." Dieser
prägnante Satz von Kierkegaard aus einer der Ethikvorle-
sungen fällt mir wieder ein. ›Es gäbe aber keine Garantie,
dass ein Mensch mit viel Vergangenheit auch viel verstehen würde‹, hatte der Prof damals lächelnd hinzugefügt.
›Etwas Geist braucht es auch.‹
Doch die Würfel waren in mehrfacher Hinsicht gefallen.

Sie rollten vor mir her und ich konnte nur nachlaufen und sehen, auf welches Feld sie mich in diesem Live Game bringen würden. Das Kind war da und würde für immer meine Tochter sein, ob ich mich nun dafür verantwortlich fühlte oder nicht. War ich bereit, mich dieser Aufgabe zu stellen, die ich mir nicht gesucht hatte? Sie wurde für mich ausgesucht und hatte mich gefunden. Kalt erwischt trifft's, glaub ich, besser. War es gleichgültig, ob man diese Fremdbestimmung mit Zufall, Schicksal, Vorsehung, Fügung oder einer noch höheren Idee zu umschreiben versuchte? In Bezug auf die Tatsache der Existenz derselben spielte es sicher keine Rolle, für die eigene Haltung dagegen vermutlich doch. Interessanterweise war ich nicht nur frustriert oder verzweifelt, was man hätte verstehen können. Wer möchte sich schon gern so in seine Lebensplanung hineinpfuschen lassen. Ich war auch neugierig, was sich daraus entwickeln würde. Es war eben mehr als ein simples "Mensch ärgere dich nicht", in das ich mich gestellt sah. Mir schien, es wäre klug, mich wegen des Kindes nicht zu grämen.

War es das, was Buddha meinte, als er gesagt haben soll: "Es gibt keinen Weg zum glücklich sein. Der Weg ist glücklich sein"?

»Aber ohne Ziel macht sich niemand auf den Weg«, hatte Irena darauf geantwortet, als wir damals am See über das Glück philosophierten. Doch waren ihre Ziele nicht noch viel mehr durchkreuzt worden? Hätte sie nicht die Frustrierte sein müssen? Was war es, dass sie diese Herausforderung so scheinbar selbstverständlich annehmen ließ? Waren es die Instinkte einer Frau, ein unbewusstes Wissen um die Fähigkeit, zu gebären und das Leben weiterzugeben. Einer der wesentlichsten Vollzüge, welcher uns Männern verschlossen war und deshalb so vollkommen abging und den wir nur beobachtend, vom Spielfeldrand sozusagen, verfolgen können, wissend, dass uns der emotionale Zugang dafür immer verwehrt bleiben wird. Welche Anmaßung der männlichen Spezies, sich als die Herren der Schöpfung zu gebärden. Einzig aus der Tatsache heraus, dass ohne ihren winzigen Anteil auch kein neues Leben entstehen könnte? Oder erwuchs aus eben diesem mikroskopisch kleinen Beitrag ein archaischer Minderwertigkeitskomplex, der mit der Machtfrage, der Herrschaft der Herren, kompensiert werden musste? Wenn Mann schon nicht biologisch über die Nachkommenschaft bestimmen konnte, dann wollte Mann es wenigstens sozial? Aber vermutlich hat in diesem frühen Stadium der Evolution der menschlichen Gesellschaft niemand solche bewussten Überlegungen angestellt oder Entscheidungen getroffen, sondern alles hatte sich in einem fast natürlichen Fluss aus den bestehenden Verhältnissen heraus entwickelt. Und wie ist es heute? Können im Zeitalter von Reflexion und Information endlich Ideen und Diskurse die Welt verändern oder bilden wir uns das nur ein in unseren Elfenbeintürmen der intellektuellen Eliten und in Wirklichkeit bestimmt noch immer das Recht des Stärkeren und die Macht des Faktischen den Lauf der Geschichte? ›Grüble nicht so viel, wickle lieber das Kind!‹ höre ich eine zukünftige Irena rufen, aber sie lacht dabei.

Mail von Hanne   Mittwoch, 15. April 2020

Lieber Dustin,

Danke für Deinen Ostergruß und die Nachfrage, wie es uns geht. Was soll ich Dir sagen. Seit zwei Wochen habe ich Friedrich wieder zu Hause. Ich sag mal so, es hätte schlimmer kommen können. Friedrich kann immerhin reden und auch mit einer Hand alleine essen. In der Reha

gab es Fälle, da konnten die Leute kein vernünftiges Wort mehr sagen und nicht mal Ja/Nein-Fragen mit Kopfbewegungen beantworten, weil sie scheinbar nicht kapierten, was mit ihnen passiert war, hat Friedrich erzählt. Wenn man ihm aus dem Rollstuhl hilft, kann er am Rollator auch alleine durchs Haus gehen. Weite Strecken sind aber noch zu anstrengend für ihn. Für den Toilettengang und die Körperpflege braucht er Assistenz, wie das so schön euphemistisch heißt. Er kann auch am PC arbeiten, Maus hin- und herschieben, sich durch die Seiten klicken, geht. Wir wollen ein Headset besorgen, dann könnte er mit einem Spracherkennungsprogramm auch Texte und Mails diktieren. Aber zurzeit gibt es das nirgends. Seit dem Lockdown sind die realen und auch die virtuellen Regale wie leergefegt, weil alle Welt es für die Videokonferenzen aus dem Homeoffice braucht. Und aus China kommt nichts nach. Das schrecklichste aber war, dass ich ihn nicht besuchen konnte. Die ersten Wochen ging es noch, aber dann kam der Lockdown und ich durfte nicht mehr rein. Selbst telefonieren war schwierig, mit einer Hand.
Jetzt üben wir jeden Tag. Friedrich ist ganz eifrig, er will so viel als möglich von seinen alten Fähigkeiten zurück, hofft, dass die Lähmungen zurückgehen. Es wäre schon viel besser als im Krankenhaus, sagt er.
Wie gut, dass wir den Flügel noch aufgearbeitet haben. Jetzt würde es nicht mehr gehen. Er steht übrigens immer noch in der Werkstatt. Mal sehen was aus der Sammlung wird, aber das ist im Moment ohne Bedeutung. Da haben nicht nur wir gerade ganz andere Sorgen.
Wir hoffen, Du hast keine. Wie geht es denn Irena? Müsste Euer Kind nicht bald kommen? Hat sie es noch zurück geschafft? Wenn es Dich oder Euch doch mal wieder hierher wehen sollte, freuen wir uns über Euren Besuch.

Bis dahin alles Gute   Hanne

Ich hatte ihr tatsächlich eine Osterkarte geschickt. Früher wären mir solche Aktionen nicht im Traum eingefallen. Aber Ursel saß nach Palmarum, wie sie es nannte, in der Küche und beschrieb Karten, welche die kleineren Kinder gebastelt hatten, mit Häschen und Hühnchen und bunten Eiern, ganz herzig. Am Ende blieb eine übrig und da kam mir die Idee, diese selbst zu verschicken.

Zu Ostern lag hier oben noch Schnee. Die Straßen und Wege waren zwar freigeschoben, aber rechts und links davon türmten sich hohe Schneeberge. In Berlin wären die Kinder begeistert darauf herumgerodelt, hier interessierte es niemanden. Da gab es bessere Möglichkeiten. Inzwischen stand ich so sicher auf den Brettern, dass ich mit Mattis schon einige Abfahrten um die Wette herunter gesaust war. Wenn wir zu den Yaks hochfuhren, nahm ich die Skier immer mit und gönnte mir den Heimweg durch ein Tal, in welches sich kein Skitourist verirrte. Unten im Dorf blühten bereits die Tulpen. Mitte Mai waren dann auch hier oben die Wiesen schneefrei. Die Osterfeiern fielen der Pandemie zum Opfer. Normalerweise wären sie am Karfreitag und in der Osternacht zu den Gottesdiensten gefahren, erklärte mir Beat. Das Osterfeuer und die dunkle Kirche, in welche dann die brennende Osterkerze getragen wurde, deren Licht an die vielen Kerzen in den Händen der Leute weitergegeben wurde, wäre immer etwas ganz besonderes. Ich fühlte mich an meine Zeit in der Jungen Gemeinde in Berlin erinnert, von der ich mich sehr weit entfernt hatte. Nun versuchten sie, wenigstens in der Familie etwas Osterstimmung zu verbreiten. Ursel hatte mit den Kindern Eier bemalt. Dafür wurden die ersten Gelege der Hühner gesammelt. Wie es früher war, meinte Ursel, im Winter legen die Hühner normalerweise nicht. Nur in den Großställen gibt es keine Jahreszeiten mehr. Das war mir gar nicht bewusst gewesen. Karfreitag war hier ein Fasttag, obwohl sie nicht katholisch waren, hielten sie sich an diesen Brauch. Es gab nur ein einfaches Essen, gekochtes Getreide mit Quark. Das hätten sie von rumänischen Freunden übernommen, die sie mal vor vielen Jahren auf einer Reise kennenlernten. Am Sonntag gab es dann zum Fest tatsächlich einen Braten. Dafür hatte Ursel ein großes Stück vom einem Yak statt der üblichen Lammhüfte, welches im Herbst geschlachtet worden war, aus dem Tiefkühler geholt und ein paar Tage in Buttermilch eingelegt. Mit einer besonderen Salbeimasse bestrichen, schmorte er viele Stunden im Backofen. Am Ende kamen noch Kartoffeln, Möhren und Steckrüben dazu, welche sich über den Winter gehalten hatten. Sie versuchten, das Selbstversorgerprinzip möglichst einzuhalten. Da sie auch hier weitestgehend vegetarisch lebten, war dies mein erstes Fleischgericht seit Weihnachten. Ehrlich gesagt habe ich es genossen. Man kann vegetarisch leben. So viel habe ich inzwischen gelernt. Aber ab und zu einen guten Braten, besonders wenn er aus dem eigenen Stall kommt, ist voll okay, denke ich. Dann ist es wieder ein Festmahl und nicht so selbstverständlich, wie jetzt allgemein üblich.

Eigentlich wäre meine Zeit nach Ostern zu Ende gewesen. Normalerweise kommen danach mehrere Volontiers auf den Hof, die für eine Zeit in der Landwirtschaft und bei der Tierpflege mithelfen wollen. Durch die Pandemie hatte sich aber noch niemand angemeldet, so dass sie mich fragten, ob ich nicht länger bleiben wollte. Da Irena nun nicht zurückkommen konnte, waren auch meine Pläne durchkreuzt und so blieb ich vorerst in der Schweiz. Was in Zukunft möglich oder nicht möglich wäre, konnte damals niemand vorher sagen. Abstand war die einzige Option. Es gab noch nicht mal ausreichend Schutzmasken. Erste Tests hatte man bald, es gab sie aber nur für Leute mit Symptomen. Auch drohten mir bei der Rückreise nach Deutschland zwei Wochen Quarantäne. Doch wo sollte ich die verbringen? In Justus Haus, wo ich gemeldet war, gab es zwar viel Platz, aber ich hatte dort kein eigenes Zimmer. Andere Leute, die ein Zimmer vermieten würden, gab es nicht mehr. Alle Hotels und Pensionen mussten schließen. Mir dämmerte, dass mein Lebenskonzept komplett in Frage gestellt werden könnte, auf eine Art und Weise, welche in diversen Katastrophenfilmen für hohe Besucherzahlen sorgt, ich mir aber in der Realität nicht hätte vorstellen können.

»Bist du eigentlich glücklich«, fragte ich nun auch Ursel. Nach dem Essen. Ich hatte Tischdienst und räumte ab. Der rotierte hier. Sie wolle nicht nur in der Küche stehen, wenn sie schon immer kochen und backen würde, hatte mir Ursel in den ersten Tagen erklärt. Aber jetzt rührte sie den Teig für einen Krautstrudel und für die Brötchen des nächsten Tages zusammen.

»Junge, du kannst Fragen stellen.« Sie seufzte leicht. »Ehrlich gesagt habe ich mir darüber noch nie den Kopf zerbrochen. Ist es nicht so, wie es ist? Mal läuft es gut, mal ist es schwierig, alles zu schaffen. Richtige Katastrophen hatten wir zum Glück noch nicht.«

»Aha«, lachte ich. »Es gibt es also auch in deinem Leben, das Glück.«

»Ja freilich«, antwortete sie. »Das wäre ja sonst schrecklich, oder? Ich denk halt nur nicht drüber nach. Aber wenn du schon so fragst, ja, ich würde schon sagen, dass ich im Großen und Ganzen zufrieden bin.«

»Zufrieden ist aber noch nicht glücklich«, erwiderte ich lächelnd.

»Stimmt«, antwortete sie. »Aber weißt, das ist mir einfach ein zu großes Wort. Wer kann das denn schon von sich behaupten? Und wenn man es könnte, ist's nicht auch bedenklich? Was kommt nach dem Glück, noch größeres Glück? Ein glücklicher Mensch, ist der nicht auf dem Gipfel der Gefühle angekommen? Wer aber kann, will schon dauerhaft auf einem Berg leben. Selbst die Alpenwirte machen im Winter oben ihre Hütten dicht und ziehen runter ins Tal. Ist es nicht eher so, dass sich gute und schlechte Tage im Leben abwechseln? Wichtiger als große Glückserfahrungen ist doch die Gewissheit, oder wenigstens die Hoffnung, dass es nach schweren Zeiten auch wieder bergauf geht. Dass man aus einem Jammertal wieder herauskommt.«

»Jammertal! Das klingt so oldschool«, bemerkte ich. »Gibt's dafür eigentlich kein besseres, moderneres Wort.«

»Ich wüsste keins«, sagte Ursel.

»Wie wäre es mit Fluchhafen«, schlug ich vor.

»Fluchhafen?«, fragte sie verwundert, »So spottet man doch über diesen neuen Berliner Airport, der ewig nicht fertig wird, oder? Darüber haben sie sogar hier im Berner Boten geschrieben.«

»Jenau, dit is Berliner Witz.« antwortete ich lachend. »Aber könnte man damit nicht auch einen scheinbar sicheren Hafen assoziieren, die Geborgenheit, nach der wir uns alle sehnen und den hohen Preis, den wir dafür zu zahlen bereit sind. Von der Vergewaltigung der Natur über die Bewaffnung bis zur Absicherung unserer Vermögen durch Land, Häuser, Geld, Gold und Aktienfonds?«

»Na ja«, meinte Ursel, »erträglicher wird es davon aber nicht.«

»Okay,« erwiderte ich, »und erschließt sich auch nicht wirklich. Aber was brauchst Du, um zu sagen, ich bin zufrieden?«

»Wenn alle Arbeit gemacht ist, die Kinder versorgt, das Essen hat allen geschmeckt, das Haus halbwegs in Ordnung und dann bleibt noch ein halbes Stündchen für mich und ich kann mich mit einem guten Buch in den Sessel da zurückziehen und lesen. Dann bin ich mehr als zufrieden, sogar fast glücklich.«

»Und wie oft kommt das vor?«, fragte ich.

»Leider nicht so häufig«, antwortet sie. »Weniger als ich mir wünschen würde. Aber ich hab es auf dem Zettel.«

Mail von Irena   Donnerstag, 21. April 2020

Hi Dustin, geht's euch noch gut da oben in den Bergen. Immer noch alles gesund? Hier sind wir scheinbar durch. Die Zahlen gehen immer weiter zurück. Die Reisebeschränkungen im Land werden Stück für Stück gelockert. Es ist übrigens bald so weit. Das Kind hat sich schon gedreht und liegt jetzt kopfunter im Becken. Jederzeit können die Wehen einsetzen. Die Tasche ist gepackt. Die Mitarbeitenden vom Goethe sind total lieb, alle haben von irgendwoher Babyklamotten, Fläschchen, Windeln und so weiter aufgetrieben. Sie sind voller Mitgefühl, dass ich nun so weit von zu Hause und vor allem meiner Familie mein Kind bekommen muss. Damit meinen sie natürlich alle, Mann, Eltern, Großeltern. Sie wollten auch wissen, was mein Mann, also Du beruflich machst und wie viel Du verdienst. Da haben Chines*innen keine Hemmungen. Dass ich gar nicht verheiratet bin, habe ich lieber verschwiegen. Ich habe Dich ihnen als Lehrer verkauft, was ja nicht mal gelogen ist, und dass man damit in Deutschland gut verdient. Was sagen ihnen schon viertausend Euro. Wir sollten uns jetzt Namen überlegen. Ich habe mir gedacht, jeder darf ihr einen Namen geben. Vielleicht nehmen wir die von unseren Großmüttern. Meine hießen Tereza und Marie-Anne. Anna würde mir am besten gefallen. Und wie ist es bei Dir? Wie hieß nochmal Deine Lieblingsoma, die mit den Mohnklößen? Schreib mir bald.

Irena

Die Großmutter mütterlicherseits hieß Herta. Dafür konnte sie nichts. Sie hatte sich bemüht, eine gute Oma zu sein. Aber gegen die Hartherzigkeit ihres Mannes kam sie auf Dauer nicht an. Deshalb war Herta keine Option. Die Mutter meines Vaters hieß Clara. Mein Großvater nannte sie Clärchen. Das klang für mich immer nach Ballhaus, Spitzenhäubchen, Schürze und Kaffeekränzchen. Trotzdem liebte ich sie, nicht nur wegen der Mohnkließla. Ich hatte überlegt, wie die Mitschülerinnen unsere Tochter wohl später rufen würden. Clärchen sicher nicht. Clara war eigentlich kurz genug, um es nicht noch weiter zu verballhornen. Cläre klang in der englischen Form sogar cool. Warum also nicht. Anna Clara. Mit oder ohne Bindestrich, darüber hatten wir zum Spaß noch etwas verhandelt. Ich konnte mich letztlich mit der Ohne-Variante durchsetzen. So hätte sie es leichter, falls sie sich später für einen der beiden Namen entscheiden wollte. Und damit war auch diese Sache geklärt. Falls Irena sich mit ihrem angeblichen Kennerblick nicht doch geirrt hatte. Oder sollte ich jetzt besser Kenner*innenblick schreiben? Klingt immerhin hübsch mehrdeutig. Was man von anderen Kombinationen nicht sagen kann. Ärzt*innen, Bäcker*innen, Müllfahrer*innen. Letztere hab ich allerdings noch nie gesehen. Machen nur Männer und die arbeiten immer im Freien. Dafür gibt's an den Sortierbändern angeblich nur Frauen, Müllsortierer*innen. Auf fatale Weise passend. Was gar nicht geht: Blödmänn*innen. Aber das braucht man nicht zu gendern.

Am 1.Mai ging sie ins Krankenhaus. Die letzten Stunden waren wir im Dauerkontakt, trotz des Zeitunterschiedes. Hier war es Abend, dort früher Morgen. Sie könne sowieso nicht schlafen, hatte sie geschrieben. Als es hier Mitternacht schlug, verabschiedete sie sich. Ihre Freundin Li würde sie nun in die Klinik bringen. Wenn ich morgen

aufwachen würde, wären sie vielleicht schon zu zweit. Ich wünschte ihr alles Beste, eine sanfte Geburt. Ich hatte noch meine Großmutter Herta im Ohr, dass es die größte aller göttlichen Ungerechtigkeiten wäre, dass die Männer das Vergnügen und die Frauen die Schmerzen vererbt bekommen hätten, und das alles wegen eines schnöden Apfels. Aber so schnell, wie erhofft, ging es dann doch nicht. Ich hatte versucht zu schlafen, es würde ihr schließlich nicht helfen, wenn ich achttausend Kilometer entfernt die Zeit totschlug oder wie ein nervöses Tier durchs Haus tigerte. Aber es gelang mir schlecht, stundenlang wälzte ich mich im Bett herum, versuchte, aus Verzweiflung einen Film zu gucken, der aber wegen des schwachen WLANs immer ruckelte und stockte. Früh um neun nach deutscher Zeit plopte endlich ein Foto in meinem WhatsApp auf. Blaue Augen, meine Stupsnase, Glatze mit leichtem blondem Flaum, Irenas Grübchen auf den Bäckchen. Untertext: Ich bin heute, am 2. Mai 2020 um 8:32 Uhr deutscher Zeit, 14:32 Uhr Pekinger Zeit gelandet und heiße Anna Clara, für meine chinesischen Freunde 清楚 (Qīngchú). Ich war verwirrt. Was sollte dieser chinesische Name? Warum diesen noch dazu? Es wäre die Übersetzung von "klar". Alle brauchen in China auch einen chinesischen Namen, weil sich dort niemand die fremden europäischen merken könne, klärte mich Irena auf.
Ich zeigte das Bild beim Frühstück herum. »Oh mein Gott wie süß«, hatte Ursel gerufen und mir herzlichst gratuliert. Auch Beat schüttelte mir die Hand und schlug mir dabei kräftig auf die Schulter. Vermutlich war ich in seinen Augen erst jetzt zu einem richtigen Mann geworden. Ich fühlte mich allerdings überhaupt nicht so. Wieder stand ich neben mir, zitterten mir die Knie, wurde mir klar, dass die Tatsache, Vater geworden zu sein, unwiderruflich war. Hatte ich im Stillen gehofft, der Kelch könnte noch irgendwie an mir vorüber gehen? Durch eine Fehlgeburt,

einen Irrtum, was weiß ich? Doch im selben Moment hatte ich mich schäbig und egoistisch gefühlt. Alle Zuversicht, welche ich mich bemühte auszustrahlen, alle mannhafte Tatkraft, mit welcher ich mich versuchte zu umgeben und dabei verdrängte, dass ich von hier aus überhaupt nichts beitragen konnte, alles drohte von Angst und Sorge über die Größe der Aufgabe hinweggefegt zu werden. Einzig das Bild dieses kleinen neuen Menschenkindes, so verletzlich und hilflos und dabei doch eine richtige Persönlichkeit, hielt mich aufrecht und ein Gedanke begann sich in mir zu formen, dass es sich lohnen könnte, für dieses Kind zu leben.

»Du musst es trotzdem Deiner Mutter schreiben«, hatte Ursel am nächsten Morgen gesagt. Ich hatte ihr mal kurz angedeutet, dass unser Verhältnis schwierig sei, als ich Weihnachten nicht nach Hause fahren wollte. Sie sei schließlich die Großmutter und habe ein Recht darauf, es zu wissen. Und so hatte ich mich am Abend hingesetzt und ganz analog mit Papier und Feder, nein, es war schon ein Kugelschreiber, einen klassischen Brief geschrieben. Denn Computer oder Smartphon, E-Mail oder andere Messages kannte und benutzte meine Mutter nicht. Sie habe es versucht, hatte sie mir mal erklärt, es aber verwirrend und kompliziert gefunden und irgendwann aufgegeben. Als wir noch bei ihr wohnten, haben wir für sie die notwendige Kommunikation übernommen. Danach musste es wieder auf die althergebrachte Art gehen. Ich hatte den Brief vorsichtshalber gescannt, falls er in ihrer Papierflut untergehen sollte. Manchmal konnten Wochen vergehen oder sie reagierte überhaupt nicht. Dieses Mal bekam ich schnell eine Antwort.

Sie wüsste nicht, ob sie sich für mich, für die junge Frau und für das kleine Ding freuen oder uns bemitleiden solle. Die Umstände wären ja alles andere als günstig. Sie wüsste davon schließlich ein Lied zu singen. Aber wenn man jung ist, sehe man es meistens anders. Da wäre die Zukunft eine schöne große Wundertüte, welche die herrlichsten Überraschungen bereithielte. Man müsse nur beherzt hinein greifen, sein Glück beim Schopfe packen und es gut festhalten, dass es nicht gleich wieder entfleucht wie das sprichwörtliche scheue Reh. Wahrscheinlich ist die jugendliche Unbekümmertheit auch gut. Sonst würde niemals auf dieser Welt scheinbar Unmögliches dennoch gewagt. Natürlich wünschte sie mir, uns, dem Kind alles Gute. Mögen es uns besser gelingen als ihr. Möge ich meinem Kind ein besserer Vater sein, als die unsrigen. Und sehr gern würde sie ihr Enkelkind einmal kennenlernen, möglichst nicht erst, wenn es schon ihren Namen schreiben könne.

Ihre Ehrlichkeit konnte überfordern und gleichzeitig berühren. Welche ungünstigen Umstände meinte sie eigentlich? Vermutlich war Irena in ihren Augen das Los einer alleinerziehenden Mutter bestimmt, die so wie sie selbst mit einem unsteten Vater geschlagen war. Dass wir beide im Gegensatz zu ihr mit unseren Ausbildungen ordentliches Geld verdienen konnten, schien ihr abzugehen. Und doch fühlte ich mich durch diese Vorannahmen herausgefordert, es tatsächlich besser zu machen. Etwas von dem erschütterten Selbstbewusstsein kehrte auf leisen Sohlen zurück. Warum sollte mir nicht gelingen, was andere auch hinbekommen. Aber in der jetzigen Situation konnte ich erst mal überhaupt nichts tun, war festgenagelt an den Ort, musste mit Millionen anderer Menschen abwarten, wie sich die Dinge entwickelten, war dem Geschehen ausgeliefert, ausgelöst von winzigen Viren und getrieben von apokalyptischen Befürchtungen.
In diese bedrückte Verfassung hinein erreichte mich eine Mail von Hanne:

Lieber Dustin, Mittwoch 6. Mai 2020

Friedrich und ich gratulieren Dir, besser gesagt, Euch sehr herzlich zur Geburt Eurer Tochter. Die Bilder sind zauberhaft, ein allerliebstes Kind. Wenn Ihr nur diese Freude zusammen erleben könntet. Aber vielleicht ergibt sich ja bald eine Möglichkeit. Wir hoffen alle auf den Sommer, dass die Ansteckungen wieder zurückgehen.

Corona macht auch uns Probleme. Wir finden für Friedrich niemanden, der mich bei der Pflege unterstützt. Wegen der neuen Hygienevorschriften, welche die Pflegedienste jetzt einfordern und die wir gewährleisten müssten, was wir nur schwer erfüllen können, hat sich niemand gefunden. Es geht eigentlich nur, wenn die Pflegekraft dauerhaft im Haus wohnt, aber das macht keiner. Vieles kann ich ja selbst erledigen, Körperpflege usw., aber dann komme ich kaum zu etwas anderem. Friedrich braucht auch noch Hilfe bei seinen täglichen Übungen, kognitiv und körperlich, er braucht einfach mehr Gesellschaft als früher, das alles kann ich nur schwer leisten. Deshalb haben wir gedacht, Dich zu fragen, ob Du Dir vorstellen könntest, nochmal für eine gewisse Zeit, ein paar Wochen oder zwei, drei Monate bei uns zu wohnen und uns zu unterstützen. Bis Friedrich wieder selbstständiger leben kann. Wir würden Dich ganz offiziell anstellen und bezahlen, denn wir bekommen Pflegegeld und Friedrichs Pension ist auch nicht so schlecht. Dann wärst Du versichert und bräuchtest nicht diese hohen Beiträge für Freiberufler zahlen. Überleg es mal. Über die konkreten Aufgaben können wir gern reden.

Herzliche Grüße Deine Heiders

Wollte ich das wirklich? Eine solche Aufgabe hatte ich noch nie übernommen. Andererseits wäre es eine Möglichkeit, wieder nach Deutschland zurückzukehren und ein Quartier zu haben, das mögliche Quarantäneauflagen erfüllen würde. Ich wäre auch schnell am Ort, wenn Irena zurückkommen würde. Inzwischen hatten sich doch einige Leute gemeldet, die für die Sommersaison auf dem Hof mitarbeiten würden, nachdem Beat einen Hilferuf über ihr Netzwerk abgesetzt hatte. Meine Arbeitskraft war deshalb entbehrlich geworden. Ich verständigte mich mit Hanne über meine Aufgaben und die Bezahlung und begann, meine Abreise zu planen.

Beat brachte mich zur Bahn, nachdem sie mich mit einem sehr herzlichen Abend bei Raclette und Schweizer Liedern verabschiedet hatten. Kurz hatte ich überlegt, zu Fuß über die grüne Grenze einzureisen, um die Quarantäne zu umgehen. Es gäbe da eine alte hölzerne Brücke über den Rhein bei Schaffhausen, da würde bestimmt niemand kontrollieren, meinte Beat. Aber vielleicht jetzt gerade, warf Ursel ein. Doch als mir Hanne erklärte, zu ihrer Sicherheit müsse ich mich in jedem Fall isolieren, verwarf ich diese konspirative Idee.

5.0

Mittwoch, 13. Mai 2020

Wieder in W. Die Fahrt hierher war einigermaßen dysto-
pisch. Natürlich Maskenpflicht. Zum Glück hatte Beat ein
paar in seinem Werkzeugschrank gegen Schleifstaub vor-
rätig. Die mussten vorerst reichen. Gleich hinter Basel
Badischer Bahnhof, (fröhlicher Dreiklang und liebenswerte Absonderlichkeit, ein deutscher Bahnhof auf Schweizer
Territorium, wenn auch nur wenige Meter neben der eigentlichen Grenze), kamen zwei Beamte der Bundespolizei
in Vollschutz durch und verteilten Einreiseformulare, die
sie nach einer halben Stunde wieder einsammelten. Wir
mussten unsere persönlichen Daten und das Ziel der Reise, alle Umstiege und die Erreichbarkeit eintragen. Noch
während der neunstündigen Fahrt mit fünf Umstiegen,
durchgehende Züge schienen gestrichen worden zu sein,
wurde ich zweimal vom jeweiligen Gesundheitsamt auf
dem Handy angerufen. Sie wollten wissen, wo ich mich
gerade befinde und klärten mich über die Quarantänebe-
stimmungen auf. Vierzehn Tage Isolation an einer, dem
örtlichen Gesundheitsamt anzugebenden Adresse, vor jeder Berührung von Gegenständen, welche das Zimmer
verließen, die Hände desinfizieren, alle diese Dinge nach
Benutzung ebenfalls desinfizieren, Sanitärräume bei ge-
meinschaftlicher Nutzung dazwischen mindestens eine
Stunde durchlüften. Coronasymptome sind sofort zu melden und die weiteren Anweisungen des örtlichen
Gesundheitsamtes abzuwarten. Hanne begrüßte mich am
Bahnhof. Sie war mit dem Auto gekommen, um mein Gepäck abzuholen und hatte mein Fahrrad mitgebracht. Ich
möge das nicht missverstehen, aber es wäre ihr lieber,
wenn ich die letzte Meile mit dem Rad führe. Corona sei
das Letzte, was sie jetzt gebrauchen könne. Schon okay,

hatte ich sie beruhigt. Als ich ankam, waren die Zimmertüren, die sonst immer offen standen, geschlossen. In der oberen Etage trennte eine große, durchscheinende Bauplane im Flur Gästezimmer und Gästebad von den übrigen Räumen. Hanne stand in der Tür zum Salon und meinte, es wäre ja nur für zwei Wochen, wir könnten über whatsapp und telefonisch immer Kontakt haben, ich solle immer sagen, wenn ich was bräuchte und keine Hemmungen haben, sie fände das alles auch schrecklich doof, aber sicher ist sicher. Vielleicht können wir es in einer Woche schon lockern. Dass ich mal an die Luft gehen könne, meinte sie zum Schluss. Alles klar, meinte ich, verschwand hinter der Bauplane und schloss die Tür zu dem Zimmer, das mich wie ein verlorenes Schaf wieder aufnahm.

Donnerstag, 14. Mai 2020

Als ich die Augen aufschlug, brauchte ich tatsächlich kurz, um mich zu orientieren. Es war schon zehn. Auf dem Handy eine SMS von Hanne:

> Meld' dich wenn du wach bist,
> ich stell dir das Frühstück vor die Tür.
> Frühstücksei?

Diesmal brauchte ich mir keine Gedanken machen, dass ich zu lange gepennt haben könnte, aber die Erinnerung an meinen ersten Tag hier war sofort wieder da. Ich verschwand im Bad, das ich zum Glück alleine haben würde. Ihr kleiner Luxus machte die Situation erträglicher, handhabbarer. In der Schweiz musste ich mir das Bad mit den Teens teilen. Kurz nachdem ich zurück gefunkt hatte, stand ein Tablett mit frischen Brötchen, Kaffee, Käse, Pfirsichkonfitüre und dem Frühstücksei vor der Tür. Ich rief unten an, bedankte mich und erkundigte mich nach Friedrich. Gestern wäre ja kein Raum dafür gewesen, meinte ich noch.

»Ich geb' ihn dir«, antwortet Hanne.

»Hi, Dustin, altes Haus, schön dich wenigstens zu hören«, tönte die vertraute Stimme durchs Gerät. »Wie geht es Dir?«

»Alles bestens, bin gesund«, versuchte ich mich auf seinen fröhlichen Tonfall einzulassen, obwohl die Situation so lustig nicht war. »Wie geht es dir denn.«

»Ach«, meinte er, »es ging mir schon schlechter. Die rechte Seite funktioniert und die linke klemmt halt. Hinkt immer hinterher. Ich kann schon mit den Fingern wackeln, aber der Arm hängt noch runter wie ein nasser Sack. Das Bein zieh ich auch noch nach. Aber ich kann den Oberschenkel schon wieder ein winziges Stück anheben. Im Gesicht ist fast alles wieder okay.«

Seine Stimme klang nur leicht verlangsamt. Man merkte es nur, wenn man ihn von früher kannte.

»Ich finde es ja ein bisschen übertrieben«, meinte er dann, »aber du kennst ja Hanne. In solchen Dingen widerspricht man besser nicht.«

»Ist schon okay. Das werde ich schon überleben.«

»Dann lass mal den Kaffee nicht kalt werden und schlag die Zeit tot.«

Dann legte er auf. Ich war mir allerdings nicht so sicher, ob nicht eher die Zeit mich totschlagen würde. Auf jeden Fall wollte ich mir eine Liste erstellen, was ich alles in meiner Eremitage machen könnte.

Im Tagebuch klaffte eine riesige Lücke. Die ganze Schweizer Zeit wollte nachgetragen werden. Ich war dort zu nichts gekommen, maximal ein paar Notizen. Es gab so viel Arbeit, das Malern war anstrengend gewesen, die Kinder hatten mich in Beschlag genommen, wie ich es nicht erwartet hatte und die Arbeit an der frischen Luft inklusive der Skiabfahrten hatten mich ordentlich müde gemacht, so dass ich oft nur noch ins Bett fiel. Das könnte ich jetzt in Ruhe rekapitulieren.

Dann würde ich, so oft es geht, mit Irena skypen. Auch das ging gestern nicht mehr. Als ich hier ankam, war es bei Ihnen schon tiefste Nacht. Clara kam alle zwei Stunden, da brauchte sie jeden Schlaf. Lesen wäre auch eine Option, Film gucken. Das WLAN war hier stabiler als in den Bergen. Mails an Freunde schicken wäre auch mal wieder dran, aber dann? Computerspiele fielen mir noch ein, darum mache ich eigentlich einen Bogen. Als Kids hatten wir eine Phase, da haben mein Bruder und ich extensiv gezockt. Mein Vater hatte uns bei einem seiner seltenen Besuche eine Play-Station geschenkt, obwohl Mutter dagegen war. Die Jungs müssen da durch, die müssen in der Schule mitreden können, sonst werden sie als Habenichtse gemobbt, meinte er dazu. Aber jeder nur eine Stunde maximal, und nur, wenn die Aufgaben gemacht sind, bestimmte meine Mutter. Bei allem Chaos, darin konnte sie streng sein. Zuerst fanden wir es spannend und hatten uns gestritten, wer als erster nach der Schule spielen dürfe. Später ließ ich Robert meistens den Vortritt, noch später dann auch meine Stunde, wenn Mutter nicht zu Hause war. Als ich sah, das er kaum noch davon los kam, oft heimlich unter der Bettdecke mit Kopfhörern zockte, die er gegen eine Mattelfigur eingetauscht hatte und die Plays immer brutaler wurden, hat mich das immunisiert. Seitdem finde ich diese ganze Szene ziemlich problematisch. Inzwischen soll es ja auch sehr gut gemachte Story-Plays geben, wo man ganze Welten erschaffen, in Charaktere schlüpfen und in Fantasy-Geschichten eintauchen kann. Vielleicht sollte ich meine Bildungslücken da etwas auffüllen, damit ich weiß, was bei den Jungs heute so abgeht, falls ich doch mal im Schuldienst lande. Immerhin sind die mindestens fünfzehn Jahre jünger als ich.

Als ich mein Frühstückstablett, mit Desinfektionsspray eingenebelt, wieder vor die Tür stellte, stand dort ein Schachbrett und eine Holzkiste mit einem Figurenset in schwarz und weiß darin. Dabei lag ein Zettel: ›Hast Du schon mal Fernschach gespielt? Ruf mich an. Friedrich.‹

Ich stutze, dann musste ich grinsen. Der alte Lehrer. Dem fällt doch immer noch was ein. Ich griff zum Handy, funkte nach unten, ich könnte zwar etwas Schach, aber Fernschach ist Neuland. Wie das ginge?

Das sei nicht schwierig, meinte er. Ich müsse beide Seiten aufstellen und setzen. Er hätte unten noch ein Brett. Wir könnten uns die Positionen durchsagen oder simsen, wie wir wollten. Falls ich Lust darauf hätte, könnten wir gleich anfangen. Er war heiß und ich neugierig. Also erklärte er mir das Prinzip und eröffnete das Spiel. Nach einigen anfänglichen Irritationen hatte ich es aber nach den ersten fünf Zügen kapiert und wir vertieften uns in die Partie. Manchmal kam ein Kommentar, »bist du sicher« oder, »schau mal C7«, dann merkte ich, dass er mir doch überlegen war und meine Nachdenkpausen wurden länger. Ich sah uns wie in einem Querschnitt durchs Haus, wie in einer Puppenstube, in die man hineinschauen konnte. Das Bild war skurril, aber auch reizvoll. Zwei Leute, grübelnd und einsam vor ihren Schachbrettern hockend, stumm über den nächsten Zug brütend, tief eingesponnen in einen Cocon hochkonzentrierter Gedanken, die sich wie ein Schutzschirm um den Geist legen und alle Aufmerksamkeit binden, den Telefonhörer neben sich liegend, die sich von Zeit zu Zeit scheinbar sinnfreie Geheimcodes durchgeben, B4 auf E5, C3 zieht nach F7, G3 schlägt B2.

Ich verlor den rechten Turm, den linken Läufer, fast hätte er auch die Dame geschlagen und nach zwanzig Minuten hatte er mich matt gesetzt.

»Revanche?«, fragte er darauf.

»Macht es dir denn Spaß? Ich bin ja doch nicht so stark wie du.«

»Nun wirf mal nicht gleich die Flinte ins Korn, du warst gar nicht so schlecht. Nach dem ersten Schock, als ich dir Turm und Läufer abgeknöpft hatte, hast du dich ja dann gefangen und meine fiese Attacke gegen deine Dame mal grade so noch abgewendet. Bist vielleicht bissel aus der Übung.«

Wir spielten noch drei Partien. Immer mal wieder gab er mir Tipps, so dass ich am Ende sicher war, die Unterweisung machte ihm mindestens genauso viel Spaß wie das Spielen selbst.

Dienstag, 19. Mai 2020

Fünfter Tag meiner Einsamkeit. Vorgestern bat ich Friedrich um ein Stück Holz. Ich hatte die Idee, etwas zu schnitzen. Es geht aber nicht jedes, erklärte er mir am Telefon. Linde sei das Beste und ich brauche was zum Einspannen. Irgendwo müsste er so was haben. Falls es Hanne nach seiner Beschreibung finden sollte, könne ich mein Glück probieren. Am Nachmittag stand eine Kiste mit einer Säge, einer Schraubzwinge, einem Holzbrett mit Anschlag und ein Kästchen mit verschiedenen Schnitzeisen vor meiner Tür. Auch verschieden große Holzstücke lagen darin. Und ein Päckchen Heftpflaster. War das seine oder Hannes Zutat? Ob ich zurecht kommen würde, wollte er bald darauf wissen. Ich hatte mir ein paar Filmchen auf Youtube angesehen und fühlte mich gut präpariert. Man solle zuerst auf den Faserverlauf des Holzes achten und danach sein Motiv ausrichten. Die Längsachse einer Figur sollte immer parallel zur Holzfaser verlaufen. Ich hatte mir für den Anfang einen Fisch vorgenommen und stellte mir vor, wie Clara damit in der Badewanne planschte. Irgendwann. Das sollte doch nicht so schwierig sein. Ich zeichnete den Fisch auf ein längliches Stück, einmal von oben und einmal von der Seite, stütze das Holz auf dem Schnitzbrett ab und schnitt mit einem der Eisen beherzt hinein. Das Messer tauchte ins Holz wie in weiche Butter, ein breiter Span hob sich ab, das Eisen rutschte durch, der Span flog davon und die geplante Schwanzflosse war abgesäbelt. Das war wohl etwas zu beherzt gewesen. Dann muss der Schwanz jetzt eben kleiner ausfallen oder flach sein, wie bei einem Wal. Ich änderte die Vorzeichnung und versuchte es nochmal. Der zweite Schnitt gelang schon besser, Span um Span bekam ich ein Gefühl für das Holz, das sich weich und geschmeidig dem Messer ergab und mich mit einer seidig glänzenden Schnittfläche belohnte, wenn ich das Eisen im richtigen Winkel angesetzt hatte. Schnitt für Schnitt legte ich den Schwanz frei. Ein Klopfen unterbrach mich, das Mittagessen stand vor der Tür. Ich hatte nicht bemerkt, wie die Zeit vergangen war. Als der Kopf mit den Flossen Form annahm, war die Sonne am Versinken. Ich legte das Messer beiseite und besah mein Werk. Der Fisch war noch etwas unförmig, eine Kreuzung aus Wal und Kugelfisch mit einer Haiflosse auf dem Rücken. Aber er sah lustig aus. Ich machte ein Foto und schickte es an Friedrich. Die Antwort brauchte eine Weile, wir hatten keine Standleitung. Gar nicht schlecht für den Anfang, meinte er später. Dann besah ich meine Hände. Geschnitten hatte ich mich nicht. Aber am rechten Handballen schien sich eine Blase zu bilden. Vielleicht war das Pflaster auch dafür gedacht. Genug für diesen Tag. Um mich herum waren Tisch und Boden von feinen weißen Spänen übersät. Fegen war mehr als nötig.

Mittwoch 20. Mai 2020

Zur Erholung der Hände habe ich gestern tatsächlich etwas gezockt. Beziehungsweise mich über den Spielemarkt schlau gemacht. Für die meisten Games ist mein Rechner zu alt, zu langsam, zu wenig Leistung. Unglaublich wie sich das entwickelt hat. Auch diese krasse Brutalität scheint jetzt völlig normal zu sein. Ich bin da echt zu lange raus. Und die Schweizer Kids hatten solches Zeug auch nicht auf ihrem Computer. Als ich mit Friedrich darüber sprach, meinte er, dass er diese Entwicklung schon lange sehr bedenklich findet. Man sollte das in einem größeren Zusammenhang sehen. Solange sich Menschen, vor allem Männer, für blutige, gewalttätige Computerspiele und Filme begeistern, diese in den Feuilletons positiv besprochen und maximal mit dem Hinweis versehen werden, es sei nichts für schwache Nerven, brauche man sich nicht zu wundern, dass es noch immer Krieg und Gewalt gäbe. Und dann würden uns Soziologen in den Talkshows belehren, es gäbe keinen belegbaren Zusammenhang zwischen Spielekonsum und Akzeptanz von Gewalt zur Konfliktbewältigung. Er wäre schon in seiner Zeit als Lehrer von den Kollegen müde belächelt worden, als er damals meinte, man müsse etwas dagegen tun. Seitdem sind die Gewaltdarstellungen immer heftiger geworden. Dass dies heute so kritiklos hingenommen wird, mache ihn nur noch sprachlos. In den Sechzigern, Siebzigern wäre das alles so nicht möglich gewesen. Nicht nur technisch. Auch moralisch waren Kriegsspiele allgemein geächtet. Kurz nach Kriegsende war Erziehung zum Frieden das große Thema. Schon die Wiederbewaffnung hatte heftige gesellschaftliche Diskussionen ausgelöst und zur Friedensbewegung geführt. Heute würde man sie fast wie einen Traditionsverein betrachten.

Samstag 23. Mai 2020

Ich skype täglich mit Irena, da scheint es gut zu laufen. Jedenfalls ist sie immer ganz vergnügt, wenn wir uns sehen. Clara schaut meist uninteressiert und ein bisschen verleiert in die Kamera, Irena muss sie dann kitzeln, damit sie mir ein Lächeln schenkt. Wieso sollte man dieses Gesicht hinter der Scheibe angrienen. Meistens schläft sie. In diesen Pausen kann Irena tatsächlich etwas Homeoffice fürs Institut machen, Bürokram, Mails beantworten, Anmeldungen für Sprachkurse checken, sagt sie.

Ich stelle mir vor, wie Clara meinen Fisch anschauen wird. Irgendwann. In den letzten Tagen habe ich immer mehr Feinheiten aus dem Holz herausgeholt, Augen, Schuppen, Struktur der Flossen, die kleine Figur wurde immer lebendiger unter meinen Händen und ich gewann mehr und mehr Sicherheit mit den Schnitzmessern. Am dritten Tag war ich mit meinem Werk zufrieden. Jetzt noch weiter daran zu arbeiten, hätte es nicht mehr verbessert. Aber die Schnitzerei hat mir gefallen und ich überlege, was ich als nächstes machen könnte, etwas für Irena, oder für uns beide. Zuerst dachte ich an eine kleine Figurine, ein Liebespaar vielleicht, aber das ist zu cheesy. Eher etwas Abstraktes, ein Symbol. Zwei Ringe ineinander verschlungen, ein Ring hängt in dem anderen und man könnte sie nur trennen, wenn man einen zerbrach. Das wäre auch technisch eine gewisse Herausforderung. Na, lieber nicht, ist auch kitschig. Sie könnte es als Antrag missverstehen. Und darüber lachen. Oder mich für verrückt erklären. Oder darauf eingehen. Egal. Keine Ahnung, wie ich darauf reagieren würde. Aber vielleicht ein Yin-Yang-Amulett, welches aus zwei Teilen besteht, zwei sich ergänzende, sich gegenseitig einfassende Ringe, die ineinander gesteckt werden, aber auch getrennt an einem Lederband um den Hals getragen werden können.

Ich muss noch über die Konstruktion nachdenken, bin mir ungewiss, ob ich es aus einem Stück heraus schnitzen oder aus zwei verschiedenen Teilen ineinander einpassen sollte. Friedrich, dem ich einen ersten Entwurf schickte, meinte, da würde ich mich ja gleich an die ganz hohe Schule wagen. Aber ich sollte mich nicht abhalten lassen, mehr als schief gehen könne es schließlich nicht. Er empfahl mir, es aus zwei Teilen zu machen, auch wenn es symbolträchtiger wäre, wenn es aus einem Stück geschnitzt würde. Im Bereich der offenen Ringe sollte das Holz möglichst langfaserig sein, weil es an den kurzen Fasern schneller bricht. Zur Erklärung hat er mir den Faserverlauf in meine Skizze eingezeichnet. Hanne muss Postboten spielen.

Mittwoch, 27. Mai 2020

Heute Abend endet mein Stubenarrest, ich bin wieder ein freier Mann. Okay, in der zweiten Woche hatte Hanne mir erlaubt, mit Maske durchs Haus und in den Garten zu gehen. Ich hatte ja keine Symptome, hatte mich sehr wahrscheinlich nicht infiziert. Wenn man sich testen könnte, wäre es einfacher. Aber diese PCR-Tests scheinen noch Goldstaub zu sein. Einmal haben die vom Gesundheitsamt tatsächlich jemanden zur Kontrolle vorbei geschickt. Doch da war ich ganz brav in meiner Klausur. Zeitweilig kam ich mir tatsächlich vor wie ein Mönch aus dem Mittelalter, der sich freiwillig in seine Zelle einschließen lässt, um sein Leben ganz Gott zu weihen und sich von nichts weltlichem, nicht mal den alltäglichen Begegnungen mit seinen Klosterbrüdern ablenken zu lassen, sondern sich nur noch Bibelstudium, Gebets- und Bußübungen zu widmen. Ich hatte so was krasses in einem Buch über Klöster gelesen. Davon war ich natürlich weit entfernt, aber Essen vor der Tür, Bücher auf Bestellung, schriftliche

Kommunikation und 24/7 mit sich selbst allein fühlten sich ein bisschen so an. Klar gab's das elektronische Fenster zur weiten Welt, zu zwei Welten eigentlich, der realen und der digitalen. Doch auf die Dauer geht das nicht. Ich kann es jedenfalls nicht. Aber das hat ja nun bald ein Ende. Obwohl ich mich in den zwei Wochen nicht wirklich gelangweilt habe, sehne ich mich danach, wieder mit Menschen an einem Tisch sitzen zu dürfen und Face to Face miteinander zu reden. Hoffentlich werde ich neben Friedrichs Betreuung noch genug Zeit haben, das begonnene Yin-Yang zu vollenden.

Sonntag, 5. Juni 2020

Heute endlich wieder Zeit zum Schreiben. Hanne ist mit Friedrich zu alten Freunden in die Stadt gefahren. Ein Kollege feiert seinen siebzigsten Geburtstag. Er wolle sich das trotz Pandemie nicht nehmen lassen, es kämen nur zirka dreißig Leute und alles würde im Freien stattfinden, unter einem Zelt gegen Regen oder Sonne, keine Tafel oder Buffet, Tische mit Abstand, wurde gesagt. Deshalb, meinte Hanne, können sie es riskieren. Nur zu zweit haben wir es geschafft, Friedrich ins Auto zu bekommen.
Seit mehr als zwei Wochen bin ich wieder ein freier Mann. Inzwischen hat sich ein gewisser Tagesablauf eingespielt. Jetzt fahre ich früh zum Bäcker und bereite das Frühstück, Hanne versorgt in der Zeit Friedrich. Körperpflege; sie assistiert dann beim Rasieren, Zähneputzen und Waschen. Allein wäre es noch schwierig.
Dann mache ich mit Friedrich einen Spaziergang, das heißt, er geht am Rollator, ich begleite ihn. Er nennt ihn seinen Rolfi. Oder Rollvieh? Jeden Tag versuchen wir, die Runde etwas zu erweitern. Das ist nicht so einfach, denn die meisten Wege im Dorf sind nicht asphaltiert. Mit dem

Rad habe ich ausgekundschaftet, welche glatt genug sind und es in einem Ortsplan vermerkt. So können wir bis in den Wald gehen. Noch ist das Wetter gut. Für Herbst und Winter hat Hanne darüber nachgedacht, einen Lauftrainer anzuschaffen. Zweimal in der Woche kommt eine Physiotherapeutin, zeigt Friedrich neue Übungen und dokumentiert die Fortschritte.

Danach sitzt Friedrich in seinem "neuen Büro" und beantwortet Briefe, E-Mails und liest Zeitung. Zum Glück kann er die rechte Hand benutzen und mit der Linken immerhin das Papier festhalten, so dass es beim Blättern oder Schreiben nicht wegrutscht. Am Rechner versucht er auch mit links zu tippen, aber das gelingt noch schlecht. "Die Linke quälen", nennt er das. Der alte Sozi. Wir haben den Schreibtisch und seine wichtigsten Sachen von oben aus seinem Zimmer herunter in das ehemalige Schlafzimmer gebracht. Er lebt jetzt im Erdgeschoss. Die Treppe in den ersten Stock kommt er nur mit Mühe hinauf. Am Bett hat er eine Klingel, die im ganzen Haus läutet, ein Chorfreund hat sie installiert. Hanne schläft dafür jetzt oben in Friedrichs altem Arbeitszimmer.

Dann bereitet Hanne das Mittagessen vor. Manchmal gehe ich ihr dabei zur Hand und lerne noch etwas übers Kochen. Oder sie hat irgendeine andere Aufgabe für mich. Nach dem Essen macht Friedrich Mittagsschlaf und ich habe frei. Da skype oder chatte ich mit Irena. Dort ist dann schon Abend. Clara lacht mich jetzt über den Bildschirm an, wenn ich lustige Geräusche mache und dabei Grimassen schneide. Augen aufreißen, blubbern wie ein Fisch, das findet sie komisch. Und das nach sechs Wochen. Mehr Digital-Nativ geht wohl kaum. Irena hat Fotos geschickt. Clara lachend, Clara weinend, Clara auf Irenas Arm. Clara, wie sie von Irena gestillt wird, Clara mit Irena auf dem Markt, im Tragetuch, Clara schlafend. Ich zeigte sie Hanne und Friedrich. »Sie hat deine Augen«, bemerkte er. »Bist du nicht doch ein bisschen stolz«, fragte sie.

Sollte ich stolz sein? Worauf? Dass ich Vater bin? Was war mein Anteil? Außer, dass wir unseren Spaß gehabt hatten. Okay, es war auch Zuneigung dabei. Emotionale Anziehung. Das große Wort Liebe wollte ich nicht bemühen. Auch konnte ich noch nicht zeigen, dass auch ich bereit war, meinen Anteil zu erfüllen. Und dann spürte ich es. Doch, ich bin stolz. Ich bin Miturheber dieses kleinen, niedlichen Menschleins, in dem alles, ein ganzes Leben, Keimzelle einer großen Familie oder einer erfüllenden Aufgabe angelegt ist. Aber so, wie es angelegt ist, konnte es nur durch mich und niemanden anderes in sie hineingelegt worden sein. Mein Anteil ist nicht mehr austauschbar. Sie ist ein Kind der Freude, so viel ist sicher. Und wenn das auch keine Garantie für ein freudvolles Leben wäre, so ist es doch immerhin eine gute Grundlage, finde ich.

Am Nachmittag habe ich Gesellschafterdienst für Friedrich. Etwas spielen, Schach oder anderes, Dinge anreichen, wenn er was braucht, ein Buch, ein Getränk, den Nachmittagskaffee vorbereiten. Manche Sachen sind unkompliziert, aus dem Sessel helfen, den Rollator bringen, anderes ist gewöhnungsbedürftig, wie die Hilfe beim Toilettengang zum Beispiel. Hanne erledigt in der Zeit Wege: Einkauf, Behörden oder arbeitet einfach im Haus, im Garten. Es bleibt nicht aus, dass wir in diesen Zeiten viele Gespräche führen, über Gott und die Welt, aber auch über persönliche Dinge. Für meine ganze komplizierte Familiengeschichte waren sie einfühlsame Zuhörer. »Du hast schon viel geleistet, Junge«, meinte Friedrich darauf. »Mehr als andere in deinem Alter.« Es wäre immer wieder erschütternd, sagte Hanne, zu sehen, wie traumatische Erlebnisse aus der Vergangenheit an die nachfolgenden Generationen auf irgendeine Art und Weise weitergegeben würden. Und die müssen sich dann damit herumschlagen, es abarbeiten. Es belastet sie, ohne dass sie wissen, wo es herkommt. Ob ich denn auf irgendjemanden in meiner Familie wütend sei, fragte sie mich. Darüber könne ich nichts sagen, hätte ich noch nicht nachgedacht, erwiderte ich.

Auf wen sollte ich wütend sein? Auf den Vater meiner Mutter, den Polizisten, weil er durch seine rigide Erziehung das Bild meiner Mutter von Männern und institutionellen Berufen belastet hat und sie deshalb vor stabilen Verhältnissen immer zurückgeschreckt ist, obwohl sie diese eigentlich ersehnte? Oder die Eltern meines Vaters, die ihren Sohn mit ihrer Gutmütigkeit verwöhnt haben und er das angenehme, das leichte Leben der dauerhaften Verantwortung neben einer unsteten Frau vorgezogen hat? Und wer hat bei deren Erziehung versagt? Und wie viel Einfluss haben die Verhältnisse, die Leute, die Meinung, was man tut und was man nur heimlich tut. Und was ist Erziehung oder besser Prägung und was Veranlagung, steckt in den Genen? Und wie funktioniert die Übertragung, wie kann man diese durchbrechen? Alles Dinge, von denen ich zu wenig weiß. Von denen die meisten Menschen viel zu wenig wissen. Und dennoch setzen sie Kinder in die Welt, erziehen sie, lieben sie oder glauben sie zu lieben, nur das Beste zu wollen, manche verwechseln lieben auch mit brauchen, nutzen sie aus, machen sie im schlimmsten Fall gefügig für ihre Bedürfnisse und Wünsche. Niemand lernt, wie man es richtig macht mit seinen Kindern. Es gibt keine Schule als das Leben selbst, es gibt keine Prüfung. Fahren ohne Führerschein sozusagen. Am Ende zählt, ob man heil durchgekommen ist durch all die Kreuzungen und Durststrecken, die Stauungen und Attacken, ob das Kind geraten ist und auf einen guten Lebensweg gefunden hat oder ob es immer in Gefahr war, gegen den Baum zu rasen. Wer konnte da bestehen?

Als ich mit Friedrich darüber sprach, ließ er mich ein Buch aus dem Regal suchen. Es war ein Band mit Gedichten von

Kahlil Gibran. Er könne mir ja schlecht raten, weil sie keine eigenen Kinder hätten, meinte Friedrich. Aber dieses Gedicht habe ihn immer fasziniert, so ein Vater wäre er gern gewesen. Vielleicht würde es meine Fragen beantworten. Ich habe es mir herausgeschrieben:

„Deine Kinder sind nicht deine Kinder.
Sie sind die Söhne und Töchter
der Sehnsucht des Lebens nach sich selbst.
Sie kommen durch dich, aber nicht von dir
und obwohl sie bei dir sind, gehören sie dir nicht.

Du kannst ihnen deine Liebe geben,
aber nicht deine Gedanken;
denn sie haben ihre eigenen Gedanken.

Du kannst ihrem Körper ein Haus geben,
aber nicht ihrer Seele;
denn ihre Seele wohnt im Haus von morgen,
das du nicht besuchen kannst,
nicht einmal in deinen Träumen.

Du kannst versuchen, ihnen gleich zu sein,
aber suche nicht, sie dir gleich zu machen;
denn das Leben geht nicht rückwärts
und verweilt nicht beim Gestern.

Du bist der Bogen, von dem deine Kinder
als lebende Pfeile ausgeschickt werden
Der Schütze sieht das Ziel
auf dem Pfad der Unendlichkeit,
und Er spannt euch mit Seiner Macht,
damit seine Pfeile schnell und weit fliegen.

Lasst euren Bogen von der Hand des Schützen
auf Freude gerichtet sein.
Denn so wie Er den Pfeil liebt, der fliegt,
so liebt Er auch den Bogen, der fest ist."

Kahlil Gibran (1883-1931)

Worüber der Dichter leider nicht gesungen hat: wie lange dauert das Spannen des Bogens, wann ist der rechte Zeitpunkt, dass sich die Hand öffnet und den Pfeil freigibt?
»Hoffentlich nicht, wenn die Spannungen zwischen Eltern und Kindern so groß sind, dass sie nicht mehr zu ertragen sind und dann aus Not losgelassen werden muss«, meinte Irena, der ich das Gedicht schickte.
»Haben wir das in der Hand?«, fragte ich.
»Ich hoffe doch, zumindest ein wenig. Aber ein tolles Gedicht«, meinte sie darauf.
Und dann, erst nach nochmaligem Lesen ging mir auf, dass diese Wahrheit ja auch für mich galt. Auch ich war ein Pfeil, ausgesandt, mein eigenes Ziel zu finden. Meine Seele musste ebenso wie mein Körper nicht im Haus meiner Mutter wohnen bleiben und ich musste nicht die Gedanken meiner Mutter, meines Vaters, meines Bruders teilen, denn ich würde mein eigenes Ziel suchen, mein eigenes Haus bauen, mich als ein eigenständiger Bogen spannen lassen und ich wollte ein starker Bogen sein durch Freude. Und obwohl mir bewusst wurde, dass dieses gespannt werden auch Mühsal, Schmerz und Leid bedeuten konnte, fühlte ich eine große Erleichterung, weil nicht ich es war, der den Bogen spannen musste. Ein starker Schütze würde mich in seiner Hand halten.

Montag, 15. Juni 2020

Am Nachmittag fragte ich Friedrich, wann er eigentlich nach Berlin gekommen war. Obwohl ich schon so viele Wochen unter ihrem Dach lebte, wir inzwischen sehr vertraut waren, wusste ich von seinem Leben noch nicht viel.

Das sei zweiundsechzig gewesen, begann er, ein Jahr nach Mauerbau. War ziemlich verrückt, in die Frontstadt zum Studieren, und auch eine Flucht. Sechsundfünfzig hatten sie die Wehrpflicht wieder eingeführt. Das wollte er unbedingt vermeiden. Es gab zwar auch schon den Zivildienst und er hatte sich darum beworben, aber die Gewissensprüfung nicht bestanden. Da hätte man sich selbst verleugnen müssen, lügen, dass es jedem Detektor die Schamröte ins Gesicht getrieben hätte, meinte Friedrich. »Wer nicht glaubhaft versicherte, sich im Falle eines Angriffs, der Russen natürlich, für seine pazifistische Haltung zerlöchern zu lassen und sich selbst dann nicht zu verteidigen, wenn sie Frau und Kinder vor den eigenen Augen vergewaltigen und massakrieren würden, der kam nicht durch.« Das war Nötigung, hatte mit Gewissensprüfung nichts mehr zu tun, fand er. Nur in Westberlin gab es keine Wehrpflicht.

»Ich weiß«, hakte ich ein, »Viermächtestatus.....kein Teil der Bundesrepublik Deutschland und darf nicht von ihr regiert werden..., so wie Ostberlin eigentlich nicht die Hauptstadt der DDR hätte sein dürfen.«

»Genau. Aber deshalb fängt man keinen Krieg an«, bestätigte er. »Sehe, du kennst dich aus.« Aber er wollte auch von zu Hause raus, oder besser, diesem westfälischen Kleinstadtmief entfliehen, fuhr er fort. Damals wäre dort noch alles gutkatholisch gewesen, der Pfarrer nach dem Bürgermeister der zweite Mann am Ort. Die Fronleichnamsprozession war das größte Ereignis, wurde nur übertroffen, als der Fußballclub in die Regionalliga auf-

stieg. Alle mussten mitgehen, tagelang wurden Altäre geschmückt, Prozessionsfiguren gereinigt. Wer sie tragen
durfte, wurde ausgelost, es war eine Ehre. Die kleinen
Mädchen wurden zu Blumenstreukindern herausgeputzt,
das könne man sich heute gar nicht mehr vorstellen. Alle
gingen in ihren besten Anzügen, die Frauen trugen die
schönsten Kleider, die Herren von den schlagenden Stu-
dentenverbindungen holten ihre bunten Kappen und
Schärpen aus der Mottenkiste. Und irgendwas hinterfragen ging damals auch noch nicht. Mit vierzehn wagte er im
Religionsunterricht nachzufragen, woher man denn wüsste, dass die Welt in sieben Tagen erschaffen wurde, es sei
ja wohl niemand dabei gewesen. Die Klasse brach in schallendes Gelächter aus und der Pfarrer nahm am Sonntag
seinen Vater zu Seite. »Ich konnte mir dann zu Hause eine
Moralpredigt anhören, wie ich mich erdreisten könne, den
Pfarrer lächerlich zu machen. Ich hatte seine Autorität un-
tergraben. Berlin war für mich wirklich die rettende
Insel.«

Dienstag, 16.Juni 2020

Nach unserem Gespräch gestern wagte ich heute meine
Goldstandardfrage. Wir hatten am Waldrand eine Pause
eingelegt. Friedrich saß auf seinem Rollfi, ich auf einem
Baumstamm, den die Waldarbeiter erst vor kurzem gefällt
hatten, er duftete noch nach frischem Harz. Wir schauten
auf das Dorf, das sich in eine kleine Senke zwischen die
Felder schmiegte. Was für ihn Glück bedeuten würde und
ob er sagen würde, dass er ein glückliches Leben habe, oder
hatte, zumindest bis zum Schlaganfall.
Er sah mich für einen Moment an, als sehe er mich zum
ersten Mal. Dann erwiderte er, welches Glück ich meinen
würde. Dieses Gefühl, dieses innere Jubilieren, das einen

die ganze Welt umarmen lässt? Oder die Sicherheit, welches eine gute Stellung und ein auskömmliches Einkommen vermittelt? Ist es die Bestärkung, welche aus der Anerkennung der Person, der Wertschätzung ihrer Fähigkeiten, dem Gefühl der Zuneigung, gar der Liebe durch einen oder viele andere Menschen erwächst. Oder ist es das Eins sein mit der Welt, in Harmonie, wie man in Asien sagen würde, ein Zustand innerer Zufriedenheit, den man oft erst bemerken würde, wenn man ihn verloren hat, herausgefallen ist?

Das würde ich eben gern herausfinden, antwortete ich.

Vermutlich, fuhr er fort, würde ich aber nicht dieses oberflächliche Gefühl meinen, welches man gemeinhin mit einem unbeschwerten Leben verbindet. Ein leichtes durch den Tag schweben, wo keine Unannehmlichkeiten das Wohlgefühl stört und von dem viele erwarten, dass ihre Wünsche, ihre Bedürfnisse jederzeit gestillt werden. Gleich einem kleinen Kind, welches am liebsten spielend und Schokolade schleckend durchs Leben hüpfen würde. Da sich dies in den Augen vieler nur die Reichen und Schönen erfüllen könnten, halten sie diesen Status für den Himmel auf Erden und das erstrebenswerte höchste Glück. Manche würden sogar ein staatlich garantiertes Recht auf ein glückliches Leben fordern.

»Aber braucht es nicht zum Glücklich sein auch ein Mindestmaß an Wohlstand, befriedigte Basics?« fragte ich. »Kann ein armer Mensch trotzdem glücklich sein?«

»Kannst du dir diese Frage nicht selbst beantworten«, erwiderte er. »Dachte, das gehört zu deiner Versuchsanordnung. Wie viel braucht der Mensch zum Glücklich sein?«

»Ich bin nicht arm. Alles, was ich brauche, ist für mich erreichbar. Ich versuche zu erkunden, wie viel ich wirklich brauche. Arm ist für mich, wer nicht bekommt, was er zum Leben braucht, im schlimmsten Fall zum Überleben.«

»Oder was er meint zu brauchen«, antwortete Friedrich. »Vielleicht gibt es prozentual mehr unglückliche Reiche als Arme. Wenn sie es denn zugeben würden. Kann man Glück messen? Und wenn ja, woran macht man es fest? Womit wir wieder am Anfang deiner Frage wären. Aber du hast nach meiner persönlichen Bilanz gefragt. Ganz ehrlich. Ich weiß es nicht. Vermutlich sollte ich es sein, wenn man sich das Haus ansieht, die Kirche, die Sammlung. Das war so ein Traum und dass ich ihn verwirklichen konnte, war nur mit viel Glück möglich. Manche würden es wohl Fügung nennen. Einigen wir uns auf Schicksal, das neutrale Niemandsland zwischen dem sinnfreien Zufall und einer willentlichen Vorbestimmung. Denn wenn ich zurückdenke, habe ich tatsächlich das Leben geführt, was ich führen wollte, auch wenn nicht alles so gelaufen ist, wie ich es mir mal vorgestellt hatte. Dass wir keine Kinder haben werden, war nicht in meinem Plan. Aber dann hatte ich in den Schülern so viele Kinder um mich herum, dass ich mir nicht sicher bin, ob meine Kraft für die eigenen noch ausgereicht hätte. Oft war ich froh, wenn ich nach einem Schultag nach Hause kam und dort erwartete mich nur noch Stille. Aber was passiert mit all den Dingen, wenn der, welcher es zusammengesammelt, aufgelesen hat, nicht mehr ist. Zerstreut es sich wieder? Findet es einen neuen Träumer? Hanne würde sagen, auch die Dinge suchen uns und irgendwann verlassen sie uns wieder, weil alles mit allem in Verbindung steht. Aber das ist mir zu esoterisch. Also glücklich sein ist vielleicht zu anspruchsvoll. Zufriedenheit trifft es sicher am ehesten.«

Mittwoch, 24. Juni 2020

Gestern kam ein Whatsapp von Robert:

»Komm morgen 17 Uhr ins Cafe Bellisimo in KW«
Auf meine Rückfrage nur. »Alles weitere mündlich.«

Ich fuhr mit dem Rad die vierzehn Kilometer und war tatsächlich kurz vor fünf dort. Von Robert noch keine Spur. Ich setzte mich an einen freien Tisch auf der Terrasse, bestellte einen Kaffee und scrollte mich durch die News und Statusmeldung einiger Freunde. Plötzlich stand er vor mir, nahm mir das Handy aus der Hand und schaltete es ab.
»Sorry«, meinte er, als es runtergefahren war. »Ich mag keine Mithörer.«
Ich muss ihn wohl etwas konsterniert angesehen haben, denn er sagte: »Muss dich nicht interessieren, ist aber besser so, reine Vorsichtsmaßnahme. Wir schicken es mal in Quarantäne, sicher ist sicher.«
Er holte einen schwarzen Beutel aus der Jacke, der schwergewichtig aussah, steckte es hinein und ging damit zu einem unscheinbaren, weinroten Lieferwagen, der seine besten Jahre hinter sich hatte, machte die Hecktür auf und parkte den Sack auf der Ladefläche.
»Kriegst'e wieder, keine Sorge«, grinste er. »Na, wie geht's, was macht die Liebe, was treibst du, bist ja wieder bei der Kirche im Dorf«, begann er, als er sich gesetzt hatte und dicht an mich herangerückt war. Ein Schwall Nikotingeruch, gemischt mit schwerem Männerparfüm und einer deutlichen Haschnote im Abgang wehte mich an. Die Sonnenbrille behielt er auf.
»Woher weißt du....?«
»Insta! Hast du nicht auf dem Screen, was du so postest? Denkst du, es juckt mich nicht, was mein Brüderchen so treibt? Bei dir muss man ja alle halbe Jahre nachsehen,

sonst ist man ja nicht auf dem Stand.«

»Dann weißt du ja schon alles.«

»Glaub ich jetzt nicht. Versuchst dich also jetzt als Krankenpfleger.«

»Das wäre übertrieben. Maximal Assistenz.«

»Also zeitvertreibende Bespaßung. Aber sie bezahlen dich. Wie viel?«

»Ich komme zurecht. Habe ein Dach über dem Kopf und bin krankenversichert.«

»Booah. Dann gehts dir ja prächtig, alles, was das Herz begehrt. Und die Frauen? Steigen sie dir immer noch so nach?«

»Das wäre auch übertrieben.«

»Komm. Immer wenn ich dich treffe, hast du eine andere an der Angel. Vermutlich stehen sie aber dann doch nicht so auf ein Leben unter Gottes weitem Himmel.«

»Ich bin kein Penner, kapiert.«

»Sorry, so hab ich das nicht gemeint. Immer nur die große Freiheit ist halt nicht jedermanns Sache, oder jederfrau, um korrekt zu bleiben.«

»Was willst Du? Warum willst Du mich dringend treffen?«

»Pass auf, du musst mir helfen. Ich brauch mal für ein paar Tage ein Quartier, muss mal raus, in die Natur, frische Luft, den Kopf frei bekommen. Die Stadt wird mir gerade zu viel. Da dachte ich, hier draußen, bei Dir, das wäre doch nett, da wären wir mal wieder zusammen so wie früher. Frag doch mal deine Gastgeber, nur ne Woche.«

Ich sah ihn an und versuchte, hinter seine Stirn zu schauen. Musste er untertauchen? Warum sonst diese Konspiration und jetzt diese unvermutete Familiennummer. Aber wie sollte das gehen, Robert bei Hanne und Friedrich.

»Fürchte, da kann ich nichts für dich tun«, begann ich, »sie sind kein Hotel, haben sie gesagt.«

»Du kannst doch mal fragen«, erwiderte er. »Erzähl ihnen

was von deinem lieben Bruder, der Sehnsucht hätte nach dir und weil du doch gerade in der Nähe wärst, und so weiter.«

Ich schüttelte den Kopf. »Tut mir leid, es geht nicht. Zum Abtauchen ist so ein Dorf, wo jeder jeden kennt, sowieso keine gute Idee«, fügte ich noch hinzu. »Da kennen deine Freunde doch sicher bessere Orte.«

»Wieso abtauchen«, zischte er. »Was denkst du denn? Dankst du mir so, dass ich dir jahrelang den Arsch gewischt und den Teller gefüllt habe bei Muttern. Wenn mir meine Freunde helfen könnten, würde ich nicht zu dir kommen. Dachte immer, Blut ist dicker als Wasser. Bist mir ein feiner Bruder. Aber deine Kammerjungfer, die durfte natürlich da pennen.«

Er stand auf, ging zum Auto, holte das Handy raus, warf es in meine Richtung, stieg ein, schlug die Tür zu und brauste davon.

Einigermaßen aufgewühlt fuhr ich zurück. Was wusste er alles über mich? Und woher? Ich konnte mich nicht erinnern, den Besuch von Irena gepostet zu haben. Hatte er nur geblufft, oder eins und eins zusammen gezählt? Kurz vor dem Ort kam eine WhatsApp.

»Ihr werdet noch sehen, was ihr davon habt, ihr Wohlstandsärsche.«

Freitag, 26. Juni 2020

Letzte Nacht schlecht geschlafen. Diese Sache mit Robert ging mir nach. Vermutlich steckte er in irgendwelchen Schwierigkeiten. Aber selbst wenn ich ihm helfen könnte, würde ich mich da hineinziehen lassen wollen? Und was sollte diese Drohung zum Schluss. Später beruhigte ich mich damit, dass er schon immer ein überschießender, aufbrausender Typ war, dessen Wut aber genauso schnell wieder verrauchte. Er würde schon was anderes finden, der war doch ein Stehaufmännchen. Tatsächlich war der Bogen meiner Mutter, mit dem unsere Lebenspfeile hinaus ins Weite geschickt werden sollten, nicht sehr fest und es war ihr auch unmöglich gewesen, ihnen eine Richtung zu geben. Robert hatte dann, wie ein zu früh aus dem Nest gefallener Vogel erst mit seiner kleinen Kraft versucht, den Bogen zu stützen. Und als er annehmen konnte, ich sei jetzt selbst stabil genug, hat er sich gelöst und ist davon gezogen, bevor er daran zu zerbrechen drohte. Aber sein Pfeil scheint keinen guten Flug zu machen und ins Trudeln geraten zu sein. Hanne und Friedrich werde ich nichts von der Begegnung sagen, will sie nicht unnötig beunruhigen.

Ob das damals eine kluge Entscheidung war, weiß ich bis heute nicht. Wenn ich bedenke, was danach alles geschehen ist, wie unsere Leben umgekrempelt wurden, sowohl Furchtbares als auch überraschend Erfreuliches darauf folgte, dann wird mir klar, wie gut es ist, seine Zukunft nicht zu kennen. Mir fällt diese Geschichte ein, die ich gelesen hatte, in der ein Typ nach seinem Unfalltod mit seinem Engel um eine Chance feilscht, es besser, anders zu machen. Er bekommt mehrere Versuche. Jedoch, egal wie sehr er es zu verhindern versucht, mit den aberwitzigsten Slapstick-Aktionen, er landet am Ende immer wieder am Kühlergrill des Lasters. Erst als er bereit ist, seine Organe zu spenden und auf sein eigenes Leben zu verzichten, bekommt er eine Überlebenschance.
Der Bildschirm zeigt, dass wir am nördlichen Rand des Karakorumgebirges vorbeifliegen. In der Ferne kann man die schneebedeckte Kette der Sieben- und Achttausender sehen. Deshalb kommen mir beim Blick aus dem Fenster die Täler und Kämme der Ausläufer so nah vor, obwohl wir uns in zehntausend Höhenmetern bewegen.

Um mich herum schläft alles. Noch drei Stunden bis zur Landung.

Montag, 29. Juni 2020

Mutter wollte mich sehen. Seit Wochen sei ich wieder in Berlin und habe mich noch nicht blicken lassen, ich schlechter Mensch, sagte sie. Tatsächlich hatte ich mich gedrückt. Hatte ich Schiss, sie würde mich mit ihren Sorgen und Zweifeln über meine unbedachte Vaterschaft runterziehen? Wie würde ich sie erleben? Seit ihrem Brief hatten wir keinen Kontakt gehabt. Gesehen haben wir uns zuletzt vor über einem Jahr. Schon schlimm.

»Ich will aber nicht zu dir nach Marzahn rauskommen,«, sagte ich.

»Bloss nicht. Wir machen es uns schön«, antwortete sie.

»Kennst du den Schlosspark in Pankow, das kleine Schloss von Elisabeth Christine, der Frau vom alten Fritz?«

»Hatte der denn eine? Denke, der war schwul?«

»Das erste ist sicher, das zweite nicht, solltest du eigentlich wissen als Historiker.«

»Maximal Geschichtslehrer, Mutter.«

»Trotzdem! Jedenfalls gibt es dort seit ein paar Jahren so ein ganz hübsches, sympathisches Gartencafé, einen zauberhaften Wagen, aus dem sie Kaffee und sehr leckeren Kuchen, Quiches und anderes verkaufen. Drumherum haben sie Tische und Gartenstühle unter alte Sonnenschirme gestellt, mitten unter die Bäume, im Hintergrund das Schloss. Eine Szenerie wie aus Fontanes Romanen, man meint, jeden Augenblick Effi Briest vorbei wandeln zu sehen.«

Als ich ankam, war sie noch nicht da. Natürlich, pünktlich war sie noch nie. Jetzt hatte ich noch mindestens ne halbe Stunde für mich. Der Platz war wirklich schön. Um den

Wagen herum standen Oleanderbäume, auf den Tischen blühte Rosmarin. Sie hatten viel Abstand zueinander. Die meisten waren besetzt. Jüngere Paare, zwei alte Damen, ein einzelner älterer Mann hinter einer Zeitung, an einem der größeren Tische eine Gruppe junger Mütter, vier oder fünf, es kamen und gingen ständig welche. Alle mit Mund-Nasenschutz, aber hier draußen sollte es save sein. Ich nahm einen Espresso und ein Glas Wasser und setzte mich etwas abseits an den letzten freien Tisch. Die Frauen trugen ihre Babys auf dem Arm oder schaukeln sie auf der Hüfte. Eine hatte auch ihren Hund dabei. Vermutlich war der zuerst da gewesen. ›Nicht immer hat das letzte Kind Fell, manchmal auch das Erste.‹ Auch so ein Spruch meiner Großmutter. Die Mütter klagten, wie furchtbar es wäre, dass es wegen Corona kein Baby-Schwimmen mehr gäbe, diskutieren, in welchen Hallen das Wasser am saubersten gewesen war, wo man gute recycelte Kindersachen bekommen könnte, wie sich die Sehstärken der Augen während der Schwangerschaft verändert hatten. Eine glänzte durch besonders viel Erfahrung, die sie in selbstsicherer Lautstärke an die anderen weitergab. Würde Irena in einem Jahr auch zu solchen Treffen gehen. Oder ich als der einsame Vater im Babyjahr? Das sah ich noch nicht.
Als ich darüber nachdachte, mir noch einen Espresso zu holen, kam sie. Ihr Gang war unsicher, leicht schwankend, wie eine junge Birke, die vom Wind hin und her geweht wird. Sie trug ein knöchellanges Kleid, himmelblau, die Ärmel, der Saum und der Ausschnitt spitzenbesetzt, Riemchensandalen, die inzwischen ergrauten Haare wie meist zum Zopf geflochten. Ein lila Tuch war um den Kopf geschlungen. Nur zu Hause trug sie sie offen. Eine Mischung aus junger Joan Baez und Janis Joplin, in Würde gealtert. Vor Jahren hatte ich mal ein Jugendfoto von ihr gesehen, zufällig lag ein Album auf dem Tisch. Da sah sie schon genauso aus, nur blutjung, fast noch ein Kind. Die Rehaugen

blickten verträumt ins irgendwohin. Inzwischen hatte die Schwermut deutliche Schatten um die Augenlider gelegt.

»Von wann ist das Foto und wer hat es gemacht?«, wollte ich damals wissen. »Gefällt es Dir?«, hatte sie zurückgefragt und dabei kokett gelächelt. Ich nickte still und sie klappte lachend das Album zu. »Geht dich nichts an, kleiner Mann.« Seitdem blieb es verschwunden.

Sie begrüßte mich mit einem Kuss auf beide Wangen. »Mein verlorener Sohn, du machst dich ja rar. Wenn Robert zu Weihnachten nicht gekommen wäre, hätte ich ganz alleine dagesessen. Dem geht es jetzt richtig gut.«

»Ach ja?«, fragte ich.

»Du hast ihn lange nicht gesehen, oder? Hat sich gemacht, dein großer Bruder. Die Glatzenphase ist vorbei, endlich. Er trägt jetzt sogar Anzug, denk mal. Wie ein Geschäftsmann. Jeden Monat bringt er mir 300 Euro vorbei. In bar. Damit es nicht angerechnet wird.«

»Tatsächlich? Jeden Monat?«

»Naja, manchmal schickt er auch einen seiner Leute, er hat ja so viel zu tun. Zurzeit ist er unterwegs. Amerika, hat er gesagt. Da kann er für ne Weile nicht selbst kommen.«

»Echt. Was macht er denn eigentlich?«

»Na so eine Internetfirma, Werbung oder so was. Du weißt doch, davon verstehe ich doch nichts. Aber wie geht es denn mit deiner Freundin? Warum hast du sie nicht mitgebracht?«

»Sie ist doch in China, Mutter.«

»In China? Was macht sie denn da?«

»Deutsch unterrichten und ihr chinesisch aufpolieren.«

»Und warum kommt sie nicht zurück, wenn ihr zusammen ein Kind habt.«

»Es geht doch nicht, wegen Corona.«

»Ach so? Hast du wenigstens neue Fotos von eurem Kind?«

Ich zeigte sie ihr, sie war entzückt und meinte, sie könne es kaum erwarten, ihr Enkelkind im Arm zu halten. Dass unser Kind mich wieder enger mit meiner Mutter zusammenbringen würde, hatte ich noch nicht auf dem Schirm gehabt. Und wie würde es Irena damit gehen? Ohne Ziel macht sich niemand auf den Weg. Aber wenn man alle Stolperfallen, die man unterwegs umgehen müsste, schon kennen würde, dann ginge niemand los.

Was sie von Robert erzählte, hatte mich kurz irritiert. Fast war ich versucht, ihrer Version zu glauben und Robert im Geiste Abbitte zu leisten. Aber dann fiel mir wieder ein, wie er beim Einsteigen ins Auto noch rief, ›zu Muttern kein Wort‹. Also werde ich die Komödie mitspielen müssen, obwohl ich es nicht lustig finde. Und diese Gedächtnislücken, mit zweiundsechzig! Waren es außergewöhnliche Aussetzer oder hatte sie das öfter?

Dienstag, 7.Juli 2020

Heute stellte ich Hanne die Frage nach dem Glück, ob sie ein glücklicher Mensch sei, oder wann sie sich glücklich fühlen würde.

Lange Zeit wäre sie es nicht gewesen, begann sie. Der Schmerz, dass sie keine Kinder haben sollten, hatte sie fast aufgefressen. Sie wünschte es sich sehr, wäre gern zu Hause geblieben, sei ein häuslicher Mensch und hätte gern für eine Familie gesorgt. Eine Zeitlang dachte sie, sich von Friedrich zu trennen, als klar war, dass das Problem bei ihm lang. Aber dann wurde ihr bewusst, dass sie das innerlich nicht überlebt hätte. Wenn sie mit einem anderen Mann Kinder gehabt hätte. Sie ahnte, dass sie immer Friedrichs fragendes Gesicht vor Augen haben würde. Diesen Egoismus habe sie sich nicht zugestanden. Friedrich hat ihr dann vorgeschlagen, mit einem anderen zu schlafen, bis sie schwanger würde. In seinen Achtundsechziger-

Kreisen sei es zeitweilig so munter durcheinander gegangen, das manche Frauen wirklich nicht mehr wussten, wer nun der Vater sein könnte und man musste es an Ähnlichkeiten festmachen, erzählte Hanne. »Aber das war nicht meine Sache. Und diese ganze Reproduktionsmedizin gab es damals ja noch nicht.«

»Habt ihr mal überlegt, ein Kind zu adoptieren?«

»Haben wir. Aber ich habe Schiss bekommen. Das sind doch fremde Kinder mit einer Familienvergangenheit, die nicht die eigene ist. Da könnten Probleme auftreten, für die man in der Seele keine Resonanzen hat, dachte ich. Dem fühlte ich mich nicht gewachsen.«

Ob sie schon immer so spirituell gedacht und Yoga gemacht hätte, fragte ich sie dann. Sie verneinte. Ihre Familie waren Feiertagsprotestanten. Nur Weihnachten und Ostern gingen sie in die Kirche, ihr Vater noch am Karfreitag. Später ging sie dann gar nicht mehr. Als sie Friedrich kennenlernte, waren um sie herum alle links, mindestens kirchenkritisch. Das änderte sich erst, als sie so ganz unten war. Sie wäre nahe dran gewesen, vom Dach zu springen. Da wusste sie, wenn sie jetzt nichts tut, überlebt sie es nicht. Dann ist sie zu einem Therapeuten gegangen und hatte Glück. Er hat nicht nur tiefenpsychologisch mit ihr gearbeitet, sondern ihr auch Bücher über östliche Spiritualität gegeben. Reinkarnationslehre, buddhistisches Weltverständnis. Das hätte ihr die Augen geöffnet. Die Vorstellung, dass man in seinem Leben immer nur einen Teil aller Möglichkeiten durchspielt, weil für die Fülle der Lebensentwürfe und Herausforderungen ein einzelnes Leben viel zu begrenzt und zu kurz ist, hätte ihr den inneren Frieden zurückgebracht und sie mit ihrer Kinderlosigkeit versöhnt. Sie verstand, dass es für dieses Leben nicht auf dem Plan stand, aber dass ihre Seele es in einem anderen Erdendurchlauf schon erlebt haben könnte, oder noch erleben würde. Dann hat sie mit Meditation begonnen. Das sei ihr am Anfang sehr schwer gefallen. Die Gedanken und Wünsche schienen in diesem stillen Sitzen noch stärker zu werden, weil sie endlich Raum bekamen und nicht durch Ablenkungen beiseitegeschoben wurden. Ohne Lehrer hätte sie es vielleicht nicht geschafft. Aber mit der Zeit wurde es besser. Jetzt ist es wie eine innere Waschung. Alles, was einen belastet, woran man Mangel leidet und was einen vom Eigentlichen abhalten will, könne man unter der Meditation freilassen. Man sehe es an und lass es in die Erde abfließen. Dann verbindet man sich mit allem was ist, klinkt sich ein ins große Netz der Existenzen, der irdischen und der jenseitigen, fühlt sich ganz eins und wird ein Teil des großen Ganzen, das Leben und Liebe und Kraft und Kampf und alles in allem ist. Andere Religionen mögen es Gott, Jahwe, Allah, Schiwa, Vischnu, Manitu oder noch anders nennen, sie nenne es das große Ganze. Und manchmal eröffnet sich dann die Sinnhaftigkeit von allem was ist. »Und dann bin ich sehr glücklich«, schloss sie. »Manche sagen, nur ein glückliches Leben wäre ein sinnvolles Leben und man müsse alles tun, um glücklich zu sein. Aber ich finde, andersherum wird ein Schuh draus. Ein sinnvolles Leben ist auch ein glückliches Leben. Das Glücksgefühl ist nur die Folge, das Nebenprodukt der Erkenntnis, dass alles einen Sinn hat.«

»Alles hat Sinn«, fragte ich, »auch das Leid?«

»Auch das Leid. Die Hirnforscher sagen, dass der Mensch dadurch wichtige Überlebensstrategien lernt. Wie ein kleines Kind, das an der heißen Ofentür lernt, sich nicht zu verbrennen. Aber darüber hinaus lässt es uns die tiefsten Gefühle empfinden, die in dieser Existenz möglich sind. Mitgefühl, Trost, Dankbarkeit, Hingabe, Liebe, Verletzlichkeit, Fragilität des Lebens an sich. Der Wert des Lebens steigt mit der Möglichkeit, dass es durch Geschehnisse, die uns leiden machen, bedroht sein kann. Ohne die Sterblichkeit würde das Leben seine Kostbarkeit verlieren.

Das wussten schon die alten Griechen, als sie sich über ihre Götter erzählten, dass diese die Menschen um ihre Leidenschaften, die aus der Begrenzung durch die Sterblichkeit erwuchs, beneideten. Weil die Menschen tiefer liebten und heftiger hassten, als es die unsterblichen Götter je vermochten.«

Donnerstag, 9. Juli 2020

Heute war Friedrich zum ersten Mal wieder in seinem Gesangverein. Natürlich nicht allein, ich habe ihn begleitet. Hanne war zwar dagegen, aber er hat sich durchgesetzt.
In diesen Zeiten geht man nicht zum gemeinsamen Singen, die Ansteckungsgefahr sei dort am höchsten, befand sie. Aber die Inzidenzen wären zurzeit am niedrigsten, erwiderte er. Außerdem würden sie bei offenen Fenstern proben und Abstand halten. »Was soll sein? Man kann es auch übertreiben. Und sie brauchen mich. Ohne mich können sie nicht proben und ich brauche es auch, habe genug rumgesessen.«
Vorab hatten wir ausprobiert, ob er auf dem Rollator sitzend mit der rechten Hand dirigieren könnte. Klavier spielen ging auch mit einer Hand, aber das würde er ohnehin kaum brauchen, meinte er. Inzwischen konnte er sich im Haus schon ohne Hilfsmittel bewegen. Allein aufstehen, hinsetzen und austreten klappten wieder ganz gut, wenn auch noch mühsam. Sprechen und singen war komplett wiederhergestellt. Nur der linke Arm wollte noch nicht so richtig.
Sie empfingen ihn mit Standing Ovations und schüttelten ihm herzlich die Hände. Es fühlte sich befremdlich an, auch wenn alle brav Maske trugen.
Schon in der Stadt war es mir aufgefallen. Die Regierung scheint ein gigantisches Beautyprogramm aufgelegt zu ha-

ben. Seit die Corona-Maßnahmen gelten, sehen fast alle Menschen schöner aus. Strahlende Augen, braun, grün, blau, fein gezeichnete Lider, geschwungene Brauen, tiefe, geheimnisvolle, charmante, neugierige und vertrauensvolle Blicke. Ich bin völlig überwältigt von all der Schönheit um mich herum, wenn ich durch die Berliner Supermärkte laufe oder mit der Bahn fahre. Bis die Leute dann ins Freie treten und ihren Mund-Nasenschutz abstreifen. Dann verschwinden die leuchtenden Seelenfenster hinter der Gewöhnlichkeit müder Mundwinkel, unproportionierter Kinnladen, feister Wangen, beleidigter Schmollmünder, und anderer Charaktermarken. Wie viel Einfluss die Mundpartie auf die Ausstrahlung einer Persönlichkeit hat, ist mir erst bewusst geworden, seitdem wir alle Masken tragen müssen.

Nachdem sie merkwürdige Tonkaskaden auf a-e-i-o-u und anderen lustigen Worten gesungen hatten, sehr beliebt waren Obstsorten oder Frauennamen, das wäre das Einsingen, erklärte mir Friedrich später, begannen sie vierstimmige Volkslieder und Chorstücke. Auch ein Kanon war dabei:

"Der Männerchor trinkt Bier vom Fass, der Männerchor trinkt Bier vom Fass, besoffen, besoffen, besoffen sind schon vier vom Bass."

Heute nur bekannte Sachen, hatte Friedrich angekündigt, zum Wiederreinkommen. "Wer hat dich, du stolzer Wald". Sie sangen es sehr weihevoll, leise, fast heilig, nicht pathetisch. Beethovens Ode an die Freude. Zum Schluss "Nun ruhen alle Wälder". Als Gutenachtlied. Alles erinnerte sehr an einen Kirchenchor.

»Na Friedrich, noch auf ein Bier«, fragte einer der Bässe beim Hinausgehen.

»Heute mal noch nicht«, erwiderte er. »Hanne war schon nicht begeistert, dass wir wieder proben. Erst mal sehen, ob alle gesund bleiben.«

»Ach komm, was soll sein. Es ist noch warm. Wir sitzen draußen. Die letzte Probe vor der Sommerpause, haben wir doch immer so gemacht. Wo wir uns doch so lange nicht gesehen haben.«

»Na gut«, meinte er, »aber nur eins.«

Da der Chor im Saal des Dorfkruges probte, hatten wir nur einen kurzen Weg. Als wir vor unseren Gläsern saßen, fragte Walter, den hier alle Walle nannten, er sang im Tenor, ob er, Friedrich, denn wirklich all den Coronaquatsch glauben würde. Das wäre doch eine einzige, perfide staatliche Manipulation der Massen. Woran er das festmachen würde, war Friedrichs Gegenfrage. Da gäbe es Papiere im Internet, erklärte er, die beweisen würden, dass die Regierung das alles bewusst einsetzt, um die Bevölkerung einzuschüchtern und einschränkende Maßnahmen durchzusetzen. »Das ist doch alles eine einzige Plandemie.«

»Und wer steckt deiner Meinung nach dahinter?«, fragte Friedrich.

»Immer Wirtschaftsinteressen, Pharma und China«, antwortete er.

»Was macht dich da so sicher«, fragte Friedrich. »Die ganzen Theorien und Argumente gegen deine sogenannte Plandemie könnten doch auch von ganz anderen Interessengruppen gesteuert und gezielt gestreut werden, welche die Demokratien und die freie Presse ebenso zerstören oder wenigstens unterminieren wollen. Durch Anfütterung einer radikalen Protestbewegung mit Verschwörungsmythen könnten sie einen ähnlichen Effekt erzielen.«

Er fragte, an wen Friedrich denn da denken würde?

»Na, z.B. Leute wie Trump oder Steve Bannon, seinen ehemaligen Berater. Da gibt es einige, denen es sehr zupass käme, wenn die freiheitlichen Demokratien und vor allem die freie Presse in schweres Wasser geraten würden.«

Das wäre völlig absurd, hat er daraufhin erwidert. Wir

hätten doch keine Ahnung, weil wir uns nicht wirklich damit beschäftigen würden, wie Meinungsbildung heute funktioniere. Wir würden doch noch immer blind und blauäugig an eine freie, unabhängige Presse glauben, die es so schon lange nicht mehr gebe. Das sind doch alles Staatsmedien, welche treu die Propaganda der sogenannten Regierung unters Volk zu bringen haben.

»Ich habe damals neunundachtzig vor der Wende der Regierung und der Presse der DDR vertraut und geglaubt, dass die Proteste gegen den Staat und die Partei alle vom Westen angezettelt und inszeniert wurden«, sagte er. »Hinterher hat sich herausgestellt, dass sie uns die ganzen Jahre belogen haben. Da habe ich mir damals geschworen, dass mir das nie wieder passiert, dass ich mal in einer Krise unkritisch der Regierung und den Medien glaube. Ich lasse mich nie wieder manipulieren.«

Friedrich hat ihm darauf geantwortet, dass er es für einen Fehlschluss halte, nur weil die Medien in dieser Ausnahmesituation die Lage genauso bewerten wie die Politiker, hier eine staatlich gesteuerte Gleichschaltung zu vermuten. Gerade er als alter DDR-Bürger müsste doch den Unterschied erkennen.

Er hat erwidert, die Mainstreampresse könnten wir vergessen. Die wahren Fakten und Beurteilungen findet man heute nur noch in der Freiheit des Internets. Nur auf Twitter oder Telegram könne man seine Meinung unzensiert verbreiten. Aber davon verstünde er, Friedrich, ja nichts, weil er nicht wüsste, wie Twitter funktioniert.

Auf dem Heimweg meinte Friedrich, das Internet hätte den Stammtisch ins Unendliche vergrößert. Wie ein riesiger, wütender Ozean würde er an die Gestade der Vernunft und des Anstandes schlagen. Wir machen uns unsere neue Sintflut selbst. Auch dafür bräuchten wir keinen Gott mehr. Und das, durch Bürokratie und übertriebene Toleranz geschwächte Schifflein der Demokratie drohe in den

Wellen der Fake-News und Verschwörungstheorien unter-
zugehen, die sich wie Hochwasser, immer mehr anschwel-
lend, über das ganze Land ergießen. Die Frage bliebe: wo
ist die rettende Arche und wer baut sie? Vielleicht wird das
Netz nach seiner Unschuld auch seine Freiheit verlieren,
aber mit ihm die ganze Gesellschaft.

»Und was hat jemand wie Walter davon?«, fragte ich
Friedrich.

»Zumindest verschafft es ihm wohl die eingebildete Ge-
nugtuung, klüger zu sein als andere, wirklich
durchzusehen und später mal sagen zu können, er hätte
die Wahrheit gewusst«, erwiderte er. »Hanne erzählen wir
davon aber nix.«

Mail von Irena   Freitag, 10. Juli 2020

Hi Dustin, ich hätte eine Wohnung für uns! Zwei Zimmer
im 14. Stock eines Wohnturms im Nordosten von Peking,
hinter dem 3. Ring, also noch nicht zu weit draußen. Sie
gehört der Familie einer Mitarbeiterin, der Sekretärin vom
Chef, um genauer zu sein. Ihr Mann ist Leiter in einer
Handelsfirma. Sie haben die Wohnung als Geldanlage gekauft und für die Kinder. Aber die sind noch klein, also
save. Es gibt hier Berichte von unterirdischer Abzocke auf
dem Immobilienmarkt.

Die Wohnung ist toll, ich konnte sie schon ansehen. Es
gibt sogar einen Balkon, ganz wichtig für Chinesen, damit
die Hausfrau immer frische Frühlingszwiebeln und Kräuter, vor allem Koriander ziehen kann. In den großen Raum
ist die Küchenzeile integriert. Das Bad ist mini, nur eine
Dusche, aber die Toilette mit Waschbecken ist extra, sehr
schlau. Wir könnten in das kleine Zimmer die Kleider-
schränke stellen, es als Kinderzimmer nutzen und im
großen Zimmer arbeiten und essen und schlafen und... :-)

Der pure Luxus. Die Miete ist auch absolut human. Keine Ahnung, ob das ein Vorzugspreis ist, weil ich Kollegin bin. Langnasenrabatt ist es jedenfalls bestimmt nicht, den gibt's schon lange nicht mehr, heute in der Regel eher einen Aufschlag. Ich häng dir ein paar Bilder an. Sag mir schnell, ob es für Dich auch okay ist, aber ich will sie nehmen. Mal abgesehen davon, dass ich eine Ablehnung schon sehr geschickt begründen müsste, du weißt schon, wegen dem Gesicht. Ich kann es kaum erwarten, mit Dir hier zu leben. Hoffentlich gehen die Grenzen bald wieder auf.

Ich lud die Bilder hoch, leere Räume, weiße Wände, bis auf die Küchenzeile in dunkelrotem Holz, Chinarestaurant-Styl, eine Fensterfront, dahinter der Balkon, richtig groß. Man könnte draußen einen Essplatz haben. Ich stellte mir kurz vor, wie wir immer panisch darauf achten müssten, dass Clara nicht versuchen würde, an der Brüstung hochzuklettern. Da brauchte es noch irgendeine Kindersicherung.
Die Aussicht, naja, ein Häusermeer, dazwischen Schnellstraßen, eine breite Hochstraße fräste sich durch die Wohnblocks, erinnerte entfernt an Berlin-Marzahn, nur dass oben auf den Hochhausnadeln die Anmutungen chinesischer Dächer mit ihren geschwungenen Silhouetten thronten. Im Hintergrund irgendwelche bewaldeten Berge und ein Stück vom Flugplatz. Sehr ruhig wäre es wahrscheinlich nicht. Deshalb vielleicht der günstige Preis. Egal. Es war ein Anfang und nicht für die Ewigkeit.
Ich versuchte, auf Google Maps ein paar Bilder von der Gegend zu finden, aber das war hoffnungslos. Keine Fotos von irgendwas. Nur von den Touristenattraktionen, die eh jeder kennt, gibt's Bilder. China schirmt sich maximal ab. Unvorstellbar, dass dies meine Zukunft sein sollte.

Dienstag, 14. Juli 2020

Es hat uns erwischt, das Virus. Hanne ist stinksauer. Das habe sie doch geahnt. Aber man musste ja unbedingt in die Chorprobe gehen.
»Es sei ja gar nicht gesagt, dass wir uns dort angesteckt haben,« meinte Friedrich kleinlaut.
»Na, wo denn sonst,« schoss sie zurück.
Jetzt heißt es wieder Isolation. Diesmal für beide und diesmal bin ich wirklich krank. Es geht mir nicht gut. Heftiges Fieber, Kopfschmerzen, Kratzen im Hals und kein Geschmack mehr. Seit gestern. Friedrich liegt unten, ich oben. Bekomme wieder Essen vor die Tür gestellt. Ist ja schon eingespielt. Mit letzter Kraft habe ich die Bauplane zur Abtrennung wieder in den Flur gehängt, damit sich Hanne möglichst nicht bei mir ansteckt. Wie sie es mit Friedrich machen will, ist mir schleierhaft.
Schluss für heute. Zu mehr Text reicht die Kraft nicht.

Donnerstag, 16. Juli 2020

Dritter Coronatag, keine Veränderung, nicht besser, aber auch nicht schlechter. Liege nur. Kann nichts machen. Nicht lesen, nicht Film gucken, nicht Musik hören. Schlafe viel, trinke viel, Fenster ist auf, Tag und Nacht. Zum Glück ist es warm. Friedrich ginge es gar nicht gut, schrieb Hanne. Wir kommunizieren per SMS. Er leidet scheinbar mehr als ich.

Sonntag, 18. Juli 2020

Fünfter Coronatag. Ein kleiner Lichtblick. Keine Kopfschmerzen mehr und das Fieber scheint leicht gefallen zu sein. Dafür jetzt der trockene, bellende Husten. Gestern kam eine Mail von Irena. In China gäbe es aktuell überhaupt keine Fälle mehr. Sie ist natürlich besorgt, eher um Friedrich als um mich. Er atmet schwer, schrieb Hanne. Aber er sei tapfer. Noch hoffen sie, dass es ohne Krankenhaus geht. Dass es aber auch gar kein Medikament gibt. Keine Impfung, na okay. So was entwickelt man nicht so schnell. Aber Virostatika gibt es doch schon einige. Das da nichts gegen Covid helfen soll? Es ist schon komisch, dass wir uns gerade jetzt infiziert haben, wo die Inzidenzen so niedrig sein sollen. Oder ist das der Beginn einer neuen Welle?

Montag, 20. Juli 2020

Siebenter Tag. Schon eine Woche. Kaum Besserung bei mir, aber es ist auszuhalten, wie eine heftige Erkältung. Friedrich nach wie vor schlecht. Doch er will nicht ins Krankenhaus. Er schafft das, meint er, simste Hanne. Wenn er jetzt in die Klinik ginge, würden sie sich lange Zeit nicht sehen, weil niemand auf die Stationen darf. Hanne ist bis jetzt okay. Es ist schon fast ein Wunder, muss sie sich doch sehr um Friedrich kümmern. Aber sie hat tatsächlich zu den FFP2-Masken noch einen Plastikschutzschirm vor dem Gesicht. Einmal hab ich sie so auf dem Flur gesehen. Wie Star-Wars. Die Sachen hat sie alle von einer Bekannten, die als OP-Schwester arbeitet.

Mittwoch, 22. Juli 2020

Heute kam der Krankenwagen und hat Friedrich in die Klinik gebracht. Es ging nicht mehr, sagte Hanne. Er atmete immer schwerer. Sie hätte es nicht mehr ausgehalten und befürchtet, es könnte jeden Augenblick zu spät sein.

Jetzt könne sie nichts mehr tun und nur noch hoffen, meinte sie. Mir geht es besser. Bin heute länger aus dem Bett raus. Habe mich mal wieder geduscht und normale Sachen angezogen. Aber nur zwei Stunden, dann wieder hingelegt. Ist alles noch sehr anstrengend. Der Husten nervt. Inzwischen geht auch lesen wieder. Feuchtwanger, die historischen Romane, besonders die Trilogie über die Weimarer Republik und den Beginn des dritten Reiches habe ich verschlungen. So detailliert und spannungsflirrend habe ich diese Zeit noch nirgends beschrieben gefunden.

Ich musste an den Besuch mit Irena am Holocaustmahnmal denken, an die ersten Stelen, die sich nur als Bodenplatte strukturell vom restlichen Bodenbelag abheben und noch nicht als Auswuchs zu spüren sind. So unmerklich beginnt auch bei Feuchtwanger die Unanständigkeit und die Aushöhlung des Rechtes die Gesellschaft zu unterwandern. Könnte sich so etwas wiederholen? Wann würde eine Gesellschaft merken, dass sie sich wehren muss? Wenn rechte Gruppen ihre kruden Gesellschaftsvorstellungen öffentlich machen? Wenn es rechtsradikale Anschläge gibt? Wenn rechtsradikales Denken in der Polizei sichtbar wird? Wenn eine Partei mit demokratiefeindlichen Grundsätzen ins Parlament einzieht? Und wann ist es zu spät? Wenn eine Wirtschaftskrise die Massen auf die Straßen treibt und die verteufelte rechte Partei als einzige unbescholtene, weil noch nie regierende Kraft die Wahlen haushoch gewinnt? Wenn diese dann eine in die Tausenden gehende Armee von wütenden Männern rekrutiert, die ihre Aggressionen bisher in virtuellen Ballerspielen verschossen haben, monate-, nein jahrelang den brutalsten Kampf gegen alles was sich bewegt trainiert haben, wenn diese dann mit realen Waffen gegen reale Feinde gehetzt werden, wer würde ihnen widerstehen?

Freitag 24. Juli 2020

Corona elfter Tag. Oder auch nicht mehr? Wer weiß das zu sagen. Habe kein Fieber mehr. Bin nur noch sehr wackelig auf den Beinen. Heute das erste Mal wieder aus dem Zimmer raus und eine Runde ums Haus gegangen. Von Hanne halte ich noch Abstand. Wie lange ist man infektiös? Im Netz kursieren verschiedene Angaben. Zehn Tage, vierzehn Tage, drei Wochen, je nach Schwere des Verlaufs?

Mit Irena geskypt. Warum sie noch nicht zurückkommen will, hab ich sie gefragt. Jetzt sei es doch wieder möglich nach Europa einzureisen und Clara auch nicht mehr zu klein für den weiten Flug.

Schon, hat sie erwidert, aber warum sollte sie. Erstens würde sie jetzt in China gerade gebraucht, weil Deutschkurse sehr nachgefragt sind und wegen der bestehenden Einreisebeschränkungen kein Ersatz aus Deutschland nachkommen könnte. Und wovon sollte sie in Deutschland leben. Kaum vorstellbar, dass sie jetzt in dieser Situation ohne weiteres einen Job finden würde. Außerdem wäre Clara noch total unkompliziert. Viel läuft online von zu Hause und wenn sie ins Institut müsse, würden die Sekretärinnen sie ihr sofort aus der Hand reißen. Die finden Langnasenbabys mindesten genauso süß wie wir ihre Asiaknuddelchen.

Solche Ausdrücke habe ich Irena nicht zugetraut. Macht das die Mutterschaft, die anderen Hormone?

Sonntag, 26. Juli 2020

Friedrich geht es immer noch schlecht. Hanne ruft jeden Tag an. Besuchen darf sie ihn nicht. Man hat ihn an die künstliche Beatmung gehängt. Hanne ist nervös, fahrig. Es macht sie fertig. Sie sagt, diese Untätigkeit, dass man nichts tun kann, nicht mal besuchen, irgendwie beistehen, nur warten, hoffen. Sie hätte tatsächlich wieder gebetet. Wie ein Kind. Dass gute Gedanken helfen könnten, das glaube sie schon. Auch wenn sie dabei nicht an einen Gottvater denken würde, der in einer jenseitigen Welt über Wohl und Wehe der Menschen entscheidet. Vor der Buddhastatue auf dem Kaminsims brannten jetzt immer öfter Räucherstäbchen. Sie hatte ein Bild von Friedrich daneben gestellt. Na hoffentlich nicht, dachte ich. Denn es erinnerte mich an die Galerie der Verstorbenen auf Großmutters Vertiko. Ganz vorn stand das Foto von Großvater, an der Werkbank mit einem Hobel in der Hand.

Mir geht es besser. Fühle mich noch etwas schwach, aber eigentlich bin ich durch, rieche und schmecke auch wieder.

»Glück gehabt«, meinte ich zu Hanne.

»Weil du noch jung bist«, erwiderte sie.

»Was ist eigentlich aus der Steuergeschichte geworden«, fragte ich bei unserer ersten gemeinsamen Mahlzeit.

Sie seufzte tief. »Das ist zum Glück erledigt. Der Anwalt konnte zusammen mit einem Steuerberater die Schuld gegenüber dem Finanzamt auf fünfzigtausend drücken. Dafür mussten sie dann eine Hypothek auf das Haus bei der Bank aufnehmen. Jetzt steht die mit im Grundbuch, aber aktuell brennt da nichts. Was mit alledem mal wird, weiß der Himmel«, sagte sie. Darüber zerbreche sie sich gerade nicht den Kopf.

»Ob sich denn schon mal jemand durch Irenas Homepage für die Sammlung interessiert hat«, wollte ich dann noch wissen.

»Du willst heute wohl in allen Wunden bohren?«, fragte Hanne zurück.

»Entschuldigung«, erwiderte ich kleinlaut.

»Ist schon okay«, sagte sie. »Ist mir auch weggerutscht. Aber es gab noch keine Reaktion.«

Die Homepage sei im Übrigen der Auslöser für Friedrichs

tagelanges Verschwinden im letzten Jahr gewesen, fügte sie hinzu. Ein Freund hätte ihn nach dem Konzert darauf angesprochen. Er hatte die Seite im Netz gefunden. Friedrich hatte Hanne darauf am nächsten Morgen zur Rede gestellt und gemeint, es sei wohl ein Fehler gewesen, Irena, dieses rationale, pragmatische und etwas oberflächliche Mädchen, auch aufzunehmen. Nur weil er uns unsere Lebenslust neide, sei es kein Grund, Irena als oberflächlich zu bezeichnen, hatte sie erwidert. Sie sei froh, dass Irena ihre Hilfe in dieser Sache angeboten habe. Darauf sei er wütend weggefahren, zu einem alten Freund ins Wendland. Die kranke Verwandte wäre nur ein Vorwand gewesen.

Ich war erleichtert und doch beschämt. Ich hatte also mit meiner Sorge um unsere Unbekümmertheit nicht ganz falsch gelegen.

Mittwoch, 29. Juli 2020

Es sieht nicht gut aus für Friedrich, überhaupt nicht gut. Heute haben sie von der Klinik angerufen, Hanne möge sich auf das Äußerste gefasst machen. Ob sie ihn nochmal sehen könne, hatte sie gefragt. Das wäre leider unmöglich, es täte ihnen schrecklich leid, auf der Intensivstation wäre kein Zutritt möglich. Hanne hat dann den ganzen Tag geweint. Ich habe mich auf mein Zimmer verkrochen, fühlte mich hilflos, versuchte, Irena zu erreichen, aber bekam keinen Kontakt. Gegen Mittag rief sie zurück. Ich setzte sie ins Bild.

»Oh mein Gott«, war ihre Reaktion. »Was würdest du jetzt an meiner Stelle tun?«, fragte ich sie.

»Bleib im Hintergrund sichtbar. Biete deine Hilfe an, aber zurückhaltend.«

»Aber das weiß sie doch, dass sie mich fragen kann.«

»Egal. Das ist jetzt Ausnahmesituation. Da muss man noch sensibler füreinander sein.«

Ich ging in die Küche runter. Hanne saß am Tisch, den Kopf auf die Arme gelegt.

»Brauchst du was, kann ich irgendwas für dich tun?«

»Wenn du mit mir einen Whisky trinken würdest? Allein finde ich das asozial. Und nach maximal zwei Gläsern räumst du die Flasche weg. Dann werde ich vielleicht schlafen können.«

Ich holte zwei Gläser und den Scotch aus dem Schrank und goss uns ein.

»Wann hast du zuletzt einen nahen Angehörigen verloren?«, fragte sie, nachdem sie das erste Glas geleert hatte.

»Friedrich lebt doch noch, wand ich vorsichtig ein.«

»Aber er übersteht die Nacht nicht, haben sie mir gesagt«, erwiderte Hanne.

Ich erzählte ihr von meiner Großmutter. Aber sie wäre schon alt gewesen, über achtzig. Trotzdem hatte es mir sehr weh getan.

»Dann weißt du, wie es mir geht. Es schmerzt so, als ob er schon heute gestorben wäre. Und dass ich ihn nicht nochmal sehen soll, das macht mich richtig wütend. In was für eine unmenschliche Welt geraten wir gerade. Und niemand will daran schuld sein.«

Sie goss sich das zweite Glas ein und nahm einen tiefen Schluck.

»Ich werde es nicht hinnehmen. Sie müssen es mir gestatten, müssen es irgendwie einrichten, ich habe darauf ein Recht.«

Sie schlug mit der Faust sanft auf den Tisch und verfiel in Schweigen. Draußen rauschte ein leichter Wind durch die Blätter, die sich noch zögerlich, aber schon sichtbar einzufärben begannen.

»Ich bin so froh, dass du hier bist«, sagte sie nach einer Weile. »Allein wäre es noch schlimmer. Sie leerte das Glas und stand auf. Kannst du morgen für mich ans Telefon gehen? Ich glaube, ich schaffe es nicht, den Anruf anzunehmen.«

Ich nickte stumm.

»Danke«, sagte sie und verließ die Küche.

Donnerstag, 30. Juli 2020

Der Anruf kam gegen zehn. Friedrich war in der Nacht gestorben. Wie befürchtet. Erwartet. Vorhergesagt? Er wäre schon seit zwei Tagen nicht mehr bei Bewusstsein gewesen, sagten sie.

»Wie geht es jetzt weiter?«, fragte ich.

Wenn wir schon ein Bestattungsinstitut hätten, könnten wir dieses jetzt beauftragen, den Leichnam abzuholen. Ich fragte, ob wir ihn nochmal sehen könnten? Im Krankenhaus nicht, leider. Die Sicherheitsbestimmungen, der Infektionsschutz. Sie hätten keine Möglichkeiten.

Hanne gab mir die Nummer vom Bestatter. Die hatte sie in den letzten Tagen herausgesucht. Auch dort die Frage nach einem letzten Gruß, einer letzten Begegnung vor der Kremierung. Die Dame war sehr mitfühlend, sie verstehe es total, sie habe selbst im Familienkreis einen Coronatodesfall zu beklagen gehabt. Aber es sei schwierig. Die Vorschriften erlauben es eigentlich nicht. Das Virus kann noch Tage nach dem Tod in der Lunge weiterleben, Luft kann aus der Lunge entweichen, das Sarginnere beziehungsweise der Leichensack gelten als kontaminiert. Die Mitarbeiter müssen in Schutzanzügen arbeiten. Es gäbe eine einzige Möglichkeit. Wenn der Termin für die Einäscherung erst in der nächsten Woche oder noch später wäre, käme der Leichnam vorerst ins Kühlhaus. Dann wäre die Gefahr, dass sich noch lebende Viren in der Lunge befinden, geringer. Normalerweise werden an Corona Verstorbene vor der Kremierung im Freien vom Leichensack in den Sarg umgebettet, um die Infektionsgefahr für die Mitarbeiter zu minimieren. Wenn der Verstorbene dann einigermaßen ansehnlich ist, könnte eine letzte Begegnung ermöglicht werden. Unter Bäumen an einem abgeschirmten Platz neben dem Krematorium. Und es könne nur kurzfristig entschieden werden. Leichenpflege, Waschen, schön machen sei nicht möglich. Auch keine Berührungen. Es täte ihr leid, dass sie das so schrecklich technisch erklären müsse, aber anders ginge es leider nicht und wir müssten das bei allem Schmerz verstehen.

Ich gab es an Hanne weiter, sie war einverstanden. Wir mussten abwarten. In der Zwischenzeit würden wir Angehörige, Freunde benachrichtigen, eine Todesanzeige in Auftrag geben, die Urnenbeisetzung könne nur im kleinsten Kreis stattfinden, maximal zehn Personen, hatte man uns gesagt. Hanne gab mir Friedrichs Adressbuch, ich sollte eine Datenbank erstellen. Eine Mailingliste gab es, aber nicht alle hatten E-Mailadressen. Sie würde sich um die anderen Formalitäten kümmern.

Hier klafft in meinen Aufzeichnungen eine Lücke von elf Tagen. Ich kann mich nicht mehr erinnern, warum ich damals nichts aufgeschrieben habe. Möglicherweise weil nichts Wesentliches passierte, vielleicht auch, weil Friedrichs Tod sich wie eine lähmende Lethargie über alles legte. Mit Sicherheit habe ich mit Irena darüber gesprochen und bestimmt war sie genauso betroffen und erschüttert wie ich. Aber davon steht hier nichts. Ich weiß nur, dass es mir selbst noch nicht besonders gut ging und ich schnell müde wurde, weil alles noch anstrengend war. In meiner Erinnerung habe ich viel geschlafen.

Um mich herum sind jetzt alle wach und sehr aufgekratzt. Wir fliegen bereits über chinesischem Staatsgebiet. Viele haben schon Wochen auf diese Heimreise gewartet und sind jetzt entsprechend aufgeregt. Vielleicht ist es auch eine gewisse Nervosität. Beim Boarding hatte man uns einen Schnelltest abgenommen, obwohl wir alle einen negativen PCR-Test vorlegen mussten. Die Ergebnisse kennt hier niemand. Auf jeden Fall müssen wir alle nochmal in Quarantäne und landen deshalb nicht in Peking, sondern in zwei Stunden in Xinxing irgendwo in der Provinz.

Dienstag, 11. August 2020

Ich weiß nicht, wie ich anfangen soll. Als wäre eine Katastrophe nicht schon genug. Aber vielleicht der Reihe nach. Die Todesanzeigen waren verschickt, die Formalitäten beim Standesamt erledigt. Dann hieß es warten. Hanne hatte in den letzten Tagen vor allem im Garten gearbeitet. Ich half ihr, so gut ich konnte. Der Regen der letzten Woche gab dem Gras sein Grün zurück. Von der Dürre des Juli war nichts mehr zu sehen. Es wuchs kräftig und musste alle zwei Wochen gemäht werden. Die ersten Äpfel wurden reif, täglich fielen welche ins weiche Gras, meist madig. Wir sammelten sie, Hanne stand in der Küche und kochte Apfelkompott. Ein zimtiger Duft zog durchs Haus und weckte Weihnachtsgefühle. Jetzt noch Kerzen und Lebkuchen....nein! Noch zu früh. Die Idylle in der Natur war der reinste Hohn, stand in krassem Gegensatz zu unseren Gefühlen. Wir bewegten uns durch Haus und Garten wie durch eine Scheinwelt.

Gestern kam der Anruf vom Bestatter, heute würden sie die Kremierung vorbereiten, das wäre wie besprochen die Möglichkeit für einen letzten Abschied, falls es noch immer gewünscht wäre. Wir fuhren mit dem Auto in die Stadt. Besser, ich fuhr, Hanne lotste mich durch den Verkehr des Berliner Südens. Dort gab es ein großes, erst vor ein paar Jahren erbautes Krematorium, wie eine kleine

Fabrik, sachliche, kühle, minimalistisch dezente Architektur. Man führte uns neben das Gebäude in einen kleinen Hain. Dort war ein Sarg aufgebahrt. Wir wurden gebeten, Masken aufzusetzen. Zwei Mitarbeiter in schwarzen Anzügen hoben den Deckel ab und legten ihn seitlich auf zwei Böcke. Friedrich lag mit geschlossenen Augen, aber leicht geöffnetem Mund, als versuchte er immer noch, Luft zu bekommen. Die Haut war bleich, stellenweise bläulich. Ich weiß nicht, wie Tote aussehen, wenn sie vom Bestatter "zurechtgemacht" werden, aber hier war sichtbar nichts passiert. Hanne trat einen Schritt nach vorn, die Hand vor dem Mund. Sie begann zu zittern. Ich konnte nicht sehen, ob es ein Weinkrampf war. Dann wankte sie. Ich sprang hinzu und versuchte, sie zu stützen. Einer der Mitarbeiter brachte schnell einen Stuhl. Wir setzen sie vorsichtig darauf ab. Ich blieb neben ihr. Nach einer Weile suchte sie meine Hand.

»Genug«, sagte sie, »lass uns gehen.«

Der Mitarbeiter begleitete uns zum Auto und sagte, der Bestatter würde sich wieder mit ihr in Verbindung setzen.

Danke, sagte Hanne und wollte seine Hand ergreifen, aber er trat einen Schritt zurück und schüttelte stumm den Kopf. Auf dem Rückweg sprachen wir nichts, Hanne weinte zeitweise tonlos. Als wir im Haus ankamen, sagte sie, dass sie sich hinlegen wollte, es hätte sie doch mehr mitgenommen als sie dachte.

»Sag bitte, wenn Du was brauchst«, antwortete ich.

»Mach dir keine Sorgen, es geht schon«, beruhigte sie mich.

Der heutige Dienstag versprach ein sehr warmer Tag zu werden. Gegen Mittag wurde es schwül und die ersten Wolken ballten sich. Hatten wir am Vormittag, die Sonne genießend, noch draußen gearbeitet, zog sich Hanne mit zunehmender Bewölkung ins Haus zurück. Es gäbe da noch Unterlagen zu sichten. Es beruhigte mich, dass sie scheinbar in eine gewisse Normalität zurückgefunden hatte, wenn auch vermutlich im abgesicherten Modus.

Ich hatte mich mit dem Schnitzwerkzeug auf die Terrasse gesetzt, um endlich die Yin-Yang-Anhänger fertig zu machen. Wie befürchtet, war dafür keine Zeit mehr gewesen. Der erste Versuch war zerbrochen. Die Ringe, welche die Symbole einfassen sollten, waren zu dünn, um sie aus Holz zu machen. Zumindest nach meinem Entwurf. Friedrich war daraufhin mit mir in die Werkstatt gegangen und hatte aus einer Kiste zwei schmiedeeiserne Gardinenringe hervorgekramt. Die sind übrig, meinte er. Wenn du sie übereinander legst und die beiden Teile von Yin und Yang darin einpasst, könnte das gut aussehen und wäre haltbar. Nun saß ich hier und wollte die Feinarbeiten daran beenden. Die hölzernen Tropfen stecken schon in ihren Ringen. Es mussten noch die kleinen Kreise im Inneren herausgearbeitet werden, wobei Yin sich nach innen und Yang sich nach außen wölben sollte.

Der Wind wurde kräftiger. Bald zerrte und zauste er derartig an Bäumen und Büschen, dass ich mich in die Werkstatt verzog. Während ich mir eine Kaffeepause gönnte, grollte in der Ferne bereits der erste Donner. Es würde ein kräftiges Sommergewitter werden. Nach einer halben Stunde war der Sturm so heftig, dass man nicht mehr vor die Tür gehen wollte. Vorsorglich hatte ich alle Terrassenmöbel in den Schuppen geräumt. Der Himmel war pechschwarz. Gleißende Blitze zerrissen für Sekunden die Finsternis und die Abstände zum Donner verringerten sich immer mehr. Es würde direkt über uns hinweg ziehen. Hanne war von oben heruntergekommen. Gemeinsam standen wir vor dem Werkstattfenster und schauten in den Hof hinaus. Der Sturm raste und heulte um's Haus, riss und zerrte an den Bäumen, aber es regnete nicht. Da krachte plötzlich ein gewaltiger Blitz direkt über dem

Kirchturm herunter. Der Donnerschlag erfolgte unmittelbar. Die Wände der Werkstatt schienen zu beben. Wir spürten eine Druckwelle wie bei einer Explosion. Dann schlugen Funken aus dem Kirchturm, die Turmspitze zerbarst, Ziegel stürzten in dem Hof, ein Riss raste das Mauerwerk hinab bis zum Portal, mit lauten Poltern und Dröhnen durchschlug schweres Metall, vermutlich die Glocken, einen Zwischenboden und fielen donnernd in den Turmschaft. Und dann schlugen Flammen aus den Resten des Dachstuhls. Hanne stieß einen gellenden Schrei aus, ich stürzte aus der Werkstatt und rannte ums Haus, um den Gartenschlauch auszurollen. Der Strahl reichte knapp bis zur Glockenstube, aber bei weitem nicht bis zum Dachstuhl. Ich konnte also nur versuchen, das Ausbreiten des Feuers auf das restliche Gebäude zu verhindern. Denn es regnete noch immer nicht. Wenige Minuten später ertönte die Sirene, aber bis die Mannen der Freiwilligen Feuerwehr zusammengelaufen waren, das Auto hier und ihre Leitungen ausgelegt wären, würde wertvolle Zeit vergehen. Die Turmspitze stand bereits in hellen Flammen. Hanne brachte eine Leiter, mit der ich versuchte, höher hinauf zu kommen. Aber der dünne Strahl verzischte nur und würde das Feuer kaum löschen können. Da setzte endlich mit geballter Kraft der Regen ein. Ein Wolkenbruch ergoss sich über Kirche, Haus und Hof. Als die Feuerwehr eintraf, brauchte sie nur noch letzte Glutnester zu löschen. Nach einer halben Stunde war alles vorbei. Das Gewitter war weitergezogen, in der Ferne grollten die Donner, zuckten Blitze über den immer noch düsteren Himmel. Hier rauchte und dampfte es aus den Trümmern.

Hanne stand mit weit aufgerissenen Augen vor den Resten des Turms und zitterte am ganzen Leib. Sie stöhnte und jemand brachte einen Stuhl, aber sie hielt sich nur an der Lehne fest. Die Leute von der Feuerwehr versuchten, die Eingangstür zu öffnen, aber irgendwas, vermutlich Trümmerteile, blockierten sie. Also kam man nur durch den Seiteneingang über die angebaute Sakristei hinein. Hanne lief, den Schlüssel holen. Zuerst gingen zwei Männer in Schutzanzügen rein. Hanne hatte ihnen beschrieben, wo der Schaltkasten für das Licht war. Es dauerte eine Weile, dann flammten die Kronleuchter auf. Auf einen Wink der Männer folgten wir ihnen ins Innere. Die Wand hinter der Orgel auf der Empore war völlig durchnässt. Regen und Löschwasser war heruntergelaufen und hatte auch die Orgel in Mitleidenschaft gezogen. Eine schwarze Brühe tropfte von der Empore auf den Fußboden. Aber die Instrumente im Schiff und unter den Seitenemporen waren unversehrt. Die Innentür zum Vorraum war aufgedrückt und man konnte in den Eingang unter dem Turm blicken. Unter Trümmern, Steinen und Balken, die kreuz und quer übereinander gestürzt waren, lagen die zwei Glocken, von einer nassen Mörtel- und Rußschicht überzogen. Eine hatte sich mit ihrem Rand tief in den Boden gebohrt. Hier war schweres Gerät nötig.

»Oh mein Gott«, brachte Hanne stöhnend hervor. »Das ist zu viel, das ist einfach zu viel.«

Sie sank auf einen der Stühle, die an der Wand aufgereiht waren. Nachbarn kamen. Eine Frau, die ich nur flüchtig kannte, setzte sich neben sie und nahm ihre Hand. Darauf begann Hanne bitterlich zu weinen. Wir anderen standen hilflos dabei. Wie konnte man hier trösten? Welche Worte waren angemessen?

Ulrich, der Schlosser, Friedrichs Freund, berührte sie sacht an der Schulter. »Lass uns ins Haus gehen. Heute können wir nichts mehr ausrichten. Ich komme morgen wieder, dann versuchen wir, den Eingang frei zu bekommen.« Sie führten Hanne ins Haus hinüber.

Der Brandmeister der Feuerwehr sagte zu mir, er frage sich, warum der Blitz so heftig eingeschlagen habe. Als ob es keinen Blitzableiter gäbe.

»Vielleicht ist er defekt«, antwortete ich.

Kann nicht sein, erwiderte er. Er habe ihn erst im Frühjahr überprüft.

Wir verließen die Kirche und liefen nach vorn zum Turm. Auf der Hofseite verschwand der Blitzableiter wie vorgesehen in der Erde. Der Feuerwehrchef leuchtete mit einer Lampe den Draht hinauf. Unsere Blicke folgten dem Lichtstrahl nach oben. Und dann sahen wir es. Kurz unter der Dachspitze klaffte eine große Lücke. Ein zirka zwei Meter langes Stück war herausgetrennt worden.

»Da hat sich jemand ganz schön Mühe gegeben«, meinte der Chef. »Das hat richtig Arbeit gemacht. Obwohl, die passende lange Leiter liegt ja gleich daneben. Wozu wurde die sonst benutzt?«

»Keine Ahnung, müssen wir Hanne fragen«, erwiderte ich.

»Verstehe«, meinte der Brandchef, »bestimmt liegt der fehlende Draht hier auch noch irgendwo. Aber darum soll sich morgen die Spurensicherung kümmern. Das ist jetzt ein Tatort. Wir sperren mal alles ab.«

Ich brachte Böcke aus der Werkstatt und sie spannten rot-weißes Flatterband um Turm und Kirche.

Wir gingen ins Haus. Hanne saß mit Ulrich und dessen Frau am Küchentisch. Darauf drei Gläser und der Whisky.

»Wollen Sie auch einen?«, fragte Hanne.

»Danke«, meinte der Feuerwehrchef, »bin noch im Dienst. Muss den Wagen noch zurückbringen.«

Dann berichtete er vom manipulierten Blitzableiter und fragte nach der Leiter.

»Friedrich hat damit die Dachrinnen vom Laub gereinigt«, sagte Hanne. »Ich bin immer halb gestorben, wenn er da oben rumhantierte. Und Sie meinen, jemand ist damit hochgestiegen, um den Blitzableiter durchzutrennen?«

»Vermutlich«, antwortet der Chef. »Ich werde heute noch eine Meldung an die Kripo machen. Sicher kommt morgen jemand von denen vorbei. Mehr kann ich im Moment nicht tun. Wünsche trotz allem eine gute Nacht.«

Damit ging er. Wir saßen erschüttert und voller Fragen beieinander. Wer könnte das gemacht haben und warum? Irgendwann meinte Hanne, sie sei jetzt müde genug.

»Melde dich, wenn du was brauchst«, sagte Ulrichs Frau.

»Ich schau morgen mal, wie wir schnell ein Notdach auf den Turm bekommen«, meinte Ulrich im Gehen.

Hanne nickte stumm.

Mittwoch, 12. August 2020

Wer denkt, dass die Polizei Kriminalfälle so engagiert wie im "Tatort" angeht, der irrt. Oder lag es an der fehlenden Leiche? Oder weil es nur eine Dorfkirche getroffen hat? Jedenfalls kamen heute zwei gelangweilte Wachtmeister vom örtlichen Polizeirevier vorbei und besahen sich den geborstenen und ausgebrannten Turm. Einer stieg mühsam mit der Leiter zum Blitzableiter hoch. »Eindeutig durchtrennt, vermute starker Hebelschneider, mit dem sie auch Fahrradschlösser knacken«, sagt er von oben und machte Fotos. Dann durchsuchten sie die Büsche auf der Straßenseite vor der Kirche und fanden tatsächlich das herausgetrennte Stück vom Blitzableiter. »Da werden wohl keine Fingerabdrücke mehr drauf sein«, meinte der eine. »Wir nehmen es trotzdem mit, sollen sich die von der KTU sich anschauen, vielleicht finden sie doch noch was«, sagte der Andere.

»Wollen Sie eine Anzeige gegen Unbekannt erheben?«, fragte der Erste.

»Sollte ich wohl«, erwiderte Hanne.

»Besser wär´s«, antwortete er. »Wenigstens wegen der Versicherung.«

Sie nahmen alle Daten auf, fragten, ob uns irgendwann etwas Ungewöhnliches aufgefallen sei, zum Beispiel mit der Leiter, ob sie mal anders gelagert war als gewöhnlich, ob wir einen Verdacht hätten?

Wir verneinten.

»Falls uns noch was einfiele, mögen wir uns nicht zurückhalten.«

»Ob die Spurensicherung nicht noch käme«, fragte ich.

»Was soll´n die denn hier noch finden, vor allem nach dem Regen gestern. Und da derzeit niemand sagen kann, wann es passiert ist,....« Er winkte ab. Sie tippten sich an die Schirmmützen, stiegen in ihren Wagen und fuhren davon. Ob wir einen Verdacht hätten?

»Würdest du jemandem das zutrauen?«, fragte ich Hanne.

»Naja, wir haben nicht nur Freunde hier«, antwortete sie, »aber so was?...« Da fiele ihr niemand ein.

Am Nachmittag kam Ulrich mit den drei anderen Gußplattenhebern. Sie begannen, von innen die herabgestürzten Balken, die Steine und Planken aus dem Eingang heraus zu wuchten. Das war schwere Arbeit, auch weil sie sich verkeilt hatten. Einen bekamen sie nur mit einer Kettensäge frei. Sie stapelten alles säuberlich getrennt unter der Empore auf. Das Löschwasser war über Nacht im Ziegelboden versickert. Aber alles war feucht.

»Man muss Trocknungsgeräte aufstellen und die Instrumente hier rausbringen, sie verquellen sonst«, sagte einer der Männer.

»Aber wohin«, meinte Hanne.

»Ein Teil in die Werkstatt, ein Teil in den Schuppen, ein Teil in Friedrichs Zimmer, ginge das nicht?«, fragte ich.

«Vielleicht, aber nicht von heute auf morgen», erwiderte sie.

«Egal«, sagte einer der Männer, ein Kerl wie ein Baum, »ich bringe morgen zwei Geräte vorbei, die sind gerade frei. Ob ich sie regelmäßig leeren könnte, er würde es mir zeigen?«

»Klar«, antwortete ich.

«Warum nur musste das auch noch passieren», klagte Hanne und schien einen erneuten Zitteranfall zu bekommen. »Es ist zu viel, einfach zu viel.«

»Verzage nicht«, meinte Ulrich, und legte ihr die Hand auf die Schulter. »Wir lassen dich nicht hängen.«

Sie waren kaum vom Hof, fuhr ein blauer Volvo vor. Ein Typ stieg aus, brauner Mantel, grünes Basecap, karierte Hose, Lederumhänger und eine große Kamera. Er wäre von der Märkischen und hätte gehört, was passiert sei. Ob er ein Interview bekommen könne.

Hanne wollte zuerst nicht, aber er redete ihr zu, vielleicht bekomme man doch noch Hinweise aus der Bevölkerung zu der Manipulation des Blitzableiters, man könne auch eine Spendenaktion starten. Er war erstaunlich gut informiert, sollte das Gerücht mit dem abgehörten Polizeifunk noch stimmen?

Sie zeigte ihm den zerstörten Turm, die Sammlung, die aufgestapelten Trümmerteile, erzählte ihre Geschichte. Früher hätte sie Kaffee auf der Terrasse angeboten. Stand sie neben sich oder wollte sie ihn kurz halten? Jetzt war wohl nicht die Zeit dafür. Er machte Fotos, war sehr interessiert, sehr mitfühlend auch, verabschiedete sich, er würde sich melden.

»Fandst du das klug?«, fragte sie mich hinterher.

»Was soll passieren?«, meinte ich. »Vielleicht machen sie das wirklich mit der Spendenaktion.«

»Ich bin völlig verunsichert, es ist zu viel. Mach dir was zu essen, ich habe keinen Appetit, bekomme nichts runter.«

Sie verabschiedete sich in ihr Zimmer.

Am Abend fiel mir Roberts Drohung wieder ein. Sollte er etwa?.., aus Rache? Welches Licht fiele auf mich, wenn ich diesen Verdacht aussprechen würde?

Donnerstag, 13. August 2020

Der Baummann heißt Günter Baumann. Tatsächlich. Und er hat eine Baufirma. Kein Witz. Seine Frau singt auch in Friedrichs Chor. Oder sang, vermutlich. Denn wie es mit dem weitergeht, weiß noch niemand. Sie seien alle schockiert, meinte er. Aber Hände in den Schoß und den Kopf in den Sand sei nicht seine Art. Heute Morgen fuhr er mit einem LKW, den Trocknungsgeräten und einer Rüstung vor. Ob ich schon mal ein Gerüst aufgebaut hätte. Ich verneinte. »Dann lernste das jetzt«, sagte er und schlug mir seine Pranke auf die Schulter. Aber zuerst schleppten wir die Geräte in die Kirche und stellten sie unter der Empore auf. Er zeigte mir die Bedienung und schloss sie an. Sie machen einen Höllenlärm. Okay, ist übertrieben, aber ziemlich laut sind sie schon. Dann begannen wir mit dem Gerüst. Was ich tun soll, wollte ich wissen. Halten und hochreichen, war seine Antwort. Wir stellten die ersten Elemente rechts und links neben dem Eingang auf. »Die müssen absolut im Lot sein«, sagte er. »Das ist das A und O. Sonst wird die ganze Rüstung schief.« Querstangen einhängen, Laufbohlen auflegen und nach kurzer Zeit stand der Unterbau. Für die erste Etage sollte ich ihm die Elemente hochreichen. Die Ständer waren ziemlich schwer, aber ich schaffte es. Jetzt weiß ich, warum Gerüstbauer so harte Kerle sind.

»Wie machen wir es mit den nächsten Etagen?«, wollte ich wissen.

»Es kommt gleich jemand«, antwortete er.

Der Jemand, ein zwanzigjähriger Typ mit Oberarmen wie ein Profiringer, kurze schwarze Haare, Grübchen beim Grinsen, hi, ich bin der Tim, schwang sich auf die erste Etage, stellte seine Cola neben sich und wir machten weiter. Hanne kam aus dem Haus.

»Ihr seid ja schon so weit! Wann macht ihr Pause?«

»Wenn wir fertig sind«, erklärte Günter.

Nach etwa einer Stunde stand die Rüstung und wir konnten von oben in den Turm hineinschauen. Drei Balken der Turmspitze waren verkohlt, aber stehen geblieben, die Ziegel waren komplett heruntergestürzt. Der Glockenstuhl war zwar aus Eisen, aber geborsten und verbogen. Vermutlich waren die Glocken deshalb aus der Verankerung gesprungen und hatten alle Zwischengeschosse durchschlagen, aber die Balken waren noch vorhanden. Im Mauerwerk gab es auf zwei Seiten Risse. Einer reichte bis zum Eingang herunter.

Ein DHL-Auto hielt am Haus und fuhr nach kurzer Zeit weiter. Was geliefert wurde, konnte ich nicht sehen, der Nußbaum verdeckte den Hauseingang.

»Die Reste der Turmspitze müssen runter«, sagte Günter zu Hanne, als wir mit Kaffeepötten und belegten Brötchen wieder im Hof standen. »Dann setzen wir ein Notdach drauf. Die Mauern müssen wir mit Querankern stabilisieren. Aber dann sollte erstmal alles wieder sicher sein. Sieht schlimmer aus, als es ist. War schon jemand von der Versicherung da?«, fragte er zum Abschluss. »Ihr habt doch eine abgeschlossen.«

»Ach Gott«, erwiderte Hanne, »das hat Friedrich gemacht, darum habe ich mich nicht gekümmert, ich hoffe es.«

»Dann schau mal nach und mach schnell eine Schadensmeldung. Ein bisschen was kostet das alles schon.«

Sie brausten davon, wir gingen ins Haus. Im Flur stand ein großes Paket. Beim Abendbrot seufzte Hanne, sie habe die Versicherungspolice noch nicht gefunden. Aber sie sei noch nicht durch alle Ordner durch. Friedrich war nicht so gut strukturiert.

»Was ist in dem Paket«, wollte ich wissen.

»Ich habe im Internet eine Urne zum Selbergestalten bestellt«, antwortete Hanne. »So eine Nullachtfünfzehn-Plastedose wollte ich Friedrich nicht antun.«

Sie brachten das Interview groß in der Wochenendausgabe. Wenn es nicht so ein schrecklicher Anlass wäre, hätte man sich freuen können. So eine Werbung hätten sie mal früher gebraucht, als sie eine Konzertreihe aufbauen wollten, meinte Hanne resigniert. Aber jetzt. Zu spät, vorbei. Bad News bleiben bad News. Dafür hatte sie in der Nacht die Versicherungspolice gefunden. Erleichterung. Alles im grünen Bereich. Auch Elementarschäden waren versichert. Feuer, Blitz, Hagel, Starkregen. Nur Hochwasser nicht. Da hatte Friedrich mal weitsichtig gehandelt. Auch die Summe war ordentlich. »Das sollte reichen«, meinte Günter, als Hanne ihn anrief.

Ich hatte Irena auf dem Laufenden gehalten. Seit unserer Coronainfektion skypten wir jetzt täglich. Sie war fast erschütterter als ich. »Wie schrecklich«, meinte sie, »arme Hanne. Wie hält sie das aus. Gut dass du bei ihr bist.«

»Ich bin ihr bestimmt keine große Hilfe«, meinte ich und erzählte ihr von den Freunden, den Nachbarn im Ort, die jetzt selbstverständlich beistehen würden.

»Das ist der Vorteil des Dorfes«, antwortete sie. »Da hält man zusammen, hilft sich, weil man sich kennt. Also wenn man nicht total verschrien ist. Da hat Friedrich gut vorgebaut. Und du unterschätze mal deine Hilfe nicht. Stell dir vor, du wärst in so einer Situation allein.« Sie wäre jetzt gern bei mir, meinte sie. Da fühlte ich zum ersten Mal auch so etwas wie Rührung oder Trauer. Ich bekam einen Kloß im Hals und die Augen wurden feucht. Das war mir zuletzt beim Tod der Großmutter passiert. Friedrich hatte mir wohl doch näher gestanden, als mir bewusst war.

Gemessen an den Katastrophen, die über uns hereingebrochen sind, meinte Irena, würde ihr Leben mit Clara in geradezu gemächlichen Bahnen verlaufen. Sie würde jetzt schon versuchen zu krabbeln. In der Whatsapp ploppte ein

Video auf. Clara, grienend auf dem Bauch, nach einem Spielzeug robbend, einem sehr chinesisch aussehenden Stoffhasen. Als sie ihn erreicht hatte, steckte sie sich juchzend ein Ohr in den Mund. Man hätte jetzt wieder Präsenzunterricht zugelassen. Wenn auch mit deutlich kleineren Gruppen.

Montag, 17. August 2020

Heute stand um acht der Versicherungsvertreter im Hof. Er entschuldigte sich, aber nur dieser frühe Termin wäre noch frei gewesen. Hanne meinte, sie könne zurzeit sowieso nicht gut schlafen und sei schon früh auf. Ich sprang schnell in meine Klamotten. Dann stiegen wir zusammen aufs Gerüst, besahen uns die Reste der Turmspitze, der zerstörten Treppen und Zwischenböden, der aufgeschichteten Trümmerteile und die Wasserschäden an der Orgelempore. Er machte Fotos und bemängelte, dass schon mit den Aufräumarbeiten begonnen worden war. Günter, der dazu gestoßen war, meinte, aber so hätte man doch einen besseren Überblick.
»Na dann machen Sie mal Ihren Kostenvoranschlag«, erwiderte der Vertreter beim Gehen und fuhr wieder davon.
Als er weg war, kam Hanne sehr aufgeregt vom Briefkasten mit einem Blatt Papier in der Hand. Sie zeigte es Günter. Der überflog es, schüttelte den Kopf und reichte es an mich weiter. Mit Zeitungsbuchstaben geklebt stand da zu lesen:

„Verflucht sei Euer Christengott, verflucht seien eure Kirchen. Niederbrennen sollen sie. Sie und all eure ungastlichen Häuser. Denn in Sure 4, Vers 77 heißt es: „Diejenigen, die glauben, kämpfen auf Allahs Weg, und diejenigen, die ungläubig sind, kämpfen auf dem Weg der falschen Götter. So kämpft gegen die Gefolgsleute des Satans!"

»Was soll das?«, fragte Hanne.

»Sieht aus wie ein Bekennerschreiben«, meinte Günther.

»Aber wieso, von wem? Von irgendwelchen Muslimen?«

»Sieht so aus«, sagte Günter.

»Oder soll so aussehen«, erwiderte ich.

Günter schaute mich fragend an.

»Aber warum? Wieso? Ich begreife überhaupt nichts mehr.« Hanne war jetzt echt verzweifelt.

Günter sagte: »Es ist auf jeden Fall ein Fall für die Kripo, wenn nicht sogar für den Staatsschutz.«

»Echt jetzt?«, fragte ich. »Meinst du, die kümmern sich um so was?«

»Na, ein dummer Jungenstreich ist es bestimmt nicht«, erwiderte Günter.

»Das heißt, du glaubst, dass es mit dem abgesägten Blitzableiter zusammenhängt?«, Hanne sah ihn ungläubig an.

»Könnte man vermuten«, antwortete Günter.

»Oder soll man vermuten«, sagte ich.

»Wenn du mehr weißt als wir, dann solltest du es jetzt sagen«, antwortet Günter leicht gereizt.

»Ich weiß auch nicht mehr«, erwiderte ich. »Aber vielleicht will es jemand den Muslimen nur in die Schuhe schieben.«

»Wie auch immer«, sagte Günter darauf. »Das sollen die von der Kripo herausfinden.«

»Könntet ihr euch darum kümmern?«, fragte Hanne. »Mir wächst das alles über den Kopf.«

»Machen wir«, sagte Günter.

Sie ging ins Haus. Kurz darauf kam sie mit einem großen Korb wieder heraus, den sie aufs Fahrrad schnallte und davon fuhr.

Günter erledigte den Anruf bei der Polizei. Wir schicken jemanden vorbei, hieß es. Möglichst nichts anfassen, nichts verändern.

»Dann können wir wohl erst mal nichts tun«, meinte Günter. »Ich denke nicht, dass mich die von der Polizei brauchen. Hier ist meine Handynummer, falls sie doch Fragen haben.«

Er fuhr davon. Ich steckte die Karte ein, legte das ominöse Blatt Papier auf den Couchtisch und machte mir in der Küche ein Frühstück. Natürlich war in der halben Stunde niemand aufgekreuzt, also ging ich in mein Zimmer hinauf. Wollte die Wartezeit mit Lesen verkürzen, aber meine Gedanken schweiften immer wieder ab   ...eure ungastlichen Häuser...   Das würde auf Roberts Drohung passen. Aber dann müsste er ja unsere Gewohnheiten, die Örtlichkeiten und auch die Zeitungsveröffentlichung ausgecheckt haben. Oder hatte er einen Komplizen vor Ort? Sollte ich ihn als verdächtig angeben? Aber es gab keine Tatzeit, damit erübrigte sich auch die Frage nach einem Alibi. Und sein Handy hatte er, so wie ich ihn erlebt habe, bestimmt nicht dabei oder abgeschaltet im Bleisäckchen, damit es nicht geortet werden konnte. Vielleicht waren es doch alles nur merkwürdige Zufälle.

Ich trat ans Fenster. Von hier oben hatte man einen weiten Blick über die Felder, denn Kirche und Pfarrhaus standen am Rand des Ortes, dessen Häuser und Höfe sich an einer einzigen Straße entlang reihten. Am Horizont sah ich eine Gestalt übers Feld gehen. Von Zeit zu Zeit bückte sie sich, um etwas aufzuheben. Las da jemand Kartoffeln? Dafür war es doch noch zu früh. Beim genaueren Hinsehen erkannte ich Hanne. Was machte sie da? Immer wieder beugte sie sich nieder, hob etwas auf und legte es in den Korb.

Es klingelte an der Tür. Ein Mann in Lederjacke stand im Hof, zeigte seinen Ausweis, Landeskriminalamt, Kommissar Schinkowski. Ich bat ihn hinein, zeigte ihm das Beken-nerschreiben. Er zog sich Handschuhe über, nahm es in die Hand, betrachtete es von beiden Seiten, hielt es ge-gen´s Licht und schob es dann in eine Aktenhülle. Wann es gefunden wurde und wer es in der Hand hatte, wollte er wissen. Ich nannte unsere Namen und gab die Uhrzeit an.

»Und wo sind die anderen jetzt?«, fragte er. »Wir brau-chen die Fingerabdrücke.«

»Ich kann sie anrufen«, erwiderte ich.

»Dann tun Sie es und zeigen mir inzwischen den Briefkas-ten.«

Wir gingen in den Hof und während ich telefonierte, holte er einen Koffer aus dem Auto und begann, den Briefkasten mit schwarzem Pulver einzustäuben.

»Personalmangel«, meinte er, als er fertig war. »Deshalb müssen wir die Spusi in solchen kleinen Fällen selber ma-chen.« Dann wollte er den durchtrennten Blitzableiter sehen. Wir stiegen aufs Gerüst. »War da von uns schon jemand dran«, wollte er wissen.

»Die haben nur Fotos gemacht und das herausgetrennte Stück mitgenommen«, sagte ich.

»Mann, Mann, Mann«, stöhnte er, stäubte die verbliebe-nen Enden schwarz und auch die Umgebung und fand tatsächlich noch Abdrücke.

»Vielleicht sind die auch von uns, als wir das Gerüst hoch-gezogen haben«, meinte ich.

»Das werden wir ja herausfinden«, erwiderte er.

Inzwischen war Hanne zurückgekommen. Sie hob ihren Korb vom Rad, er war bis oben gefüllt mit flachen Steinen und brachte ihn in den Schuppen. Der Kommissar stellte seine Fragen nochmal. Wann sie das Schreiben gefunden habe, ob sie eine Idee habe, von wem es stammen könnte, wann sie den Briefkasten zuvor geleert habe, ob sie früher schon mal Drohschreiben bekommen habe. Hanne ver-neinte alles. Den Briefkasten habe sie am Samstagvormittag zuletzt geleert, weil am Sonntag ja keine Post ausgetragen wird.

»Also kann es in der Zeit von Samstagmittag bis Montag früh eingeworfen worden sein«, meinte er. »Vermutlich nachts, ist Ihnen da was aufgefallen?«

Wir verneinten.

»Haben Sie Feinde, missgünstige Nachbarn, Neider?«, fragte er.

»Nicht solche, denen ich das zutrauen würde«, antwortete Hanne.

Dann nahm er noch unsere Fingerabdrücke und ließ seine Karte da, falls uns doch noch was einfiele. Er wollte dann in Günters Firma vorbeischauen.

Als er gegangen war, sagte Hanne, ich könnte ihr mit den Steinen helfen. Was damit passieren soll, wollte ich wissen. Sie holte einen Stapel alte Plastikverpackungen aus einer Kammer und reihte sie auf dem Küchentisch auf.

»Wir müssen sie nach Größe und Farbe sortieren«, sagte sie, schüttete den Korb aus und begann, einzelne Steine in die Becher zu verteilen.

»Und dann?«

Sie stand auf, holte das Paket und packte es aus. Zum Vorschein kam eine Urne, grau und unscheinbar.

»Die ist aus recyceltem Zellstoff, mit einem Kleber versetzt, der sich nach ein paar Jahren in der Erde auflöst«, sagte sie. »Ich will sie mit diesen Steinen bekleben. Ich muss irgendwas tun, sonst werde ich verrückt.«

Dienstag, 18. August 2020

Bis kurz vor Mitternacht haben wir gestern Steine sortiert. Einige hat Hanne auch wieder verworfen, weil sie nicht flach genug waren. Dann haben wir sie gewaschen und zum Trocknen ausgelegt. Heute will sie mit dem Kleben beginnen. Es sollen sich zwei Spiralen, eine helle und eine dunkle um die Urne winden. Sie sollen mit ganz kleinen Steinen beginnen, zur halben Höhe immer größer werden und dann wieder abnehmen und mit den kleinsten enden.

»Wie die Lebenskraft, die zuerst immer mehr zunimmt und dann wieder zurückgeht, um am Ende ganz zu versiegen. So trägt sie dich durch die hellen und dunklen Phasen des Lebens, die oft dicht beieinander liegen«, erklärte sie.

»Das ist der Plan?«, fragte ich.

»Die Idee, genau«, erwiderte sie. »Aber ich glaube, sie reichen noch nicht.«

Ich bot mich an, nochmal loszuziehen. Ich hatte mich erinnert, auf meinen Streifzügen an einer Kiesgrube vorbeigekommen zu sein. Allerdings wusste ich nicht mehr genau, wo sie lag. Aber für gewöhnlich schalte ich GPS ein, wenn ich in unbekanntem Gelände unterwegs bin, damit ich mich nicht verliere. Mit einer Suchanfrage zu besuchten Orten könnte ich sie wiederfinden. Ich brauchte doch mehr Zeit als ich dachte, aber dann hatte ich sie. Schon geil, diese Technik. Wie leicht wäre es, einen Menschen wiederzufinden, wenn seine Ortung in der Hosentasche aktiv wäre. Und wie schwierig, wenn man sich wirklich verbergen will. Die Grube war ein Steine-Eldorado. Hier gab es alle Formen und Farben. Ich leerte den Korb, um ihn mit neuen zu füllen. Schöne runde, flache in allen Größen. Als Kind haben wir solche am See oder bei dem einzigen Urlaub am Meer übers Wasser springen lassen. Wer mehr als sieben Sprünge schaffte, war König, mehr als zehn, Kaiser. Steine sammeln, Steine zerstreuen. Wo hatte ich das schon mal gehört? Keine Ahnung. Muss ewig her sein. Und dann überfiel es mich. Diese ganzen Erinnerungen: an meine Kindheit, an meine Großeltern, die ich so geliebt hatte, die ganze Misere zu Hause, das Drama mit meinem Bruder, an den schönen Sommer mit Irena, an die Arbeit und die Gespräche mit Friedrich, wie wohl ich mich hier gefühlt hatte und dass das jetzt alles wieder vorbei sein sollte und ich begann bitterlich zu weinen, ich heulte wie ein Schlosshund, saublöder Vergleich, aber was Besseres will mir nicht einfallen, heulte den ganzen Lebenskummer heraus, auch meine Einsamkeit, niemand da, der so ein Leben teilen würde, teilen könnte. So kann man doch nicht leben, immer auf andere angewiesen, keinen Ort, an dem man Zuhause nennen könnte und der nicht schon irgendjemandem gehört. Dass in Peking zwei Menschen im 14. Stock eines Hochhauses auf mich warteten, war jetzt kein Trost, sondern schien mein Elend nur noch zu verstärken. Ich warf mich auf die Erde, barg den Kopf in den Armen und ließ alles rauslaufen, bis die Tränen irgendwann versiegten. Und so sehr ich auch über meine Einsamkeit verzweifelt war, so froh war ich doch, dass ich jetzt hier ganz allein war.

Als ich zurückkam, hatte Hanne schon die ersten Reihen geklebt. »Oh,« meinte sie, »deine Sammlung ist ja viel schöner als meine. Jetzt wird die Urne ja richtig edel.«

Am Nachmittag fand ich eine Mail, die mich elektrisierte:

Dear Miss and Mister,

My name is Mr. Lee Sang. I'm from Singapore and an owner of some Hotels. One of them is a theme-hotel called European Music Makers House. I'm currently traveling through Germany in search of old music instruments to decorate the rooms in this special guesthouse.

I found your offering on the world wide web and I would be happy to visit your exhibition.

Please tell me the best time, if you want to receive me.

Best regards   Lee Sang

Ich lief mit dem Rechner zu Hanne in die Küche hinunter. Während sie die Mail las, begannen ihre Hände leicht zu zittern. Wie um sich zu beruhigen, stand sie auf, griff nach einem Geschirrtuch und begann, ein paar Teller aus dem Abwasch abzutrocknen.

»Was hältst du davon?«, fragte ich sie.

»Ich weiß nicht, es kommt ein bisschen plötzlich.«

»Aber du, wir haben doch nach Interessenten gesucht, du wolltest die Sammlung doch abgeben.«

»Aber in ein Hotel? Ich weiß nicht, ob Friedrich das gefallen hätte.«

»Es ist die erste Rückmeldung überhaupt, die wir auf die Homepage bekommen haben. Ich finde, wir sollten ihn wenigstens einladen und kennenlernen.«

»Findest du«, antwortete sie zweifelnd. »Na dann antworte ihm und schreibe ihm, uns ist jeder Tag recht. Außer am 24. August, da ist die Urnenbeisetzung.«

Als ich Irena davon berichtete, war sie begeistert. Das wäre die Chance, meinte sie. Jetzt wo die Kirche sowieso beschädigt ist und ihr euch um die Instrumente sorgen müsst, wäre es doch wunderbar, wenn sie jemand in Obhut nehmen würde. Ich schilderte Hannes Zweifel. Sie meinte, das könne sie verstehen. Man sollte den Interessenten entsprechend sensibilisieren. Wenn wir wollten, könnte sie das als die Webmasterin übernehmen. Sie würde die asiatische Mentalität jetzt besser kennen als wir.

Mittwoch, 19. August 2020

Am Morgen meldete sich der Kommissar vom LKA. Die Mutmaßung, es könnte ein islamistischer Anschlag gewesen sein, wäre mit Sicherheit irreführend, sagte er. Es sollte den Anschein erwecken. Die Buchstaben seien aus der Bildzeitung ausgeschnitten und Röntgenuntersuchungen des Papiers hätten ergeben, dass als Unterlage ein altes AfD-Plakat benutzt wurde. Falls uns zu diesen Erkenntnissen noch etwas einfalle, mögen wir uns melden. Hanne meinte, so oder so, sie hätte dazu keine Idee.

Irena antwortete dem Hotelier mit einer hübschen Story von einem Lehrer, der aus Liebe zu Musik, zur Geschichte und zu seinen Schülern für einen lebendigen Unterricht diese Instrumente gesammelt und erhalten, viel Zeit, Herzblut und auch Geld hineingegeben hat und dem es über seinen tragischen frühen Tod hinaus ein Anliegen gewesen wäre, seine "Kinder" in Händen zu geben, die diese Kultur zu schätzen und zu bewahren wissen. Falls sie nun in Asien eine neue Heimat finden sollten, dann wäre das ein Zeichen für eine immer enger zusammenwachsende Welt, in der europäische Kultur zur Weltkultur geworden sei, wie man es auch von asiatischer Technik, Perfektion, Achtsamkeit und Hingabe sagen könne, die mehr und mehr in den europäischen Gesellschaften geschätzt würde.

Mr. Lee reagierte sehr erfreut. Gerade im Lernen aus gegenseitigem Respekt füreinander seien unsere Kulturen schon ein gutes Stück vorangekommen, wenn auch eine noch nicht übersehbare Strecke Weges vor uns liege. Diese weiter zu verkürzen sei auch sein Bestreben und das European Culture Guesthouse ein Teil dieses Projektes. Er freue sich, auf so verständige Partner zu treffen. Ende der Woche komme er nach Berlin und würde dann gern die angebotenen Instrumente in Augenschein nehmen.

Wir vereinbarten einen Termin für Freitag. Wieso kann er trotz Corona in Europa herumreisen, fragte ich mich. Ist er so ein bedeutender Mensch?

Dann rief ich Wolf, meinen Juristenfreund und Quartiergeber an und erzählte ihm die ganze Geschichte von Roberts Wunsch, unterzutauchen, über den Blitzeinschlag, den manipulierten Blitzableiter und das Bekennerschreiben.

»Scheint ja ein krimineller Senkrechtstarter zu sein, dein Bruder«, meinte er darauf.

»Ich weiß eigentlich kaum noch was über ihn«, antwortete ich. »Wenn wir uns sehen, mehr als zweimal im Jahr ist es nicht, dann gibt er immer den Strahlemann, der auf mich runter schaut und sich lustig macht.«

»Grundsätzlich muss man über Verwandte keine Aussage machen und sie auch nicht anzeigen«, sagte Wolf darauf. »Aber wenn du meinst, ihm das Handwerk legen zu sollen und es dein Gewissen beruhigt, dann gib dem LKA einen vertraulichen Hinweis. Wahrscheinlich wird es wenig bringen, weil man es ihm in diesem Fall kaum nachweisen kann, wenn er es denn selbst gemacht hat.«

Ich ging den ganzen Tag damit herum, wusste nicht, was richtig wäre. Einerseits wollte ich ihn nicht anzählen, andererseits hatte ich tatsächlich ein schlechtes Gewissen. Inzwischen war ich mir fast sicher, dass Robert hinter der Aktion steckte. Der abgesägte Blitzableiter war kein Zufall und erst durch mich waren Kirche und Haus in seinen Fokus geraten. Vielleicht sollte ich ihn zur Rede stellen, dachte ich dann. Kurzentschlossen wählte ich seine Nummer, mit der er mich im Juni noch angesimst hatte. Aber der Anschluss blieb tot, die Nummer war abgemeldet. Okay, dachte ich, du hast es versucht. Nun rief ich den Kommissar an und machte meine Aussage.

»Aber wie es scheint, ist Ihr Bruder untergetaucht«, sagte er. »Es gab keine Spuren und auch die Handyüberwachung brachte für diese Funkzelle keinen Treffer.«

»Aber woher wussten Sie...?«, fragte ich überrascht.

»Sie habe doch gegenüber Günter Baumann mehrfach Zweifel an der Islamistenspur geäußert. Wir haben uns deshalb mal Ihr Umfeld angesehen und sind auf Ihren Bruder gestoßen. Wir suchen ihn schon länger, aber bis jetzt ist er uns immer durch die Lappen gegangen.«

»Was liegt denn gegen ihn vor«, wollte ich wissen.

»Eigentlich darf ich aus ermittlungstaktischen Gründen darüber nichts sagen, aber vielleicht können Sie uns ja weiterhelfen. Wir vermuten, dass Ihr Bruder ein kleiner Chef in einem Drogenhändlerring ist. Er organisiert und überwacht den Straßenverkauf, ist ein nicht ganz unwichtiger Knoten in einem noch größeren Netzwerk. Die Fäden werden in Russland oder Italien gezogen, so genau wissen wir das noch nicht. Er lebt nicht ungefährlich. Falls was schief geht für die ganz oben, knipsen sie ihn aus. Sie haben deshalb intuitiv ganz richtig gehandelt, sich da nicht hineinziehen zu lassen«, meinte er zu mir.

»Obwohl es nicht folgenlos blieb?«, fragte ich.

»Was passiert wäre, wenn er hier untergetaucht wäre, wissen Sie ja nicht«, erwiderte er.

»Es könnte also sein, dass ihm etwas zugestoßen ist?«, fragte ich.

»Bei diesen Leuten kann man nichts ausschließen«, antwortete er. »Aber bis jetzt haben wir dazu keine Hinweise. Falls er sich meldet, wären wir für einen Tipp dankbar, meine Nummer haben Sie ja.«

Freitag, 21. August 2020

Es wäre gut gewesen, wenn man die Instrumente nochmal hätte stimmen können, meinte Hanne am Morgen. Aber das wäre in der Kürze der Zeit nicht zu organisieren gewesen. Sie hätte auch nicht gewusst, wen sie fragen sollte. Hätte Friedrich ja immer selber gemacht, meinte sie seufzend.

Gegen 11 Uhr kam Mr. Lee. In einem Taxi mit Berliner Kennzeichen. Er war ein zirka fünfzigjähriger, schlanker, sportlicher Mann mit freundlichen, flink hin und her blitzenden Augen. Sein Lächeln, das er während seines Besuches fast nie verlor, war herzlich und hatte etwas Jungenhaftes. Man fühlte sich in seiner Gegenwart sofort wohl. Ich war jetzt als Dolmetscher gefragt. Sein Englisch war korrekt, aber nicht zu kompliziert. Auch er war kein Muttersprachler. Wie er es geschafft hatte, mitten in der Pandemie nach Europa zu kommen, erfragten wir nicht. Er bekundete zuerst sein Beileid, seine Betroffenheit wirkte echt. Hanne war dankbar und berührt. Dann gingen wir in die Kirche, besahen die Reste des Turmhelms, die beschädigte Wand hinter der Orgel und blickten von dort über alle Instrumente, wie sie im Schiff, unter den Emporen, vor den Säulen und der blauen, sternenverzierten Chorapsis aufgestellt waren. Die Sonne übergoss alles mit goldenem Licht. Die hellen mild durchscheinenden Fenster dämpften ihre Strahlen.

»Wonderful!«, sagte Lee nach einem Moment ehrfürchtigen Schweigens. Wenn er könnte, er würde die Sammlung und ihr Gehäuse, also die Kirche mit nach Singapur nehmen. Die besondere Aura des Ortes würde den kulturellen Wert dieser klingenden Zeugen vergangener Freuden zu etwas Heiligem steigern. Die Erzeuger von Musik, welche wohl die himmlischste aller Künste sei, wären hier am originärsten präsentiert.

Dann ging er von Instrument zu Instrument, schlug ein paar Töne an, spielte eine Melodie, besah sie von allen Seiten und machte Notizen auf einer Liste, die Hanne am Morgen in doppelter Ausfertigung ausgedruckt hatte. An einer der Orgeln verweilte er länger, setzte sich und begann ein zartes Stück, sehr melancholisch, zuerst suchend noch, dann immer sicherer brachte er es präzise und berührend zu Ende.

»Diese Choralbearbeitung von Bach hat mein Mann auch immer gern gespielt«, meinte Hanne danach.

Lee erhob sich von der Orgelbank. Er wollte eigentlich Pianist werden, begann er zu erzählen, hatte schon die Aufnahmeprüfung am Konservatorium bestanden. Aber dann erkrankte sein Bruder schwer, sein Vater war schon ein alter Mann und er musste in die Leitung des Hotels einsteigen, das seit vielen Generationen in Familienbesitz war. Nach dem Tod seines Vaters wurde er Direktor und hat es zu einem kleinen Imperium mit fünf Standorten in Singapur, Japan, Hongkong, Südkorea und seit kurzem auch in Shenzhen in China ausgebaut. Das European Art Guesthouse ist eine Spielerei, mehr eine besondere Herberge als ein öffentliches Hotel, ein Quartier nur für Künstler. Sie können neben den Gästezimmern auch Proben- und Atelierräume mieten. Unter dem Dach soll es einen kleinen Konzertsaal geben. Die Instrumente würden vorrangig dort ihren Platz finden.

Er machte viele Fotos. Diese gotische Wand mit dem Sternengewölbe, das sollte es auch in dem Konzertsaal geben. Er schickte ein paar Bilder und ein Video an seinen Architekten. Dann wandte er sich zu Hanne um und sagte, er wolle alle Instrumente kaufen. Oben im Haus gäbe es auch noch einen Flügel, meinte sie darauf. Den wollte er auch noch sehen. Wir gingen hinauf in den Salon. Er würde ihn auch noch nehmen. Ob zweihunderttausend für alles angemessen wäre? Vermutlich waren wir beide so überrascht, dass wir den Blüthner in der Werkstatt völlig vergaßen. Hanne bot an, alles bei einem Tee in der Küche zu besprechen.

»Oh wie hübsch«, rief Mr. Lee, als wir den Raum betraten. »Woher haben Sie den?« Er zeigte auf den schwebenden Engel über dem Tisch.

»Aus einer Kirche in der Lausitz«, sagte Hanne. »Sie wurde wegen der Braunkohle aufgegeben. Der war mal ein Taufengel und hing über dem Taufstein. Aber er sieht älter aus als er ist. Neunzehntes Jahrhundert, kein großer historischer Wert. Sonst hätten wir ihn nicht bekommen.«

Ich mühte mich mit der Übersetzung. Mr. Lee schaute etwas irritiert, vielleicht hatte er nicht alles verstanden. Oder für ihn gab es keine alten Sachen ohne Wert. Dann entdeckte er die Urne, die auf einem Tischchen an der Seite stand. Sie war gestern Abend fertig geworden. Hanne hatte alle Fugen zwischen den Steinen mit einer beigen Gipsschlemme ausgestrichen und wieder frei gewaschen. Jetzt hoben sich die Steine wie in Sand eingelegt von der Oberfläche ab. Es wirkte wie das Haus einer urzeitlichen großen Schnecke oder eine asiatischen Vase. Die Spur der Steine wand sich wie eine Doppelhelix vom Fuß zum Deckel und bekam durch die zu-und abnehmenden Größen eine archaische Dynamik.

»Oh that's very exceptional, who is the artist?«

»Das wäre kein Kunstwerk«, bemerkte Hanne zögernd, »sondern die Urne für meinen Mann.«

Lee verstand es nicht sofort. Wahrscheinlich lag's an der Übersetzung. Dann aber begriff er und entschuldigte sich erschrocken und irritiert. Hanne beruhigte ihn. Das Gefäß wäre noch leer, die Beisetzung wäre erst in drei Tagen. Tatsächlich schon in drei Tagen, dachte ich. Die Zeit war davongerast, weil so viel passiert war.

»Wie denken Sie über mein Angebot?«, fragte er, als wir beim Tee saßen.

»Wie stellen Sie sich die Abwicklung vor?«, fragte Hanne zurück.

Er habe hier einen Anwalt, antwortet Lee. Der würde sich sich um alle Formalitäten, Kaufvertrag, Gutachten, Ausfuhrgenehmigung, Zoll und dergleichen kümmern. Sie hätten das im Vorfeld an Hand der vorzüglichen Instrumentenbeschreibungen im Internet schon geprüft, es sollte kaum Probleme geben, da kein Instrument vor 1850 gebaut wurde. Hannes Zustimmung vorausgesetzt, würden die Instrumente von einer Spedition abgeholt werden, welche dann auch die professionelle Verpackung in die

Seekisten und den Container vornähme. Für die Orgel hätte er eine Firma kontaktiert, die den fachgerechten Abbau erledigen würde. Das könnte in den nächsten zwei-drei Wochen geschehen. Die Kaufsumme würde zur Hälfte vorab gut geschrieben, die andere Hälfte nach dem Abtransport.

»Das wäre alles sehr zuvorkommend«, sagte Hanne darauf. »Kann ich mich dennoch eine Nacht bedenken?«

»Selbstverständlich«, antwortete Lee. »Auch zwei, wenn es nötig ist. Ich will Sie nicht drängen.«

Er reichte ihr freundlichst lächelnd zwei Karten.

»Hier ist mein Kontakt, ich bin noch eine Woche in Europa. Bitte teilen Sie mir Ihre Entscheidung persönlich mit. Alles andere besprechen Sie mit der Kanzlei.«

Darauf erhob er sich, er wolle vor der Abfahrt noch einen letzten Blick auf die Instrumente werfen. Hanne ging mit ihm noch einmal in die Kirche hinüber. Dann stieg er ins Taxi, das die ganze Zeit gewartet hatte.

Als er abgefahren war, kam Hanne in die Küche zurück. Sie sei noch völlig verwirrt, könne noch nicht klar denken. Das Ganze sei ihr wie eine Begegnung von einem anderen Stern erschienen. Wie könne es sein, dass jemand bereit wäre, für ein paar alte unbedeutende Instrumente, die hier kaum jemand wertschätzt, so viel Geld auszugeben und solche Aufwendungen zu unternehmen.

»Wieviele Instrumente sind es denn jetzt genau?«, fragte ich.

Wir gingen die Liste durch und stellten fest, dass er über zehntausend pro Instrument geboten hatte. Ob das für sie akzeptabel wäre, wollte ich von Hanne wissen.

Sie hätte nie mit so viel Geld gerechnet, antwortete sie. Eigentlich hätte sie am liebsten sofort zugesagt, wollte ihm aber auch nicht das Gefühl geben, dass sein Angebot zu hoch sei. Für die Orgeln sei es zwar etwas zu wenig, aber wenn man den Abbau einrechnet, wäre es schon okay.

»Morgen rufe ich ihn an«, meinte sie dann, »bevor er es sich anders überlegt.«

»Das glaube ich nicht«, erwiderte ich. »Was ist eigentlich mit dem Blüthner aus der Werkstatt? Er ist nicht mit auf der Liste.«

»Nicht?!« Sie schaute mich mit großen Augen an und ging die Liste nochmal durch. »Du hast recht. Ist er auf der Internetseite?«

Wir fuhren den Laptop hoch, machten die Seite auf, scrollten uns durch die Beschreibungen. Auch dort nicht, wir hatten ihn vergessen. Vermutlich weil er noch nicht fertig war, als Irena die Seite erstellte.

»Und was machen wir nun?«, fragte ich.

»Den bekommst du«, sagte Hanne. »Es ist ja im wesentlichen dein Verdienst, dass er nun wieder so schön ist.«

»Aber ich hatte Kost und Logis«, wandte ich ein. »Ich habe darauf keinen Anspruch mehr. Und ehrlich, was soll ich damit? Ich kann nicht spielen. Er wäre mir nur ein Klotz am Bein.«

»Weiß ich doch«, entgegnete sie. »Aber wenn du nicht hier vorbeigekommen wärst und die Aufarbeitung angeboten hättest, würde er heute noch im Schuppen verstauben. Und anständig bezahlen konnten wir dich auch nicht. Du sollst ihn ja auch nicht direkt nehmen. Versteigere ihn auf Ebay oder verkaufe ihn. Das muss nicht heute und morgen sein. Der Erlös, den wir für ihn bekommen, gehört dir. Jedenfalls ist das ein Lichtblick in diesen ganzen Katastrophen.«

Als ich Irena am Nachmittag alles erzählte, meinte sie, so würde man hier in Asien Yin und Yang oder das kosmologische Prinzip verstehen. Wer einen großen Verlust erlitten hat, dem würde es auf überraschende Art an anderer, unerwarteter Stelle wieder ausgeglichen, sofern man ein edles, reines Herz habe.

»Und die herzlosen Schufte würde man daran erkennen,

dass sie ihre Probleme aus eigener Kraft lösen müssten?«, wandte ich ein.

»Da hilft man sich damit, dass die Beurteilung dessen dem beschränkten menschlichen Geist nicht gegeben ist, nur buddhistische Lamas oder Bodhisattwas, welche dem Mitmenschen ins Herz sehen könnten, würden dies erkennen. Doch sie seien weise genug, ihre Erkenntnisse für sich zu behalten. Ihre Schüler können sie so aber auf den Pfad der Achtsamkeit und Hingabe leiten.«

Samstag, 22. August 2020

Montag ist die Beisetzung. Zehn Leute dürfen kommen. Es wäre zu schwierig gewesen, auszuwählen, meinte Hanne. Deshalb hatte sie schon vor Tagen die Idee eines Abschiedes im Vorübergehen. Die Urne mit Friedrichs Asche würden wir heute den ganzen Tag in der Apsis der Kirche aufstellen, mit einem Bild und einem großen Strauß Blumen aus Hannes Garten. Die Kirche wird offen sein, die Leute können kommen, Abschied nehmen und sich in ein Kondolenzbuch eintragen. Es hing noch immer leichter Brandgeruch im Raum, obwohl Hanne schon seit Tagen versuchte, mit Räucherstäbchen gegenzuhalten. So schnell verfliegt der nicht, meinte Günther. Er hatte gestern Abend ein Gerüst zum Schutz gegen eventuell noch herabfallende Teile im Turm aufgebaut. Nun konnte man sie wieder durch den Haupteingang betreten. Durch die Sakristei würden die Leute sie dann verlassen. Mehr als fünf sollten sich nicht gleichzeitig in der Kirche aufhalten. Es würde leise Musik im Hintergrund laufen, Hanne hatte Klavier und Orgelmusik herausgesucht. Ich würde mich mit Hanne in der Betreuung abwechseln. Einfach da sein, ein bisschen koordinieren, wenn doch mehr Leute kommen sollten, die Kugelschreiber desinfizieren, die CDs wechseln, hatte sie gesagt. Tatsächlich habe ich vorgestern meine spartanische Garderobe nach passenden Sachen durchgesehen. Meine Jeans war mal schwarz, ging noch so. Ein schwarzes T-Shirt gab es auch, musste nur nochmal durchgewaschen werden. Als ich Hanne fragte, ob das so okay ist, ging sie mit mir zu Friedrichs ziemlich vollen Kleiderschrank und holte ein schwarzes Cordsakko heraus. Das wäre noch aus seiner Studentenzeit, er hatte sich nie davon trennen wollen, obwohl es ihm schon lange nicht mehr passte. Ich probierte, es saß perfekt. »Wie maßgeschneidert«, meinte Hanne. »Schick«, sagte ich zu meinem Spiegelbild. Aber ich werde es nicht übernehmen, kein Platz im Rucksack.

Ich bin voll Bewunderung, wie stark Hanne ist. Andere wären unter der Wucht der Katastrophen wohl zusammengebrochen. Kurz schien es mir, als Hanne übers Feld zog und die Steine sammelte, dass sie an alledem auch irre zu werden drohte. Aber jetzt denke ich, dass es ihre Form des Bewältigens war, etwas zu tun, was Körper und Geist fokussierte. Es hat sie vermutlich geerdet und vor Verwirrung geschützt.

Am Morgen kam der Bestatter, um die Asche in Hannes persönliches Gefäß umzufüllen. Jetzt stand es unter dem neugotischen Bogen inmitten aller Instrumente, eingerahmt von den beiden Orgeln. Hanne hatte einen Strauß ganz in Weiß mit Astern, Dahlien und anderen Blumen und Gräsern, deren Namen ich nicht kenne, gesteckt, duftig und flirrend fein. Daneben stand ein Bild von Friedrich, wie er verschmitzt über den Rand seiner Brille schaut und lächelt. So hat er immer geguckt, wenn er nicht zu klug erscheinen, aber doch zeigen wollte, dass er eigentlich den Durchblick hatte.

Ich setzte mich auf einen Stuhl unter die Empore. Kurz nach neun kamen schon die ersten Leute, dann riss der Strom kaum ab. Bekannte aus dem Dorf, die Nachbarn, die

Freunde aus dem Chor und aus Berlin, der Gemeinderat, der Bürgermeister mit seiner Frau, ehemalige Schüler, wie Hanne mir am Abend erklärte, ich kannte so gut wie niemanden.

Ich weiß nicht, was es war, der sakrale Raum, die Musik, die schweigenden Menschen, die gemessen durch die Kirche schritten, vorn stehen blieben, verharrten, sich verneigten, einige weinend, gefasst, erschüttert, sich Tränen aus den Augen wischend ins Kondolenzbuch eintrugen? Oder waren es diese der Pandemie geschuldeten Einschränkungen, die alles noch viel tragischer machten? Mir wurde immer wehmütiger. Es schnürte mir die Kehle zu und ich war froh, als Hanne mich ablöste. Ich ging hinaus, setzte mich in den Garten um durchzuatmen, aber nach einer Weile fühlte es sich falsch an. Heute gab es nichts Wichtigeres als in der Kirche, bei den Leuten, bei diesem Abschied zu sein. Also ging ich wieder hinein und setzte mich hinten in eine Ecke. Und irgendwann ließ ich die Tränen einfach laufen. Ich hatte geglaubt, dass mich solch ein Schmerz, wie ich ihn zuletzt beim Tod meiner Großmutter gespürt hatte, nicht mehr anfallen würde. Ich fand es ungerecht und unverdient, dass ich überlebt und er daran gestorben war und dennoch war ich dankbar. Altersunterschied hin oder her, auch für meine Jahrgänge gab es keine Überlebensgarantie. Oder lag es daran, dass so ein Trauerort vielleicht zur Schnittstelle für den Übergang in eine jenseitige Welt wurde, weil wir alle mit offenen Herzen und Sinnen gekommen waren, um die Seele in ihrem Entschwinden zu begleiten? Zur Quelle eines Liebesstroms, der uns womöglich mit der jenseitigen Welt in Verbindung brachte, wie er es sonst nirgendwo vermochte? Völlig unvermittelt hatte mich dieser Gedanke angesprungen. Wenn es stimmt, dass die Seelen eine Präexistenz in der jenseitigen Welt haben, dann mischt sich vielleicht die Traurigkeit des Herzen mit der Trauer unserer Seele über das verlorene Paradies, die ferne Heimat, den bergenden, den wahren Hafen, in den das Seelenschiff irgendwann wieder einläuft. Und alle unsere irdischen Zufluchten sind nur scheinbar sichere Orte vor dem Fluch des Überlebenskampfes, des Verfalls und des Todes? Wie heißt es in der Bibel im ersten Buch Mose?

"Da sprach Gott zum Menschen: Weil du mein Verbot, vom Baum der Erkenntnis zu essen, übertreten hast, soll der Erdboden deinetwegen verflucht sein. Dornen und Disteln sollen darauf wachsen. Unter Mühsal und im Schweiße deines Angesichtes wirst du darauf arbeiten und dein Brot essen, bis du zum Erdboden zurückkehrst. Denn Staub bist Du und zum Staub kehrst Du zurück."

Greift die Seele deshalb zur tiefsten, zur intensivsten Gefühlsäußerung, der sie in diesem menschlichen Gehäuse fähig ist, zur herzzerreißenden Klage mit all ihren Tränen, dem Weinen? Aber wenn es stimmt, dass die Seele in uns dem verlorenen Paradies nachweint, in welches die Seele des Verstorbenen wieder eingehen könnte, dann wären diese Tränen auch Hoffnungstränen.

Am Abend versiegte der Strom der Besucher. Als die Kerzen gelöscht, das Kondolenzbuch geschlossen, die Urne abgeholt und die Kirche verschlossen war, saßen wir noch bei einem Tee in der Küche. Emotional erschöpft, aber irgendwie glücklich, weil getröstet. Sie hätte nie gedacht, dass so viele kommen werden, sagte Hanne nach langem Schweigen, das ich mir nicht gewagt hatte zu brechen. Viele hätte sie nicht gekannt, andere lange nicht gesehen, mit einigen gesprochen. »Danke, dass du da warst«, sagte sie zu mir, »allein hätte ich es nicht geschafft.«

»Bestimmt hätten dir Ulrich und seine Frau geholfen«, wandte ich ein.

»Sicher. Oder Günter«, erwiderte sie. »Aber es wäre nicht das gleiche gewesen.«

Montag, 24. August 2020

Die Beisetzung heute war vergleichsweise nüchtern. Hanne hatte einen Friedhof mit einem Friedwald gewählt. Unter einem Baum, hätte Friedrich gesagt, als sie mal darüber sprachen, wo er beerdigt werden wollte, erklärte sie. Außer uns waren nur Ulrich und seine Frau gekommen. Das würde genügen, meinte Hanne. Wer mag, könne den Ort später besuchen.

Die Totengräber hatten ein Loch zwischen den Wurzeln einer großen, schattigen Ulme gebohrt. Mit den Worten: "Denn Staub bist Du, und zum Staub kehrst du zurück", ließen die Bestatter die Urne hinab. Hanne trat an die Öffnung, holte ein Beutelchen aus dem Rucksack, entnahm ihm ein krümeliges beiges Pulver und ließ es hinein rieseln. Die Bestatter verschlossen mit den Worten: "Friede seiner Asche" die Öffnung und wir legten den Blumenstrauß, der gestern noch neben der Urne gestanden hatte, darauf ab.

»Was hast du verstreut«, fragte ich Hanne auf der Heimfahrt.

»Späne aus seiner Werkstatt«, antwortete sie. »Ich habe sie in einer Kiste gefunden, die unter der Hobelbank stand. Keine Ahnung, was Friedrich damit vorhatte.«

Auf dem Rückweg fragte ich Hanne, ob Friedrich eigentlich an ein Leben nach dem Tod geglaubt habe. Das wüsste sie auch nicht so genau, meinte sie darauf. Er wäre ja ein Agnostiker gewesen, hätte ein höheres Prinzip, eine göttliche, jenseitige Welt und ein Leben nach dem Tode nicht ausgeschlossen, aber auch nicht definitiv bejaht. Dazu könne man nichts Substantielles sagen, hat er gesagt, wenn das Thema aufkam. Die Antworten der Religionen fand er jedenfalls nicht befriedigend, abgesehen davon, dass sie in seinen Augen nicht mehr glaubwürdig waren. Aber so würden vermutlich viele Menschen denken, zumindest hier im Westen, sagte Hanne. Durch den starken Einfluss der wissenschaftlichen Sicht auf die Welt und die Unglaubwürdigkeit der Religionen hätten die Menschen das Vertrauen in die Möglichkeit, dass außerhalb des vermessbaren Raumes noch etwas existieren könnte, verloren. Es sei in der heutigen Gesellschaft viel leichter, ohne Glauben zu leben.

Dann wollte ich wissen, wie sie darüber dachte. Nach etwas Überlegen antwortete sie, wir wären immer in Gefahr, die ewige Wahrheit einer jenseitigen, göttlichen Existenz mit den Religionen zu verwechseln, die sie uns nur vermitteln sollen. Wie die Sonne durch ein mittelalterliches Glasfenster strahlt und ihr Licht in prächtigen Farben bunte Muster auf Wände und Böden malt, so könnten uns die Lehren der Religionen etwas von der größeren Wahrheit sichtbar machen, ohne dass wir davon geblendet werden. Aber wir sehen die Wahrheit eben nur durch die Muster und Strukturen der Fenster, die jeweils verschieden gebildet, aber von gleichem Material sind. Vielleicht haben die Meister der Gotik dies unbewusst sagen wollen, als sie ihre himmelstürmenden Kathedralen vor allem aus luftleichtem farbigem Glas erbauten, welche das statisch schwere Mauerwerk aufzulösen scheint.

»Kann man denn heute noch von Gott reden«, fragte ich, »mit dem Wissen um all die verschiedensten Vorstellungen, welche uns die Religionen als Wahrheiten verkaufen wollen?«

»Die Art, wie wir von Gott reden, hat etwas mit unseren Vorstellungen von ihm zu tun«, antwortete sie. »Die Tatsache, dass wir von ihm reden, entspringt dem Vertrauen in die Existenz etwas Ewigem, einem Ursprung allen Seins, den wir Gott nennen.« Man könnte sich diesem göttlichen Geheimnis auf zwei Wege nähern, dem Nachdenken und der Kontemplation. Ich würde es vermutlich auf dem Weg des Nachdenkens versuchen, zur Erkenntnis des Ewigen zu gelangen. Wie ihn die Philosophen und Theologen gegangen sind und noch gehen. Sie und viele andere, die man spirituell Suchende oder Mystiker nennt, versuchen, Erfahrungen des Ewigen durch die Meditation, welche eine Form der Kontemplation, der Versenkung und Betrachtung sei, geschenkt zu bekommen. Beides wäre möglich. Im Idealfall ergänzen sie sich, aber beide brauchen eine Grundbedingung, Offenheit. Der Geist, die Seele und auch die Sinne müssten offen und bereit sein, göttliche Inspiration zu empfangen, sonst könne der Funke nicht überspringen.

»Und denkst Du Dir dieses Göttliche personal oder abstrakt«, fragte ich weiter.

»Wenn es richtig ist, dass sich der Ursprung allen Seins in der Schöpfung entfaltet«, antwortete sie, »und damit alles was ist, Teil dieser ewigen Existenz ist, dann muss dieser Ursprung allen Seins auch ein personales Bewusstsein haben, dann kann der Mensch sich auch ein personales göttliches Wesen denken, so wenig dieses gedachte göttliche DU auch der transzendenten Wirklichkeit entsprechen mag.«

»Brauchen wir denn dazu noch die Religionen«, wollte ich nun noch wissen.

»Bis jetzt gibt es kaum etwas anderes, das uns Transzendenz vermitteln könnte, als die Religionen«, meinte sie. »Wenn man im Leben vor allem die Hingabe lernen soll, dann kann man das in jeder Religion leben und auch außerhalb von ihnen. Aber man kann auch in jeder Religion daran vorbei leben.«

Als wir wieder auf den Hof fuhren, sagte Hanne, am liebsten würde sie das alles für eine Zeit lang hinter sich lassen. So wie ich würde sie gern nochmal losziehen, nur mit dem Nötigsten. Sie würde nicht mal einen Rechner brauchen, meinte sie. Ein bisschen Wäsche, etwas gegen den Regen, gute Schuhe, ein Handy mit Solarladegerät würden ihr reichen. Wenn jemand für die Zeit hier einziehen würde, um sich um Haus und Hof zu kümmern, dann würde sie am liebsten morgen schon losfahren.

»Wohin würdest du denn fahren?«, fragte ich.

»Nach Frankreich«, antwortete sie. »Hinter Genf beginnt ein Stück des Jakobsweges, der führt durch Wälder und Flussauen und soll kaum begangen sein. Der größte Ort hat dort fünftausend Einwohner.« Sie wollte das früher schon mal machen, aber Friedrich wäre dazu nicht zu bewegen gewesen. Jetzt wäre vielleicht die richtige Zeit.

»Und du meinst, du findest Quartiere?«, fragte ich sie.

»Noch gibt es keinen Lockdown, es sollte gehen«, erwiderte sie.

Ich erinnerte mich, dass mein Freund Wolf vor ein paar Wochen eine Rundmail verschickt hatte. Eine junge Familie suchte ein Haus im Berliner Umland, Kauf oder Miete, sie brauchten mehr Platz, die Frau war schwanger. Ich zeigte Hanne die Mail.

»Dann sollten wir uns kennenlernen«, sagte sie darauf,

»Aber die ziehen sicher nicht nur für ein paar Wochen um«, wand ich ein.

»Vielleicht gebe ich das hier alles auch ganz auf«, erwiderte sie. »Oder ich behalte ein Zimmer und vermiete den Rest.«

»Und wenn es nicht funktioniert mit den Leuten? Und der nahende Herbst ist bestimmt nicht die ideale Jahreszeit, um auf den Jakobsweg zu gehen.«

»Seit wann bist du denn so ein Bedenkenträger«, sagte sie mit leichtem Schmunzeln. »Lade sie doch mal ein.«

Was bleibt von einem Leben, von einem Menschen, wenn seine Hülle gleich dem Kokon eines Schmetterlings der Erde überlassen, das Kraftfeld seines Geistes erloschen ist und seine Seele, federleicht geworden, vom Erdenschweren befreit, erhoben und verflogen scheint. Was passiert mit all den Dingen, die, einem Bauer gleich, eingesammelt, vom Magnet seiner Sinne angezogen, in die Speicher seines Daseins eingelagert, sich nun wieder zerstreuen, manche noch die Erinnerung eines gelebten Lebens weitertragend, die Energie, mit der sie aufgeladen, wieder abgebend, andere achtlos oder bedeutungslos geworden, dem Zerfall preisgegeben oder dem Zufall, welcher sie in die Hände anderer gibt, die darin neuen Sinn finden. Nimmt man doch etwas mit, hinüber in eine andere, immaterielle Welt, um als Erfahrung, mystisches Wissen, Weisheit der Seele eingelagert, bewahrt zu werden, gleich dem Insekt im Tropfen des Bernsteins an gelebte Zeit erinnernd. „Sammelt euch nicht Schätze auf der Erde, wo sie von Motten und Mäusen zernagt werden, sammelt euch besser Schätze im Himmel.“

Dienstag, 25. August 2020

Schweres Gerät stand vor dem Haus. Günter war mit drei Mann, einem Kran und einem Tieflader angerückt. Darauf lagen die Teile für den Anker, um das gerissene Mauerwerk zu stabilisieren und für das Notdach. Es wird nur ein flaches Zeltdach mit leichten Schrägen nach allen vier Seiten, bedeckt mit Bitumenschindeln aus grüner Dachpappe. Provisorisch, damit der Turm erst mal wieder dicht ist. Aber Grün, immerhin. Mit dem Kran hoben sie die verkohlten Reste der alten Balken herunter. Einer der Männer hantierte oben auf dem Gerüst mit einer Kettensäge, es sah ziemlich gefährlich aus, aber er machte es in großer Ruhe und mit Sorgfalt. Tim, den ich schon vom Gerüstbau kannte, stand neben mir, eine Zigarette zwischen den Zähnen, dirigierte er die Balken auf den freigewordenen Tieflader. Dann bohrten sie mit einem gewaltigen Bohrhammer große Löcher ins Mauerwerk, schoben die Spannstangen durch, setzten von außen große Teller drauf und verschraubten alles mit riesigen Maulschlüsseln. Hanne kam mit den obligatorischen belegten Brötchen. Schinken, Eier und Leberwurst. Eine Kanne Kaffee und Flaschen mit Wasser. Es war warm. Die Mittagssonne drückte schon wieder kräftig auf Köpfe, Schultern und Oberarme. Günters Leute hatten ihre Shirts abgelegt, saßen mit nacktem Oberkörper im Schatten der Kirche.

»Hat man denn noch was herausgefunden?«, wollte Tim wissen.

»Es war ein Anschlag, das LKA vermutet den Täter im rechten Milieu, das islamistische Bekennerschreiben war nur ein Fake. Aber mehr wissen sie wohl noch nicht«, antwortete ich.

»Macht für mich alles keinen Sinn«, sagte Günter. »Warum sollen irgendwelche Rechte ein Interesse haben, dass die Kirche abbrennt. Zumal es hier keine Gemeinde oder einen aktionistischen Pfarrer gibt, die als Pro-Asyl-Fans Schlagzeilen machen würden. Wenn du mich fragst, da steckt was Persönliches dahinter, irgendein Neid, Berlin- oder Reichenfrust. Nur dass es leider den Falschen getroffen hat. So wie dieses sinnlose Abfackeln von Luxusautos in Neukölln. Und warum sägen die den Blitzableiter ab. Da weiß man doch gar nicht, ob es klappt. Und wenn man sich hinter dem Blitzeinschlag verstecken will, warum schickt man dann ein Bekennerschreiben, mit dem die Tat auf Flüchtlinge gelenkt wird. Wenn da wenigstens was vom drohenden Klimawandel gestanden hätte, auf den wildgewordene Fridays-for-Futurekids mit der Aktion aufmerksam machen wollten, dann gäbe es wenigstens einen Zusammenhang. Aber so? Einfach nur hirnrissig. Welchem weichgekifften Schädel ist das bloß entsprungen. Aber gut, fertig werden Männer, wir müssen weitermachen.«

Sie reinigten die Mauerkrone von losem Putz, trugen eine Schicht frischen Mörtel auf und begannen, die Dachteile am Boden zu verschrauben. Als das Zelt stand, hob der Kran es im Ganzen nach oben und setzte es sachte auf dem Turmstumpf auf.

»Wir kommen in zwei Tagen und dichten es noch ab. Dann nehmen wir das Gerüst wieder weg.«

Ich blieb etwas verstört über Günters messerscharfe Analyse zurück und wünschte, dass das LKA Robert nicht finden möge, damit die Zusammenhänge nicht offensichtlich würden.

Samstag, 29. August 2020

Heute Nachmittag kommt Jacob, Wolfs Freund, mit seiner Familie. Er meinte, ich hätte sie schon mal getroffen, auf einer seiner Partys, aber ich kann mich nicht erinnern. Er ist ein IT-ler, aber wer ist das eigentlich nicht? Seine Frau ist freie Hebamme, aber gerade selber in den Schwangerschaftswochen. Sie haben schon zwei Kinder, Leo ist fünf und Mathilda ist drei. Ein paar Fotos haben sie auch geschickt. Sehen sympathisch aus, sagte Hanne.

»Hast du nicht Sorge, dass die Kinder dir deine guten Möbel oder den Parkettboden versauen?«, fragte ich sie.

»Das ist doch alles nicht so wichtig«, erwiderte sie darauf.

Am Nachmittag rollte ein Landrover Defender auf den Hof. Ihm entstiegen ein schlaksiger Typ mit kahlgeschorenem Kopf und Nerdbrille, weißes Shirt und Jeans und eine kleine Frau, rotbraune Lockenmähne, luftiges Sommerkleid, kräftig geblümt, die Sonnenbrille in die Haare gesteckt, die schon einen deutlichen Schwangerschaftsbauch vor sich her schob. Von der Rückbank kletterten zwei niedliche Kids, der Junge die Haare ähnlich kurz wie der Vater, das Mädchen zwei Zöpfe hinter den Ohren, die etwas abstanden. Sie drückten sich scheu an ihre Eltern und blickten sich schüchtern um, die Eltern neugierig und erwartungsvoll. Hanne begrüßte sie. Mir kamen keine Erinnerungen. Ich ging auf sie zu, machte den Faustgruß wie es jetzt üblich geworden ist.

»Wolf meint, wir kennen uns«, sagte ich, »aber sorry, ich muss passen.«

»Macht nichts«, meinte Jacob. »Wolf kennt so viele Leute. Gemeinsame Freunde zu haben, verbindet doch auch.«

Sie sahen sich um. »Schön hier«, meinte Paula, seine Frau. Jacob sah zum Kirchturm hoch und fragte, was da passiert wäre, wir berichteten von der Katastrophe. Sie waren etwas erschrocken. Gestern erst hatten wir das Gerüst wieder abgebaut, nachdem ein Monteur den Blitzableiter repariert hatte.

»Ja, schlimm«, beendete Hanne den Bericht. »Aber was wollen Sie denn zuerst anschauen, das Haus oder den Garten?«

»Den Garten«, sagten beide gleichzeitig, sahen sich überrascht an und lachten.

»Dann kommen Sie mal«, meinte Hanne und lief voraus. Die Kinder ergriffen die Hände ihrer Eltern, die Hanne hinter das Haus folgten.

Auf der Wiese baumelte am großen Apfelbaum die Schaukel leicht im Wind, die ich gestern erst auf Hannes Bitte hin aufgehängt hatte. Mit einem Freudenschrei stürzten die Kinder darauf los. »Aber nicht streiten«, rief Paula ihnen lachend nach, »immer schön abwechseln«. Dann standen wir vor Hannes barocken Arrangements. »Wie schön«, sagte Paula leise, »das ist ein Traum.« Sie lief über die schmalen Wege, fragte Hanne nach der einen und anderen Pflanze, streichelte einige der hohen Blüten.

Jacob gesellte sich zu mir. Wolf habe ihm erzählt, dass der Hausherr vor kurzem verstorben sei, meinte er. Ich setzte ihn ins Bild. »Wie furchtbar«, bemerkte er.

Die Frauen kamen aus dem Garten zurück.

»Zauberhaft«, schwärmte Paula. »Und diese große Wiese! Hier will ich bleiben.« Sie sah ihren Mann strahlend an.

»Dann brauchen wir das Haus gar nicht mehr ansehen?«, fragte er.

»Unbedingt«, erwiderte sie, »und auch die Kirche.«

Wir gingen ins Haus. »Wie edel«, sagte sie, als wir in die Küche kamen.

»Und so viel Platz«, staunte er. »Da passen viele Leute an den Tisch.«

»Oder viele Kinder«, erwiderte sie und hängte sich bei ihm ein.

Hanne führte sie durchs Haus. Ich sollte in der Zwischenzeit Kaffee machen, für die Kinder Kakao. Gestern hatte sie Apfelkuchen gebacken. Als sie wieder herunterkamen, trugen wir alles hinaus auf die Terrasse. Die Kinder aßen schnell und verschwanden bald wieder auf der Wiese und der Schaukel. Leo versuchte, auf einen der niedrigen Bäume zu klettern. Ich erinnerte mich an das dicke Tau, welches im Schuppen in einer Ecke lag. Mit einer Schubkarre jonglierte ich es zum großen Nussbaum. Mit der Leiter stieg ich zu dem dicksten Ast hinauf und schlug das Tau darum. Unten einen großen Knoten geschlungen, einmal kräftig probeschaukeln und fertig war die zweite Tobehilfe mit dem Erfolg, dass sich nun beide Kiddys um das viel coolere Tau stritten.

Am Tisch sprach man inzwischen über die Konditionen. Scheinbar waren sie ernsthaft interessiert. Hanne wollte gern das Haus komplett vermieten, aber ein Zimmer im Obergeschoß behalten, für ihre persönlichen Sachen während ihrer Abwesenheit. Auch als mögliche Unterkunft, falls sie ihren Pilgerweg, wie sie es nannte, doch vorzeitig beenden müsste. Scheinbar hatte sie ihre Pläne schon dargelegt. Jacob fragte nach Hannes Vorstellungen über die Miete. Hanne wiederum nach seinen. Jacob schaute amüsiert. Das wäre aber nicht üblich, dass der potenzielle

Mieter ein Angebot abgeben würde. Aber er habe sich kundig gemacht, was üblich sei. Für alles zusammen, Haus und Garten würde er eine Summe von 1700 EUR kalt für angemessen halten. Was mit der Kirche wäre, fragte Hanne. Sie würde eigentlich zur Mietsache dazugehören. Die würde er vorerst gern draußen lassen, auch wegen der unklaren Sanierungskosten, antwortete Jacob. Aber natürlich müsste man auch darüber eine Vereinbarung treffen, schon wegen der Verantwortlichkeit während Hannes Abwesenheit. Sie wäre damit einverstanden, meinte Hanne darauf. Scheinbar war das Angebot für sie akzeptabel. Sie wären auch an einem Kauf interessiert, falls Hanne das in Erwägung ziehen würde, schob er nach. Das wäre nicht ausgeschlossen, erwiderte sie, allerdings könne sie diese Entscheidung noch nicht treffen. Ob es denkbar sei, dass die Miete bei einem Verkauf auf den dann noch auszuhandelnden Kaufpreis angerechnet werden könne, fragte Paula, sozusagen als Ausgleich für die Einräumung eines Wohnrechtes, was sie auch gern zeitlich befristen würden, zum Beispiel auf fünf Jahre. Sie möge das nicht falsch verstehen, auch wenn sie, Hanne, ihnen grundsätzlich sympathisch sei, berge so eine Bindung an eine Wohngemeinschaft doch ein gewisses Risiko. Hanne meinte, das wäre alles vorstellbar, aber sie würde gern noch ein paar Tage darüber nachdenken.

»Natürlich«, meinte Jacob, »das müssen wir ja auch.« Ob er noch die Kirche sehen könne?

»Selbstverständlich«, erwiderte Hanne. »Dustin, zeigst du sie ihnen?«

»Ich schau derweil nach den Kindern«, erwiderte Paula.

»Nicht schlecht«, sagte Jacob anerkennend, als wir im Kirchenschiff standen. »Was passiert mit den Instrumenten?«

»Die sind verkauft, ein Hotelier aus Singapur hat die Sammlung erworben.«

»Und der Flügel oben im Salon?«

»Geht auch mit weg. Nächste Woche kommt die Transportfirma.«

»Schade«, meinte Jacob. »Ich hätte ihn gern mitgemietet. Paula spielt ganz gut Klavier und wünscht sich schon lange einen Flügel. Hier wäre endlich der Platz dafür.«

»Einen haben wir noch, steht in der Werkstatt. Der gehört mir, aber ich werde ihn verkaufen.«

Ich erzählte Jacob eine Kurzfassung der Flügelgeschichte. Nun wollte er ihn auch noch sehen. Der Blüthner stand in einer Ecke des Raumes, mit alten weißen Laken vor Staub geschützt. Ich nahm sie herunter und zog ihn etwas mehr ins Licht. Der Lack glänzte wie vor einem Jahr, als ich abgereist war. »Fantastisch, ein Traum«, sagte Jacob leise, als ich den Deckel öffnete. Er schlug ein paar Tasten an und meinte dann, er würde ihn nehmen, falls er Paula auch gefällt, egal, ob es mit der Miete was würde. Ich war kurz überrascht und dann rutschte mir heraus, er scheine ja finanziell recht gut gestellt zu sein. Er schaute mich nun seinerseits abschätzend an und fragte, ob ich den Auftrag hätte, seine Solvenz zu checken.

»Sorry«, meinte ich, »wollte nicht indiskret sein.«

»Schon okay. Ich habe ein bisschen Glück gehabt.«

Als Student habe er eine App fürs mobile Bezahlen programmiert, die von Google gekauft wurde, erzählte er. Das hatte sich für ihn sehr gelohnt. Sie würden gern probieren, ob sie hier leben und arbeiten können. Wenn's funktioniert, könnte er sich vorstellen, in der Kirche so was wie ein Digital-Lab einzurichten. Er ist Softwareentwickler und hat freie Mitarbeiter. Gerade wollten sie Workplaces mieten, um näher beieinander zu sein. Dann kam Corona und zwang sie, im Homeoffice zu bleiben. Hier könnte man unter den Emporen einzelne Workrooms einrichten, im Schiff wäre Platz für Meetings und in die Apsis würde er gern eine Kletterwand stellen. Auf die Wiese könnte man ein paar Tiny-Houses setzen für Leute, die für eine Zeit hier leben wollen. Die Werkstatt könnte man zum Sanitärbereich umbauen, also viele Möglichkeiten. Der Einzugsbereich seiner Frau wäre der Süden Berlins, das würde auch passen und sie könnten sich hier endlich eine eigene Ladesäule für einen kleinen E-Flitzer hinstellen. In Berlin wird es immer enger, man findet kaum noch was Bezahlbares. Hier draußen gäbe es vielleicht eine Alternative mit Potenzial.

Ich war beeindruckt und auch etwas sprachlos über solche visionären Pläne. Welcher Kontrast zu meinem Leben, obwohl wir doch fast ein Jahrgang waren.

Jacob hatte seine Frau in die Werkstatt geholt. »Schau mal«, meinte er, »der kann Dir gehören, wenn du ihn möchtest.«

Sie sah ihn ungläubig staunend an.

»Echt jetzt?«, fragte sie, und ein Leuchten blitzte in ihren Augen auf.

»Echt, er ist zu verkaufen«, antwortet Jacob.

»Nice.« Sie zog sich einen Stuhl heran und spielte ein romantisch klingendes Stück.

»Er ist ziemlich verstimmt«, meinte sie enttäuscht.

»Die Saiten sind neu«, versuchte ich fachmännisch zu erklären, wie ich es von Friedrich gehört hatte. »Vor einem Jahr haben wir sie aufgezogen. Die strecken sich noch. Seitdem war niemand mehr dran.«

Sie spielte nochmal einzelne Töne. »Könnte schön klingen«, meinte sie darauf. »Und wo stellen wir ihn hin?«

»Oben in den Salon«, erwiderte Jacob.

Sie küsste ihn auf die Wange. Ich deckte den Flügel wieder ab und schob ihn in seine Ecke zurück.

Mit Mühe bekamen sie die Kinder aus dem Garten und von der Schaukel. Leo hatte versucht, am Tau hochzuklettern und war auf drei Meter gekommen. Dafür also die Kletterwand. Fröhlich winkend fuhren sie vom Hof.

»Na«, fragte ich Hanne, als wir die Kuchenreste und das Geschirr in die Küche trugen, »wie ist dein Gefühl?«

»Weiß nicht, es geht mir alles ein bisschen zu glatt, scheinbar problemlos. Ich frage mich ständig, wo ist der Haken, aber ich finde keinen. Seit ich entschieden habe, mich von allem hier zu trennen, scheinen sich die Dinge von selbst zu verabschieden. Ich muss gar nicht viel machen, es fügt sich, alle Probleme lösen sich auf wie Schnee an der Sonne.«

Ich erzählte ihr von Jacobs Plänen und dass er mir den Flügel abkauft. Oh, meinte sie darauf, vielleicht ganz gut, dass wir noch nicht über einen Verkaufspreis für Haus und Kirche verhandelt haben.

Jetzt, indem ich das alles aufschreibe, wird mir erst bewusst, dass Hanne und indirekt auch ich permanent vom Reichtum anderer Leute profitiert haben. Hanne und Friedrich konnten das alles nur finanzieren, weil sie durch die glückliche Lage ihrer Grundstücke zu viel Geld gekommen sind. Die Sammlung hat ein reicher Hotelier genommen, der sich diese Spielerei leisten kann, Haus und Kirche gehen vermutlich an einen Glückspilz, der zur richtigen Zeit mit der richtigen Idee an die richtigen Leute geraten ist. Aber so ist es doch eher nicht, dass Reichtum dafür benutzt würde, andere Leute aus der Misere zu helfen, Probleme aus der Welt zu schaffen, die er selbst verursacht hat. Meist ist es doch umgekehrt, dass zerstörerische Gier und die ungezügelten Leidenschaften Einzelner nach Luxus, Macht und Sicherheit Verwerfungen verursachen, die dann von der großen Mehrheit ausgebadet und ausgebügelt werden müssen. Der kleine Mann, die Armen sind doch in der Regel die gekniffenen, die immer zuerst ins Gras beißen müssen. Oder gibt es doch einen berechtigten Reichtum? Mal abgesehen, dass es eigentlich Luxusprobleme waren, die hier zu beseitigen waren, wäre es die einzige Rechtfertigung für Reichtum und Wohlstand, wenn das Geld dadurch wieder unter die Leute käme, indem man es ausgibt, um anderer Sorgen zu mildern. Aber setzt das nicht eine Haltung voraus, die man früher Herzensbildung nannte? Was für ein altmodisches Wort. "Geben ist seliger denn nehmen." Noch so ein Spruch aus dem Vorrat meiner Großmutter. Wie sah denn meine Bilanz aus? Hatte ich nun mehr gegeben als genommen? Wohl kaum. War mein Konzept am Ende gar eine Mogelpackung, gut verpackter Selbstbetrug. Half es, wenn man in dem Bewusstsein leben würde, dass alles mit allem in Zusammenhang stand und dass letztlich jeder und jede mal Profiteur, mal Unterstützer war, mal Gebender, mal Nehmender? Sollte ich mein Konzept daraufhin nochmal überprüfen?

Mail von Irena   Sonntag, 30. August 2020

Hi Dustin,

Heute ist endlich Zeit, eine Mail zu schreiben. Clara schläft, Gott sei Dank. Manchmal hält sie mich schon ganz schön auf Trapp. Überraschend agil, die junge Dame mit ihren 4 Monaten. Von wem sie das wohl hat. :-) Mal will sie auf den Bauch gerollt werden. Dann wieder auf den Rücken, weil der Kopf doch zu schwer wird. Dann passt beides nicht mehr und ich muss sie herumtragen. Eine Klapper in die Hand geben hilft nur kurz. Meist fliegt sie im Eifer irgendwohin und dann gibt's Geheule, weil sie weg ist. Rausgehen ist natürlich immer super, aber dann kann ich nichts machen, weil ich den Wagen schieben muss. Mir fehlt hier wirklich Hilfe. Li kommt manchmal vorbei und nimmt sie mir ab, aber das ersetzt keine Nanny und erst recht keinen Vater.
Deshalb hab ich mich mal um Deine, nein unsere Zukunft gekümmert. Es gibt in Peking eine deutsche Schule. Kol-

leg*innen haben ihre Kinder dort. Am Freitag war ich mal da, ein längerer Ausflug mit Clara, sie war ganz neugierig wegen der vielen Kinder, die auf dem Spielplatz herumtoben. Denn sie haben auch eine Kita. Da hüpften deutsche oder europäische und chinesische Kinder fröhlich durcheinander. Es war wunderbar. Ich habe sie gleich angemeldet. Die Gebühren sind zwar ordentlich, aber sollte machbar sein. Ab zwei nehmen die sie. Bis dahin bist Du hoffentlich hier und verdienst mit. Deeeennnnn! An der Schule suchen sie immer wieder Lehrer. Weil die meisten nicht länger als die vertraglichen zwei Jahre bleiben. Dabei sind die Bedingungen super, finde ich. Kleine Klassen max. 19 Schüler*innen. Total nette Kolleg*innen. Hab mit einigen gesprochen und dann gleich noch ein Gespräch mit dem Direktor gehabt. Sie würden, vorausgesetzt, du willst und sie nehmen dich, eine PU-Einladung ausstellen. Damit hättest Du fast so was wie Diplomatenstatus, zumindest wie wichtige Wirtschaftsmitarbeiter*innen und würdest trotz Pandemie eine Einreisegenehmigung erhalten. Zumindest nach jetzigem Stand. Schau doch mal auf die Seite. Bemerkenswert finde ich die Selbstaussage, dass sie in der Schule Werte wie Freiheit und Demokratie vermitteln wollen. Die chinesischen Schüler sind bestimmt handverlesen und die Familien x-mal überprüft. Vermute ich, gesprochen haben wir darüber natürlich nicht. Also schau mal. Das wäre ein Weg! Ich brauche Dich!

Die Homepage sah zumindest toll aus. Und auf der Seite der deutschen Auslandsschulen gab es ein paar Erfahrungsberichte, die nicht den Eindruck erweckten, dass man in ein autoritäres Land kommen würde. Wahrscheinlich wäre wie immer der eigene Eindruck wichtiger als fremde Erzählungen. Obwohl der auch getäuscht werden kann. Wie lange würde man brauchen, um ein Land wie China zu verstehen, als Langnase? Und war es ohne

Sprachkenntnis überhaupt möglich? Ich würde es erleben, denn es gab eigentlich keine Alternative, zumindest wenn Irena partout in China bleiben wollte. Und warum eigentlich nicht. Was hatten wir zu verlieren? Ein Sack voll Erfahrungen, wenn wir es nicht machen würden.

8. September 2020

Achter September, "auf Maria Geburt fliegen die Schwalben furt", hatte meine schlesische Großmutter gerne gesagt und damit mehr als nur das Ende des Sommers gemeint. Ich fühlte dann schon das Verschwinden der Leichtigkeit, der lauen Lüfte, des unbeschwerten Lebens. Sitzen im Garten an langen Sommerabenden, Wandern über Sommerwiesen, Baden in klaren, kühlenden Seen, Tauchen in den Wellen des schäumenden Meers, aber auch Schwitzen und Stöhnen unter sengender Mittagssonne, Sorge um die vertrocknenden Wälder und Wiesen, von verzehrendem Feuern bedroht; alles würde nun für ein halbes Jahr nur in unserer Erinnerung existieren. Grauer Himmel mit regenschweren Wolken, triefende Nässe, von den Bäumen tropfend, das Gras durchdringend, würde uns zu wetterdichten Jacken und festen Schuhen greifen lassen. Und dennoch war der Herbst meine liebste Jahreszeit. Die Natur und das Leben ziehen sich in sich selbst zurück, nicht nur aus Schutz vor den Unbilden des Wetters und dem grimmigen Griff des Winters. Zumindest früher, als es noch richtige Winter gab, wie es heißt. Es hält Innenschau, sammelt Kräfte für ein neues Aufbrechen. Wenn die leuchtend farbigen Blätter fallen und einen bunten Teppich ausbreiten, vor dem sich die schwarzen Stämme der Bäume deutlich abheben und sie ihr filigranes Geflecht der Zweige nun für alle sichtbar in den Himmel strecken, dann liebe ich es besonders, durch die Wälder zu wandern, das raschelnde Laub mit den Füßen vor mir herzutreiben, wie ein kleiner Junge, den feuchten Modergeruch der Blätter durch die Nase zu ziehen oder hinter dem Fenster in der warmen Stube dem Regen, der von den Zweigen tropft, zuzusehen. Eine wohltuende Melancholie durchzieht dann meine Sinne, als ob ich mich nur in dieser Jahreszeit ruhigen Gewissens mit einer Tasse Tee dem Lesen und Sinnieren hingeben dürfte.

In diesem Jahr schien sich der Herbst zum wiederholten Mal Zeit zu lassen. "Für die Jahreszeit zu warm" tönte es täglich im Wetterbericht, wenn Hanne am Abend Nachrichten im Fernsehen schaute. Für mich ein ungewohntes Medium. TV hatten wir zuletzt regelmäßig bei meiner Mutter benutzt. Meine Wetterapp vermeldete allerdings ähnliches. Es soll mir für dieses Jahr recht sein, meinte Hanne darauf. Die Tage waren angenehm warm, die Sonne schien jetzt milde, als ob sie sich entschuldigen wollte für alle Glut, die sie noch vor wenigen Wochen auf das Land geworfen hatte. Gemeinsam checkten wir in den letzten Tagen die Wetterdaten von Ostfrankreich. Auch südlich von Genf war es noch Sommer. Sie war beim Rucksack packen und wusste nun nicht, was sie mitnehmen sollte.

»Sachen für warme und kühle Tage erforderten doppeltes Gepäck«, meinte sie.

»Nutze das Zwiebelschalenprinzip«, riet ich. »Dann hast du immer Sachen für kühle und warme Tage am Körper. Dann brauchst du alles noch einmal zum Wechseln. Dazu Funktionsunterwäsche, die den Schweiß ableitet und schnell trocknet. Mehr braucht man nicht.«

Wir hatten sie in einem Trekkingladen in der Berliner Mitte erworben, zusammen mit Rucksack, Wanderschuhen und einem riesigen Regenponcho, unter dem sie samt Rucksack verschwand.

»Wie praktisch, dass du dich so gut auskennst«, meinte sie auf dem Heimweg.

Heute früh war sie gestartet. Ich fuhr sie mit dem Auto zum Südkreuz. Soviel Luxus durfte es dann doch sein. Bahn fahren und laufen würde sie noch lange genug, meinte sie. Der Nachtzug würde sie in die Schweiz bringen. Plötzlich hatte sie es eilig gehabt, wollte keinen Tag verlieren. Sie gab mir letzte Anweisungen. Am Nachmittag würden Jacob und Paula kommen und die Schlüssel übernehmen. Ich solle ihnen noch die Schwierigkeiten mit den Walnüssen erklären, wie sie die putzen und trocknen müssten, es wäre schade drum. Und dass sie nicht vergessen, die Dahlienknollen vor den ersten Nachtfrösten rauszunehmen. Sie hatte noch nicht wirklich losgelassen. Ich empfahl ihr, alles, was ihr noch einfiel, auf eine Liste zu schreiben und per Mail an Paula zu schicken. Auf der Fahrt nach Genf wäre dafür bestimmt genug Zeit.

Morgen werde ich auch meine Sachen packen. Obwohl überschaubar, hatte sich doch wieder etwas angesammelt, einige Bücher aus Friedrichs Bibliothek, ein paar neue Klamotten, neue Sneakers, die alten waren durch. An der Mülltonne und an meinen Kisten bei Justus führte wohl kein Weg vorbei. Kurz war ich versucht, auch den Becher einzupacken, in dem mir Friedrich immer den Kaffee in die Werkstatt gebracht hatte. Aber dann ließ ich ihn doch im Schrank.

Die letzten zehn Tage waren mit Organisation vollgestopft gewesen. Die Orgelbaufirma brauchte eine Woche, um die Orgeln abzubauen. Pfeife für Pfeife und alle anderen Teile wurden in spezielle Holzkisten gelegt, mit Seidenpapier eingeschlagen und beschriftet. Gestern war die Spedition mit zwei Transportern gekommen, hatte die restlichen Instrumente eingepackt und alle Kisten aufgeladen. Der Vertrag mit Mr. Lee war schon vor einigen Wochen unterzeichnet zurückgekommen. Die erste Rate war pünktlich überwiesen worden. Für einen Fuffi hatten die Männer den Blüthner aus der Werkstatt in den Salon hinauf getragen. Da stand er nun, nichtsahnend zu neuem Leben erweckt. Als die Laster davon fuhren, sah Hanne ihnen noch eine Weile auf der Straße nach. Wischte sie sich über die Augen, als sie in die Küche zurückkam oder hatte ich mich getäuscht? Wenn die zweite Rate auch überwiesen wäre, fiele ihr der erste Stein vom Herzen, meinte sie.

»Zweifelst du, dass das Geld kommt?«, fragte ich.

»Eigentlich nicht, es lief alles absolut seriös«, erwiderte sie.

Als wir damals mit Lee beim Tee saßen, hatte ich nebenbei bemerkt, dass ich nach China wollte, sobald es wieder ging. Er fragte nach dem Warum, ich erzählte es kurz. Am Ende meinte er, für eine Zeit in Asien zu leben, wäre immer ein Gewinn. Aber Asien sei nicht nur China. Da gäbe es noch andere Player, wenn China auch ein Starker ist. Singapur wäre auch ein guter Ort. Und die Europäer sollten nicht wie ein Kaninchen nur auf den chinesischen Drachen starren. Aber wir sollten ihn kontaktieren, wenn es uns in China zu ungemütlich würde, sagte er und schob mir seine Karte rüber.

»Und wann fällt der zweite Stein?«, fragte ich Hanne.

»Wenn wir aus- und umgeräumt haben«, erwiderte sie.

»Und der dritte, wenn ich dann in der Bahn sitze.«

»Bist du denn nicht aufgeregt vor der Ungewissheit, wie deine nächsten Monate aussehen«, fragte ich.

»Überraschenderweise nicht«, meinte sie. »Vielleicht liegt es an dem gut gefüllten Konto, vielleicht auch daran, dass eigentlich nichts Schreckliches mehr passieren kann. Das, was war, sollte wohl reichen.«

Ich fand es erstaunlich, war ich doch selbst immer ziemlich nervös, wenn ich den Ort oder den Job wechselte. Lag es nur am Geld, oder auch ein bisschen am Alter? Obwohl sie ja keine Erfahrung mit einem Nomadenleben hatte.

Wir brauchten mehrere Tage zum Umräumen. Friedrichs Zimmer im ersten Stock war jetzt so eingerichtet, dass

Hanne darin wohnen könnte. Wir sammelten ihre persönlichen Sachen im ganzen Haus zusammen, brachten die Hälfte in dem Zimmer unter, der Rest kam in Kisten auf den Dachboden. Auch brachten wir vier Säcke mit Müll zu einem Recyclinghof. Geschirr blieb in den Schränken, auch viele Bücher konnten wir im Regal lassen, so hatten sie sich verabredet. Unten herrschte bald gähnende Leere. Ein paar Möbel standen noch, Jacob und Paula könnten es sich einrichten, wenn sie umziehen würden. Würde Hanne in ein paar Wochen ihr altes Nest wieder beziehen oder unterwegs neue Plätze finden? »Schaun wir mal«, hatte Hanne gesagt, »bevor sie nach herzlicher Umarmung in den Zug nach Basel SBB stieg.«

Mittwoch 15. September 2020

Hanne ist on the road. Ich zum Glück nicht. Kurz bevor wir das Haus räumten, fand ich ein neues Nest. Eher einen Bau, keinen Fuchs- aber einen Biberbau. Ich wohne jetzt auf einem Schiff, genauer gesagt auf einem Hausboot. Es liegt sicher vertäut im Hafen. Genauer gesagt :-) im Tiergarten. Dort gibt es auf einem Nebenarm des Landwehrkanals am Charlottenburger Tor einen Liegeplatz. Ich war dort schon oft vorbeigeradelt, hätte aber nie gedacht, dass ich da mal wohnen würde. Im letzten Moment hatte ein Freund eines Freundes von Justus mir das Boot angeboten. Der Besitzer surft noch in Südfrankreich im Mittelmeer herum, bevor er im Winter nach Berlin zurückkommt, um es vor dem Einfrieren zu bewahren.
Das Boot ist ziemlich fancy. Auf dem Deck gibt es einen verglasten Salon mit Terrasse. Drinnen stehen ein Kamin, riesige Sessel, Clubtisch, draußen eine Außenküche mit Bar, Grill, Sonnensegel. Sicher im Sommer voll cool, hier eine Party zu haben. Es hat zusätzlich eine Ölheizung,

Strom und Wasser liegen an. Im Unterschiff, im früheren Maschinenraum, ist der Private Room. Dusche, großes Bett, Küche und Lagerräume. Auf das Dieselaggregat ist die Kochinsel geschraubt. Im Tank lagert das Heizöl. Hier könnte ich auf Visum und Einreisegenehmigung nach China warten, hatte Scott, der Besitzer gemeint. Er ist Brite, vor Jahren in Berlin hängen geblieben.

Die Bäume im Tiergarten färben sich langsam bunt, einige Blätter fallen schon, obwohl der Sommer in die Verlängerung zu gehen meint. Die Sonne scheint durch das lichtere Laub und wärmt über den Tag so kräftig, dass man noch ohne Jacke auf der Terrasse sitzen kann. Abends werfe ich etwas Bruchholz in den Kamin, das ich reichlich im Tiergarten aufsammele. Keine Ahnung, ob das erlaubt ist.
Ich habe mir einen Job in der Charité gesucht. Jeden Tag fahre ich nun mit dem Rad meines Vermieters durch den Park, je nach Dienst sehr früh oder am Nachmittag. Man hat mich in die Catering Versorgung eingeteilt. Frühstück für die Stationen entsprechend einer Bestellliste der Patienten auf die Tabletts verteilen.
Heute hatte ich Spätdienst. Das Wetter war herrlich. Blauer Himmel, am Großen Stern umrundeten ein paar Touristen die Siegessäule, auf der oben die Goldelse in der Sonne funkelte. An einer Ampel versuchten ein Musiker und ein Artist den Autofahrern die Wartezeit zu verkürzen. Während der eine Jazzballaden auf seinem Saxophon blies und sich von einem Ghettoblaster begleiten ließ, jonglierte der andere auf einem Einrad mit drei orangen Plastikkegeln. Kurz bevor die Ampeln auf Grün sprangen, liefen sie durch die Reihen und versuchten, etwas Geld einzusammeln. Die Ernte war mäßig. Ich steckte ihnen zwei Euro zu.

Montag, 5. Okt. 2020

Als ich heute auf der Station ankam, schickte man mich gleich auf die Kardiologie, das Geschirr einsammeln und die Wünsche für den nächsten Tag aufnehmen. Der Kollege, der dort fest die Essensverteilung unter sich hatte, war krank. Corona. Andere, altmodische Erkältungen scheint es nicht mehr zu geben. Aber ich war froh. Endlich mal die Menschen sehen, für die man das alles macht. Denn normalerweise kommen wir aus den Katakomben nicht heraus. Ich fand es total spannend. Auf so einer Station findet sich wirklich alles. Okay, fast alles. Junge Leute sind eher die Ausnahme. Aber ab vierzig, fünfzig geht's los. Männer, Frauen, Dicke, Dünne, schlichte Gemüter und Doktoren, alles dabei. Manche sind nett, andere griesgrämig, unzufrieden, weil sie leiden, bald nach Hause wollen, die Behandlungen nicht verstehen oder ihnen misstrauen. Hat mir Jonas, ein Pfleger in Ausbildung, bei einer Tasse Kaffee erzählt. Zu den Netten geht man natürlich viel lieber. Aber es würde ihm Spaß machen. Es ist in jedem Fall eine sinnvolle Arbeit.
»Auch wenn der Patient am Ende stirbt?«, fragte ich.
»Auch dann«, meinte er. »Man kann seine Leiden lindern und ihm den Weg erleichtern. Müssen wir ja alle mal durch, der eine früher, die andere später«, sagte er mit einem bedauernden Blick, bevor er den letzten Schluck austrank und wieder in ein Patientenzimmer eilte.

Sonntag, 3. Januar 2021

Seit Wochen keine Einträge. Der Job an der Charité fordert alles. Aber heute habe ich frei. Wöchentlich checke ich die Seiten der chinesischen Botschaft, ob sich die Einreisebestimmungen geändert haben und China wieder aufgeht, aber es tut sich nichts. Das Visum ist längst beantragt, doch auf der Botschaft vertröstet man mich regelmäßig, nicht ohne zuerst völlig ungläubig immer wieder alle Unterlagen und Eintragungen in ihren Systemen zu prüfen. Vermutlich ist es ihnen schleierhaft, wie so ein Nobody an eine PU-Einladung der deutschen Botschaft kommt.

Im Dezember kam Scott zurück und wir verbrachten noch ein paar Tage zusammen auf seinem Boot, bis ich dann zu Justus umziehen konnte. Dort war gerade ein Zimmer frei geworden. Die Transfrau war zu ihrem neuen Freund gezogen, der wiederum zur Untermiete bei seiner Exfrau wohnte, während die jetzt bei ihrem Lover lebte. Manchmal konnte man wirklich glauben, dass ganz Berlin ständig on move war und niemand mehr dort lebte, wo Behörden, Ämter und Vermieter ihn oder sie vorzufinden glaubten. Aber irgendwas Längerfristiges zu suchen machte keinen Sinn, weil ich wöchentlich auf meine Abreise hoffte.

Dann kam Weihnachten. Ich saß am vierundzwanzigsten, wie alle Jahre bei meiner Mutter. Robert hatte eine Karte geschickt. Aus Moskau! Die Briefmarke sah irgendwie merkwürdig aus. Es war zwar eine russische, aber der unleserliche Stempel war nur auf der Marke und nicht auf der Karte. Sie war sehr wahrscheinlich nicht mit der Post gekommen. Ziemlichen Aufwand, fand ich, aber ich sagte nichts zu meiner Mutter. Und natürlich auch nicht der Polizei.

Für die Feiertage lud mich Justus ein, mit seiner Family und ein paar Freunden ins Oderbruch zu fahren. Seine Schwester hatte dort zusammen mit ihrem Freund, der Zimmermann war und jetzt in Berlin Architektur studierte, billig einen alten Hugenottenhof geschossen. Der wäre am Zusammenfallen gewesen. Dort draußen gab es so was noch. Wir waren mit zwei geliehenen Autos rausgefahren, hatten die Ladeflächen mit Schlafsäcken und Isomatten,

Lebensmitteln, zwei Kisten Bier und einer Kiste Sekt voll-
geladen. Andersrum wäre es besser gewesen, meinten die
Frauen. Dann wärt ihr doch einkaufen gefahren, lachte
Hannes, einer der Freunde. Damit es so wie immer ist und
alles seine Ordnung hat, stellte Thora, Justus Freundin
fragend fest. Die Kids wuselten zwischen den Beinen der
Erwachsenen rum, bis endlich alles verstaut, die Kinder
auf den Rücksitzen festgeschnallt und unter ihren Kopfhö-
rern verschwunden waren.
Wir hatten eine tolle Zeit. Feuer machen, spazieren gehen
an der vernebelten Oder, Schnee gab's natürlich nicht,
Glühwein und Bratäpfel aber trotzdem, die Gans war
prächtig, seit langen aß ich mal wieder Fleisch, war bei
Hanne richtig davon weggekommen. Brettspiele am
Nachmittag, Filme schauen am Abend mit den Kids, am
Kamin sitzen und Rotwein trinken. Aber so richtig dabei
war ich nicht, in Gedanken mehr in China als auf einer
Silvesterparty mit Freunden.

Manchmal, wenn ich durch die Straßen laufe oder auf einem Bahnhof stehe und die vielen Menschen sehe, wie sie
hin-und her laufen, hasten, bummeln, herumstehen, warten.... Dann stelle ich mir vor, ich wäre gar nicht wirklich
anwesend, mein Körper wäre ein Avatar, durch dessen
Augenfenster ich selbst, mein Seelenbewusstsein, hinaus-
schaut auf diese Welt aus zu Materie verdichteter Energie.
Und all die Wesen um mich herum sind auch nur irdische
Avatare für andere Seelen, die ihren eigenen Plan leben,
nicht wissend, dass sie alle aus einer anderen Welt kommen und hier nur Gäste sind. Wir sind Fremde, nur zu
Besuch, hineingeboren in eine dem Verfall ausgelieferten
Hülle. Dann bekommt die Szenerie die Realität und Vor-
läufigkeit eines Computerspiels, in der wir Player und
Charaktere in einem sind, die ihre wahre Identität und
Herkunft vergessen haben und die sich nach Kräften mü-

hen, den Regeln des Spiels zu entsprechen, die Aufgaben zu meistern, zu gewinnen, um aufs nächste Level zu gelangen, von dem sie nicht wissen, was sie dort erwartet. Dann sehe ich in diesen vielen Typen, in welche die Seelen geschlüpft sind, die alten und jungen, die Frauen, Männer, Mädchen, Jungen, hübsche und unvorteilhafte, Fremde und Einheimische, Babys und Greise, das Seelenflämmchen leuchten, eine astrale Gestalt aufscheinen, die nicht von dieser Welt ist. Und das, was sie gerade gefangen nimmt: um den besseren Platz in der Bahn rangeln, auf ein junges Mädchen warten, mit seiner Frau streiten, mit einer schweren Maschine durch die Straßen brettern, um einen Euro betteln, zu einem Geschäftstermin hasten, mit Behörden herumstreiten, um ihre Wohnung bangen, vor Gericht sitzen, von Krankenbett zu Krankenbett eilen, auf dem Fußballplatz jubeln, über der Mathearbeit schwitzen, all das tun sie nur, weil es den Spielregeln dieses Daseins entspricht, dem Kampf um den eigenen Anteil, Vorteil, zum Leben, zum Überleben, aber nicht ihrem eigentlichen Wesen, von dem sie in diesem Moment nichts ahnen. Aber würde es dem Kranken seine Schmerzen lindern, den Wohnungslosen wärmen, der müden Altenpflegerin die Beine weniger schwer machen, den Geschäftsmann konzilianter verhandeln und die Eheleute weniger heftig streiten lassen, wenn ihnen bewusst wäre, dass alle nur Teil eines großen Livegames wären? Vielleicht. Und die, welche das Leben tatsächlich als ein großes Spiel ansehen, einen absurden Spaß, ein paradoxes Theater, in dem es gilt, sich möglichst auf die Gewinnerseite zu schlagen, den anderen auszutricksen, vor allem für das Vergnügen zu leben und im besten Falle die Regeln dieses Spiels zu bestimmen; würden die anders, freundlicher, rücksichtsvoller agieren, wenn sie sicher wüssten, dass das Spiel noch nicht zu Ende ist, wenn die letzten Würfel gefallen, das eigene Männlein nach Haus gebracht, der alles entscheidende Stich ausgespielt oder der Schiedsrichter abgepfiffen hat? Weil auf das glückliche Überleben in Level one totsicher Level two folgt, und diesem möglicherweise Level three, mit neuen Tasks and Rules? Vielleicht würde diese Relativierung dem Dasein auch die Ernsthaftigkeit nehmen, das existenzielle Bemühen, es möglichst gut zu machen, sich für das eigene Wohlergehen und im besten Fall auch dem anderer nach Kräften anzustrengen? Würde das Leiden der Anderen als weniger schmerzhaft und dadurch mit weniger Anteilnahme betrachtet werden, wenn alles nur ein Spiel wäre?

Umso mehr ich darüber nachdachte, umso weniger Antworten hatte ich auf diese Fragen und so sehr ich für mich den Blick auf das Leben mit den Augen eines Gastes begrüßte, so sehr verwarf ich diese Perspektive mit dem Wissen um die eigene Beteiligung und Abhängigkeit.

Hier enden meine Aufzeichnungen. Der Job in der Charité war einfach zu stressig. Abends war ich platt und fiel meistens nur noch ins Bett.

Mitte Januar rief Irena aufgeregt an, es gebe Gerüchte, die Regierung könnte wieder Leute ins Land lassen. Insbesondere Chinesen und ihre Angehörigen, welche zum Teil seit Ausbruch der Pandemie vor einem Jahr nicht mehr nach Hause zu ihren Familien durften, sollten zum chinesischen Neujahrsfest wieder zu Hause sein. Es würden Chartermaschinen geschickt, welche die Leute nonstop abholen. Sie wollte sich erkundigen, ob auch eine von Berlin fliegt. Auf der Botschaft sagte man mir, in der nächsten Woche sollten sie eine Entscheidung für mich haben. Ich lief herum wie Falschgeld, hatte Mühe, mich auf meine Arbeit zu konzentrieren.

Eine Woche später händigten sie mir meinen Pass mit dem Visum und das Ticket für die Sondermaschine aus. Der Preis war astronomisch, aber alternativlos. Dazu gab's einen Papierberg in Deutsch und Englisch über die Einreisebestimmungen.

Ich klicke mich auf meiner Playlist bei Spotify durch und bleibe an einem Song von "Klee" hängen, einer Band aus Köln? Keine Ahnung. Den hatte ich zu meiner heimlichen Hymne erhoben, als ich ihn zum ersten Mal hörte. Die Unabhängigkeit und Freiheit, die aus ihm sprach, hatte mich elektrisiert und bestärkt, nicht dem Mainstream nachzugeben und unbedingt cool sein zu wollen.

Alle kommen klar. Ich nicht.
Und alle sagen ja. Ich nicht.
Alle sind perfekt. Ich nicht.
Und alle haben es gecheckt. Ich nicht.
ooooh
Alle sind so fleißig. Ich nicht.
Alle sind so dreißig. Ich nicht.
Alle wollen mehr, mehr, mehr. Ich nicht.
Und alle so: "Yeah!"

Danke, aber danke, nein! Da bin ich nicht dabei.
Danke, aber danke, nein! Mach' das mal schön allein!
Danke, ich bleib' so wie ich bin. I don't regret a thing.
Alle so: "Yeah! Yeah! Yeah!"
Ich so: "No! No! No!"

Alle optimieren sich. Ich nicht.
Und alle retuschieren sich. Ich nicht.
Alle reduzieren sich. Ich nicht.
Oder reproduzieren sich. Ich nicht.
ooooh
Alle werden immer dünner. Ich nicht.
Und alle haben Ringe am Finger. Ich nicht.
Alle glauben jeden Scheiß. Ich nicht.
Und alle so: „nice". Ich nicht.

Danke, aber danke, nein! Da bin ich nicht dabei.
Danke, aber danke, nein! Mach' das mal schön allein!
Danke, ich bleib' so wie ich bin. I don't regret a thing.
Alle so: "Yeah! Yeah! Yeah!"
Ich so: "No! No! No!"

Heute muss ich ein bisschen grinsen, weil ich mich nun doch reproduziert habe. Und ob ich beim Reduzieren so erfolgreich gewesen bin? Das No, no, no, finde ich inzwischen befremdlich. Es klingt zu sehr der Wunsch durch, sich aus allem rauszuhalten. Was nicht möglich ist. Das Leben fordert Teilnahme, sonst steht man daneben, bleibt Zuschauer.
Als das Lied endet, höre ich mit deutlichen Poltern das Fahrwerk und die Landeklappen ausfahren. Wir sollen die Sicherheitsgurte anlegen und alle Geräte abschalten. Nur noch wenige Minuten und die Maschine wird chinesischen Boden berühren.

Bis ich meine kleine Familie in die Arme schließen kann, dauert es allerdings noch. Entsetzt hatte ich in dem Papierberg gelesen, dass ich mich als Covid-Genesener fünf Wochen Quarantäne unterziehen muss. Sollte dies ein Vorgeschmack auf die rigiden Verhältnisse sein, die mich erwarten würden, so erfüllten sie definitiv ihren Zweck. Aber ich hatte keine Wahl, da musste ich jetzt durch. Kurz hatte ich mich an Mr. Lee und seine Einladung nach Singapur erinnert, aber das war keine Option, noch nicht. Nimm es sportlich, sagte ich mir. Nur wer Einschränkungen kennt, weiß sich die Freiheit wirklich zu schätzen. Auch wenn das hier kein Spaßevent werden würde wie der Escape-Room, für den Sam sich damals entschieden hatte und auch nicht so unterhaltsam wie mit Friedrichs Fernschach. Quarantäne-Isolation kann ich durchhalten, das hatte ich nun schon zweimal bewiesen. Solange die nicht das Licht ausknipsen, sollte es survaible sein.

Als der Flieger aufsetzt, bricht in der Kabine ein Beifallssturm los. Für viele Chinesen endet eine lange Zeit der Ungewissheit. Sie kehren nach Monaten und einem unfreiwillig verlängerten Aufenthalt im Ausland endlich nach Hause zurück. Als ich sie so jubelnd erlebe, wird mir klar, dass es ihre Heimat ist, die ich nun auf unbestimmte Zeit teilen werde, trotz allem, was ich über dieses Land gehört und gelesen habe, Fluch und Segen. Nach der Quarantäne stehen noch medizinische Untersuchungen an. Erst wenn es dann keine Einwände mehr gibt, darf ich nach Peking weiterreisen, werden sich die Tore des Flughafens öffnen und ich kann Irena und Clara in die Arme nehmen. Dieses Kind gibt mir die Gewissheit, dass unser Leben nun für immer verbunden bleiben und etwas von uns weitergegeben wird, egal, was auch geschieht.

Und mit einem Mal wird mir bewusst, dass ich danach immer gesucht habe. Bisher hatte ich Jobs übernommen, für die gerade jemand gebraucht wurde, ausgefallen war, wo eine Lücke klaffte. Immer hatte ich damit anderen geholfen, eine Krise zu überwinden, ein Problem zu bestehen, durch eine Durststrecke zu kommen, hatte mich eingeordnet in das Leben anderer, weil mir mein eigenes nicht so wichtig schien. Vielleicht auch, weil ich die Verantwortung scheute, die man übernahm, wenn man sich etwas ganz zu eigen machen würde. Jetzt würde ich zum ersten Mal einen Platz einnehmen, den nur ich ausfüllen konnte, würde meine ureigenste Sache beginnen und meine Kraft und meine Liebe jemandem schenken, der mich brauchte, weil ich ich war und nicht irgendjemand anderes. Ich würde Clara die Geschichten meiner Eltern und Großeltern erzählen, so wie sie mir diese erzählt haben. Okay, vielleicht nicht alle, noch nicht. Aber ich würde von meinen Erlebnissen berichten und ihr das Staunen über die Wunder dieser Welt beibringen, trotz allem. Wir waren in den Lebensstrom eingetaucht. Er war durch uns hindurch geflossen und würde nicht versiegen. Diese Erkenntnisse begannen, meine Ungewissheiten in Sinn zu verwandeln und es erfasste mich eine Welle des Glücks.

Last Step

Sorry, meine sehr verehrten Damen und Herren, ich bin's doch nochmal. Nicht freiwillig, wie ich betonen will. Der Chef, also der Herr Autor, hat mich nochmal rausgeschickt an die Rampe. Inzwischen komme ich mir vor wie diese kleine Büroklammer, die es in einer früheren Word-Version gab. Erinnern Sie sich? Die kam immer, wenn man beim Schreiben eine Pause einlegte, in einer Sprechblase an der Seite angeklappert, klimperte mit ihren übergroßen Glubschaugen wie eine Grille und nervte mit Fragen wie: "Brauchen Sie Hilfe?" Oder "Vermutlich wollen Sie einen Brief schreiben?"
Kennen Sie nicht? Alles Apple-User, oder? Na jedenfalls ist sich der Chef nicht sicher, ob das ein gutes Ende ist. Denn ein richtiges Happy-End ist es wohl nicht. Nach dem letzten Buch waren einige Leser unglücklich, weil die Liebenden sich nicht kriegten und der Protagonist auch noch im eiskalten Norden strandete. Deshalb soll diesmal wirklich alles gut ausgehen, sagt der Chef. Nun werden wir aber keine Umfrage mehr starten, das würde zu lange dauern. Wir machen es einfacher. Wer schon glücklich und zufrieden ist (um nicht zu sagen, wem's reicht), der klappt das Buch einfach zu, stellt es ins Regal oder gibt es weiter. Wer noch nicht genug hat, der blättert um und bekommt auf bewährte Art eine kleine Zugabe. Aber nur eine. Aber diese eine haben wir noch. Und damit allseits und nun endgültig, gehabt euch wohl. Auf Wiederlesen. Versprochen.

Beijing, 20. Februar 2021

Liebe Hanne,

wie geht es Dir auf dem Jacobsweg? Läuft es? :-) Wie Du das schaffst, mitten im Winter, bewundernswert. Ich sitze an unserem Esstisch, neben mir dampft eine Tasse Tee, guter chinesischer Pu-Er-Tee. Clara schläft, Irena ist ins Institut gefahren. Nachher werde ich mir ein paar Teigtaschen in der Mikrowelle warm machen, die Irena heute Morgen von dem kleinen Straßenmarkt in der Nähe mitgebracht hat, wo sie auch so etwas ähnliches wie Brötchen für das Frühstück kauft. Also, ich habe schon gegessen, will heißen, mir geht es gut.

Vor fünf Tagen bin ich endlich angekommen. Zu Hause zu sagen, wäre noch verfrüht. Aber ich fühle, dass es bald soweit ist. Denn es ist unglaublich schön, hier zu sein, bei Irena, (sie lässt dich herzlich grüßen) und Clara auf dem Schoß zu haben. Die ersten Tage hat sie noch gefremdelt, aber jetzt geht es schon. Mal sehen, was sie sagt, wenn sie wach wird und die Mama nicht da ist. Das ist ein Test. Irena wird auch nur drei Stunden weg sein.

Gestern habe ich meinen Koffer endgültig ausgepackt. Ja, Du liest richtig, kein Rucksack mehr, der ist in Berlin geblieben. War zu unpraktisch im Flieger. In der letzten Innentasche fand ich meine Mitbringsel wieder. Ich hatte den Yin-Yang-Anhänger und den Kugelfisch, die ich unter Friedrichs Anleitung geschnitzt hatte, damals, als ich bei Euch in Quarantäne sein musste, erinnerst Du Dich, zu zwei kleinen Päckchen verschnürt. Immerhin, meinte Irena lachend, bei den Geschenken bist du deinem Minimalismus noch treu.

Als sie ihren Teil in der Hand hielt und ich die Geschichte erzählte, bekam sie vor Rührung feuchte Augen. Da wusste ich, warum ich diese Frau so liebe. Seit gestern ist es sehr kalt in Peking, richtig knackiger Winter, kein Schnee, hier schneit es kaum, aber Frost. Ich hoffe, bei Euch ist es milder. Irena sagt, in ein paar Tagen werden alle Kanäle und Seen in den vielen Parks zugefroren sein und dann gehen die Leute Schlittschuh laufen oder schieben lustigste Schlitten übers Eis. In der City waren wir noch nicht, haben noch nichts angesehen. Ich wollte erst mal ankommen. Wir sind hier draußen etwas rumlaufen, obwohl die Gegend ziemlich trist ist. Neubauten über Neubauten, Hochhäuser, eine Mall, ein Streetfood-Markt, kleine Händler, dazwischen Restaurants, viele chinesische, ein Pizzabäcker und eine Chinaversion von Burger-King. In der Nähe, also 5 U-Bahnstationen von hier, gibt es einen Park mit einem See, der im Sommer sehr schön sein soll, da kann man Boot fahren und Eis essen usw. Dort waren wir vorgestern, als die Sonne schien. Sonst war es trüb. Man weiß nicht genau, ist es Smog oder nur Nebel. Wenn wir draußen sind, bleiben alle Leute stehen und schauen uns an. Langnasen sind hier, außerhalb vom Zentrum, absolute Exoten und dann noch eine Familie mit einem Kleinkind. Einige machen Fotos von uns, manche stellen sich sogar dazu. Dann fragen sie vorsichtig auf Englisch, "whe you fom" und ob wir uns verlaufen hätten. Wenn Irena dann auf Chinesisch antwortet, sind sie völlig aus dem Häuschen.

Die meisten Expats wohnen in Compounds, das sind abgeschlossene kleine Reihenhaussiedlungen mit Guards und eigenem Clean- and Repair-Personal. Eine kleine Stadt mitten in der Großstadt. Gestern waren wir dort bei einer Kollegin von Irena zum Kaffee eingeladen, das war sozusagen die Begrüßung aus Neugier, war aber nett. Sie haben in der Mitte einen kleinen Park mit See und Wiesen und einem Spielplatz, im Sommer sicher paradiesisch. Das Herz ist eine Art Clubhaus mit einem Café, mit Kindergarten, Indoorspielplatz, Schwimmbad und einer Rezeption

wie in einem Hotel. Wenn man einen Handwerker braucht, ruft man dort an und sie schicken einen. Theoretisch, sagt Irenas Kollegin. Am Tor halten blau uniformierte Cherubine mit Laserschwertern und Funkgeräten Wache und lassen nur Leute durch, die angemeldet sind. So was können wir uns zum Glück nicht leisten ;-)
Das Leben läuft hier im Großen und Ganzen normal ab. Alles ist geöffnet. Wenn die Corona-App grün ist, kann man überall rein. Maske muss natürlich überall getragen werden, was für die Chinesen kaum ein Problem ist, weil viele das auch schon vor Covid gemacht haben. Aber es kann jederzeit Lookdown geben. Dann stellt das Gesundheitsamt alle Apps auf Rot und dann geht nichts mehr, sagt Irena.
Die fünf Wochen Quarantäne waren echt krass. Die Maschine war in Xining gelandet. Das ist eine unbedeutende Zwei-Millionenstadt im alten tibetischen Amdo, zwar noch nicht in der Autonomen Republik Tibet, aber schon tibetisch geprägt. Allerdings hab ich davon zuerst nichts bemerkt, denn ich war die ganze Zeit in einem Krankenhaus eingesperrt, wurde allen möglichen Untersuchungen unterzogen und ansonsten in dem Einzelzimmer mir selbst überlassen. Die Versorgung war okay, Internet gab's auch, aber mein VPN-Channel funktionierte nicht. Deshalb habe ich mich auch nicht gemeldet. Ich habe viel gelesen, Yīntèwǎng, das chinesische Internet erkundet, und die "Deutsch für Ausländer-Lehrbücher" durchgearbeitet. Ich soll ab September als Lehrer an der Deutschen Schule neben Geschichte und Politik auch Deutsch für die chinesischen Grundschüler lehren. Sie bekommen mehr Deutschunterricht, damit sie später in den höheren Klassen dem Unterricht besser folgen können. Ich kann mir das zwar alles noch nicht richtig vorstellen, aber neugierig bin ich schon.
Am letzten Tag vor meiner Weiterreise durfte ich dann

raus und sie haben mir als Entschädigung eine Stadtrund-
fahrt spendiert. Es war überraschenderweise auch der
Besuch des Klosters Kumbum dabei. Es ist eine heilige
Stätte des tibetischen Buddhismus. Zuerst dachte ich, was
ist das für eine merkwürdige Ansammlung von Flachbau-
ten und Baracken. Keine Ähnlichkeit mit der
Beschaulichkeit und gebauten Spiritualität mittelalterlicher Klöstern in Europa. Hier ist alles sehr groß und
weitläufig. Die roten Tempel mit ihren goldenen Dächern
entdeckt man erst, wenn man davor steht. Auf dem großen
Platz hinter dem Eingangstor beeindruckte eine lange
Bank mit acht Chörten, kleinen Pagoden, die wie überdi-
mensionale steinerne Glocken aussehen. Sie wurden von
einer Gruppe tibetischer Frauen umrundet. Man erkennt
sie an ihren bunten gestreiften Röcken oder Schürzen und
an den markanten Gesichtern, die ganz anders aussehen
als die von Chinesen. In einem Ofen opferten sie trockene
rötliche Zweige, der den ganzen Platz in beißende Rauch-
schwaden hüllte.

Nach einem letzten Schnelltest durfte ich am nächsten
Morgen den Inlandsflieger nach Beijing besteigen. Zwei
Stunden, das ist nichts, Bus fahren sozusagen. Ich hatte
nach einem Bahnticket gefragt, aber das sei nicht möglich,
erklärten sie mir. Man ist schon sehr abhängig. Hoffe, es
wird besser. Als sich das Gate öffnete und ich Irena unter
den vielen Wartenden gefunden hatte, war ich nur noch
froh.

Europa, Deutschland ist schon jetzt, nach dem wenigen,
was ich gesehen habe, weit weg. Die Dimensionen hier
sind gewaltig. Das technische Know-How ist sehr hoch.
Deutschland ist aus chinesischer Perspektive ein nettes,
ordentliches, sauberes, altertümliches Land mit pfiffigen
und akribischen Tüftlern, deren Erfindungen man gerne
übernimmt, um sie dann, ökonomisch angepasst und op-
timiert, auf den Weltmarkt zu bringen, etwas zwischen

Tech-Lab und Historyland, wo man mal einen Kultururlaub verbringen würde. Vielleicht so etwas wie für Deutsche die Schweiz mit ihren superpräzisien Uhren, pünktlichen Bahnen, diskreten Banken, beeindruckenden Bergen, leckerer Schokolade und urigen Bräuchen. Sie werden es für einen wünschenswerten Paradiesgarten angesehen haben, kaum, dass es ihrem Blick in den Rückspiegel entschwunden ist. Aber für die Lösung globaler Probleme und zum Erreichen ihrer geopolitischen Ziele sind wir in ihren Augen letzlich irrelevant. Glaube ich jedenfalls, kann mich aber irren.

Vielleicht fragst Du Dich, was nun aus meinem Minimalismuskonzept wird. Zugegeben, mit Familie ist es schwer durchzuhalten. Aber Irena und ich haben vereinbart, dass wir auch in Zukunft mit möglichst wenigen Dingen auskommen wollen. Zum Beispiel haben wir nur je vier Teller, Becher, Reisschalen und Wassergläser. Du könntest uns also besuchen :-)). Das Wichtigste sollte immer in drei Koffer passen, damit wir unsere sieben Sachen schnell zusammen haben, die Leinen losmachen und davon segeln können, falls es in diesem Hafen zu unsicher wird.

Heute früh, wir lagen noch im Bett, Clara schlief nebenan, sagte Irena zu mir: »Es ist so schön, dass du endlich da bist. Jetzt macht mein Leben hier erst richtig Sinn.«

Dann hat sich der ganze Aufwand doch gelohnt, dachte ich mir. In diesem Sinne,

herzliche Grüsse

Dustin

Danksagung

Ich danke...,

... meiner Frau Katharina, welche meine erste Leserin war und die mich durch ihr Interesse, ihre Anteilnahme und unsere Gespräche bestärkt hat, dass es dieses Projekt verdient hat, unter die Leute zu kommen und nicht in der Schublade zu landen.

...allen, die bereit waren, auch diesen zweiten Roman probeweise zu lesen und mit mir ihren Korrekturen und Hinweisen sehr weitergeholfen haben.
Insbesondere danke ich Regina Lehmann, Waltraut Gumz, Angela Kunze-Beiküfner, Lisa Pfoh, Matthias Lichtenberg, und Wolf von Waldow.
Letzterem danke ich auch für die Gestaltung des Buchcovers und die Geduld für alle meine Vorschläge und Wünsche.

....allen, die nach dem nächsten Buch gefragt haben. Hier ist es nun.

.....und dem Café Friedrichs am Mierendorffplatz in Charlottenburg, wo mir Woche für Woche ungefragt ein großer Americano mit Milch vom feinsten an meinen Tisch gebracht wurde, wenn ich meinen Ohren zwischen drei Klavierstimmungen an der Universität der Künste eine Pause gönnte, um aufzuschreiben, was mir inzwischen eingefallen war.

Türme, die den Himmel berühren

der Debütroman des Autors

Books on Demand
Norderstedt

349 Seiten

14,00 €

ISBN:978-3-756-22931-4

Berlin im Jahr 1702. Der Stadtmusiker Jacob Hintze
liegt im Sterben. Philip Jacob Spener, Probst an
St. Nikolai wird gebeten, die Leichpredigt vorzubereiten.
Aber er zögert. Ist es das Alter, ist es persönliche Abneigung?
Immerhin schickt er seinen Studenten Sebastian,
um den Lebenslauf aufzunehmen. Dieser taucht mit
seinen Fragen immer tiefer in das Leben und den Alltag
der Stadtmusiker ein und weckt Interessen nicht nur bei
Hintzes Nichte Magdalena.